拾年

——109封没寄出的信

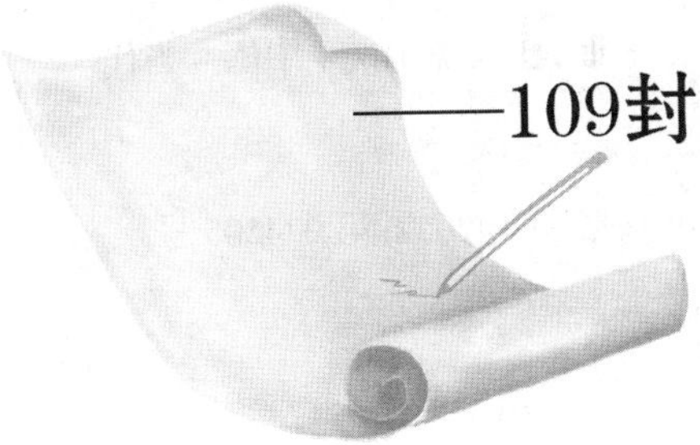

玉草央 著

天津出版传媒集团
百花文艺出版社

图书在版编目（CIP）数据

拾年：109 封没寄出的信 / 玉草央著 . -- 天津：
百花文艺出版社，2022.3
ISBN 978-7-5306-8272-2

Ⅰ . ①拾… Ⅱ . ①玉… Ⅲ . ①长篇小说 – 中国 – 当代
Ⅳ . ① I247.5

中国版本图书馆 CIP 数据核字 (2022) 第 034505 号

拾年：109 封没寄出的信
SHINIAN 109 FENG MEIJICHU DE XIN
玉草央 著

选题策划：王 欣
责任编辑：由高峰 **装帧设计：**凌点视觉 RISE VISION
出版发行：百花文艺出版社
地址：天津市和平区西康路 35 号 **邮编：**300051
电话传真：+86-22-23332651（发行部）
电话传真：+86-22-23332656（总编室）
电话传真：+86-22-23332478（邮购部）
网址：http://www.baihuawenyi.com
印刷：武汉市首壹印务有限公司
开本：787 毫米 ×1092 毫米 1/16
字数：280 千字
印张：21.25
版次：2022 年 3 月第 1 版
印次：2022 年 3 月第 1 次印刷
定价：79.00 元

如有印装质量问题，请与武汉市首壹印务有限公司联系调换
地址：湖北省武汉市黄陂区滠口工业园东路 1 号
电话：（027）83905076
邮编：430301

写在前面

这是一个诉说爱情的故事集，记录了那个年代身边发生过的林林总总的爱情故事。从里面可以找到我们曾经历过的错误、执念、救赎和成长。从里面也可以看到我们曾经爱过、失去过、努力争取过的历程。

这是一部修行的日记，在里面详细记录了一帮留学生在海外的成长过程，面临的挑战、选择和分离。无论是爱情、友情，还是生活，他们蜕变的过程从来都不是一帆风顺的。

这是一场人生的救赎，爱与不爱的困惑，犯过错误和遗憾错过的人在十年的岁月中被慢慢拯救。

快乐—受伤—疗伤，循环不止，这就是青春。

声明：

本文并非传记，小说中的故事纯属虚构，文中出现的任何人名或是对话等，均与现实人物无关。如有雷同，纯属巧合。

目录

contents

序曲　三次分手

嗨！我又给你写信了。

回忆，其实是一种很难控制的东西，不清楚什么时候它会从阴暗最深处的角落蹦出来，如果你远离这些阴暗和深邃，它又会从其他的地方蹦出来，一首往昔的情歌、一枚磨损的书签……

甚至你再尽可能地远离这些，它还会从其他地方蹦出来。

夜里从窗帘后一直攀爬到天花板上的阴影，窗外远处楼宇点亮的模糊灯火，穿过树木嫩绿枝丫的一缕清澈的阳光，又或者绿油油的草地上泥土和鲜花的芬芳。

回忆，有时候它很模糊，只能留下一种感觉。剥离事件本身的感觉如此真实，以至于多年之后还能感觉得到切肤的那种苦涩。

回忆，有时候又清晰得每个毛孔都看得见，每句对白，每种味道。

手指把头发别在耳后的小动作，微微地低头一笑。

一条一起骑车穿过的小巷，一盏昏黄的安静的路灯。

可多年以后，却发现这些或清晰或模糊的回忆，可能不过是自己的想象。全世界也许只有自己沉浸在这段回忆里。

整个回忆是否完全是自己虚构出来的，已经无从考证。

你是回忆还是幻觉呢？

你不会收到这封信，因为我不会寄出去。如果没有记错的话，这应该是第44封。

爱你的，英

1.羽泉

2004年一个傍晚，夕阳的余晖洒在北京海淀区学院路上。

初春的天气依然寒冷，积雪还未融化，鼻子呼出来的蒸气清晰可见。路边的长凳上坐着一个男生，似乎在等着什么人，焦急的时候，就止不住地抖腿。

蓬乱的头发，青涩有棱角的脸庞，带着点文艺范儿的黑框眼镜，简朴的墨绿色羽绒服：这是一个呆头呆脑的、涉世未深的大学生。

旁边的公交车站只要有汽车开过来，一有人下车，他就赶紧望过去。人多，看不大清楚，他得伸长脖子去看。

一个小时前，他接到女友的短信约在这里见面，有重要的事情要说。

“请你务必要来，不见不散！”她突然客气得有点过分。

这是他的初恋，从高中同班起就爱慕了许久，一直悄无声息，高中三年加起来都没说过三句话。

幸运的是，高考之后，两人考上了北京的学校，而且两人的学校都在学院路上，相隔不远。

也许是因为年少青涩，又经历了一段漫长的暧昧期长跑，直到大三，他们才终于成为男女朋友。

第三趟公交车停靠到站，是熟悉的331路。他有种预感，果然，一阵人头攒动，她也下了车。

她总是那么美，无论多少次出现在他的面前，总能让他心跳不已。淡黄色呢子大衣，厚厚的米色围巾，毛茸茸的帽子，每个细节都无可挑剔。女孩一米八的个头几乎比周围的人都高，更显得格外出众。

因为公交车里很热，人也多，她的脸被暖得红彤彤的，很衬她的口红的颜色。她穿着最喜欢的一双粉色的运动鞋，双手深深插在大衣兜里。

“小琳！”男生冲着女孩的方向高高地挥挥手，头顶上突然腾起很大一片雾气。

今年大四了，他已经确定被保研，自信会有很好的前程。等到攒的钱能买起房子了，他就会向她求婚，生两个娃娃，再把老家的父母接来……

小琳的手依然揣在兜里，看见了这个男生，脑门上也升起很大一片雾气，却什么也没说出来。只是用了全身的力气，大幅度向前耸了耸肩，算是向男生示意，接着小步跑了过来。

“冻坏了吧！走吧，今天去麦当劳还是四川菜馆？”

“不了。哪里也不去了。”小琳停了两秒钟，盯着男生的眼睛。男生终于开始觉出今天有事不对劲。

“我是来向你道别的。”

她跟那个男生一样高，目光平平地穿过男生鼻梁上的黑框眼镜。

她能看得见他的感受：不解？惊讶？恼怒？

“国外学校的通知书下来了，那个法国的学校排名很好。我之前犹豫是去外企，还是出国留学。考虑了很久，还是决定出国去看一看，我想对得起自己这一辈子了。”

“我……我保研了，家里条件不好，出国费钱……”男生慌乱得语无伦次。心里一阵绞痛，紧接着眼镜片上腾起了水雾。

他丝毫没有预料到今天这个对话，一点征兆都没有。

他想起大一的时候，作为一起来到北京这个大城市的老乡，和小琳相约一起爬八达岭长城，一起游香山看枫叶，一起去天安门广场看升旗……

太多的回忆……

“我愿意等你。”男生深吸一口气，终于平静了下来，眼镜片后面的雾气消失了，取而代之的是坚定的目光。

“无论一年，两年，还是三年五年，我都愿意等。”

“不，我不要你等。我们分手吧。”小琳没有挪开目光，好像在回应挑衅似的，依然直视男生的眼镜片后面那双眼睛。

这是场残酷的绞刑，绞刑架上是自己深爱着的男孩，刽子手是自己。

她的眼神容不得商量，没有一丝退缩和犹豫。“这是我自己的决定，我必须有勇气面对。”小琳对自己说。

“就这样了？就这样？说分手就分手了？我……我不同意！”

一个推着自行车的大妈路过，见这个高个子的男生在路边哭得像个小孩，奇怪地盯着看了一会儿。

“我还有事，就先走了。你保重……祝福你过得好好的，真心……”

喉咙发紧，我是哽咽了吗？

小琳赶紧移开了目光，向下坡走去。走五百米，再穿过人行横道，就能到四环路的另外一侧。

五百米，到了那里他就再也看不见她了。

五百米，这场血腥的行刑终于可以结束。

男生伸出手来，想拽住她的衣袖，她努力挣开。

“把最好的一面留给对方，留下个好印象，可以吗？”小琳没有回头，语气生硬得可怕。音量大到足以让一米八的大男生呆在原地，又小到只有这两个人可以听见。

她把手更深地插回大衣口袋，把脖子和脸更深地埋在围巾里，让毛茸茸的围巾和帽子尽可能地包裹住自己。似乎这样就可以与外面的世界隔绝。

再坚持五百米……

这条熟悉的路走了很久，但面前的人行横道似乎遥不可及。

他追上来了吗？她希望他追上来吗？

追上来把她搂在怀里？

追上来，对她说：“我离不开你！”

追上来说：“可以放弃一切跟你出国！”

或者，在她身后大声喊：“你别出国了，我养你啊！”就像在《喜剧之王》里周星驰对张柏芝说的那样……

就在脑子里暴风雪一样地呼啸而过无数种想法之后，人行横道终于出现在了面前。任何想象的剧情都没有发生，她没有看红绿灯，直接迈步走了过去。

穿过北四环路高架桥下的人行横道，似乎就过了这道坎。那个男生在哪里，在干吗，在想什么，会变成怎样，将来跟谁结婚，有几个孩子，一切的一切，都将跟自己无关。

“继续走，我有我的旅程。”小琳对自己说。

小琳走这么远只是为了走到下一个公交车站。所谓其他事情，不过是乘331路返回宿舍而已。

到了公交车站台，小琳掏出耳机和随身听，把乱成一团的耳机线解开……乱成一团的思绪也能解开吗？

然而手颤抖得不听使唤。

刚戴上耳机，谢天谢地，331路就这么恰到好处地来了。小琳挤了上去，车上满满的都是人。公交车一阵剧烈的摇晃就出发了，她伸手抓住扶杆。

随身听里传出的音乐，是羽泉的《冷酷到底》。

从前奏的第一个音符响起，一滴眼泪就滑落到了围巾上，接着是第二滴眼泪……豆大的眼泪噼里啪啦地掉下来。

“我宁愿你冷酷到底，让我死心塌地忘记，我宁愿你绝情到底，让我彻底地放弃……”

她终于还是没能忍住，低着头哭出声来，从小声的抽泣变成狂风骤雨般大声的痛哭。其他人愿意怎么想就怎么想吧！

这首歌完了，接着的是羽泉的《最美》。

大三那年，他约小琳一起去听羽泉的演唱会。

当《最美》这首歌的前奏响起的时候，他从周围疯狂的喧嚣中颤抖着转过身来，热烈地盯着身边的小琳，好像以后都没有机会看似的，小琳也热烈地看向他。

周围的喧嚣似乎全部消失了，世界刹那间安静了下来。

“我爱你！小琳！这么多年我一直都爱你，做我的女朋友好吗？”

“笨蛋！呆瓜！你怎么现在才说，知道我等了多久吗？”

“Baby，为了这次约会，昨夜我无法安然入睡。准备了，十二朵玫瑰，每一朵都像你那样美……”羽泉在舞台上深情地唱着。

似乎这一首首歌，一直静静地在这儿等着用来祭奠这场青涩的爱情。

后面是《爱浪漫的》《爱自己》《感觉不到你》……这是一版羽泉的专辑，里面的歌还是他拷进随身听的。

大一的时候，小琳生日，他送给小琳一张羽泉的CD。

“送你的生日礼物，羽泉的《最美》。里面《爱浪漫的》这首歌很好听，多听一听。”

羽泉唱着：“我们都是爱浪漫的人……我们是爱上浪漫的好朋友……”

从上车那站到学校那站，一共是十三站，她必须记清楚，因为忙着哭泣是没法看到站牌的，即便再伤心，也是不能坐过站的。

车停靠了十三次，放了十首歌，正好把一张专辑听完。

她正好也哭够了，于是擦干眼泪，下了车，才发现天已经黑了。

这是小琳第一次分手，之后的几年我认识她的过程中，再没有见她因为分手哭过。

2.西安

2004年5月，夜色笼罩着西安回民街洒金桥。

一对年轻情侣，坐在夜市烧烤摊的小桌前。地上横七竖八倒了几个空啤酒瓶，烤串扦子占据了桌子一半，胡辣汤、葫芦头的碗碟堆在桌上另一边。

两人身后几米远的木柱子电线杆高高挂着一盏路灯，默默散着昏黄色的光。日复一日，年复一年地看着小摊常年缭绕着烧烤的烟雾，骑着自行车穿行的人们，还有脚下这几张小桌，来了又去的食客们。

“再来份臊子面还是酸汤饺子？”泊哥操着西安话问莉姐。

泊哥是一个高高壮壮的西安本地人，西电大四的学生。白净胖乎，头发已经被酒精和夜色弄得凌乱，虽然夜里有些微凉，却只穿着短袖T恤。自己的薄外套披在了莉姐的身上。

今天会是个特别的日子，泊哥能够感觉得到。

作为一枚资深的西安吃货，泊哥对本地各类小吃都能如数家珍，轻车熟路地找到最负盛名的小店一饱口福。可以变着花样吃，一个月不重复。

今天也不例外。下午两人从西电校门口见面开始，光华路上先吃点，刚正的肉夹馍，岐山一碗香，腊汁肉面片，边走边吃，再去高新路上沿路吃些凉皮、汤包……从傍晚逛到天黑，最后来到洒金街这家不起眼的老路边摊。

走了一路，现在舒舒服服地坐着，享用啤酒、烤串，以及西安老城新夏的凉夜。

“多余问，各来一份！”莉姐拍了拍桌子，“去他妹的减肥，什么健康不健康，什么条条框框。我今天就做自己喜欢的！”

“来，给我点支烟。”

泊哥点了烟，吸了一口递给她，自己再点了一支叼在嘴边。

莉姐优雅地仰着脖子长吸了一口，酝酿了许久才从嘴角吐出来，头顶马上被灰白色的烟笼罩了起来。

她已经有点醉了，一只手撑着侧脸，瀑布般乌黑的头发从另一侧洒下来。她披着的是泊哥的外套，下面是件材质考究的白衬衫，跷着腿，黑色的高跟鞋半退下，悬起的脚尖钩着鞋跟。穿着高跟鞋走了半天路，得让脚舒服地透透气。

莉姐是师范的系花，长着精致的脸庞，配着高挑的身材。作为一个成功企业家的女儿，家里的条件非常优越，父母管得也极其严格。

很多人都不解她为什么会跟泊哥走到一起。

泊哥当时为了追求她可是费了不少功夫，基本上把西安城的美食都吃遍了。

当然莉姐也不是为了口吃的，感动她的，是他的体贴和关心，跟泊哥在一起能够自由自在地做自己喜欢的事。

泊哥飞往巴黎的机票是七月初的，就意味着还有一个多月的时间，他将飞往另外一个陌生的国家。

如果顺利的话，毕业后留在国外找份工作，也算体面。如果国外待不下去，要回国的话，他一定还会选择回到西安。

他太爱这座老城，爱它的鼓楼和周围的喧嚣，爱它各种数不尽的美食，爱它古老带着文艺范儿的城墙，爱它不修边幅的飞满苍蝇的小巷。

但无论在国外还是在西安，或者其他许许多多可能的人生规划里，莉姐都不会出现。

莉姐家里面安排她与一位富家的公子结婚，泊哥这样的人肯定是配不上莉姐的。

婚期定在十一月，也就是六个月之后。那位富家公子就读北京一所名校的商学专业，一表人才，帅气又有涵养。有父母和未来亲家保驾护航，毕业后留在首都，发展空间很大，将来无论从政还是从商，都会游刃有余，前途广阔。

时间过得似乎很慢，每一个回忆都像是电影片段的慢动作，每一句话都像是从旁边高高的路灯那里悠悠传下来的旁白。

“我会在北京的新家里，成为一个贤妻良母。”莉姐悠悠地说。

“我会照顾好这位帅帅的未来老公，做好丰盛的晚餐等他下班回家。他喝醉回家之后，我会给他做醒酒汤。”

有一次，他们几个小伙伴一起出去玩的时候，泊哥做了一桌好菜，这一手的好厨艺让她无可救药地喜欢上了泊哥。

“我会收拾好一个漂亮的房子，房子里有大大的梳妆间、衣帽间，有一个漂亮的客厅和大大的餐桌，前厅会有很大一个鞋柜。放我的高跟鞋。”

“嗯。”泊哥嘴上叼着的烟跟着抖了一下。

“他失落的时候，我会安慰他，他得意的时候，我会崇拜他。我的星球会围绕着他旋转。”

又有一次，唱卡拉OK，泊哥抢过话筒唱了一首周杰伦的歌，是《可爱女人》，唱得很动情。

他捧着莉姐的手说：“你就是我的宇宙！莉姐！愿意做我的女朋友吗？”

"喔——"紧跟着，大伙儿一阵欢闹。

"我会给他生几个漂亮的娃娃，全心全意地把孩子带大。给孩子换尿片，喂饭，穿衣，辅导作业。孩子会成为我一切的一切，我的太阳只为孩子而升起和落下。"

泊哥双手并拢夹在双腿之间，一动不动地听她说完，嘴边的烟静静变成一柱烟灰……

这时候刚点的菜上来了。

"走，找家旅馆，今晚不回去了。"莉姐吸了最后一口，把烟头往地上使劲一扔。好像把这烟头当成那位富家公子。

她试图站起来，一阵发晕，泊哥赶紧站起来扶住她，"你喝多了，我送你回宿舍。"

夜色和黑发淹没了她精致的脸庞，她靠在泊哥怀里，自己冰凉的鼻子紧贴着泊哥的脖子，她喜欢这个温度。

"是男人不？送到嘴边都不要吗，今晚姐把第一次给你。"

"起码这是我能做主的。"莉姐在他耳边忧伤地说。

几年之后，泊哥重新回到这里，依然是这个烧烤摊，一个人，一直喝到不省人事，被送进了ICU……

3.承诺

2003年11月，上海复旦大学的校园里，马上就要熄灯了。

宿舍里，大民穿着短裤和毛衣，已经窝在自己上铺的床上忙活了一晚。

宿舍其他的兄弟们，拿着热水瓶、刷牙杯和脸盆进进出出，发出乒乒乓乓的声音，洗洗涮涮要准备睡了。

大民的个子很高，蜷坐在床上的小板桌后，更显得滑稽和难受。屁股因为久坐而酸麻，于是他挪挪位置，使劲捶了捶腿，又捋了捋乱蓬蓬的头发。

网上收到通知，他今天通过了报名初选的第一个阶段，进入到下一阶段的材料提交。他需要了解可以申报的各个学校情况，选择想要深造的领域，准备以往的个人履历、情况说明和学习成绩证明，等等。

这是项庞大的工程，大民花了一个月来准备，即将提交的材料经过反复认真的检查，确认无误。

他慎重又慎重地点了提交按钮，屏住呼吸等待网页的进度条爬行……终于，提交成功，现在没什么能做的了，剩下的步骤，是等待国外校方回应。大民出了一口长气。

宿舍座机响了，下铺的兄弟大声喊："咱们家叶子来电话了！没人接我接了啊！"一看床头的闹钟，10点15分，是差不多到了每天跟叶子打电话的时间。

大民麻利地爬下床，大大地伸了个懒腰。一手接了话筒，另一手牵着座机和长长的电话线，走到宿舍外面的墙角里。

那里是大家默认的煲电话粥的专属角落，角落比较私密，可以无所顾忌地说一些腻腻歪歪的肉麻情话。环境却远谈不上舒服，不能坐，只能站着或蹲着，冬有寒风，夏有蚊子。

但这并不影响一个电话打两三个小时。这才叫爱情，对吧？

"要记得每天对我说'我爱你'啊！否则我就没有能量了。不充电，我就会死的。"这是大民和叶子的约定。

除非有特殊情况，每天这个时候都要打半小时左右的电话。几年下来，积攒的201电话卡，已经占据了小半个抽屉。

这绝不是大学里的个例，毕竟蹲在走廊的墙角里煲电话粥的大有人在。推销电话卡的人生意兴隆。

"你决定了吗？跟我一起去法国留学吧！我刚刚提交了申请。"

"而且我还做了很详细的调查，你的专业在法国也有很好的学校，跟我一起申请吧！我们一起去法国。"大民满怀期盼和温情地说，伸手捶了捶光着的腿，蜷了一晚上，还有些酸麻。

叶子和大民高中时，是南京一中的同班同学。高考后大民来到了上海，叶子留在南京。

已经记不清楚起源到底是叶子寄来的一封疑似暧昧的信件，还是下了晚自习后大民突然心血来潮打来的一通电话。爱情的种子破壳而出，一切发生得那么自然和热烈，他们两人本来就很般配。

然而，大学时期的异地恋是一件甜蜜与痛苦并存的事情。爱情有多甜蜜，分隔就会有多痛苦。

“大民，我不知道……”

“嗯？”耳朵压麻了，大民把听筒换到另外一边。

“我跟妈妈好好地讨论过一次了……她托了很大的关系在南京帮我找了一份体面的工作，毕业后可以直接去上班。我家经济条件不好，也不够支持我出国，爸爸走得早，我不确定能够把妈妈一个人留在国内……”

“如果是钱的问题的话，我们家可以支持一些。我也查了奖学金的申请条件，也有可能你会有奖学金呢……”

叶子说了很多，大民能理解，也不完全理解。

“我好好想想……一边是妈妈，一边是你。大民，我们今天不说这些了，好吗？这件事情让我好好想想。”电话那头，叶子的声音憔悴得让人心疼。

“嗯……”电话两端一时无语。

这么多年了，两人虽然也有过磕磕碰碰，但都很快能够和好如初。一人在南京，一人在上海，这么多年爱情长跑的坚持，谁都知道难能可贵。

如果毕业后，在国内国外分隔两地，估计这段感情就走到头了，两人心里都明白。

南京距离上海有三百公里，而法国距离中国有一万公里……

“大民，我累了，今天早点休息吧，啊。”

“嗯，好。”

“晚安，我爱你。”叶子补充道，这是约定，必须要说的。

“晚安，我也爱你。很想和你在一起……”虽然意犹未尽，电话那头已然挂断。

大民只有慢慢牵着电话线回到宿舍，惘然若失地拎着开水壶和脸盆去洗漱。

“你到底爱不爱我！我不知该说些什么！”一哥们儿穿着裤衩子扛着毛巾从水房回来，大声地吼着歌。

一间间宿舍逐渐从乒乒乓乓的洗漱声中沉寂下来。大民躺在上铺的床上，头顶正对着窗外明晃晃的月亮。

窗外的马路上偶尔有车轻轻开过，树枝高高的枝杈的光影在天花板上杂乱地蔓延开来，就像大民的思绪一样。

整栋宿舍楼最后一盏夜灯熄灭，只剩下了外面的路灯和月光照亮窗台，他枕头边的手机收到一条短信。

“大民，睡了吗？我给你打电话。”是叶子的短信。

“我给你打过去。”大民心跳重了起来，哆嗦着手以最快的速度回过去。

窸窸窣窣地披了件大衣，里面只穿着背心和短裤就摸下了床。大民在黑暗中轻车熟路地再次牵起电话线，走到宿舍外面，依然是那个角落。

熟悉的压低的嗓音响起来，就跟无数次在夜里煲电话粥，你侬我侬的声音一样……

“喂……听得见吗？”叶子的声音压得很低，因此显得更加可爱。

“听得见！喂！想你了……”大民是真的想，即便是半个小时前才挂下了电话，对叶子的思念却更加泛滥。

对她来说这是一个不好决定的艰难时期，未来的不确定更让大民现在就想把叶子牢牢拥在怀里。

“刚刚跟我妈打了电话，跟她说了很久。”叶子的话音里有沙哑的味道。

“妈妈决定用爸爸去世后单位赔偿的钱，也是她养老的钱，供我出国。妈妈让我别担心钱的事，她也会好好照顾自己。既然我做了决定，她不希望让我后悔。”

“这样……”大民一时语塞。他见过叶子的妈妈一面。他依稀地想象，就在刚刚这半个多小时之内，这个母亲为了自己的孩子，做出了多么难的决定。

“……大民，说说你有多爱我？”

“爱到整个森林里的老虎全都融化成黄油。”

“哼，少来，这是《挪威的森林》里的台词。我可不是直子或者绿子。”

“嗯，你是叶子。”大民笑了起来，压低声音说，“好想现在抱着你！”

“大民，千万别辜负我。我会很伤心的。”叶子说着说着，就哭了。

“嗯，一定不会，我们会一直幸福地生活的，我保证。”大民眼眶也湿润了。

要是命运能够被我们主宰就好了……

人作为宇宙中一个微小得不能再微小的个体，生老病死根本不能自己掌控，机遇和险阻也不由自己预料，即使跟谁在一起生活这么看起来很简单的事情，其实都不是归我们控制的，更何谈一直幸福地生活。

多年以后，回头看看，这个承诺显得多么幼稚。不用谈一辈子的幸福，就连电话里要大民再弹一遍曾经的一首曲子也……

这么简单的要求，已经办不到了。

序幕已经拉开，小琳、泊哥、大民……还有许许多多人的爱情故事，从我认识他们的那年开始。

那是2004年法国的夏天。

第一章　旅行的开篇

建哥快一米九的大个子，在我旁边哭得像个小孩，我对他说：

“努力去争取吧，可能会被拒绝，可能会被人嘲笑，可能会心痛到不能呼吸。但是，嘿，抬头看看，我们这样的一个年纪，在这么一个风情万种的异国他乡，这么一个陌生的城市里，现在是盛夏，一直到晚上十点天空都还透亮着，泥土小道边，野花野草开得这么浪漫，连小河流水都那么有情调，我们在这样一个鲜花开满小街小巷的小城市，这样一个季节。难道不该发生些什么吗?

想做什么就做吧，去的话，你可能会心痛，不去的话，你也一定会后悔的。”

1.梦境

我知道我又在做梦了，但是感觉又那么真实，熟悉。

我在一片漆黑的森林里跑着，脚下似乎有一条小道，似乎又没有。背后紧紧追着“那个我看不见的东西”。

我不知道怎么定义这个东西，它像童年一个人刚开始独自睡在自己房间的时候，衣柜旁的角落里，窗帘后，门后和床下的阴影中藏着的怪兽，一旦我的眼睛看到它，它就能把我吞到它深深的喉咙里；也像临近考试时堆成小山似的、等着要做的习题集、作文、考试卷、参考书，像老师在教室后面的窗户边的一角，透过厚厚的镜片默默注视着自己的目光；也像爸爸妈妈在我小时候吵架，我躲在房间里，捂住耳朵，什么也听不见，只能听见脑子里的野兽的咆哮；也像我久久在学校出口不远处的路灯下，踏着自行车的脚踏板，等待着一个身影出现，却什么也等不到的落寞感，像煲了几个月电话粥的女孩子跟我说“我们还是做普通朋友”的时候，胸口的那种窒息感。

这个我看不见的东西紧紧追着我的步伐，追得很紧，以至于我能听见它的沉重的脚步声，脖颈后面感觉到它喷出的鼻息。

我不停地跑，脚下的杂草划破我的脚背和小腿裸露在外的部分。树上挂着毒蛇、蝙蝠和蜘蛛网，交叉的树枝划破我的脸，我不得不拨开跟我同样高的长枝叶和杂草才能往前走，手臂因为树枝叶上的尖刺和毛毛虫而被扎得肿痛。

我不停地想放弃，干脆让这个看不见的东西吞噬我。奔跑过程中带来的痛苦，比起被这个“看不见的东西”吞噬带来的痛苦，已经模糊不清……

这时候我又触碰到了那只熟悉的手，接着我看到了那温暖坚定的臂膀，这是一个女孩的手，很纤细的白白净净的手，她伸向我，把我的手握在她的手中，我似乎能感受她的脉搏，我像触电一样，心快速跳了起来，浑身温暖了，各种袭来的疼痛以及恐惧不停地被她白皙的光芒击退。

紧接着我看到一个白色的身影，像我认识的一个人，也像我认识的另外一个人，更像很多人。她的个子不高，一头柔顺的乌黑的头发，向着我的一侧露出迷人的侧脸的轮廓，我看不到她的眼睛，她的身影很缥缈，白色的身影沉浸在光芒之中。

白色的女孩对我说：“来，跟我走。”依然是那个熟悉的温柔的声音。每次听到这个声音都让我激动不已。

我跟着她跑，一直跑，那个看不见的东西一直在后面追。跑得我忘记了时间，不知道过了多久，森林消失了，取而代之的是林立的楼房，我们在黑洞洞的楼道里奔跑，偶尔窗户中透过零星的惨淡的月光，我们转而跑上楼梯，老旧破损的木质楼梯在脚下嘎吱嘎吱作响，似乎很快就要坍塌，我们一直跑到最高层，然后又穿过长长的楼道从另一侧的楼梯一层一层跑下来。

这个漫长的难熬的旅程终于结束了，但是我们并没有甩掉身后那些东西，反而越积越多，自己身体也变得越来越重。让我唯一继续前行的动力是在我身前的她，从她那白皙的指尖汩汩地传来的温暖和力量。

数不清穿过几栋楼房，跑过几个长廊，翻过几个玻璃窗之后，我们突然来到一片空旷的地方，面前是一个很精致的房子。我突然知道，我到了，到达了此行的目的地。一切的苦难和折磨都为了这一刻，都为了这个地点，这个房子里的人。

整个世界安静了下来，背后的种种危险烟消云散，身上的负担和包裹终于可以丢在一旁，身上的伤口和刺痛突然变得不那么重要。房子的周围突然有了颜色。

这是一片绿茵茵的草地，草地上点缀着淡蓝色的小花，并没有浓密得让人不忍下脚，像是打翻了一盘蓝色的珠子，滚落了一地。右侧的草坪更为宽广一些，有一个小小的喷泉，一个小孩的雕像在喷泉中央。

房子稍微靠左边一些，那是一个古色古香的老房子，不是欧洲或者美国的那种乡间别墅，而是老家乡下那种普通得不能再普通的砖瓦房。我觉得很熟悉。

我就确定这是终点，我也就知道等着我的人，在里面。我就像坚信太阳一定会从地平线跳出来一样坚信着这件事情。

我抬起颤抖的手推开过于安静的大门，这是一扇木头门，上面满是斑驳，记录着岁月的痕迹，它似乎等了我很久，等了太久了，以至于好像一用力就会碎掉。我小心翼翼地走进房间，里面有茶几，有餐桌，有沙发，有床。好像上一分钟那个人还坐在这里安静地吃着饼干喝着茶。

但是这个人不在了。我走这么远而来，为的这个人，已经不在了。也许她等了我好久，也许她根本没在这里待过，但无论如何这个人已经不在了。她曾经来过吗？她等了我很久吗？她是等了我很久，刚刚才走，还是根本没有来过？或者这只是我的一个幻想，根本没有这个人？

我转身走出门，找那个一路上带着我来的那个白色光芒中的女孩，我想问她是怎么回事，但她也不在了，屋外没有任何人。她一直知道这里已经没有人了吗？那她为什么还要千里迢迢带着我来？

我回到房间里想找到脑子里的种种问题的答案。但是发现房间里已经布满了灰尘，蜘蛛网布满了房间，仿佛我走出房间，又回到房间，用了十多年之久。

无尽的空虚压了下来，这个房子已经变得毫无意义，这趟旅程变得毫无意义，这个世界也失去了颜色。

整个房子突然熊熊燃烧了起来，天花板开始坍塌，露出蓝墨水似的夜空。大地开始摇晃起来，拖拽着这个残缺的房子裹挟着我一起沉入深渊。

呼吸开始变得灼热，每吸一口气都好像变成一件不可能完成的艰难的任务。身上的伤口突然裂开，胸口仿佛被猛然抽成真空，我的眼泪噼里啪啦掉下来。我终于无法呼吸。

我猛地惊醒，眼泪已经流满了一脸，旁边座位上的女孩担心地摇晃着我的手臂。

“哎，哎！”

我的心情依然没有平复。

“不好意思，我没事……”我捂住脸，低声抽泣。经过几秒钟之后，我躺回飞机座椅的靠背上。此时我在三万英尺的高空，从北京飞往巴黎。现在身下应该是一望无际的沙漠。机舱里灯光昏暗，长途飞行，这时候正是大部分人睡觉的时候。

这个白色的女孩是谁？这个旅程，这个目的地代表着什么？如果这些都可以没有答案，那么最重要的问题是，在目的地等我的那个人，如果我早到一点，再努力一点，会不会就可以见到了？又或者我苦苦寻找的那个地方，那个人根本没有去过那里？甚至，那个人存在过吗？那么，那个人到底是谁？

2.柠檬香草的味道

“噩梦？”旁边那个女孩关心地问我，她应该比我稍稍大一些，是个小姐姐，扎着一个浅黄色的发带。身体盖在毯子下面，她侧脸看过来，睫毛很长，眼睛很大。长得很安静那种，并不让我反感。

“嗯……奇怪的梦。”

“第一次坐飞机吧？是因为这个吗？刚才确实有气流颠簸。”

“确实是第一次坐飞机，可能是吧。”她在好意为我的尴尬解围，我心存感激。

“第一次出国？念书？”因为周围比较暗，大家都在睡觉，浅黄色发带小姐姐压低声音说话。

“嗯嗯，大学刚毕业，出去读研。你呢？”我转过身来，靠她近一些，也不得不压低声音。她身上有淡淡的柠檬香草的味道。

“我在卡昂一所大学里读博士，第一年。”

“哦……”

“不知道卡昂在哪里吧？”

“我连法国都不知道在哪里……”我摇摇头。

她把左手的食指和大拇指伸出来，形成一个左括弧，然后又把右手的食指和大拇指伸出来形成一个右括弧，然后将左括弧和右括弧拼在一起。“法国是一个六边形，像这样。来，你也伸出手来。”

我照做了，双手食指和拇指拼成一个不规则的圈，还别说，充分发挥一下想象力，还真是像一个六边形。

“左上角是英吉利海峡，右下角是地中海。卡昂在这里。”她在我双手的两个括弧里围成的“法国地图”上点了点。

“哦……”我记下来了，后来，还真派上了用场。这个指明方位的方法十几年来我一直在用，很好用。

我把“地图”收到身上盖着的毯子下面，长途飞机上，每个人都发一个薄毯子。我穿着夏天的短袖和七分裤，空调吹在身上有些冷，我把毯子往上拉了拉。

机舱里又恢复了安静，前排有个人打鼾，时不时有小孩轻轻哭一嗓子。

“你还没说你去哪里呢。”柠檬香草味的戴着黄色发带的小姐姐停顿了一下，“对不起，我睡不着，前面有人打鼾吵的，我睡得很轻。”

“正好我也不睡了，具体我也不知道，有一个三个月的语言培训安排，之后会去梅斯读一年书。”依据我事先了解的，下了飞机会有人接我，学校的学长们会安排好。

“哦，梅斯，我去过。很小的城市，市中心很美。尤其是梅斯大学那里，在大学图书馆面前，有一片很宽广的草坪，嫩绿嫩绿的，草坪前面有一片广阔的水域，岸边种着很多柳树，各种颜色的百合花、虞美人。水面上有很多白天鹅。散步啊，骑自行车啊，喂天鹅的人啊，有很多。”

“哦，是吗？”我很惊讶于她描述的画面如此真实，我也不禁想象阳光洒在嫩绿的草坪上，远处是天鹅飞翔的风景。我想问她是怎么知道得这么清楚的，犹豫了一下还是没说。

“我的前男友是梅斯大学的，所以曾经经常去。后来我去卡昂读博士，他继续留在梅斯，太远了，你懂的。”

“哦。”我不知道我应该懂什么。

“还好我不是梅斯大学的。”我突然没头没脑地来这么一句。

“哦……”我和她都惊讶于这句话的莫名其妙。

“哦……”我终于成功把天聊死了。

为了缓解尴尬，我和她各自看向两边，我看向前面打呼噜的那位男士，她抬起遮光板看一下外面的云层，刺眼的光线射进来，她马上又把遮光板合上。

“他打呼噜就像把猫扔进转动的洗衣机里一样让人不安。”我对小姐姐说，试图缓解刚才的尴尬。

“哈哈，很巧妙的比喻。”她捂着嘴笑了，肩膀不停地抖动，然后扶了扶身上的毯子。“你学什么的？”

“电子工程，但是我更喜欢文学。家里人希望我学理科，掌握技术。但我更喜欢用文字啰啰唆唆。你呢？”

“我学的是文学。”她微微一笑，“用文字啰啰唆唆，嘿嘿，你总结得很到位。完全就是这样。”

“嘿嘿。”我发现她很爱笑，笑起来挺阳光，很温暖。我觉得我成功缓解了尴尬。

“我也是大学一毕业就过来了，现在已经第三年了。你刚过来，有什么不懂的，可以问我。”她摆出一副大姐姐的架势。

“哦，知道了。”

“当然了，关于哪里好玩，哪里有好吃的，我也更清楚。等下飞机的时候，你存一下我的号码，卡昂这边的海边很美，欢迎你过来找我玩。”

“嗯，一定。我现在还没有在法国的电话号码，等办好了，我给你打电话。”刚一说出口就后悔了，不应该轻易给人承诺。

每个承诺就像旅程中的包袱，大小不一，但都必须要想着兑现，如果不兑现多少总会有愧疚感，愧疚感也是另外一种包袱。在生活的旅程中我们会不断背上各种各样的包袱，背得越多，前行得就越累。没有兑现的，和兑现不了的承诺会压得你透不过气来。即使承诺兑现了，往往会紧接着掉到下一个更大的承诺里去。包袱像雪球一样越滚越大。

“好啊！你来了之后，我带你到海边走一圈。从诺曼底海滩开始，可以看诺曼底公墓，还是蛮震撼的，在战争中死去了那么多人。诺曼底海滩、犹他海滩、宝剑海滩一路走下来，既能够回味二战的波澜壮阔，又能够惬意地享受大海，鹅卵石海滩，干净的环海岸小道，知道吗，干净到可以一直光着脚走，一直可以玩到圣米歇尔山，这地方可神奇了。最重要的是，海鲜大餐！大螃蟹、牡蛎、扇贝、大龙虾、海螺，我请你吃。”

“嗯嗯，听起来很诱人。我一定来玩。”

不好，我又揽上了第二个包袱。先是跟她打电话，然后是跟她去诺曼底海滩。此外还欠下了海鲜大餐的人情。我得想办法在揽下更多包袱之前停止这场对话。

“你将来想做什么？”她突然换了一个全新的话题，“我的意思是读完研之后，你刚才是说来读研吧？”

“嗯，是的……”我对这个全新的话题转换有点猝不及防。

“我可不是什么调查局的啊。我只是在讨论将来的路。你将来也要面对，比想象中要更快。我研究生毕业之后，因为工作不好找，于是选择读博士，现在想想，等四年之后读完了，老姑娘了，钱也没赚到，事业刚起步，脾气也会变得古怪。想听听你的意见。”

“你不用担心吧，读完博士起点很高啊，选择也会更多吧。你条件很好，长得很漂亮，性格也很温暖，没准在大学里面当老师呢。我要是学生，一定去听你的课，一节课都不落，认真做笔记的那种。”

“啊，嘿！谢谢你，很温暖啊。”她笑着用胳臂肘轻轻地碰了一下我的胳臂。

“至于我自己，我还没有考虑将来要做什么，应该是做一个普普通通的人，挣不多不少的钱去享受一种普普通通的生活吧。”我心里其实想着年薪百万，住大宅子开豪车的画面。

后来我们又聊了法国的电影、音乐。她跟我讲了文学史上的一些大家和名著，其中我只看过但丁的《神曲》，但是也看得一头雾水，其他连听都没听过。我讲了韩寒的几本书，《三重门》《零下一度》等，然后就是我看过的第一本网络小说，我记得书名叫《第一次的亲密接触》。虽然几年后看，只是女主角得了绝症这种很俗套的狗血虐心剧情，但是那时候留下了很深刻的体会。我给她背了几句里面的对白。

轻舞飞扬说，如果我还有一天生命，那天我要做你的女友。

我还有一天的生命吗？

没有，所以，很可惜，我今生仍然不是你的女友。

如果我有翅膀，我要从天堂飞下来看你。

我有翅膀吗？

没有，所以，很遗憾，我从此无法再看到你。

如果把整个浴缸的水倒出，也浇不熄我对你爱情的火。

整个浴缸的水全部倒得出吗？……可以。

所以，是的。我爱你……

显然身上有柠檬香草味、戴着淡黄色发带的小姐姐没有看过《第一次的亲密接触》。她出国之后才差不多开始流行起来的，大约在2000年到2002年之间。

“是网络小说的开山之作，可以看看的……”我意犹未尽地说。

“好，我网上找找看。”

“我想可能要再睡一会儿了。前排的那个大叔刚刚上完厕所之后，就不打呼噜了。”我突然想起来早就需要结束这场谈话。

“嗯，我也困了。你不会再做噩梦吧？”

“不清楚呢。如果做噩梦，请你多担待，摇醒我。”

我当时并不打算睡觉，只想静静待一会儿，我偷偷看了一眼淡黄色发带小姐姐，她可能是累了，很快就靠着挡光板睡着了。

不一会儿我也分不清在云端飞翔是真实还是梦境。一直到飞机下降的下坠感把我弄醒，发现淡黄色发带靠在我的肩膀上，我闻到柠檬和香草的香味。

“下面就是巴黎了……”我轻轻拍了拍她的肩膀，然后依照空姐的要求，伸手打开了遮光板。

一片庞大的经过人类精心改造的区域出现在身下的地面上，复杂的街道、边缘的破旧的城郊楼房，然后是别具一格的欧洲网格状的建筑群，道路像蛛网一样发散，建筑群被随意切割成一个个不规则的小块，锡青色的屋顶、米色的墙面和街道。

“那里就是埃菲尔铁塔，航空公司都会故意绕远路从它上空飞过，应该是给巴黎做宣传的吧。”她说。

“我现在只看得见在给你的头发做宣传。”

“嗯。”她回头对我莞尔一笑，分给了我一半窗口，这样可以分享面前的视野，远远看见了传说中的埃菲尔铁塔。

飞机稳稳降落在戴高乐机场的跑道上，我们各自取行李，我和她一起在行李传送带边又碰见了，于是默默站在旁边。

“我的电话在这里，记好了啊。”

“哦，你的名字是？”我心想，总不能联系人那一栏写“淡黄色发带”吧？

“宁萌。”她说，“宁静的宁，萌萌哒的萌。我朋友叫我柠檬。水果那个柠檬。”

“好，记下来了，我叫英。英雄的英。”

“好像女孩的名字。”柠檬说，“办理了手机号之后记得打电话给我。没准哪天我去找你玩，或者你来卡昂。”

“好。”

我在机场出口处跟未来几年将会是我共同战斗的同学会合了，学长举着牌子招呼我们过去。柠檬挥挥手跟我告别。

3.巴黎巴黎

落地的当天是法国的国庆节，2004年7月14日，两百多年前，巴黎群众攻克了象征封建统治的巴士底狱，开启了法国大革命的序章。也许是那天法国人干得太辛苦了，所以每年这个日子大家都不工作，包括商超和娱乐场所，只坐在家里看巴黎的阅兵式。

我对晚上九点半依然还透亮透亮的天空感觉不可思议。这里太阳不落下吗?

我站在巴黎市中心的一座漂亮的大桥上到处拍照片。桥身宽阔，小石块铺设的路面能容下六条车道，道路两旁还有宽宽的人行道，可以让行人倚在石质的围栏上欣赏身下的河水。每走几十步，就有个漂亮的雕像。

桥下就是法国最著名的河流，干净的河流上反射着夕阳的凌乱的光。河流两旁的堤岸有沿河的走廊，矮下去靠近河面，牵着狗的贵妇人在散步，年轻人在跑步健身，老年人坐在长凳上凝视着河水。河堤上方站着的是电视上能看到的欧式风格的建筑，不是高楼大厦、有玻璃幕墙的建筑，而是有历史厚重感的石质墙面，上面尽其所能地点缀着各种古老传说中出现的那种雕像。所有这一切笼罩在碧蓝碧蓝的天空之下。

还处于迷糊状态的我根本不知道这里是哪儿。那时候没有智能手机和定位APP。我手里只有一款老式的尼康相机和一张从宿舍前台领的巴黎地图。

“我终于来到法国啦！我在巴黎的莱茵河上拍照！”我回宿舍之后在人人网上加上这段文字和刚刚拍的照片。

不一会儿有人留言，“莱茵河不是德国的吗？”

哦！我赶紧撤下帖子。

“我终于来到法国啦！我在巴黎的塞纳河上拍照！”附照片，剪刀手。

因为所有店铺关门，从飞机降落到晚上十点多，我只喝了一个同学的一点方便面汤。我们临时住在大学城的学生宿舍，当时他在走廊的公共厨房泡方便面（现在想来，在行李里面带上方便面真是明智）——康师傅麻辣牛肉面。

“同学，你叫什么名字来着？”我凑过去装作在厨房烧开水。

“泊哥。淡泊名利的泊。”

“我也不是饿，我只是好久没吃过这个口味了，不记得是啥味道了。我喝汤看看？”我觉得我吞口水的声音走廊那头都听见了，我的脸皮也确实够厚了。

“嗯，分你一点好了。我也很饿的，所以只能给你这么点，呵呵。”

“嗯，真香，就是这个味道。”

从那一口以后，在吃的方面，我觉得泊哥是我最大的依靠，即使后来我跟他不得已吃了几次酱油拌白米饭，但是我认为从他手里做出来的，依然是好吃的。

因为时差，兴奋，加上夏天北半球高纬度夜间时间短，我们两点多才睡觉。第二天早上五点不到又醒了。

我、泊哥还有大民在房间里面唠嗑，不一会儿，泊哥神秘兮兮地说：“给你们看个好东西，包你们喜欢！”随后拿来了电脑，熟练地打开了几个伪装很深的隐藏文件夹……

我们看到了几十期拷贝进来的《我猜我猜我猜猜猜》，宪哥和阿雅的笑脸立马让我们忘记了窗户的外面是巴黎的阳光。

“真的假不了，假的不能真！”

“人不可貌相，海水不可斗量！”

“Come on up some music!”

宪哥独特的声音自带喜剧效果。

这款节目从出国第一天，就成了我们大家共同的娱乐活动。一直到我们毕业那年，也就是两年后，阿雅从节目中退出，出国留学，让我们唏嘘不已。一起围坐在电脑旁看《我猜》的时代也从此告一段落。

早上九点，大巴接了我们一帮学生开启了三天巴黎参观的行程。从埃菲尔铁塔的对面高地开始，那里是特罗卡德罗广场，兀自高起的一个平台，带着一排石质的围栏，好像一个宽大的舞台，而舞台背景则是埃菲尔铁塔硕大到夸张的身影。这里是最可以完整体验埃菲尔铁塔之雄伟的地方。

舞台下的夏洛宫前有个很大的花园，在那里经常举行盛大的活动，我经历过好几次盛大的足球赛的集体直播狂欢，就是在这里举行的。

从那里继续往下走，直穿过耶拿桥，来到河对岸，就站在了埃菲尔铁塔的脚底，可以仰望头顶硕大复杂的钢筋结构。铁塔身后离河岸稍远一侧，是战神广场的大片绿地公园，绿草地上安逸地散坐着一对对的情侣、家人和一群群谈笑中的朋友。

作为一个巨大的铁塔而言这里可能并没有特别大的技术意义，但是却被全世界人赋予浪漫的符号，在灵动的塞纳河边，在厚重的埃菲尔铁塔脚下，这里的一吻应当会让人记忆一辈子。

沿着塞纳河往东走，经过布朗利河岸博物馆和现代美术馆，路过荣军院和大皇宫、小皇宫，穿过香榭丽舍花园，就到了协和广场，可以看见宽广的十字路口中间的海神喷泉和有三千四百年历史的方尖碑，一百多年前被法国君王从古埃及抢过来作为炫耀的战利品，金光闪闪的尖顶下面记载着埃及拉美西斯二世法老的故事。

方尖碑脚下正对着的是杜乐丽公园的大门。杜乐丽公园曾经是杜乐丽皇宫，一百多年前被焚毁，现在成了一座美丽的公园。杜乐丽公园在我毕业工作之后，成为经常路过的地方，踩着公园里的灰石子，在大喷泉池塘的旁边，拽过一个铁椅子坐下来，看着池塘里的鸭子游来游去吃着人们手里的面包屑，享受安静的傍晚阳光，又或者，在公园里的露天咖啡店坐下，来一大杯啤酒，享受百年前皇帝享受过的花园风景，是一件美不胜收的事情。

穿过杜乐丽公园的石子路、大喷泉池塘以及法国宫廷独有的剪裁规则的花园，最终就到了卢浮宫，也可以看见贝聿铭先生设计的卢浮宫博物馆入口处的玻璃金字塔，玻璃金字塔与周围几何形状的水池互相辉映，形成许许多多的线条和镜面构成的美丽图案，这个颇具现代美学风格的图案被卢浮宫的气势磅礴的古老宫殿建筑环绕，构成一幅超现实主义魔幻的画卷。

然而最美丽的风景则是在一转身，背对着卢浮宫，视线能够高高地穿过来时的杜乐丽公园，穿过方尖碑所在的协和广场，穿过香榭丽舍公园，穿过繁华的香榭丽舍大街，直直地看到远处的凯旋门，如果再往远处延伸，能够看到这座城市的远端，拉德芳斯广场上的现代化风格的大拱门，将现代化的玻璃幕墙建筑和古老的石质凯旋门的拱形设计完美地结合在一起。

设计师大胆地在这座古老的城市中画下了长长直直的一笔，形成了斜跨巴黎的中轴线，现代化的大拱门、凯旋门、香榭丽舍大街、杜乐丽公园和卢浮宫依次陈列在巴黎这座城的红地毯上。

埃菲尔铁塔—卢浮宫—凯旋门，这个三角形是我最喜爱的一条旅游路线，既可以体会塞纳河两岸的风景和各种名胜以及博物馆，又充分享受了美丽的公园和商业繁华的香榭丽舍大街。

然而，真正能够体现巴黎情调的既不是些地方，也不是西缇岛上的巴黎圣母院，这些是为匆匆而来拜倒在巴黎名片下的游客准备的，是文人墨客抒发感慨和照片打卡地。

我真心喜欢的格调，就在卢浮宫旁边的塞纳河上，有一座简单得不能再简单的木板桥，不能通车，只能步行，木板桥配上普通的铁护栏，与其他石质的宽阔大桥比起来，显得极其微不足道，那就是艺术桥，也就是赫赫有名的情人桥。

铁护栏上密密麻麻地扣上了无数的小锁，锁上写着相爱两人的名字，钥匙被扔进脚下蓝色的塞纳河里，可以象征着一生一世永不分离。当然我一开始也不相信这样的剧情，不愿意给这样一个颤巍巍的小桥再增加负担，落入俗套。

后来这座小桥不堪重负，有坍塌的危险，巴黎市决定拆除一半桥上的小锁。难道说这个比例正巧对应着法国高达50%的离婚率？我可不愿意将来的婚姻掌握在市政清理桥梁的工人手里。

我心中真正的情人桥的打开方式，应该是在日暮的时候，来到这座木制的桥上，席地而坐，脚下是蓝色的塞纳河，一面的风景，是河中心如画般的西堤岛，远端是巴黎圣母院的哥特式建筑剪影；另一面的风景，是映着夕阳的河水，在微波中泛着粼粼的光，远处可以看到闪烁着金光的埃菲尔铁塔。看着两岸的街灯一盏一盏点亮，与河堤边走廊的昏黄的灯光一起，将河水蕴成暧昧的颜色。

这个时候，开一瓶香槟，拿着一次性塑料杯，身边坐着介于朋友和爱人之间的那个人，一起看着脚下灯火通明的塞纳河游船，享受游船上游客的热烈招手和欢呼，举杯向往来的游船一一回敬……聊什么其实不重要，静静享受这份美景就好。

塞纳河上的频繁的游船环西缇岛驶过来，环绕过巴黎圣母院，路过大皇宫小皇宫，经过埃菲尔铁塔，经过十六座桥，从下游的天鹅岛的最西端折回，在那里可以看见巴黎的自由女神像，是纽约的同款缩小版。船上满载着体验巴黎夜景的游人们，有的在船上餐厅里享受烛光晚餐，更多的则是站在甲板上对着桥上驻足观望风景的人致意欢呼。而桥上的人也高兴地回应着。

我改了改卞之琳的诗，“你站在桥上看风景，看风景的人在船上看你。繁光装饰了脚下的河流，河流装饰了你在的这座城。”

说够了情人桥，也稍微提一下“新桥”，它是紧挨着情人桥的一座桥，和情人桥一样也常常被赋予爱情的符号，只是少了能够扣锁的地方。

整座桥穿过河中心的西缇岛的西端。西缇岛在被新桥穿过的那部分岛尖，叫有一个广场，虽然叫广场，其实是个小小的三角形公园绿地。

从桥上下来，走到公园的边沿，岛上的河堤紧挨着水面。人坐在河堤上，大多数时候，河水就在脚下一米不到的地方。涨潮的时候，双脚就可以浸泡在塞纳河水里。在这里喝酒聊天，面前是塞纳河上一座接着一座的美丽的桥，或温婉，或雄伟，或悠远绵长，或美轮美奂。面向着夕阳，落日的余晖又给这些桥披上了一道亮丽的幕景。

在情人桥上坐着喝上几杯——转站经过新桥，来到西缇岛的河堤边看日落——漫步继续走过新桥，从塞纳河中心的巴黎圣母院面前经过——来到左岸。这时候天已经黑了，人也微醺，肚子开始饿了。过了新桥往前几百米就是圣米歇尔广场和喷泉，在那附近有好几条街的餐厅、小酒吧和咖啡店，各国的美食风味琳琅满目。

有中餐馆飘着羊肉串和水煮肉的香味；日本餐馆的白色门帘后能看到柜台上鱼生师傅在认真地准备料理；布列塔尼风味的小酒馆桌上放着大大的特色可丽饼薄饼、大盆的沙拉、大块的香肠和酱鸭腿；法国餐馆里面的冒着热气香味扑鼻的焗烤蜗牛配上小块面包和各式甜点；来自比利时的Chez Leon de Bruxelles的小铁锅煮贻贝，奶酪味、蘑菇味、熏肉味等各种口味随便组合；爱尔兰和苏格兰的酒馆里面则是炸鱼和薯条、啤酒和球迷的天下；意大利餐厅里有的是那不勒斯比萨、卡布里乔莎火腿比萨、皇家比萨、四季比萨、四奶酪比萨和各种海鲜意面；希腊小饭馆里有美味的烤鱼和烤羊排；路边黎巴嫩小摊上的沙瓦玛肉卷美味多汁；土耳其烤肉店里的烤肉配上美味的辣酱，加上简单的可乐和薯条就能让人分分钟幸福感爆棚。

如果吃得太饱，有许多精品店和古董店可以逛，可以回到塞纳河边的走廊上走一走，可以找一家酒吧听着爵士音乐喝一杯莫吉托或黑色俄罗斯（鸡尾酒），当然也可以去普罗科布咖啡馆安安静静地聊聊天，喝点浓缩咖啡和餐后甜点。

一切说回来，我刚来法国的头几天可没有这么丰富的经历。这些都是后来跟一位“朋友”的体验。

在一系列完成任务式的打卡之后，终于分清楚了埃菲尔铁塔和凯旋门的区别，卢浮宫和凡尔赛宫的区别，圣心教堂和巴黎圣母院的区别。在此之后，我们结束了短暂的巴黎之行。转而去了为期三个月的语言培训的目的地，一个叫贝桑松的小城市。

贝桑松，我一听名字，这不就是“被葬送”吗?

第二章　贝桑松的老太太

这个梦境总在我不经意的时候袭来，大约几个星期会经历一次，很多年之后的一系列事情，让我终于明白了这个梦境的含义。也是这次发现，让我释然，从此终于摆脱了这个糟糕的噩梦。

原来并不是我做作，故弄玄虚，也不是刻意的卡夫卡式隐喻，在自己身上或者身边发生的事情就是一直在悄悄地暗示着一些事情，上帝（或者另外负责眷顾我们的神灵）就是这么喜欢开这种玩笑。我们经常说的“Follow your heart”其实是跟随着这些暗示走，而我们真正的自我内心，并没有那么明确目标，也没有那么坚定执着，一如被蒙着眼睛转圈推磨的驴，目的地早已被设定。

我准备记录下来我能记得的，一个如何释梦的过程。过程中发生了很多事，经历了很多人，回过头来看，虽是弯弯绕绕，却又无比确定地将我领到了那个事件。所以整个十多年漂泊的这场人生旅行，是否对应梦里面长途跋涉的旅程？而一路上所感受到的温存和善良，是否对应梦中那个白色的女孩？我到达的那个地方，以及我想见，又没有见到的那个人，是否就是我人生中的追求和错过？

这也可以是其中一种理解。

1.贝桑松

大民和叶子成功地在贝桑松会合，有情人终成眷属，他们可以如胶似漆地度过语言培训的三个月，在此之后又将奔赴不同城市的不同学校。不过也还好，双方距离就是一个多小时的车程，猛然回想起来，他们俩原来在国内，上海和南京相隔，其实也就是两个多小时的火车车程。

所以他们兜了这么大一圈，缩短了半个多小时的车程。当然别不知足，语言培训三个月能在一起，然后在法国相隔两个较近的城市读研究生，已经很好了。

现在大家都在课堂上，坐在各自座位上，两人都还得手牵着手，随时准备撒一地“狗粮”。

“大民，等一下，先把我的手放一下，我要拿包。”

“不放！就不放！”

我们当时都很看好这一对，肯定能够白头偕老。

泊哥那边也带来了好消息。他女朋友莉姐，在十一月份跟北京那位富家公子的婚期之前，从家里争取到了三个月的“海外语言学习”的机会。莉姐七月份大学毕业，到十一月份的婚期，中间间隔了几个月，反正她爸妈在家里跟她横竖也互相看不顺眼，于是最终同意了送出国短期留学三个月。

目的地正是法国（她家里人肯定会纳闷为什么她就突然对法语产生了浓厚的兴趣）。

“学个鬼的法语，我俩都偷偷商量好了，来了法国先好好玩上三个月。之后，她再回去跟那哥们儿结婚。”

“来‘被葬送’？来了住哪儿？”我觉得事情转折得很突然。

“能住哪儿？我房间呗。”

“啥时候到？”

“还有十天。”

“然后三个月之后就走了？那你呢？”

“该咋地咋地。”泊哥恶狠狠地说。

“有没有可能三个月之后改变主意，留下来？”

“完全没可能。”

“先好好享受在这里的这三个月吧！晚上动静别弄太大，我住你隔壁。”

“那可保证不了。”

坐前面的一米八的高个女生回过头来，一只手扒着椅背，她虽然个子高，却是很轻盈，头发很长很飘逸，像仙女，但是一开口东北腔就让我们乐坏了：

“哎，那你给那哥们儿戴那么大的绿帽子啊？”

“没办法，是这龟尿抢了我的女朋友！”泊哥激动地飙西安话。

“你应该这么想吧，是你睡了人家媳妇，赚到了。干脆你好人做到底，直接‘还一送一’好了。”

“好主意！”泊哥苦笑着。

“礼金红包里面可以这么写：送你个大胖小子！”

我看着这位东北大姐，觉得这兄弟值得交。“同学，怎么称呼？”

“小琳。”

这样，我们就认识了小琳，来自东北的一米八的大个女生，虽然看起来大大咧咧，但其实性格很细腻，也很随和，后来也加入了看《我猜》的行列。我给她起了个外号，叫“东北大妞”，不知不觉传开了，成了“大妞”，她也不介意。

坐在我前排的是建哥，一个身材高大的上海男生，很体贴，很会护人，够兄弟够义气。唯独就是带着上海富贵家公子的脾气，经常口无遮拦来一些金句。

我们几个在食堂吃饭，吃得正开心。

建哥把头伸过来一看：“你们吃的这是什么呀！咦惹，猪都不吃这样的啦！”

“来吃点！”

“不吃！”

“尝点！”

“嗯……真香！”

我们正在围着看《我猜》，看得正开心。

建哥听着热闹，寻过来站在我们背后。

“这么低级趣味啊！能不能看点有营养的啊！”

“来一起看。”大民拍拍旁边的凳子。

“我才不看这种低俗的东西！”

五分钟之后我们回头一看——

“建哥，你咋还在这儿？”

“我坐会儿……”

坐在小琳前排的是俊男，自我介绍的时候：

“大家好，我是俊男，意思就是handsome guy（帅哥）”

俊男确实长得帅，国字脸，身材很匀称，头发梳得整齐利索，但是不知道为啥没有女人缘。我们一直搞不懂。

本来可以走高冷英俊的都敏俊（参照《来自星星的你》）路线，结果走成了笑星的王宝强（参照《唐人街探案》）路线。尤其是来的第二天就开始疯狂追求小琳，让我们觉得太不矜持了。

“小琳，你的笔擦借我用一下呗，哇好白的笔擦啊！真是好看！”

同时还配上极其猥琐的笑脸。

“小琳，你的字典借我用一下呗，嗯，好香啊！上面是你的香味呢！”

“小琳，你的圆珠笔……”

“我去！”东北大妞的铁笔盒扎扎实实地抡在俊男的头上，发出一阵巨响，笔盒里的东西、记号笔、圆珠笔、笔擦、尺子散落一地。简直就像大型车祸现场……

俊男也没脾气，于是一件一件地捡起来，放回大妞的桌上，还不忘拿走了圆珠笔。

“谢谢……圆珠笔，我用一下……”

我、泊哥、大民、建哥都目瞪口呆……

惊讶于俊男的厚颜，也惊讶于东北大妞的彪悍。

除了我、泊哥、大民、叶子、小琳、俊男、建哥，两天后班上来了两个女孩，小糖和燕子。

小糖个子不高，很精致、干净的一个女孩。脸小小的，白白净净，利落又随意的马尾辫，头上戴着遮阳帽。在教室门口，她把帽子摘下来：

“大家好，可以叫我小糖。”一笑起来，感觉教室所有的夏日早阳的光线都汇聚在她身上。

我听见前排的建哥吞了一口口水。声音大得吓了我一跳。

燕子个子稍微高一点，很活泼的一个女孩，脸颊上被夏日的阳光晒得微红，波浪形的头发散下来，站在小糖旁边，给人一种很舒服的大姐姐的感觉。

“我叫燕子。我和小糖两个人去南方玩了一圈，普罗旺斯、尼斯、摩纳哥、加纳，所以比你们晚了两天到。”

“哇！会玩啊……好玩吗？”小琳姐很感兴趣。

“不错，我们做了很详细的攻略，有兴趣的话，我给你看。”

建哥粗着嗓门说：“就你们两个人去啊，安不安全呀，你们两个小姑娘弱不禁风的，碰上坏人怎么可好啊？”他粗着嗓门应该是为了彰显其男人气概。

“谁说我们弱不禁风啦！”小糖和燕子一起白了他一眼。

除了一帮中国学生之外，还有来自德国、西班牙、印度、泰国和巴基斯坦等国的同学。在这个小小的三层楼的语言学校里，一起学习法语。

我们的法语老师是一个胖胖的女士，戴着厚厚的眼镜，齐肩的头发，声音很温柔，对我也不错。让我想起来高中时期的英语老师，她也对我很好。可是无论是学英语还是法语，我都不算是听老师话的好学生。

分组对话练习中，我一次次地被分给了印度、泰国或巴基斯坦的队友，最多的就是那个印度小哥，叫Bank，我问过他，他们家是不是开银行的，他说不是。哦，必须提一下他有个弟弟，叫Money，你还别不信，真的。

虽然我那时候的法语水平很差，口音更谈不上标准，但是我还是分辨得出口里像含着胡萝卜说话的印度式法语口音，以及像鸭子说话似的泰国式法语口音。虽然我自己说的法语口音谈不上任何地道，但不代表我能忍受这些乱七八糟的其他口音。

于是第二天我鼓足了勇气跟校长提出将我分到高级班。这样我就可以与口音更好的人对话练习。

校长是一个法国中年男人，打扮得很精神，西装革履，西服胸口的口袋里露出一截红色的手绢。

他露出一副不相信自己耳朵的表情。用法语（当然是用法语）跟我说了一段话。

“……”我听不懂，所以只能用省略号代替。

“嗯？我听不懂，能不能说慢点？”我说。

“……”我还是听不懂。

“嗯？”

“Out！出去！好好上课！”这次我听懂了。

回到了教室，我依然对认认真真拿印度口音叽里咕噜地念法语的Bank同学提不起兴趣来。我认为，最好的学习法语的地方，应该在生活里，在大街上，在超市里，在公交上。既然已经来到了法国，还关在教室里跟印度人、泰国人对话。我感觉这就像是自己坐在满是火锅、麻辣烫、羊肉串以及各种豪华大餐的桌上，却要低头吃泡面一样。

我把我的想法跟泊哥和大民说了。他们表示很同意，但是大民要专心在教室里和叶子卿卿我我。于是我跟泊哥收拾书包偷偷地准备往外溜，但突然被小琳一把拉住。

“干吗去？”

“上厕所。”

“只有女生上厕所才组团，你们拿着包是想溜！”

“别，大姐你……”

“一起走！等我！”大妞不等我们答话，很开心地开始收拾东西。

门口撞见老师，问我们三个人拿着书包干吗去。

“肚子疼……”小琳捂着肚子，做出丰富的表情。“我那个……来了。”

“我们也是……嗯，肚子疼。回去宿舍。”

我和泊哥一紧张，肚子也疼。好像是经常混一起的人，肚子疼这种事情是会同步，有科学依据。

我记得从小学初中高中到大学，肚子疼这种借口都是被最广泛使用的，无论男女，老幼，没有什么硬性的检查指标，只要表情到位，就无法验证，严重程度也灵活介于“放个屁就没事了”和“非常严重需要住院治疗”之间。

总之，我们逃出了教室。外面是明媚的夏日阳光，鲜花点缀着大街小巷。道路中间和两旁的花坛，两侧的欧式小屋的窗台上，路灯的灯杆上，都挂着各种颜色的花，红的、粉的、紫的、蓝的、黄的、白的。学校面前的大马路直通市中心，沿途流淌着一条小河，河水清澈见底，能看得见里面的小鱼，往下游走一公里，水流有个齐斩斩的约两米高的落差，形成一个小瀑布，小瀑布边是游客咨询中心。

我们在游客咨询中心窗口要了当地的地图。然后再决定去哪里。

这是什么感觉？！

这就是逃课的感觉！

2.逃课小分队

也不知道是谁最后拿的主意，我，泊哥，小琳三个人坐上了公交车，随意在城里逛，既可以看看沿途的风景，又能够跟邻座的人搭讪学习法语，没有明确的目的地，随便公交车带我们去哪里。

因为希望跟法国本地人交流，所以我们三个人分开坐，我坐靠前，就在司机的后面，泊哥坐最后面，小琳坐在我身后两排。想到其他人正在老师的监督下学枯燥的法语语法，我们能够在这里自由享受朗朗夏日和异国风景，心情就跟外面的阳光一样灿烂。没准还能遇上几个朋友呢！

在遇见老太太之前，我身边的座位上坐过三个人：

第一个人：在路过人民广场的时候，上来一个中年妇女坐在我旁边，一直在打电话，絮絮叨叨跟某位朋友说孩子的事情，这可以当听力练习，但肯定不能打扰到她。

第二个人：在一个花园的门口，中年妇女下车了，一个黑人男人坐了过来，一分钟之后跟我开聊，“你是来读书的吗？”“你是哪个国家人？”“来了多久了？”“在法国生活不易啊，你慢慢会发现的……”我勉强连说带比画跟他交流。一会儿他就下车了，下车之前还跟我热情地握手，“祝你在法国生活顺利！”

第三个人：黑人男子下车之后，过了一站，是当地的一所职业大学，上来了一个挺漂亮的法国女孩，金色的短发，头顶上别着一副太阳镜，白色外套下面穿着蓝色短袖T恤，干干净净的牛仔裤，一副大学生的模样。我偷偷瞥了一眼她的鼻子，怎么可以长得这么笔挺和精致，像大理石雕出来的一样。我憋红了脸也没开口搭话。她当时也很安静地坐着，什么也没说。我靠窗，忙着欣赏大学附近的风景，和大多数大学一样，这里有很漂亮的建筑群，精致而充满活力的广场，生机勃勃的小树林和川流而过的河水。

两站之后，老太太上车了。她大约七八十了，身板还算硬朗，并没有像大多数老人那样佝着背，而是挺直着上身。以此可以猜出在她年轻时，举手投足的高雅气质。她的头发已经完全变成银白色，但是还很浓密，就像才做过头发没多久，打理得很好。她神采奕奕的，很慈祥，很有亲和力，穿着薄衫，挎着购物袋，一上车望向我这边就笑了。

我身旁那个法国女孩高兴地迎上去，叫了声“奶奶！”把老太太扶到她刚才的座位上，也就是我的旁边。她自己则站在老太太的身边。

我一时间在犹豫是应该起身让位给那个女孩，好让她们一家人坐一起，还是继续这么坐着。让位给老年人是理所应当，但是让位给年轻小女孩是不是有点奇怪？

就在这时候，老太太向我开口了，她说话很慢，很清晰，应该是迁就我这个外国人的有限的语言能力。

“您好，您是来这里读书的外国学生吗？”

“您好，是的。刚来两天。”我觉得她的口音很纯正，语速很慢，声音很慈祥，而且作为长辈对我还尊称为“您”，显得非常有礼貌。

“您来自哪里？”

“来自中国。”

“作为一个外国人，您的口音很好。”老太太对我笑着说。

“哦！是吗？谢谢，您是第一个这么说的。”我平生第一次收获了这样一个评价，与早些时候在语言学校的校长办公室被轰出来相比，我感觉受到了莫大的鼓励。

“您会说得很好的。”

“谢谢，非常感谢，您，购物？”我指了指老太太手里的购物袋。

“是的。我去超市。”她扬了一下手里的购物袋，“和我孙女一起。”

老太太看了一下旁边站着的那个女孩，那个法国女孩看了一下我。

“日安。”

“日安。”我向她点了一下头，然后转向老太太。

“我和我的伙伴们，在找超市，您可以带我们去吗？”坦白地说，去趟超市也是很好的选项，我顺口就说出来了。当然，依然是连比带画。

“当然啊，没问题，很荣幸。那我们下几站就到了。”老太太很开心。

我跟小琳，泊哥招招手。

“一会儿下，超市。OK？”

他俩跟我比了一下手势，OK。

下车的时候，我和那个法国女孩一左一右要扶着老太太，老太太坚持自己下车，在法国，老人家们好像都很要强。

法国女孩于是对我笑了笑，很甜美的感觉。

“谢谢。我叫阿丽斯，你叫什么？”

“不谢。我叫Ying，这些是我的朋友。”我介绍了泊哥和小琳。

小琳在车上很快认识了一个法国帅哥，那个男生留下了电话号码，希望一起出来喝个咖啡或者啤酒什么的，小琳说到时候我们一起去。泊哥虽然没留一个电话，但是一路上也跟不少人说了话，聊了天。大家跟老外说起话来，都得连比带画，时不时还需要拿出电子词典查一查，然后转过屏幕来，给对方看自己想表达的意思。

第一款iPhone是在2007年发布的，此前，在智能手机到来的前几年，“好易通”“文曲星”掌上法汉电子词典，发挥了举足轻重的作用。“等一下，有个词我马上查一下”成了我们必备的技能。

我们在超市里一边采购生活用品，一边开心地交流今天的所见所闻。三个人都觉得这种街头式外语学习方法非常有趣也有效果，有时候因表述不清而闹的丑事也会成为让自己和朋友捧腹的笑料。但是因为自己的表述能力差而累积下来的挫败感和失落感，在朋友之间的谈笑间却会烟消云散。

“之后我们去哪里？”我拿起一包火腿肠，问泊哥和小琳。

“我想去办个手机，要不然很不方便。电话号码也不能留。”小琳说。确实公交车上的帅哥还等着约出来喝咖啡呢。

“嗯，也是。得办一个了。”我和泊哥点头，我想起了柠檬。

街头学习三人组在超市口赶上了老太太，或者说也许是老太太在门口等我们。我们三人笑呵呵地向老太太和阿丽斯两人道了谢，这个超市很大，我们都找到了需要采购的东西。

突然我想起一件事。

“您喜欢……钱币吗……外国的？”

“啊！喜欢的！您怎么知道的？”老太太一脸惊讶地说。

“我不知道的，口袋里……有……中国……硬币。我……您……礼物，感谢您……来超市。”

刚刚我在超市里结账的时候，发现裤兜里居然还有一元两角钱的人民币钢镚，短时间内没有花销的地方了，送人挺好。

我感觉老太太听懂了我的意思，因为我把那几个用不上的钢镚放在她手里的时候，她很开心。

"谢谢您！我收下了！我很喜欢！从来还没有收集过中国的硬币！"老太太正反面反复翻着看。

"不用谢！"我也很意外这几个硬币能够发挥这个作用。

"你们要不要来我家坐坐？"老太太很热情地说。

"谢谢！我们很愿意。但是现在……想去办个手机，在那个……店……关门之前。"卖手机的营业厅怎么说，明显不在我们有限的词汇量里。

"你想说电信营业厅？你们知道在哪里办吗？"老太太问。

"嗯……不知道，没有，我们去找找试试。"

"我可以带你们去，反正我也没事。"阿丽斯伸过头来。"不过得先和我一起把奶奶送回家。"

我们一起送老太太回家，认了一下地方，约定明天下午再来拜访，老太太满心欢喜，说要给我们看她收藏的钱币。

之后阿丽斯就带我们去了市中心的商业区，我们都办理了手机套餐，随套餐赠送了一部手机，每个月两个小时通话，加一百条短信。我挑了一个圆圆的三菱牌手机（我都不知道三菱还做手机），能够拍照片，还有六十四位和弦，简直科技感爆棚。泊哥要了一个爱立信，小琳要了一个很女性的粉红色索尼。多亏了阿丽斯的帮忙，一切很顺利，但还是花费了大半个下午的时间。我们对阿丽斯非常感激。

为了试验我的手机号，阿丽斯给我拨了一通电话，电话响了，我存了她的号码。

为了体验我的手机拍照功能，我拍了一张我们四个人的合影。经过很多年，这张像素现在看起来低成渣的照片依然存在电脑的某个角落。

"明天下午三点，我们一起去我的学校旁边喝咖啡，然后去奶奶家？"阿丽斯跟我们提议。

"好啊！我们请你，感谢你的帮忙！"

"那明天电话联系咯！"

"好的，你的号码我已经存好了。"我说。

当天晚上，我们回到宿舍的公共厨房，拿出在超市购买的食材，泊哥要展示一番手艺，叶子和大民也在厨房里忙活，我要做我最喜欢吃的黄瓜炒鸡蛋，东北大妞跟家里人视频之后，跟白天遇见的法国帅哥通了一个电话。建哥，俊男，小糖和燕子放学之后也都加入了。

“第一次做鸡，没经验。不知道会怎么样。”建哥说。

“我也是第一次做鸭，也没经验。”俊男说。

我和泊哥笑得在地上打滚，金句王就是金句王。

大家热热闹闹地凑了一桌菜，热热闹闹地聚在一起吃饭，一边吃饭一边听我们逃课小分队的见闻。

“喔——，跟法国美女有约哦！”俊男和建哥向我露出又羡慕又嫉妒的猥琐的声音。

“又不是我，是我们三个人一起！”

大家决定以后可以经常出来，但不能一下子出来太多人，否则会造成很不好的影响，被反映到学校那里就不好了。所以每天逃课的人数保留在三个人以内，万一想逃课的人多的话，还需要大家协调。主意是我出的，所以逃课小分队由我来统筹安排，不要出现某一天大家都撤光了这种无组织无纪律的情况，这样就给祖国抹黑了。

第二天，因为跟阿丽斯和老太太有约，泊哥，小琳，我们三人说好了继续逃课。上午依然去学校报到，混了一下脸熟，中午饭之前就溜了出来。这次为了方便开溜，索性每个人来上课的时候都没有背书包，这样走的时候就可以双手插兜，大大方方地走出教室。

“哎，Ying，昨天下午，老师问你们三个去哪里了。”我的印度好同学Bank跟我说。

“我们不是跟她说了，肚子疼回宿舍了吗，你怎么回答的？”

“我说不知道。反正她在课堂上问了你们，脸色挺不好看。”印度小哥模拟了一下生气的表情，我觉得很逗。但马上觉得把他抛下有点过意不去。

今天比较幸运，没有碰见老师。逃课小分队急急忙忙逃出教室，迎接骄阳。

我们按计划，先到公园里分散开溜达一阵，希望能够邂逅几个无聊的话痨跟我们练习一下法语。公园里各种奇形怪状的参天大树在绿草地上洒下大片的树荫，年轻人们三五成群坐在草地的树荫里。远处的池塘上有小鸭子游来游去，吃着人们丢给它们的剩下的午餐。

在公园草地上吃三明治的很多，同事朋友之间聊天的也多，但是来跟我们这样的亚洲面孔的陌生人说话的却比较少，我也不愿意主动打搅到别人，于是拿起了法语课本开始背单词和默念课文。

不一会儿，另外两个队员过来找我。

“饿了……这里没意思。”

“走吧，吃饭去。”相比昨天的公交车之行，今天的公园之行确实比较失败，老太太这种好人确实可遇不可求。

“吃罢三明治，再去公交车上坐一会儿，三点之前到阿丽斯的学校就好了。”

车上没什么人，我于是再次拿出法语课本复习。午间的阳光照在脸上睁不开眼，吃完午饭本来就有点犯困，我很快靠在车窗上睡着了。

3.好听众

我坐在火车车厢里的座位上，看着窗外，窗外只有刺眼的白光，我的眼睛刺痛得厉害，但也挪不开。我低声问坐在我身旁的白色的女孩，这趟火车是不是带我们去见那个人。她不说话，只点了点头。如果我能够一直盯着窗外的白光不眨眼，我们的火车就能顺利地开到那个目的地。那里的站台上会有一个人在等着我，整趟列车为我而开，那个站台和那个人为我而等，我坚信着。坐在我身旁的白色的女孩将头依靠在我的肩上，我感受到她侧脸的温度，闻得到她从我肩头散落下的长发的芬芳，我感觉到她的心跳，让我充满勇气。

就这样我一直忍受着眼睛被白色光芒刺痛的痛苦，火车也轰隆隆一直在开，我们仿佛穿越了整个欧亚大陆，这条铁轨漫长得没有边际，时间没有概念，我坐在座位上，早就已经感觉不到我的双脚，双手一直被无数的蚂蚁撕咬着……但是为了到达目的地，见到那个人，这一切都是值得的。我坚定地盯着这片白光，哪怕我会变成化石……

随着一阵猛烈的摇晃，这段无边无际的旅程终于结束，我们到达了那个期盼已久的站台。我也终于可以不用盯着窗外那片白光。站台上弥漫着白色的迷雾，然而却一个人都没有。我从站台的这头跑到那头，接着又跑回来，除了迷雾，什么都没有，站台上老旧的挂钟悠悠然地走着……像是在哪里见过。又是那熟悉的空虚感压下来。这趟旅行又成了无意义的煎熬。

“你什么时候离开了？”

“是不是我再努力一点，就能见到你？”

“还是你从来没来过？你只是我的幻想吗？”

泪水像决堤一样从刺痛的眼睛里涌出，站台轰然坍塌下来，瓦砾落在地上化为灰烬与迷雾交织，火车也在白色迷雾中消失不见。又是心痛得无法呼吸……

我惊醒的时候，泊哥在关切地拍着我的肩膀，小琳帮我拉上车窗旁挂着的窗帘，窗帘的阴凉让我舒服了很多，睡着时一直被阳光照射的眼睛确实很疼。

“啥？谁来没来过？”泊哥说，“睡愣了？”

“睡着了，被阳光迷了眼，眼睛疼。”我捂着脸，慌张地擦去泪水。“到阿丽斯的学校了吗？是不是要下车？”

“下一站下车。”泊哥看了小琳一眼，两人一脸的担心。

三点差一刻，我们来到了阿丽斯的学校前面的广场，泊哥突然心血来潮要去对面商场里给女朋友莉姐挑一件礼物，还拉着小琳一起去，当参谋。

“你留在这里等阿丽斯。我们买完礼物就回来。就一会儿。”

“嗯嗯。去吧。”我低头把玩着手机，我还没决定要不要给柠檬打电话。

短信的声音响起来，还没有人给我发过短信，从未有过的铃声吓了我一跳，是阿丽斯。“我现在下课，一会儿见。”

没几分钟，阿丽斯出现在我面前，今天没有太阳镜别在头发上，取而代之的是一个红色的发卡，很配她口红的颜色，化了淡妆。她跟我一样，都没有背书包，双手插兜，白色很干净的无袖T恤，配着米黄色的亚麻质地的宽松长裤。看上去是一个很舒服很干净的女孩。

“泊哥和琳……购物……回来……稍后。”我结结巴巴地说。

“那我们先去咖啡店等他们吧？”

“OK。你结束课吗？”我现在依然还是以蹦单词为主，造句还不是很熟练。

“嗯，今天下午就一节课。后天我有个考试要准备。”

“嗯。什么？”我想问什么考试来着。

“嗯？什么什么？”

“考试，我指的是。”

“德语。我还选修了汉语呢。”她转过头笑嘻嘻地对我用汉语说。“你好！很高兴认识你！我叫阿丽斯！”十足的老外的腔调，我很想笑，但是发现我的法语水平和她的汉语水平，还说不准谁更好一些。

我于是跷起大拇指，“说得很好。”

“泊哥和琳……还没回来。”我回头看了看他们去的方向。

“别害怕，我们只是在学校门口喝个咖啡而已。”她走在我前面半个身位，听得出来有些讥讽的味道。

“我害怕？可没。”我耸耸肩。

在一个简单的咖啡店门外的遮阳棚下，有一排小圆桌，我和她坐下。我拽过来另外两把椅子，给泊哥和小琳预留着。

大腹便便的老板走了过来，一手拿起小本本，搁在肚皮上，另外一手拿着笔。转脸看向我，眉毛一扬，意思是：想要啥？

我从容地指了指阿丽斯，“女士优先。”

“浓缩咖啡。”

“好，一样的。”我扬起眉毛回敬老板。机智如我，我自己都佩服。在任何场合，如果不知道如何点餐的时候，我后来一直都采用这种操作。

“马上。”老板嘟囔了一句，回去了。

“所以……你为什么来法国？”阿丽斯转向我。

“嗯，离开一些事情。”

“第一次听说这种理由。觉得法国怎么样？我是说，来到一个新的国家总会觉得不适应吧？”

“还好，还好。”我保持着不失礼貌的微笑。

“我总想着去其他国家待待，去更多地方看看，我觉得能够经历不同文化，不同环境会很有意思。可是新学一门语言太难了。很佩服你们已经开始来到另外一个国家，学习另外一门全新的语言。”

“还好，还好。”老板端来了两杯浓缩咖啡，还有一个装着糖块的小陶瓷罐子，我学着对面，放了一块糖。

“贝桑松太小了，整个城市就巴掌大，什么新鲜东西都没有。我觉得我已经能看到我老的时候，会跟奶奶一样了。一个人住在一个老房子里，在公园里发呆，在超市里购物，在家里看电视。无聊透了。”

“唔唔。”我一边认真听着，一边拿起咖啡喝了一口，好苦，赶紧放了第二块糖。

“别老说我了，说说你，你来法国是为了离开什么事情？”

“嗯……以后会说，等我的法语好一些。”我摆了摆手，想驱散这个话题。

“离开什么？家庭？感情？应该是感情吧？”她哈哈大笑。“还是……你是个罪犯？”

“嗯，我是个罪犯……”我笑了起来。

“说到离开……我有一个男朋友，我很喜欢他，他很阳光，很有才华，他也很爱我。可是他却像个孩子，只考虑他自己，游戏啊，运动啊和朋友啊，却从不顾及我的感受。‘走！去这里！走！去那里！这个事情有什么意义？！你应该这样！’跟他在一起，特别大的压力，时时刻刻都想要我按照他的方法来。但是我却觉得他的方法其实更有问题。有时候我想离开他，只想让他知道我的存在，这样他就会更成熟地对待我。”

“嗯。我理解。”我专注地看着她，点点头，作出沉思状，她说的这种情况应该不是个例，有一类这样的男朋友。

其实我也只听懂了一点点，准确来说，从她说有了个男朋友之后，我就没怎么跟得上了，后面主要是根据表情和肢体语言在猜。我发现我在猜测对方的表达这方面还很有天赋。几年之后，在工作中，跟法国同事同样面对一个比较费解的讲解内容，我反而经常比有语言优势的法国同事猜得更准确。所以有的理论说语言只占信息传递的7%，可能是有一定的道理的。

“我妈妈就是这样忍受不了我的爸爸，于是就离婚了。她离开这里去了南方。我爸爸也离开了，去了北方。而我选择留下来跟我奶奶一起，我照顾她，她也照顾我。爸爸妈妈每月寄生活费过来。妈妈有时给我写信，不过越来越少。爸爸时不时打电话回来，问一下奶奶的情况。妈妈跟另一个男人生了一个男孩，在有阳光和海岸的南方生活得很好。爸爸在北方一个工厂里工作，谈了一个女朋友。一提起他，奶奶就叹气。”

“嗯，嗯。”我专注地听，听不懂的部分费力地猜。

“你知道吗，你是一个很好的听众。我很喜欢跟你说话，很久了，你是第一个这么专注地听我讲这么多话的人。我都不记得上次有人这么认真听我说话是什么时候了。”

“哦？是因为我法语差吧。”我感觉到我脸红了。

这时候咖啡店门口路过她的一帮朋友，她一扫脸上的阴霾，高兴地站起来与朋友们行贴面礼。左脸颊碰一下，右脸颊碰一下，每个人都走一遍。

我转过身，笑着远远地跟大家举起手打了招呼。我还没有适应法国朋友们的这一套。

“这是Ying，昨天认识的朋友，刚来法国。”她向朋友们介绍我。

几个人也笑着向我挥了挥手。随后就离开了。

“奶奶人很好，但是也很寂寞，感谢你们来能多陪陪她。她很喜欢中国，看得出来她跟你们相处很开心。”

“嗯，好。我们现在去找她吧？”我突然想起来泊哥和小琳。拿起手机拨通了泊哥的号码。

“喂，你们走丢了吗？去找老太太啦。”

“好好！等我们五分钟。公交站见！”

我说我来买单，正在我掏出我的银行卡的时候，阿丽斯已经把正好的零钱放在桌上了。

“我请客，谢谢你当了好听众。”

“我们去公交站等泊哥和小琳，下次我请。”

我们一起去了老太太家里，大家围着一张圆桌坐下，老太太给我们看她年轻时候的照片，真是像极了好莱坞明星，把我们几个都惊艳了。我说像奥黛丽·赫本，小琳说像玛丽莲·梦露，老太太听着乐开了花。

她年轻时候留下来不少黑白美照，那都是很早很早的时候了，比同时期的中国爷爷奶奶可是时髦多了。然后是阿丽斯的爸爸小时候的照片、长大时候毕业的照片、工作的照片、结婚之后的照片、阿丽斯出生时候的照片、阿丽斯小时候的照片、小阿丽斯和爸爸妈妈一家三口的照片。后来，就是阿丽斯自己的照片，高中、大学，一家三口的照片后面就没有了。我明白其中的理由，但是没有讲。

阿丽斯给我们从冰箱里拿来了可乐。我们听老太太讲年轻时候的故事，也看了她收藏的不同国家钱币，昨天我给的人民币已经牢牢地粘贴在收集钱币的册子里。

我们很有礼貌，是很好的听众，该认真听讲的时候，我们作出认真听讲的样子，并不时嗯嗯地点头；该表示惊讶的时候，我们表示惊讶；该笑的时候，我们哈哈大笑；该表示遗憾的时候，低头发出遗憾的叹气声。很多时候我们并没有完全听懂意思，只是根据面前的人的表情而配合做出表演。

老太太说想留我们吃晚饭。我们三个人婉言谢绝了，加上阿丽斯，四个年轻人算起来吃的东西也不少，肯定不好意思让老太太再一阵忙活。我们提议说，过两天再来看老太太，来之前我们会买一些食材和配料，给她做一些简单的中餐尝一尝。老太太简直高兴得要昏过去。

“那太好了！我很喜欢中餐！一定要来！”

“还没尝过呢，不知道好不好吃，我们也是正在学习做饭。”小琳在老太太面前嘴特甜。

我心里想，有泊哥在，老太太真怕是吃了之后要开心得昏过去。

第三章　三段爱情

我最终还是开车去了卡昂。

一次我在酒吧给一个刚认识的女孩指明一个地址的方位的时候，我用了左手括弧加右手括弧的方法，这个偶然的动作让我想起了柠檬。

我晚上独自带着一身酒气回了家，想到了这些年自己的荒唐和心中的苦闷，拿出来柠檬写给我的信，重新读了几封。

不知道为什么就想起几年前她在飞机上跟我描述的英吉利海峡方向的海边旅游线路，诺曼底海滩，犹他海滩，宝剑海滩，海边的环海小道，海鲜大餐。

突然很想去海边散散心，仅仅是因为这个念头，第二天我就独自开车从巴黎出发了，也没联系柠檬。我回忆了一下几年前在来法国的飞机上，她在我手里，左手括弧和右手括弧拼成的地图上，点的那个点。

那是唯一的方向。

1.礼物“克爸爸”

莉姐终于要来法国了，泊哥再过几天就要见到他朝思暮想的女朋友了。

没有莉姐的日子里，他连抽烟的样子都是失魂的。因为中国同法国的时差，即使是通过MSN（现在已经没有这个聊天工具了）或者QQ网上聊天，也只能有法国上午的几个小时，那时候泊哥就关在房间里，穿着条裤衩，跟莉姐网聊，啪啪啪键盘直响，有的时候开语音，因为太过肉麻了只能关着门，于是一屋子烟味。有一次他开着门，我进去找泊哥拿本书，正撞上他俩视频。

“这是我兄弟，英。这是你莉姐。”泊哥光着膀子跟我介绍。

“莉姐好！啥时候来啊？泊哥老想你了，想你想得睡不着觉！”我学着泊哥的西安口音。

“滚滚滚滚滚滚滚。”

…………

“我跟你说，莉姐来了之后，这里的其他女生，都没有一个能够拿得上台面！”泊哥单独跟我说。

“哦？是吗，这么漂亮啊？”

“大学里面追她的人都排成了长队，能有上百人。有几个有钱的公子哥死乞白赖地追了多少年。今年年初，情人节的时候，那些人开车来送她玫瑰，她们宿舍楼下都是豪车，一辆接一辆，她都懒得见。宿管阿姨门口放一地玫瑰花。”

“最后还是你厉害。”

“一般一般，世界第三。”他得意地抽了一口烟。

莉姐飞机抵达的时间是下午。泊哥的计划是提前收拾行装，乘当天早上五点的一趟火车去巴黎，从火车站转地铁去戴高乐机场，在机场接莉姐，就像电视上面演的一样，两人在机场拥抱亲吻，随后，两人在巴黎住一晚，第二天再坐火车来贝桑松。

我们这一帮初来乍到的中国留学生已经在当地生活了两个星期，刚来的时候对花钱还没有很大感觉，觉得需要置办的东西，想也不想就买。但是半个月下来，很快就发现，照这么花销下去，父母给的生活费很快就会见底了。我们面对的经济状况，一方面是没有独立收入来源，另一方面是欧元对人民币1：11的高昂汇率。2004年那时候的汇率是历史最高了。

出国留学的同学们一般家境不会差到哪里去，中等水平是有的，但是我跟富裕的同学比起来，还是要过得精打细算一些。泊哥、叶子、燕子和我属于一个梯队，其中泊哥应该是这一梯队中，家境最垫底的。小琳和大民强一些，跟建哥、俊男和小糖属于更为富裕的梯队。无论哪个梯队，爸爸妈妈拿着人民币的工资，养着花欧元的我们，心里都还是觉得挺有压力的。

“一根黄瓜要1欧元，那就是11块钱啊……老贵啦。”连小琳也飙着东北话开始抱怨。

“一张公交票就是1欧元，11块钱。跟国内打的一样啦。”

“新鲜鸡翅一盒要8欧元，88块钱一盒生鸡翅？吃了能飞吗？”

有一次我和泊哥一起去逛果蔬超市，逛了半个多小时，出来结账。泊哥只拿了一根指头大的小青椒。我记得很清楚，0.64欧元，折合7块钱人民币。

“晚上可以吃青椒炒鸡蛋烩面。”

“吃个土耳其肉夹馍，4.5欧元，折合人民币49.5元……”来自西安的泊哥对于肉夹馍有很深刻的理解，一份土耳其肉夹馍卖49.5元，而当时西安肉夹馍豪华版才4元，难不成土耳其人长得漂亮些？简直天理难容。

抱怨归抱怨，说到这个土耳其肉夹馍，那是我们在当地生活了两个星期之后的伟大发现。

确实，我们在法国学生食堂吃的东西，一开始觉得还能凑合，例如土豆泥、绿豆角、西蓝花、西葫芦乱炖、鸡腿、牛排、碎肉饼等。而且法棍面包也挺新奇的，配着酸奶吃能下咽。

随着新鲜感渐渐褪去，家乡的饭菜开始让我们魂牵梦萦。才经过一个星期，我们的上颚和牙床在与硬邦邦的法棍面包的搏斗中已经完全败下阵来，嘴巴里面一碰就疼。一摊摊形状不可描述的土豆泥、西葫芦乱炖，以及半生不熟的西蓝花和嚼起来咯吱咯吱作响的绿豆角印证了建哥当初那句话：

“咦惹，这东西连猪都不吃啦！”

虽然晚间我们自己做饭，但是大家都是新手，无论是在高中还是在大学，谁曾经做过饭呢？泊哥这种会做饭的奇葩仅仅是个例而已。

就在我们因为食物生无可恋的时候，我们发现了一个神迹，那就是路边小店的土耳其肉夹馍。当地管它叫Kebab，听起来就是“克爸爸”。

这东西价格比法国小餐馆里卖的比萨和牛排便宜一大截。在小餐馆里，当日菜大约八九欧元到十五六欧元不等，更高级一点的菜品要卖到20多欧元。一般我们是望而却步的，算一算，普通餐，90—100元人民币。谁会吃?

幸亏有我们亲爱的“克爸爸”！大块的瘦肉，厚厚的面饼，香喷喷的酱汁，配上薯条，才要4.5欧元！口味又与我们中国人的习惯很相近。在我们经常光顾的那家土耳其小店，还有攒够9个送一个的优惠活动。

这家土耳其小店店名就叫“幸福小店”，真的让人幸福得不得了！

逃课小分队首先发现了这家“幸福小店”，于是都在那里吃，共同攒一个优惠券。这是一张名片大小的硬纸壳小卡片，正面是小店的宣传画和联系方式，背面画着十个小方格。

每购买一个“克爸爸”，老板就会在一个小方格里戳一个章子。老板跟我们解释，一定保管好这个小卡片，第九个章子盖满的时候，他就会在第十个小方格里盖一个大拇指印章。凭着这个大拇指印章，就可以免费兑换一个“克爸爸”！

“免费？”我有点不大确定这种好事。

“对。”

“免费拿一个这个？不要钱的那种？”泊哥又问一遍。

“对，免费！free！”

“真的啊！？”小琳接着说。

“……”一脸大胡子的老板苦笑，看了一眼手里割肉的大砍刀。

来这里接近两个星期，我们总共也就舍得吃了两次，每次来的时候泊哥，我，小琳各要一份，大民和叶子合着吃一份。建哥也被我拉来尝过一次：

“这不就是那个土耳其肉夹馍嘛，我在上海吃过的啦，路边摊就有，这有什么的嘛。”

以后我就再也不叫他来了。

看着手里盖满九个红彤彤的章子的优惠卡，意味着我们获得了一个免费的“克爸爸”。

我眼巴巴看着老板在小卡片戳上最后那个大拇指印章，然后在大家的注视下，郑重其事地将小卡片双手递交给泊哥：

“这是我们大伙儿给莉姐的一点心意，请收下！”

泊哥眼泪都下来了……

“只送一份，我两人也不够吃啊……”

总而言之，“克爸爸”对于初来乍到什么都不懂的我们而言，是有重要意义的。那是第一个我们开始爱上的“法国食物”，虽然不是法国原产，但也是在当地吃到的食物。之后，岁月如梭，我们了解了更多的东西，美食，美酒，风景，文化，电影音乐，友情以及爱情……甚至那种动不动就罢工的工会运动，以及电视上面红耳赤地争吵不休的政论节目，多年以后都渐渐变得可爱了起来。

2.贴面礼老师

莉姐飞机抵达的那天，一大早天还没亮，泊哥就出发去火车站赶火车了。我按时起床，路过泊哥房间门口时他已经在火车上了。

法语课上，我跟老师解释说泊哥要请假离开一两天：“去巴黎看他的外婆。”我一本正经地说，“嗯，没错，他外婆是法国人。”

“可泊哥是中国人啊。”老师一脸蒙圈。

“嗯，他有一部分法国血统，他外婆的父亲是中国人。二战来支援法国，中国战士。然后，留下来，在法国结婚，和一个法国女士。”

“哦……这样啊！值得尊敬的一家人！向他外婆带好！”老师很感动，转身走了。

“哈哈哈哈，法国血统！”小琳、建哥和俊男笑得滚到了桌子下面。“你现场编的吗？”

“嗯。”

能够用法语流利地编个谎话，证明我的语言能力又上了一个台阶。

泊哥不在，晚上没人做饭，自己做饭又没太大动力。

放学了，我正在考虑找谁去玩的时候，小琳来了，说公交车上认识的帅哥给她打电话了，问今晚上要不要一起出去。她一个人有点不敢，让我陪着她去。

“那我这算什么啊。一个人当电灯泡多尴尬……”

“你叫上阿丽斯？”

确实前几天，在逃课小分队兑现了去老太太家做中餐的诺言之后，已经有好几天没联系她了。

那一天，我们提前去超市买好了东西，小琳抢着结账，说回头我们再AA制。到了老太太家就开始准备饭菜。我和小琳打下手，泊哥主厨。

老太太吃了泊哥做的中餐，赞不绝口，这个也好吃，那个也好吃。就连最最普通的西红柿炒鸡蛋都“爱不释口”。硬是要我们留下菜谱。

我在想康师傅红烧牛肉面，她一定也没吃过吧？

老太太特地开了一瓶看起来很高级的红酒，配着桌上的西红柿炒鸡蛋、土豆炖牛肉、红烧鸡翅、西芹炒虾仁、鱼香肉丝和陕北油泼意大利面，别有一番风味。

“真好吃。中餐太好吃了。贝桑松也有中餐馆，但是比这些差太远了。完全不一样。”老太太说。

“那我们开个餐馆好了！”

“好啊好啊，我肯定天天去吃。”阿丽斯兴奋地说，她也很开心，吃了不少。

老太太则每个菜都吃，但吃不了多少，喝了一杯红酒。

剩下的都被我们一扫而光。

那天临走前，大家说好了会经常来坐坐，看见老太太这么开心，我们不由得也很开心……

我于是给阿丽斯发了短信。她很快就回复了，说今晚上有空，可以来。

巴士帅哥比我们大三岁，硕士毕业一年，在一家小科技企业里面任职，从事IT方面的工作，也就是码农。以当时我们有限的阅历来看，条件也算优质了。难怪小琳说起他来就两眼放绿光。

他长得也蛮帅的，个头高高的，金色的短发很精神，脸上棱角分明，薄薄的嘴唇，胡子也刮得很干净。晚上来小酒馆的时候，他穿着浅蓝色休闲西服，里面一件简单的白色T恤，七分牛仔裤。很成熟干练的样子。

我们坐的是靠窗的卡座，小琳让开了身旁的位置，挪到靠窗，巴士帅哥坐在小琳旁边，在我的对面。

我有一种作为家长见了女婿的感觉。

“我叫Samuel，可以叫我Sam。”

“幸会，Sam。”

“幸会！”

不大一会儿，阿丽斯也来了，我让阿丽斯坐我身边，我自己坐了进去，坐在小琳对面，阿丽斯和山姆面对面。

简单介绍了一下之后，正好服务员过来问我们喝点什么，山姆说第一轮他请。我跟Sam一样，一杯扎啤。小琳和阿丽斯一样，一小支樱桃味的1664，这是一种甜甜的比利时啤酒。

“所以我们四个都是在同一辆巴士上认识的？”

“嗯嗯。”

“太神奇了！”

“是呢。”

东拉西扯地聊了几分钟的本地天气之后，Sam侧过身看向小琳，单独跟她说起话来。问东问西，两人越坐越近，头越来越低，时不时哈哈大笑起来，小琳笑得花枝乱颤。

我再次萌生了作为家长，女儿被人给带走了的感觉。突然想到泊哥，拿出手机给他发消息：

“怎么样，接到莉姐了没？”

“别吵，忙着呐！”泊哥回，我秒懂。

“明天能回来不？”

“再帮我请两天假。晚几天！”

“唉，身体要紧啊，悠着点别累着腰。”

“滚滚滚。”

我把手机扬了扬，对一旁默默喝酒的阿丽斯说：

“泊哥，去巴黎接他女朋友。几天，回贝桑松。”

“哦！是吗？他女朋友也来啦！”

“嗯，泊说，非常非常美丽。”

“哈哈，我想见一见呢。”

“你跟你男朋友，最近还好？”我想起了上次谈到的话题。

“还是那样，我们打电话，发短信，一个星期见几次面。昨天我还跟他提到了你们来我家做中餐的事情。他觉得带这么多陌生人来家里不安全，他说毕竟是外国人，也只见过几次面。”

“哦。你怎么想？”

“我说他想多了，等他见到你们了，就不会这么说了。”

“嗯。谢谢！”我举杯轻轻碰了一下她的杯子。

“谢我什么？”

“感谢你为我们说话。”

“哈哈，奶奶这几天一直念叨你们呢，有空去看她吧。我该谢谢你们才对。上次吃得太豪华了。”

“啊，是吗？你要是在中国的话，可以天天这么吃。”说到吃的，我马上有了精神，这个馋啊……

“那我不是要变成一个大胖子？”

“中国人……不胖。胖的很少。”

“真神奇。”

“如果将来去中国旅行，我请你。”我脱口而出。

突然，我又想到了不能背包袱，但又一想，这种事情概率不高，我说一说，她听一听，大家开心一下，就好了。

“好啊！一定！”她高举杯子，我跟她碰了一下。

“他们，琳跟Sam聊得很开心呢。”阿丽斯凑过来对我耳边小声说，头发弄得我鼻子痒。

“嗯嗯！”我俩相视而笑。

“中文里面有个话，是说，一对情侣在一起，另外的人在旁边陪着。中文里叫当电灯泡。”我把电灯泡这个词，用电子词典查出来，转过屏幕给阿丽斯看。

“哈哈，法语里管这种情况叫拿着蜡烛。”她在我的电子词典里输入法语，我看见了“拿着蜡烛”的译文。

“哈哈哈，拿着蜡烛，真好玩。”

“当电灯泡！哈哈，真的！都是差不多‘照亮屋子’的意思。”

“抱歉，要求你出来拿着蜡烛。”

“没有，感谢你能想到我。”

“当然了，我这边没有多少法国的朋友，你是第一个。”

“哦！Ying，真的吗？”阿丽斯双手按在胸口，做出很夸张地被感动的样子。

“过来。”她突然向我伸过来了左脸，一直伸到我面前，我可以看得见她的每一根汗毛和长长的睫毛，我感觉我的呼吸已经吹到了她脸上。

什么意思？我该怎么办？亲上去吗？

“这是贴面礼，你应该伸出你的侧脸，在我脸上贴一下。”还好阿丽斯给我及时解释了，否则我就不得不下嘴了。

我闭着眼睛将左脸很快地贴了一下，很奇怪的触觉，我是不是蹭掉了她脸上抹的粉？

我觉得脸很红。

“然后是另外一边。”她伸出右脸，这次她扶着我的肩膀，我也没有刚才那么尴尬，比较顺利地又贴了一下。

“这是我的第一个贴面礼。”我解释说。

“这是朋友之间的一种表达方式，例如，见面的时候，再见的时候，或者表示感激的时候。”阿丽斯认真地看着我的脸，“以后见面都得这样啊。”

这确实是我的第一次贴面礼，之后很多年生活中无数次跟朋友和同事，甚至包括长时间未见面的很铁的哥们儿，男人之间，都会行贴面礼，不会觉得尴尬，或者做不合适的联想。很激动的时候，会说：“要三下！不行，要四下！”这样就左右来回贴三下，或者四下。越往南方的习俗，贴面的次数越多。

多年之后，在一次朋友聚会上，朋友跟我说：“Ying，你怎么做贴面礼的时候，从来不发出声音来呢？应该有‘啧啧’的声音的！”大家一致说早就发现我这个奇怪的习惯了。我说：“那得怪我的第一个贴面礼老师，她没有这么教我。”这第一个贴面礼老师，就是阿丽斯了。

“这也是我第一次来法国的小酒馆。”我环顾了一下四周。

“真的！你应该早说，第一次来法国的小酒馆，居然喝这么差劲的啤酒。应该带你体验一下好点的。”

“不坏，挺好的。”

小琳和Sam不经意间声音越来越大，我听起来不对劲，好像是在说英语。

“哦！原来你们一直是在说英语啊！”我用中文问小琳。

“French is so difficult!”小琳跟我说。“English is easier。”法语太难了，英语简单点。是啊！我怎么没想到改英语频道，对话就不至于这么费劲。转念一想，我是来学法语的，努力练习法语是应该的。

琳跟Sam热火朝天的聊天被我打断了，他们也许发现搞两人小团体已经太久了，于是大家相互碰了一下手中的杯子，干杯！

作为男士，第二轮酒，我请，我咬咬牙刷了银行卡。

哎，嫁女儿出去还得赔钱，我心里大致能体会当岳父的想法了。

第二轮酒喝到一半的时候，Sam问我们抽烟吗，我不抽。

小琳很夸张地直摆手：“当然不抽啦。我女孩，不抽烟。”

我白了她一眼，心里想，装！平常那么彪，现在装淑女。

阿丽斯说她抽，于是两个法国人去门口吞云吐雾了。

“你俩说啥那么高兴呢？”我调侃大妞。

“没啥，你不还跟阿丽斯玩亲亲吗，嘿嘿嘿。”

“这是法国贴面礼！你个土老帽不懂。还玩亲亲。”我脸上热了一下。

“嘿嘿，嘿。”小琳看我的眼神不对，“那天你跟她喝咖啡，我跟泊哥去买东西，买那么久。就是故意给你俩制造机会……你要把握啊！”

“你别闹，阿丽斯有男朋友的。再说她也不是我的菜。”

“可惜了。哎，你不饿吗？我以为来是要吃饭的。结果光喝酒！”

“饿瘪了。好想吃克爸爸！”我揉着肚子。

“对啊！我一个女生，不好意思说饿。想吃克爸爸，你来说吧！”

“嘁，装！装淑女！”虽然大妞确实是美女，但是觉得很难将她和淑女联系起来，只能算不折不扣的好兄弟。

这时候，外面两个烟民隔着落地玻璃窗跟我们招手，Sam咧嘴给了一个大大的微笑，阿丽斯比了一个鬼脸，然后我们哈哈大笑。

不一会儿，外面两个烟民回来了。

“喝完这一杯。再来一轮，我们就出去找点吃的？”Sam刚进来就说。

“好好好！”我举手赞成。

“我，这杯完成不了，我不能喝，我有点晕啦！”大妞继续装淑女。

阿丽斯什么也没说，举起杯子跟我们喝了一大口。

第三轮酒，小琳和阿丽斯抢着买，阿丽斯坐在外面更方便，没悬念。

“那一会儿出去吃东西的时候，我买单。”小琳用英语说，一急起来她就说英语了。

Sam把小琳按下来，用英语回答她：

“你是客人。别操心了。”

小伙儿真大气！

有了酒精的作用，小琳跟Sam也熟络起来，小琳拉着Sam的胳臂吧嗒吧嗒用英语说个不停，估计从小学到大学的故事都讲了一遍，Sam也很开朗，逗得小琳哈哈大笑。

“他俩第一次见面？我是说自从巴士见面之后。”阿丽斯转过来问我。

“应该是吧。除非琳半夜从宿舍出来跟他约会没告诉我。”我觉得我喝了酒之后法语更溜了一些，包括小琳也是的。后来多年的经验，确实是这样，喝了酒，说外语更溜。

有两个可能，第一种可能是我说得还是一样烂，但是我自己觉得说得挺好，自信心见长。第二种可能是喝了酒确实会更放松，更自信，更自然地去说。因此“额……啊……”磕磕巴巴的就没那么多。

所以奉劝学习外语口语的人，先来一斤二锅头。

“看来今晚真的我们是拿着蜡烛了，抱歉。”我对阿丽斯说。

“哎呀，别这么说了，朋友之间出来喝点酒是很开心的事情。你也应该多出来。”阿丽斯很认真地说。

“嗯。好啊。”

“上次喝咖啡的时候，你说你来法国是为了离开什么。现在，可以跟我说了吧？”

我低头不语。

“喏，我告诉你一个秘密，你告诉我一个秘密。交换。没问题吧？”

“嗯……如果你非要知道的话。”

“好吧，我先说我的，我跟我男朋友性生活……嗯……不好。”

“嗯？”尺度这么大，我也始料未及。

“就像我说的，他还像是个孩子。只顾自己，不考虑我的感受。想要了就来，完事了就走，去洗澡，或者玩电脑去了。”

“嗯……”我心想，这样的确不是很好，但是，这个话题我没法接，要不你换一个吧——换个男朋友或者换个话题——这话当然没说出口。

“保密啊，没跟别人说过，轮到你了。”阿丽斯像是卸下了很大一个包袱似的，吐出很大一口气。

“嗯……我结束了一段关系，不知道该怎么走出来。也许换个环境会好些。”

“哦……”阿丽斯伸手拍了拍我的胳臂，“跟我说说吧。”

“我常常会做一个梦。在梦里，我和一个人，约定了一次见面。我很看重这次见面，我从很远很远很远的地方过去，但是……”我叹了口气，这是我第一次讲出来这件事情，需要很大的力气，尤其是还得用法语。

“但是？”

“但是这次见面根本就不存在，那个人不在。也许那个人从来没来过，也许是我不够好，我搞砸了。”

我默默喝一口酒，怎么这么苦。刚才还没觉得。

“我不大懂，这个梦跟你的上一段关系有关？”

“可能吧，就是在那段关系结束之后，这个梦才开始。”

“嗯……”

阿丽斯还想说什么，被小琳和Sam打断了。

“走，我们去吃点东西吧！”

“克爸爸！”我说。

Sam和阿丽斯先是一愣，然后笑着同意了。

在我的建议下，我们去了“幸福小店”，原来这家店Sam和阿丽斯都知道。也都觉得不错，我们啃了一个“克爸爸”，酒也醒得差不多了。十点，是回家的时间。

我催着阿丽斯回家，别误了公交车，太晚了老太太在家也会担心，我们一一和她贴面之后，剩下三人目送她去了公交站。

“你不送一下吗？”小琳给我使眼色。

“不用了吧……意图太明显了。”

小琳和Sam好像是想走着回去，我应该给他们俩单独的空间。

“小琳，你和Sam先回吧。我逛逛。”

“你也别太晚回宿舍了。夜里也不知道安不安全。”

“嗯嗯。”

这时候夜里有一点点凉意，我想沿着市里面那条小河走一走，这里的空气真好，深吸一口气，有沁人心脾的感觉。夏夜，静谧而灵动。

我把双手深深地插入口袋，很多人不想被打扰的时候，都会这样。

突然摸到了一个纸条，一开始我以为是刚刚付款的小票，在指尖玩弄了一会儿。等拿出来仔细一看，才发现不是小票。

上面写着："宁萌："后面跟着一串数字，是个电话号码。

这个纸条一直在钱包里夹着，没拿出来过，可能是刚刚从钱包掉到口袋里。

不知道是因为酒精上头，还是夏夜宜人，引发一个人的无聊寂寞。我拨通了这个号码。手有点抖。

不是有点，是很抖。

"喂？"声音比想象中柔软。

"嗯……嗨，是柠檬吗？我是英。不知道你还记不记得我。我们在来巴黎的飞机上……"

不等我说完，她就接了过去，"来了这么久，才办下来手机号啊！"

"嗯。嗯。你回到卡昂了吗？"

"早就回来了，你呢？在哪里？怎么样？过得适应吗？"

"还好还好，我在贝桑松学语言。还行，慢慢适应吧。你呢？"

我本想显摆一下今天跟法国朋友一起喝酒聊天，也算适应得很快，是一种成就。张开嘴想说，却又闭上了。

"那就好，贝桑松城市不大，蛮宁静，蛮优美的，我认识几个朋友在那里学语言过渡的。都蛮怀念那里。怎么样？有没有认识新朋友？"

"嗯，刚刚跟几个老外朋友从小酒馆喝了酒，然后吃了克爸爸。"

"哈哈，混得不错啊！已经开始融入法国生活了呢。比我想象要快多了！"

"啥啊，一晚上只会嗯，啊，OKOK。法语还没学好……"

"会好的，都是这样过来的，你肯定比我好，呵呵。"柠檬的声音有种温柔的能量。

"嗯。你这么说，我就放心了。跟你聊一下，心里舒服一些。"我缓缓地说。

夏天的夜晚，月光如洗，马路上空无一人，小河在我身边流淌，知了在聒噪个不停，时不时有几声蛙叫。我曾经的朋友们，这个时候在地球的另一端，却是白天，他们现在在忙什么呢？

“怎么了？听你的声音有点低落？是不是有点想家？”

“唔……想念很多东西吧。变化有点大，还没完全适应。”

“你要是愿意的话，跟我说说，我有时间。”

“不用了，时间也不早了，不耽误你休息。再说了，电话也不免费。这个是我的号码，我以后会常给你打电话，或者写信。”

“好吧，我把我的联系地址和QQ、MSN都用短信发给你，给我写信啊，从来都没人给我写过信！”

完了，说什么来着，一个包袱的结束会带来另外更大的包袱。

“我很好，你也别担心。我只是给你报个平安。”我在结尾说。

“嗯，好，拜拜。”

“拜拜。”

一分钟后，短信发了过来，里面有柠檬的地址和各种联系方式。

我收起手机，向月光下走去……

3.派对上的钢琴曲

第二天，我在学校碰到小琳。

“咋样？昨天几垒？”我问大妞。

“什么呀！我有那么随便吗？他送我到宿舍楼下，我们就分开了。”

“还行？”

“什么还行？”

“Sam人呗！还能问啥？难不成我还问活还行吗，技术还行吗？”

“就那样吧。”

“装！继续装。以后别拉我去当电灯泡了啊，你俩自己约。”

“我看你跟阿丽斯不挺开心的吗？”

“她有男朋友了，大姐！而且都说了，不是我的菜！”

我有点不耐烦了，不想别人再传我跟阿丽斯这样或那样的瓜葛，对彼此都不好。

“行行。泊哥啥时候回？”

“这龟孱要多玩几天。哎，可怜孩子，有几天玩几天吧。最后的机会了。”

“是啊……”

今天晚上学校组织活动。放学之前，法语老师通知大家，有个与另一个大学的联谊活动，目的是促进留学生与本地学生的交流。半小时之后，会有大巴在学校大门口接我们出发。

小琳肯定是去的，俊男肯定就会去了，俊男应该还不知道Sam这事呢吧，可怜孩子。

小糖和燕子要去，建哥肯定也就会去了。

我于是去找大民和叶子。

“哎，你俩二人世界这么久了，是不是要出来透透风啊？晚上来不来？”

他俩对看了一眼，同时激动地说：“好啊！来啊！”

我心里估计，他俩你看我，我看你，腻歪了这么多天了，两人都想换个氛围了，只是谁都不好意思先开口。

“你俩也不出来玩玩。二人世界过久了，不单调吗？”

“你也不叫我们啊？”大民蛮委屈。

“好好，我的错，以后叫你们。下次去酒吧叫你们。”

“哦，你们还去酒吧了啊！”

“哎，特嗨，喝高了，还吃了克爸爸。”我不无得意地炫耀一番，看着他们羡慕的表情，我马上就满意了。

难得一次大家集体行动，中国队全体出动之外，还有国际代表队，我的印度好同学Bank、泰国来的妖娆小哥Johnny、巴基斯坦的阿布，都会一起来参加这个派对。消息灵通的Bank跟我说，会有泳池、烧烤，还有乐队演出。我问他怎么知道，他说他现在是法语老师的心腹。

肯定是以出卖我逃课的行踪，换来的老师的信任，鄙视。

我们到达派对场地的时候，天色尚早，太阳斜斜地洒在一个湖边的草地上，这是一片稍微有点倾斜的大草坪，草坪底部有一条绿荫小道，之后就是一片不小的湖面。草坪倾斜的角度正好，能够让人舒服地躺在草坪上面对湖光山色。斜坡中部是一大一小两个泳池，泳池边不远有几个烧烤架，冒着油香和炭火味混合在一起的香味。更高一点的位置，是一个白色的布棚，乐队在准备着一个舞台，可以看见各种乐器的正中间摆着一架白色钢琴。我纳闷他们是怎么运过来的。乐队左手边是一长排桌子，上面盖着白色餐布，餐布上面整整齐齐摆满了塑料香槟杯和红酒杯，各种颜色的液体在酒杯中整装待发。场地上已经可以看到很多同龄的法国人，有的在忙活，有的在聊天。

“是他们大学的学生会组织的。”Bank得意地跟我说，“学生会里面有我的人。”

“你厉害。”我很佩服，“没有泳裤怎么办？”

“门口小超市可以买，这里学生会也准备了免费的名额，我可以帮你搞到。”

“多搞几套。”

在Bank的帮助下，我们各要了一套免费泳衣。冲洗换装之后，欢乐地跳下泳池。

刚一下水，才想起来我其实不会游泳。接着就有点蒙，我从泳池最浅的一侧下水，一脚下去却探不着底。仔细一看标尺，显示最浅水位在一米八，才明白是原来自己身高有限。幸亏我及时抓住泳池旁的把手，才得以获救。

于是我出来试了试旁边的小泳池，儿童泳池最高一米二。我像只浅水里的青蛙一样，尴尬地在小泳池里孤零零蹲了几分钟，也没任何其他人过来。于是只有硬着头皮回到了大泳池。

俊男看起来像是游泳健将的身材，建哥也不错，我小心翼翼地凑过去，待在他俩身后，紧紧抓住泳池边的扶手。

“你们俩都会游泳吧？”

“当然啦，谁还不会游泳的啦？”建哥一如既往地毒舌。

“我……会划水，但是不会换气。如果我游出去了，就回不来了。”

“那不就是不会吗？放心，我在这儿你随便游，我捞你。”建哥还是有他的优点的，仗义！

“没事。我也在这儿。我们两人看着你，你放一万个心。”俊男也说。

事实最后证明，男人的嘴，骗人的鬼。

岸上的志愿者递过来盛满高脚杯的托盘，我感谢着拿了两杯。继续靠在泳池边，天空也渐渐挂上了暮色，远处的湖面开始朦胧了起来。偶尔有几个老外朋友过来攀谈几句，然后就游开了，我也不会游泳，只能一直挂在那里，尴尬而不失优雅地浮在水面上。

这时候乐队开始演奏了，轻轻地传来了现代爵士的声音。钢琴、架子鼓、萨克斯风、电吉他、贝斯等，各种乐器优雅地唱和，虽然每个演奏者都是跟我同龄的学生，但是表演得无可挑剔。

我从来就对这种音乐方面的才艺非常钦佩。大学的时候我曾经从家里带来过一把吉他，会弹半首简化版的《爱的罗曼史》，曾经在电话这头弹给一个人听。后来就挂在宿舍的墙上落满厚厚的灰尘，那是我至今离音乐最近的一次。大四毕业的时候我将这把吉他在楼道里面砸得稀烂，不为别的，只因为谢霆锋在舞台上砸过吉他，特帅特帅。结果不但没有换来任何女生对我的崇拜，反被宿舍阿姨指着鼻子一顿臭骂。

我正泡在泳池里，喝着香槟，听着乐队演出的时候。大民突然过来了，在我身边蹲下来。

“哎，兄弟，能不能跟Bank说，让他安排我弹一首钢琴？”

“你，弹钢琴？我都不知道你会弹钢琴呢。”我知道大民是才子，复旦高才生，一表人才，但是弹钢琴没听他说过，后来才知道，钢琴十级。

“帮忙安排下，好了叫我，我在那里等你。”

我马上去找了我的印度好基友Bank，他又找了学生会里的朋友，然后找到了乐队的领队。不一会儿，Bank回来了，给我比了个OK的手势，我向他竖了大拇指。

大民准备上场。

台上的这一曲演罢，乐队领队对着麦克风说，我们先休息一下，邀请我们的中国朋友大民先生，上台为大家演奏一曲钢琴。

说句实话，我心里都还有点小激动，更多的是担心，因为没听过大民的演奏，不知道会不会砸锅。

回头环顾了一眼，这是未曾事先安排的一次演奏，除了我跟Bank知道外，其他人都一脸蒙，连叶子都是一脸惊讶的表情。

一般电视上的男主角，风度翩翩地走上台，鞠躬，姿势一摆然后开始演奏。

大民则是非常紧张，又笨拙又羞涩地低着头走到了钢琴后面。坐下来，马上又站起来，走到麦克风前，用极其蹩脚的法语说道：

“谢谢，我，我的名字叫大民……弹一曲，送给叶子。”然后突然用力地喊了一声，“I LOVE YOU!”

我估计在场的很多人都没听懂，因为现场尴尬地沉静了大约两秒钟，我看见叶子却马上捂住嘴巴哭了出来。

那是幸福的泪水，叶子向大民的方向高高地挥着手。大民向叶子做了一个又笨拙又夸张的飞吻。

我带头欢呼鼓掌，Bank跟着，接着大家明白过来，目光聚集在叶子身上。短暂的掌声之后，钢琴声清脆地响了起来，行云流水，从第一个琴键落下之后，一切都那么从容和自然，仿佛这个曲子像磁带一样被播放过无数次，被存在了这个空间里，只等我们按下播放按钮。

那是属于大民的高光时刻，也是属于他与叶子的爱情的高光时刻。那是一首我不知道名字但是好听到足以让我一个旁人流泪的钢琴曲。我至今也就听过这一遍。所有的杂音都让位给了悠然的琴声，钢琴声通过扩音器笼罩了整个草坪，直至湖面远方的迷雾中。我看了一眼叶子，明白原来幸福可以来得这么突然又猛烈。

我想这一曲对于叶子来说应该是刻骨铭心的。以至于分手十余年之后，叶子已然有了自己的家庭和孩子，但突然在一个情人节的晚上，她打电话给大民，希望他在电话那头再弹一遍这首曲子。那时，大民久久地把手放在钢琴的琴键上，大脑却一片空白……

“太浪漫了……”大妞在不远处嘀咕了一句。

“我也会弹，不过没这么好。”建哥似乎有点不服气。

“你闭嘴！”

一曲结束之后，大民僵硬地腾地站起来，鞠了个躬，然后一路小跑下来。叶子展开怀抱迎接她的英雄。全场掌声雷动，经久不息。

听见泳池不远处几个老外之间小声说：“原来中国人这么浪漫啊！”

感谢把我也捎带夸进去了。

就在大家都聚焦在大民和叶子的浪漫事迹的时候，发生了一件意外。

我溺水了。

第四章　我的故事

很多年后，武汉，盛夏的一个上午，我和阿奇斯约好了一起去湖北省博物馆，我打车到他入住的宾馆楼下，接上他，然后我们一起乘车前往目的地，武汉东湖边上的省博。

阿奇斯是我多年的好朋友，希腊人，刚从巴黎飞到武汉来看我。

出租车司机今天选择了一条我没走过的路，我和阿奇斯聊着天，不经意间抬头，瞥见面前的一片大湖，汽车沿着湖边的绿荫小道轻盈的曲线平稳行驶。

我环顾四周，突然想起来，这里就是武汉东湖。紧接着猛然就看见了原武汉测绘科技大学那个长得像变形金刚的教学楼。车再往前开一点，就远远看到了原来的湖北医科大学。恍如隔世。

2000年的时候，我曾在这里留下深深的回忆。

从湖医的宿舍走到变形金刚大楼的门口，单程两公里，需要走三十分钟。那天我走了五遍，直到最后一遍走完，我直直地站在这个变形金刚大楼的面前，看着平静的湖水，努力等待一切坍塌和喧嚣之后的平静。

阿奇斯回法国之后，当年的教师节那天，变形金刚大楼因为有碍湖景观瞻，被炸掉了。就在教师节当天，实现了很多人炸学校的玩笑话："我去炸学校，天天不迟到。"

1.神奇的巧合

大民和叶子爱情的高光时刻，也是刚刚为中国留学生挣足了面子的时刻。

然而我利利索索凭实力将刚挣来的面子给丢光了。人掉水里了。

具体的情况我也记不清了，可能是太过激动，我去抓杯子的时候，松开了泳池边的扶手，也可能是我激动得举手欢呼鼓掌。我知道这些听起来像是找借口，结果就是我没有抓牢扶手，一个不小心，就溺水了，在一米八的“浅水区”。

水迅速地漫过我的头顶，我伸手四处抓，却什么也没够着，扑腾半天依然无济于事，无论怎样都找不到那个该死的扶手。我呼叫，肺却忙着吸进氧气，水马上灌到我的嘴里，发出咕噜咕噜的声音，没有人听见，人们都在关注着聚光灯下的大民和叶子。我试图憋气往前游一下，或许能够碰到谁，用尽了力气却只是在原地扑腾。身体在下沉的时候，我在水面下看到前方不远处有一双腿，我想去伸手够，却够不着。

这是我平生第二次溺水的经历。第一次是我三岁的时候，大多年幼的记忆都很模糊，唯独那次，画面却很清晰。那是在一个水库，我在泳圈里，一个黑色且简陋的泳圈，没有粉色或蓝色的“海绵宝宝”或其他卡通人物图案，爸爸妈妈在水域不远处跟其他人交谈。我不知道怎么就从泳圈里掉入水中。

一时间世界变得很安静，只有水流在我耳朵里发出流动的咕咚声。一开始我并不害怕，挥着手臂在水里划动，试图游回泳圈，也试图向前游。直到呼吸慢慢变成了紧急的事情，才开始心慌，心脏急促跳动的感觉到现在都还记得。我看见了面前一双白色的腿，我努力想向它们游过去，但就是这么一巴掌远，无论手脚怎么挥舞，依然都够不到，意识开始变得模糊。

直到突然一双强有力的臂膀将我从水里托起，我不知道具体是托着我的哪个部位，脖子、腰、还是手臂？总而言之，下一秒，我趴在妈妈温暖的怀抱里。她用臂膀将我包裹着，手掌拍着我的后背，我的脸感觉得到她脖子上的脉搏。她在我背上拍得越来越重，砰！砰！砰！砰！砰！砰！我听见有人用法语在旁边问我：“你感觉怎么样？要紧吗？”

我突然一下清醒过来，发现自己已经坐在泳池边上，浑身上下都是大写的狼狈，因为在泳池里泡久了，加上刚才扑腾了好一阵子，浑身乏力。应该喝了不少泳池水，肚子好饱，我打了一个嗝，嘴里涌出一大口带着泳池气味的水。“俊男和建哥呢？”我心里想。

“没事，没事，我好得很。”我尴尬地摆摆手，挤出一个笑脸感谢围上来看热闹的一众人，因为冷，笑脸摆手变成了一阵从头到脚的抽搐。

“OK，当心点。应该没什么事了。”一个高高壮壮穿着泳裤的法国小伙儿对我说，应该就是他刚才把我捞起来的。他转身对旁边的一个中国女生说，“这里交给你了。”然后就走开了。

那个中国女生递过来一条大大的干毛巾，披在我肩上，我感觉一下世界就暖了起来，有了毛巾的包裹，我裸露在外的身体也有了保护，觉得安全了一些。

她在我面前蹲下来，离我很近，睁着大眼睛仔细瞧着我。

“暖和了吗？”她用中文问我。

我抬头看了一眼她，打了个哆嗦，然后就呆住了。“你好像我认识的一个人。”脱口而出，这是我的第一反应。

“别说我像你的妹妹、初恋或者朋友什么的，好老套。”

“好吧。”于是我闭嘴。

“别坐地上了，能站起来吗？”她站起来，将手伸向我。

我看到了那只纤细的、白白净净的手。那只熟悉得不能再熟悉的，跟梦里一模一样的手，我疑惑地抬头看向她。她身后好像是一盏亮晃晃的广场灯，于是她的脸就模糊在了白色的光圈里，光线穿过她柔顺的乌黑的头发，略过她的白色的长裙边缘。与梦里的白色女孩一模一样，笼罩在白色的光芒里。

“哎。吓傻了吗？”她在我面前用手晃了晃。

我终于回过神，抓住了她的手站起来，然后赶紧放开。她把我带离泳池边，一直走到派对草坪的远端。那里有一块学生会的组织者们用来堆放物品的空间。地上堆放着各种纸箱和杂物，三张简单的长桌连接着把杂物区和其他的区域隔开，桌上铺着白色的桌布，上面乱七八糟地堆放着衣物、水杯、水壶和插座等。

“给你冲杯热柠檬茶。你先坐一下。”她指了指旁边的折叠板凳。

我裹着毛巾安静地在她身后坐下，呆呆看着面前这个女孩为我冲柠檬茶，依然还在怀疑我是不是在做梦。

“你叫什么？”我对她充满好奇。

“丁咛。”她把纯净水倒在烧水壶里，把水烧开。

“丁咛，很好听的名字。”连她操作烧水壶、取茶包的样子，我都觉得行云流水，优雅自然。

“你呢？”

“英。”

“我是学生会里组织活动的志愿者。负责医护和紧急情况，就像你这样。”

我的脸估计跟猪肝一样红。

“有很多需要你出手的情况吗？我是说，学生会组织各种活动的时候，有人突然需要医护吗？”

“没有，你是第一个。我终于派上用场了。”她咯咯笑了起来。

“好吧。”我叹了一口气，怎么老挖苦我呢？

她把泡好的柠檬茶放在我手心里，很暖。然后向后靠着，双手向后撑在桌沿。

“你刚才想说我像谁？”

“一个朋友。”

“哦。”她可能猜出来点什么，转回身过去收拾桌子上的水壶，我没看到她什么表情。

双方都没有接着这个话题往下说。

“你是哪里人？”安静几秒之后，我试图打开话题。

“湖北人。”

“老乡啊，武汉的？”我追着问。

“是嘛！武汉滴。”她用武汉口音证实了。

“哪个学校的？”

“湖医。”

“不是吧……”我惊讶得下巴都掉了下来。

“怎么了？”

“那个，她也是……湖医的。”

“谁？你的那个朋友？”她好像也开始觉得有意思了。

“嗯，她是2000级的。”

“好巧啊！我是99级的。”

“那你比我们大一届。”

“嗯……所以我是姐姐。”丁咛有些得意。而我在奇怪为什么身边的女生总是比我大几岁。

“好巧啊……丁咛姐姐。”

我心里盘算在法国遇上一个湖医的武汉女生的概率有多大，更何况长得很像的。只能用神奇来形容。

“呵呵。懂事。”

“我没事了，想要去换回衣服了。可以吗？”我突然想起来我还穿着泳裤，我希望赶紧恢复到正常状态，假装溺水这件事情没有发生过一样就好了。

她靠近过来，仔细地盯着看我的眼睛，两秒钟之后，宣布我没事了。

当时我的心脏跳了六下。

“你一直会在这里吗？”我问。

喝完手里的柠檬茶，我将杯子放回桌上。身上舒服了很多，嘴里的泳池水的味道被冲淡了。

“嗯。我一直得在这里，以防一会儿又有人落水。”她又咯咯地笑了起来。

我张张嘴，却又无法反驳。

换好衣服之后，同行伙伴们都过来关切地询问我怎么样了。我说，无非就是不想让大民太出风头了而已，其实并没有溺水，所有人都一脸鄙视。

我去湖边自己走了走，经过刚才那一出，我觉得越少人认识我越好。我想明天要给柠檬写封信，把我今天溺水的事情跟她讲，她一定会笑出声来。

带我们过来的巴士在进口处那里候着，我看时间已经过了十点。问了问巴士司机，说五分钟后可以发车，带我们回宿舍，我们住的是大学生城，当地大学生几乎都住在那一块。

车里除了我之外，零星坐着刚上来不久的三四个人，我找了个离其他人较远的靠窗的座位，刚坐下，就上来一帮人。我可不愿碰到刚才泳池见到的那些人，于是小心地蜷缩在椅子深处。

然而一个人很快在我旁边坐下了，还拍了下我的肩膀。我扭头一看。居然是丁咛。

"嗨。怎么你要回去了吗？要是有人需要你怎么办？"

"逗你玩呢，哪里会有人需要急救。"丁咛笑着说，爱笑的女孩最美。

不一会儿司机就发车了。车内灯光熄灭，只保留司机跟前微弱的灯光，车厢里很暗，我偷偷看了一眼丁咛，正好发现她也在看我，我赶紧转过脸看窗外，装作欣赏外面黑漆漆的风景。

巴士开出一条羊肠小道，绕过一个弯上了高速公路，又驶下了高速公路，不一会儿就回到市内。开到城中心的步行街的十字路口，车停下来等红灯。然而绿灯亮起来的时候，车子却发动不了了。

完蛋，车子趴窝。"晦气！"司机大声地抱怨了一句，跳下车鼓捣了一通。我们在车里等了几分钟之后，司机沮丧地回来跟我们说："车子故障了，你们只能走着回去了，我在这里等人来修。"

几乎没人抱怨，大家三三两两下了车，从这里穿过城中心步行街，也就是我们办手机的那里，再沿河走到我们的语言学校，继续沿着河走三十分钟的乡间小道，就回到宿舍了。还好，不远。

我跟在丁咛身后下了车，她在我身边走着。白色的长裙映着白色的月光，像我的梦里一样。

"看！吓不吓人！"丁咛指着身边店铺的大橱窗里，对我说。

我一看，吓了一跳，一个惊悚的“人头”立在黑黑的橱窗里，头顶上方还有硕大的蜘蛛、蝙蝠和骷髅怪。不过马上就认出来了，这只是一个服装道具出租店。只是那个“人头”还是很吓人的。

“吓死我了。”

虽然是夜里了，但是月光朗朗，洒在欧洲情调的方石块路面上，泛着青色的光。

“我是学医的，胆子比你大，我来保护你。”丁咛开玩笑地说。

“我有那么差劲吗？”

“呵呵，你说的跟我很像的那个人，你们关系不一般吧，是你以前的女朋友？”

“嗯……我不知道。”

“什么叫不知道！”

我想起来几年前和她的最后一次见面。我问她，你到底爱过我吗？她很气愤地说：“你说呢！”这句话我反反复复揣摩了十年。

“不知道我们算不算男女朋友。我是说，我不知道她爱过我没有。放学一起骑车回过家，写过很多信，打过很长时间电话。但我们从来没跟对方说过我爱你，连手都没碰过，甚至两个人都没在一起吃过饭。然后就分手了。如果没有爱过，应该连分手都谈不上，只能算普通朋友。”

“爱没爱过应该很明显吧，为什么这样呢？”

“没跟别人讲过，我讲给你听，你来判断一下，故事可能比较长，你有耐心听吗？”我慢下来，她也慢下来。其他人都往前走远了，这条石子路小巷里只有我们俩。

“想听，有的是时间，走回去得要接近一个小时呢。”

我看向丁咛，她实在太像那个人了，或者说实在太像那个人残留在我脑海里的幻象。我大胆地看着丁咛，几年前曾经我不敢直视的那双眼睛，我贪婪地，想找回来。

2.我的故事

她是初中二年级的时候插班进来的。我是她的第一个同桌。我对她挺有好感，也偷偷看她，但是没有表现出来，就连跟她说过的话也屈指可数。说话最多的那次，是向她借半块橡皮。到了高中，分开在不同的班级，也一直没有联系过。等到高三的时候，才突然开口说第一句话。

当时我和另外两个哥们儿下晚自习骑车回家。她从旁边骑过，对我说："嗨！英。"那是几年来第一句话。

自从那句话开始，就开启了放学跟她一起骑自行车回家的时光。从学校骑车到我家大约二十分钟，再骑十分钟到她家。我想送送她，她说不用了。我动了一个小心机，第二次一起骑车的时候，我说前面路上有一个大石头，我在那里被撞过一次，我得去把路上的石头搬走以免再撞到别人。于是就和她骑车往前走，搬走了路上那块确有其事的大石头，接着继续陪她一直到小区门口，才骑车转回来。

从那开始我每次都骑车送她到小区的门口。那个小区的模样，一树一楼都让我想起了外婆家的那个小区，童年最快乐的时光就是在那里度过的。每次路过看一眼，都有一种简单的幸福感觉。

高中剩下的时间里，我天天都在学校门口的路灯下等一会儿，慢悠悠地骑车再等一会儿。她会在身后喊一声"哎！"，我就用力踩下脚踏板跟上去。没有任何约定，也没有说好时间，纯粹靠碰运气。如果能够一起走，就觉得很开心，如果连续几天碰不上，就跟丢了魂似的。

高考倒计时一天天逼近，压力越来越大，各班的模拟考试越来越频繁，能碰上的机会也越来越少。也就越发珍惜每次从学校门口到她家小区门口，那三十分钟骑车的路程。我会在做作业的时候走神，想象下次见面的时候该聊哪些东西。大多数的时候，我说，她笑，三十分钟的路程很快就结束了，我重新拥有了短短的快乐时光可以慢慢回味，直到再一次因为见不到而逐渐陷入漫长的失落和等待。

如果整个高中的回忆是由无数的考试，家里的管教和叛逆，以及成堆的练习册组成的话，那短暂的一起骑车的放学时光则是高中时期留下的最宝贵的记忆。

高考之后，我去了北京一所大学，而她和其他大部分老同学一样，都留在了武汉。离开前的那个暑假，她送了我一串小石头项链和一盒拼图，我带着这些去了北京。

刚到北京的时候，因为远离了熟悉的人和环境，不由得感到孤单和失落。没多久，她的电话和信件就来了。那是我第一次在那座陌生的大城市感到温暖。

那时候是2000年，刚刚流行QQ，想用也只能去网吧，大多数时候没有一个朋友在线，我只能一个人傻坐着。在那个没有手机的年代里，我唯一能做的就是在寝室的这一头期盼她的电话，还有一封接一封不停地给她写信。所以我的大一生活，不是在图书馆的电脑前傻等，就是在寝室里看书等电话。我选择了寝室里最靠近电话的床铺，这样我就可以第一时间接到电话，也因此成了我们寝室的“接线员”。

她寝室里没有电话，却常常给我打电话，在电话那头听我天上地下地乱吹牛。我记得有一次，聊了很久之后她才说“好冷啊，刚洗完澡回来，路边的电话亭，连个挡风的玻璃都没有”。我这才知道原来她给我打一次电话，还说这么久，有多不容易。

她也给我回信。生活委员每次给我递上来有湖医图标的信封的时候，我总是兴奋得跳起来。那些有她秀气字迹的信纸是当时最大的财宝，我会一字一句地反复琢磨里面的含义。有时她说，我们要做很好的朋友，我就挺失望；有时她说，会想念我，我就开心得不得了。接着我马上再给她写信，讲我身边的小事，讲我的天马行空的想法……

另外两件宝贝是她送给我的小石头项链和拼图。拼图我很快就完成了，图案是一个女孩优雅地抱着一个花盆，我和寝室的兄弟们找了老远才找到合适的相框，把拼好的拼图很仔细地装在框里面，挂在我床头的墙上。即使事情过去之后依然静静挂在床头，我睡觉时，图中的女孩就那么俯视着我，一直陪了我四年。至于小石头项链，在一次洗澡的时候，突然断成两截，戴不了了，让我匪夷所思。后来电话里她笑着承认，给我之前就摔断了，拿胶水粘起来的，呵呵。

大一的第一个学期眼看就要结束了，马上就是寒假。她在来信中说，会留在武汉等我，希望我回武汉那天去找她，可以在武汉留住一晚，第二天我们再一起坐大巴回老家。我当晚兴奋得睡不着觉，满脑子的想象，终于能够跟她单独相处，我要当面把信里和电话里说不完的，憋了一学期的话都一股脑儿告诉她。我也想听她这一学期都发生了些什么事，学校怎样，东湖边是不是很漂亮，有哪些朋友，老同学们都在一起是不是很开心。

这么多年，可以不用局限于骑自行车放学的三十分钟，不用局限于昂贵的长途电话和缓慢熬人的信件，终于第一次能有整夜这么长的时间面对面说话。我想就要在这一天跟她表白，把隐藏在心里这么多年的喜欢全部都说给她听。我会告诉她，我从初中跟她同桌的时候，是怎么想的，怎么偷偷看她，向她借半块橡皮；高中时候，为了陪她多骑一会儿车，还耍了搬石头的小把戏；一直到大学，我怎么期盼她的电话，反复读她的来信。同时，我确信她也喜欢我，否则为什么要跟我在武汉多留一天？

其实不止收到信的当晚没睡着觉。一直到期末考结束，我都没怎么睡好。至于考试，连我自己都惊讶是怎么能够通过的。那段日子过得特别慢，每天都在想着那重要的一天快点到来，却又不得不突击复习。那一天似乎等了很久很久。回武汉的前一天，室友们陪我去给她买礼物，挑了半天，我精心收好，放在行李里，然后就上了回武汉的火车。

那时候北京回武汉最快的是绿皮快车，将近十二个小时的车程。因为是春运，能买到硬座座位就不错了。我从北京的晚上七点上车，挤上了火车，人叠着人，在座位上坐也不是，趴着也不是，硬生生地熬了一夜。这样十二个小时的硬座车程漫长得无边无际。第二天早七点，火车终于抵达武汉，一个朋友在站台上接到我。我问她怎么没来。朋友说，她在宿舍里等我。

我直奔她的宿舍，宿舍楼在风景如画的东湖边上。我丝毫没有考虑留出时间准备浪漫的花束和修整一下自己邋遢的形象，就这样去了她的宿舍。她的室友给我开了门，我走进去，终于见到了思念已久的人。她对我说了句话，也是因为这句话，把浪漫约会的幻想，一下给吹散了。我准备了一肚子的话，全部硬生生地被噎了回去。

她说："我们一会儿坐大巴回家吧。我想家了。"

我说："为什么？不是明天走吗？"

她说："不了，不想明天走，今天就得走了。"

我脑子嗡了一下，可能是十二个小时硬座的疲惫；可能是期望越大，失望越大；也更可能是我本来就幼稚急躁。我做了这辈子唯一觉得后悔的一件蠢事。

我没有再听她说什么，赌气扭头走出门，再也没有回头看一眼。

来接我的朋友是武汉测绘科技大学的，校园坐落在湖医旁边，他们最著名的要数长得像变形金刚的教学大楼。从湖医的宿舍走到变形金刚大楼的门口，单程两公里，需要走三十分钟。那天我走了五遍，直到最后一遍走完，我直直地站在这个变形金刚大楼的面前，看着湖水，努力等待一切坍塌和喧嚣之后的平静。

那天夜里，我依然还是留在武汉过了夜。一个人，在网吧里呆坐了一夜，不知道在等着谁上线。

我也没有她别的联系方式。在恍惚中等了几天之后，我给她家里去了一个电话，这是我有的她唯一的号码。她接了，我约她出来见面。

我幻想过，也准备了很多种表白的方式，但是没有想到实际的情况却是这一种。

我对她说："我爱你。你到底有爱过我吗？"

她很生气地说："你说呢？我们还是分手吧！以后别再往我家里打电话了。"

我不知道那句"你说呢"该怎样理解。答案到底是，爱过？没爱过？我每一天都在猜，直到很久以后，依然还是在猜。但是后面那句话却很容易理解，我上次从她宿舍走了出去，一扇门从此也悄悄关上了。一段没来得及开始的爱情画上句号。

我无法言语，但已经准备好了这个“死刑判决”，现在只是听她宣读而已。

她紧接着又问：“我们还能做朋友吗？你还能给我写信吗？”

我赌气地说：“对不起，我不能。”然后又一次转身离开。迄今为止，四年过去了，没有过任何联系。

在此之后的一段时间，我约会过很多不同女孩。却总停留在见一面，调侃几句话，就再也不愿相见了。脑袋里不允许自己再接着往下付出，可能投入越多，伤心就越深。身边的一切让我回忆起这么些年跟她的过往。

我想也许出国能让我摆脱这个阴影。所有的信件、挂在墙上的拼图，跟她的一切痕迹，我在出国之前都扔掉了，QQ也拉黑了，甚至共同的老同学都不再联系。我想这个故事也早该结束了。这段过去困扰了我很长时间，我希望换一个环境可以走出来。

讲这个故事的过程中，我几次停下来喘气，到最后的一句话说完，我已经精疲力竭。

3.给柠檬的第一封信

不知道什么时候我们已经路过了语言学校，走在小河旁，前方不远是大学城宿舍。月光亮得晃眼，小道边杂草繁茂的阴影深处，灌木和树丛硕大的华冠连成一个个沉默的手牵着手的巨人身影，小河潺潺地舞动身上白色的鳞片，时而发出叮咚的水声，整个气氛神秘又奇幻。

丁咛低头陷入沉思，似乎还在消化刚才的内容。我停下来，她也随即停了下来。

“所以当我问，我爱你，你爱过我吗？那个答案到底是什么？”

我真的希望面前这个人，命运安排在我面前的这个人，能给我一个答案。长得很像，来自同一个城市，同一所学校，在法国相遇，在我溺水之后出现，巴士出故障才会有时间在这小河边的夜色下听我终于讲出这一大段往事，这么多神奇的巧合一定是为了什么。

我忘情地看着丁咛，她能给我一个答案吗？爱过或者没爱过，都是一个能让我解脱的答案。

然而她也没能给我一个答案。取而代之的是，她伸出右手，搭在我的左肩上，贴身过来，在我右脸颊上轻轻地吻了下来……

那是一个温暖的吻，我感觉到温暖的鼻息和温暖的嘴唇在我脸颊上的停留。这份温暖让我的心情平复了下来，毕竟讲完那么长的故事消耗了很大的情绪。

她转回身去，向我伸出手来，是那只熟悉的纤细白净的手，白色的长裙在月光下映着微光，身影沉浸在白色的光芒之中，是梦里的样子。

我牵住她的手，默默地往前走，手心里汩汩地传来温暖和力量，我好像一点都不惊讶，梦中的场景似乎坚定地把我领到这里，而现在的感觉一直就在这个时间和地点等着我。

我们手牵手在月光下的河边一直默默走完剩下的路程，整个世界仿佛都只有我们两个人，谁都没有说话，我已经讲得够多，耗掉了很多力气，因此也默默感激她给我的宁静。我还得回味在我脸上的那一个吻，代表着什么呢？感动？怜悯？

我送她到她宿舍楼下，轻轻放开她的手，我的手心里都是汗。

“到了。”她对我说。

“那么。再见了。谢谢你。”我看着她的裙摆。

“挺有意思的一个晚上。”

“很神奇的一个晚上。我在15栋。如果你哪天路过的话，欢迎来找我玩。”

她抬抬手，转身上楼去了。那一夜，无梦，我睡得很香甜。

第二天，泊哥依然在外还没有回来。印度兄弟Bank询问我昨天怎么就一个人走了，我简单地敷衍了过去。

放学回到宿舍的时候，才想起来，没有给丁咛留下电话号码，也未曾要她的电话，只告诉了她我住在15栋。转念一想，昨晚一切的发生，对我而言不过是特殊情景下的突发奇想而已，对她而言也许除了一个派对偶遇之外也并没有什么特别的意义。所谓梦中的女孩，神奇的巧合，小河边脸颊上的一吻，在第二天醒来之后就已经觉得淡漠了许多。脑袋里依然不允许自己接着往下付出，毕竟，投入越多，伤得越深。

我想起来昨天决定的，给柠檬写信。告诉她我溺水的事情。我于是铺开纸笔。给柠檬写第一封信：

柠檬：

你好，见字如面，上次在飞机上遇见你，很开心与你交谈。尤其是我做了那个噩梦之后，你陪我说话，让我轻松了很多。谢谢你！

跟你汇报一下，在巴黎打卡式旅游之后，我们很快就来了贝桑松，我们管这儿叫“被葬送”，呵呵。其实只是发音相似，我们还是挺喜欢这里的。

我有几个很不错的中国同学做伴，所以都还有照应。有一个同学叫泊哥，超级会做饭，他的女朋友终于要来法国了，可以过两人世界，之前那可是朝思暮想魂不守舍的。有一个女同学叫小琳，她正在跟一个法国帅哥交往，就是给你打电话的那天，我和他们一起去了一个小酒馆。

还有一个同学叫大民，他女友叶子也在，昨天的一个联谊会上，大民突然就上去弹奏了一首钢琴曲献给他的女朋友叶子，全场都被感动得不得了。此外还有建哥、俊男、小糖和燕子，都是很好的人。建哥比较逗，总是说一些金句：“我第一次做鸡，没有经验！大家请见谅！”诸如此类，哈哈哈。

我给你写信，也是告诉你我的一件丑事，昨晚上的派对中，我不小心掉到泳池里溺水了，就在大民演奏完，大家都在关注他的时候。法国游泳池都那么深吗？最浅一米八？反正我当时吓坏了，一个法国壮汉把我捞起来，丢在水池边上。之后派对上的一个叫丁咛的女孩很好地照顾了我。我第一次见到她，但是她很像我之前认识的一个女孩，并且还跟那个女孩是同一个学校，同一个城市的人呢，你说巧不巧？

她昨晚陪我回来，巴士坏了，我们走了一路，也聊了一路。我跟她说了我过去的一些事，她在我的脸上亲了一下，我很感动。

但是我估计以后不会再见她了，她让我想起太多我想忘掉的事情。

我不喜欢语言学校的教学方法，于是去街上跟人练法语，在公交车上认识了一个慈祥的老太太和她的孙女阿丽斯。很高兴能够结识本地的朋友，老太太人真的非常好，我们去她家做过一顿中餐，她和阿丽斯吃了高兴得不得了。我们开玩笑说在这里开一家中餐饭馆得了。阿丽斯对我也很友善，她在本地读大学，很健谈，不像其他大部分法国人那样拒人千里之外。

在这里认识的人不多，能够好好交谈的人更少。有时候一天下来，加起来都没说十句话。所以我想我会经常去跟阿丽斯聊天的。

我上次在电话中，说想念很多东西，你刚来法国时肯定也经历过吧。我小学时候搬家换过一个城市，高中毕业后离开武汉去北京，现在从北京又来法国。每隔几年总是要经历一个环境大变化，每次变化，之前的朋友和熟知的环境都不得不丢下。离别总会让我觉得孤单和恐惧。

但这都是很快就会过去的事情，我总是能认识很多新朋友，在新环境中适应自如。所以相信这次也会的。

你那边呢？博士第一年的生活如何？希望听到你的消息，跟我讲讲你如何认识朋友，法国有哪些迷人的地方，你总能把一个地方讲得美如画卷，是因为你学文学的吗？

希望有机会去卡昂。

祝好。

英

我把信写好之后读了一遍，装进信封，封好口，在信封中央端端正正写上宁萌的地址，贴好邮票，一封信就整整齐齐地摆在我的桌面上了。我坐在桌前，静静地看着摆在桌面上的这封信，突然想起来上次这样做的时候，时间还是四年前，地址落款还是湖北医科大学。在此之后，就从没有过将一封亲手写的纸质的信件，写上地址，封好口这样摆在桌面上。

那是一种很真实的感觉，一封亲手灌注内容的信件，用一笔一画很原始很麻烦的方式完成，如果写错，需要费劲地擦掉，但依然能够看到一块难看的擦拭过的印迹，表示在这里之前说得不合适。如果写漏，画线圈插入了一句话，表示这里之前说得还不够到位，意犹未尽。如果信纸的下部，有一圈一圈的圆形的水渍过的痕迹，那很可能是泪水的形状……

这些横七竖八的笔画，连同擦拭过，添加过，水渍过的内容，全部用一个干干净净的信封装好，封口，投入邮箱，等待一连串不知姓名的邮递员递到远方人的手中。对方有没有收到，什么时候收到，什么时候回复，回信又什么时候能收到，一系列的过程对我来说都是完全不可能知道的事情。而这种黑暗中的等待，又是一种苦涩的甜蜜。

就像是好酒，需要在黑暗的地窖中耐心地交予时间沉淀发酵，一经出窖，才能将果实中收藏的阳光、土壤和雨水的精华全部重新绽放在口中。一如终于等到期盼已久的回信，慢慢细读的幸福时刻。

现在的聊天工具，将每一个步骤都透明化，对方已收到、对方已读、对方正在输入……叮的一声，我就看到了对方回复的信息。如果不合适，还可以撤回。虽然比原来方便了不知道多少倍，但不知不觉中，却将每一句话变得轻描淡写。收到拆阅来信时的喜悦，翻出重读往年信件时的感慨，已经全都遗失殆尽了。

我自己做了简单的晚饭，烤了几片面包，喝了点牛奶吃了饼干。趴在床上听着法语广播，听着听着就睡着了。

我知道自己又做了那个梦，虽然场景很模糊，半睡半醒之间，知道脸上又有泪痕，心里又掏空一样难受，又出现了那种空落落的感觉：千里迢迢，历经辛苦去了一个地方见面，但是地方虽然在，人却不在，一路陪伴着的白色的女孩也不知所终。只有我空落落的一个人，反反复复问自己那几个问题：

“是不是我再努力一点，就能见到你？”

“你什么时候离开了，还是你从来没来过？你只是我的幻想吗？”

在心情慢慢恢复平静的时候，我听见有人轻轻叩门进来。

因为集体宿舍住惯了，我的房间经常不关门，甚至都没合上，半掩着就行。一方面，实在没什么可偷的，泊哥和其他人经常进来拿些调料之类的东西，本来就可以共用。另一方面，我在宿舍里的生活也没有什么隐私可言，如果看《我猜》，看电影什么的大家直接推门就进来。我又住在三层，来来往往的人也不多，基本上就是一起来的同学。

外人进来，我一般都不抬头，这次也一样。不同的是，来人却在我的床沿坐下了，就这么一动不动坐了一会儿。我有些埋怨这个人执意要打扰我的私人时间，需要什么自己拿走不就好了。我继续趴了一小会儿依然不翻过身来，那个人依然坐在床沿不动。

我只能在被子上胡乱抹了抹脸，翻过身来一看，居然是丁咛。

“丁咛！你是怎么找过来的？”我惊讶，也很开心。

“是啊！可难找了，三层楼，我敲了好几个门，才找到你这个房间。”她扬手指了一下身后，“门都不关的呀？”

“嗯，君子坦荡荡。”我翻身下床，打开水龙头洗脸。

“还君子咧。你还写信啊？我都很少看见人写信了。”她撇撇嘴，向桌上看着。给宁萌的信端端正正地摆在桌上。

“嗯。一个只见过一面的姐姐。说从来没人给她写过信，于是答应给她写信。”

“噢。”

“我信里面说我昨天溺水了，还说我遇见了你，很巧的事情。”我没提信中接下来说，也不会再见她的话。

“是吗……”丁咛笑了，睁着大眼睛看着我，“也没人给我写信，你会给我写吗？”

“等你不在我身边了，再说吧。写信很累的。”我叹了口气。

“小气！本来还想请你一起去看话剧呢。”

“话剧？法语的？”我对这种艺术形态非常陌生。

“嗯嗯，去不去？我是学生会的，学校话剧团组织自编自导的话剧。”

“要是跟你一起去的话，我就去，我自己一个人去抓瞎。”

“当然跟我去。我带你去才进得去。”

丁咛从床沿站起，走到房间外。

“记得关门！”

第五章　白色的女孩

《大话西游》相信很多人都看过，好像在男生之中，无一例外都能戳中心里面某段往事，这也是为什么很多人都能看着看着，流下眼泪来。卢冠廷的那首《一生所爱》，唱起来也会觉得是那么感人。

“曾经有一份真诚的爱情放在我面前，我没有珍惜，等我失去的时候我才后悔莫及，人世间最痛苦的事莫过于此。如果上天能够给我一个再来一次的机会，我会对那个女孩子说三个字：我爱你。如果非要在这份爱上加上一个期限，我希望是……一万年。”

“你昏倒的时候，叫晶晶这个名字叫了九十八次，还有一个名字叫紫霞的，你叫了七百八十四次，七百八十四次，这紫霞一定欠你很多钱。”

至尊宝拒绝了紫霞，他以为自己还爱晶晶。

见到晶晶，他又发现紫霞才是真爱。

——你说，哪个更残酷，是爱过，还是失去？

1.看不懂的话剧

演出晚间八点开始，我们到即将演出话剧的大厅时，时间不早不晚，正好。

那是一个很滑稽的场景，绝对不要联想到富丽堂皇的维也纳金色大厅，或者环形的上下几层的观众席位。更确切地说整个现场只能用草台班子来形容。

确实有一个舞台，除了发出“咚咚咚”声音的木地板，以及拉开的红色帷幕之外就没有其他值得一提的东西了。所谓的观众席，只是简陋的塑料椅子一排排勉强整齐地摆着。学生社团组织的场地，正常水平应该也就是这样了。

舞台正中央有几个身穿各种古代现代混搭衣服的男女，各自从纸箱里翻找道具，零零碎碎在舞台木地板上散落一地。舞台下的一角有一个老旧的音箱，是唯一的科技产品。

我满怀期待地和丁咛找个位置坐下。我觉得，相对于穿着燕尾服和晚礼服才能入场的金色大厅里的歌剧而言，这种原始的，来自青年学生的，甚至幼稚的舞台剧表演会更有意思。就在我们落座的时间，周围也陆陆续续加入了不少人，等到正式开始的时候，观众席位居然能够基本满员。我对话剧团的影响力深深佩服。

话剧的内容，我就不做过多的描述了，三个字，听不懂。但是演员们非常敬业，也非常欢乐。尤其是，一帮打扮成奶牛、大树、骑士和马的演员从舞台上挥舞着各种道具追打着跑下来，从观众席的过道里呼啸着跑过，从后门跑出去，最后从演出厅的另外一端再呼啸着跑回来那一段，我也跟着其他人一起被逗得哈哈大笑，丁咛也一样捂着嘴巴咯咯地笑了起来。

笑完之后，她把手放在了我的手上。

散场之后，从大厅里出来，天色已然黑了，我跟她肩并肩在林荫道上瞎逛，一切显得很自然，就像认识多年的老朋友一样。

“说实话，我啥也没看懂。”我说。

“我好不了多少，哈哈。就觉得这一群人真逗。”

“你觉得他们知道我们不是在欣赏他们的话剧，而是在欣赏他们的傻样吗？”我突然想到这个问题。

“他们那么欢乐，应该是认为我们在欣赏他们的艺术吧。”

“其实把大家逗乐也是艺术的目的吧。”我说，“我挺喜欢这样的，我喜欢让周围的人快乐，比如说，当个喜剧演员，脱口秀演员，爱情喜剧导演或者一个幽默作家。”

“像周星驰那样！”丁咛开心地扬扬手。

“可是周星驰的笑里往往也带着泪。一个爱情喜剧导演往往也会加很多哭戏。一本让我笑得眼泪直流的书，也会让人哭得稀里哗啦。非要这样做才感人吗？如果能由我完全主宰故事，就让人从头笑到尾。”

“如果一直傻乐，那不成二傻子了？”她扯着嗓门这么说，模仿二傻子的腔调，逗得我俩不停地笑。

“当二傻子多好啊！”我笑着回答。

笑完了，她把手放在我手上，我再一次牵着她的手。她的侧脸因夜色而妩媚。

“星爷真的是超逗的啊。他的大部分电影我都看过了。心情不好的时候，随便看一部他的电影，就开心起来了！”

“《大话西游》看过吗？‘月光宝盒，大圣娶亲’。看了却让人觉得很悲伤呢。”

“是呢。第一遍看了笑得半死，第二遍就看哭了，稀里哗啦那种。”

“你说，哪一个更残酷，是爱过，还是失去？”丁咛问了一个深奥到我不得不惊讶的问题。

“嗯……”我陷入沉思。

至尊宝拒绝了紫霞，他以为自己还爱晶晶。

见到晶晶，他又发现紫霞才是真爱。

哪一种更残酷？

不知不觉，走到她宿舍楼下，她停住了。

“上楼坐坐，我给你泡杯柠檬茶？”

“好啊，乐意之至。”

丁咛的宿舍跟我的宿舍结构上没有大的区别，但她依然跟我耐心地介绍这个十平方米的小单间学生宿舍。

“这里是洗手池和小厨房。”

小厨房其实是只有一个微波炉和冰箱的小区域。

“这里是卫生间和浴室。”

“这里是书桌和书架。”

桌上摆着一台笔记本电脑，一盏白色的台灯，书架上摆放着各种女生的小物件和几本简单的书籍。

“这里是床，好啦！房间是不是太大？你适应一下。”她笑着说。

我印象中似乎是第一次现实中见到女孩子的床，整洁地铺着粉红色的床单和被子。床头靠着窗户，淡蓝色的窗帘被夜风轻轻拨弄着一角。

介绍完之后，她去小厨房泡茶，将矿泉水倒入烧水壶，动作行云流水，优雅自然。

我靠窗站着，猜测着接下来会发生的各种剧情：

也许我们会友好地喝完这杯柠檬茶，礼貌地道别，下次表演话剧的时候再约我出来看。

也许我们会拥抱，亲吻，然后……第二天早上我早起为她做早餐，让她在床上喝牛奶吃烤面包。

也许我会离开房间，跟她说我还没有准备好，看着她却想着另外一个人，这对她不公平。

我喜欢这个女孩，她在黑夜中温暖了我，她不应该是谁的替身，而应该被全心全意地爱，我给不了她。

“英，我可以这么叫你吗？”我心里被拧了似的疼，当时那个人在信里也是这么叫我的。

“嗯嗯。我喜欢。”我违心地说。

“我周五就要离开这里了。我在这里完成了第一年的过渡，接下来要去南方校区，所有的行程早就安排好了。”

“那就是后天？”我被这个突如其来的宣告打乱了阵脚。

“嗯，要是早点认识你就好了。可以多在一起几天。”她叹口气，低垂着眼睛，看着烧水壶。

她站在烧水壶旁，一如上次那样，给我泡柠檬茶。

我站在窗旁，一如上次那样，呆头呆脑地望着她。

她把冲好的茶放在桌上，伸手抱向了我，并不是偶像剧里面那么热烈，是轻轻柔柔的，我也抱住了她，她的肩膀很柔软，我轻轻地抱着她，生怕把她给折断。

她的脸静静地靠在我的肩膀，她的嘴唇和鼻子深深地贴在我的脖子下，乌黑的秀发抵着我的鼻子。

我贪婪地闻着她头发独特的香味，怀抱中是无限的温情和柔软。

当年我在武汉东湖边错过的，是不是也是这些呢？那个人的味道是不是也是这样？她的怀抱是否也是这样的温情和柔软？那味道和怀抱，现在在谁的怀里？

想到这里，心里一阵绞痛。

我轻轻地，小心翼翼地推开怀里的这个温柔、美丽的女孩，这个梦中的白色女孩。就像把刚刚长上的新鲜伤口的结痂，再给慢慢拉扯下来。

“丁咛，我很喜欢你，可是……”

“可是你还没忘了那个女孩，你没有得到那个问题的答案。我长得像她，让你想起了她。你想逃避那个阴影，而不是重新走进去。”她替我都说了。

我低头，心里又是一阵绞痛。这样体贴入微、能读懂我的女孩，我担心这辈子应该是不可能再遇见了。

“那么，再见了。你能给我写信吗？”她又使出睁大眼睛一直看我的绝招。这是她的专属动作。

“对不起，我不能。”我对那个人的最后一句话好像也是这样说的。

说完，我走了出去，在门外向她挥了挥手，“再见了。”我说。

她站在窗口。

回到自己的宿舍之后，我才想起来，我们还是没有留对方的电话号码。

2.决定出游

我低沉了两天，没有跟外界联系，也没有逃课，而是老老实实上学。

早上起床洗漱，做早饭吃早饭，上午上课，中午食堂吃饭，下午上课，放学，做饭，听法语广播，温习功课，跑步，听广播，睡觉。

第二天早上起床洗漱，依旧做早饭吃早饭，上午上课，中午食堂吃饭，下午上课，放学，依旧一个人做饭，听法语广播，温习功课，一个人跑步，听一遍广播，睡觉。

努力不再去想我的白色女孩启程了吗，去了南方哪里，在新地方过得如何，我们没有留电话号码，也没有留住址、QQ号或者其他联系方式。就好像将一个漂流瓶扔进茫茫大海。

也许这样我就能很快忘了她。

泊哥终于在第三天回来了，和莉姐两个人开开心心回来的。在巴黎好好玩了几天，在滚床单之余，也在埃菲尔铁塔上的空中餐厅吃了晚饭，坐了塞纳河游船看了巴黎夜景，在爱情桥上扣了铜锁，在卢浮宫里的蒙娜丽莎画像前打了卡，在香榭丽舍大街上吃冰激凌，在蒙马特高地上俯瞰巴黎的日落，在凡尔赛宫的镜廊里拍照。莉姐就出来玩三个月，怎么可能错过这些？

我很是开心，因为饭有着落了，可以有好吃的了。

我从来懒得在吃饭上面花很多时间，不是说愿不愿意动手做饭的问题，而是懒到如果能够不用嚼，就坚决不嚼。如果能够喝牛奶能顶饱，我肯定是不愿意吃面包的，因为面包还得嚼啊！再例如，水果里面，苹果跟香蕉比较起来，肯定选择香蕉，因为香蕉可以狼吞虎咽，而洗苹果，削皮，啃苹果，对我来说已经太复杂了。但是懒归懒，好吃还是不能错过的。

但是泊哥不一样，可以为了让面条劲道十足，不辞辛苦地先煮，沥干，掸油，重新烫捞，或炒，或油泼，或下汤，一道道工序做得一丝不苟。为了一锅红烧肉，可以守在灶边，文火武火交替。为了一味调料，可以跑遍大小超市。总之，他来法国更应该去学烹饪专业，或者糕点专业，不应该来学什么电子专业。

这下莉姐来了，泊哥更是百般宠爱，各种好吃好喝轮番上阵。我觉得莉姐一定会是小蛮腰来，水桶腰回去。

吃胖了，你就别跑了，想跑也没人要了。高招，泊哥太狠了。

我跟泊哥共用一个厨房，又是老邻居了，一直蹭饭吃，他从来也没亏待我，当然我也不会白吃白喝，买菜买调料填满冰箱，我还是出力的。这次莉姐来了之后更是沾光，我就像他们俩收养的孩子，莉姐和泊哥待我就如同再生父母，一家三口其乐融融。

“叫妈出来吃饭。”

“妈！出来吃饭啦！”我在楼道里喊。

“来啦！”莉姐于是穿着睡衣，趿拉着拖鞋出来吃饭。

对，就是这个画风。

然而为了好吃的饭菜，我还是付出了一些代价，夜里隔壁的床板“嘎吱嘎吱”的声音太吵。好在我睡觉比较实，干扰不了我。

好久没有去找老太太了。我们计划这次把菜先做好，用保鲜盒带去，微波炉加热一下就可以吃。每人做一两个菜，泊哥负责了几个硬菜，也做了老太太最爱吃的西红柿炒鸡蛋。我依然做我拿手的黄瓜炒鸡蛋。

我提前给老太太去了电话，问她介不介意我们六个人过来，周末在她家吃晚饭。她高兴得不得了，哪里还会介意。

我在电话里反复嘱咐，真的什么都不要准备，我们自己带菜，只要微波炉能够正常使用就好了，算了算，会有八个人，除了老太太之外，大民和叶子，泊哥和莉姐，小琳，以及我，阿丽斯也会在。

“小琳，你男朋友不来吗？”我问小琳。

“他来干啥啊。”

“哟……承认了啊！已经是男朋友啦？”

“哎呀，真烦！只是普通朋友而已啦！”

看来小琳跟Sam之后的约会确实再也没叫上我，之后的进展一直是谜一样。

虽然嘱咐了什么都不用准备，老太太和阿丽斯还是去买了酒水饮料，薯片、花生、奶酪、火腿等一堆零食，可以看得出来，不只是老太太，阿丽斯也为我们的到来雀跃不已。

老太太和阿丽斯依旧对我们的厨艺赞叹个不停。我们向老太太介绍了新面孔，泊哥操着蹩脚的法语介绍自己的女朋友，我和小琳则兴高采烈七嘴八舌地讲述大民在派对上给叶子弹钢琴的一幕。最后大家果然还是嘲笑起了我在游泳池溺水的一幕。

“Ying，你都不会游泳吗？”阿丽斯惊讶地问。

“我住在长江边上，每年因为游泳而淹死的人有很多！我是好学生。所以从来不游泳。”

“所以？你不会游泳？！”阿丽斯嘲笑着，大伙儿跟着哄笑。

我翻翻白眼。

“Ying，你不是在派对上跟一个女生一起走的吗？后来你们怎么样了呀？”大民问我。

“没有的事。”

“你俩后来还去看了话剧。”

“啊？你怎么知道？”

“别藏着了，有女朋友又不是丢人的事。”

“没有这回事，你看错了。”

“我们从楼上的窗户都看见了，你和那个女孩手牵手。”

“认错人了。”

“咦！”大民还要说，被叶子拉了一下，终于住嘴。

吃完晚饭，我们一起把盛菜的器皿收拾好，剩下的红酒和零食还有不少，我们就着零食和红酒坐下聊天。

老太太今晚比上次多喝了一些红酒，很开心，脸色红润，声音也渐渐大了起来，给我们讲她前两年去土耳其的旅行，博斯普鲁斯海峡、圣索菲亚大教堂。她想去坐热气球，但是对她的身体来说，已经过于危险，不得不满怀遗憾地放弃。

“年轻真好，看到你们这么多年轻人，感觉我也年轻了呢！”她摸着红润的脸庞说着，“不行了，我喝多了，有点晕，我上楼先睡了。你们年轻人继续聊。”

老太太跟我们每个人行贴面礼之后，缓缓地上楼去了。

“你奶奶人真好。”

“身体也很健康。”

“她岁数多大了？有三十八岁了吗？”我明知故问。

“哈哈哈。你们都真会说话，应该在她上楼之前说！”阿丽斯笑得合不拢嘴。

“我能听得见！”老太太在楼上喊道，“谢谢你们！我早已经不止三十八岁了！”

“哈哈哈哈哈。”我们一阵哄笑。

这个客厅本来不是为人数众多的聚会而设计的，因此大家只能各自四散找地方落座，沙发上，饭桌边，我、小琳和阿丽斯坐在地毯上。老太太上楼后，单人沙发空出来了，我发扬绅士风度让给女生。她俩推让了一会儿，小琳就过去坐了。

剩下我和阿丽斯坐在地毯上，确实坐久了屁股和后背有点累。阿丽斯叫我侧过身去，接着她就靠在我的背上。这样确实对她来说舒服一点，但是对我来说有点不自在。且不谈其他几个人异样的眼光，就说我自己，之前屁股麻了，我还可以随时挪一挪，而这样的靠在我身上，我就只能僵硬地待着。屁股不一会儿就又麻了。

“来来，叶子，给我们讲一下你跟你男朋友是怎么遇见的。”阿丽斯发起话题，用酒杯举向叶子。

叶子的法语比大民要好多了。大民一开口讲法语我就替他捏一把汗，确实很聪明的一小伙儿，怎么就没有法语天赋？

于是叶子讲了她俩从高中同学，到大学相恋的经历，最终成功一起出国。尽管撒了一地“狗粮”，大家还是由衷开心地鼓掌。我知道小琳之前的故事，不能和前男友一起出国，所以选择分手，我偷偷看了一下小琳，她一直在低头喝酒。

接着我们又要听泊哥和莉姐的爱情故事。刚来法国，莉姐的法语肯定开不了口，泊哥的法语也是相当磕磕巴巴，于是他就说了一句：

“我俩咋认识的…………因为吃啊！”

“哈哈哈哈哈，肯定是这样！”大家马上表示理解。

小琳说，跟Sam的故事已经不是秘密，大家都知道了。接下来目光轮到我身上。

“不好意思，让你们失望了，没有女朋友。直接让阿丽斯讲吧。”

“阿丽斯，有没有合适的美女朋友，介绍给Ying？”叶子说。

相信大家都了解这种现象，恋爱或者婚姻中的女人总是迫不及待地给别人当媒婆，这到底是抱着“我已死了也要大家跟我一起陪葬”的心态，还是抱着“我是菩萨心肠助你脱离单身苦海”的心态呢？

“有啊！可多了！包在我身上！”阿丽斯从后面拍一下我的肩膀。

“那太好了，我要那种长得像詹妮弗·安妮斯顿那样的。”

阿丽斯在背后使劲拱了我一下。

“说完我了，阿丽斯说你吧。”

“好吧，我和男朋友在大一的一个舞会上好的。当时我自己一个人，他请我跳了一支舞，然后我们交换了电话号码。普通得不能再普通的经历，在贝桑松这个小城市，没有任何浪漫的奇遇故事。”

“可是这就很浪漫啊！在一个自己熟悉的地方，普普通通的生活，普普通通地认识一个男朋友，没有分离，安安静静地一直在一起，多难得。”

说话的是小琳。这句话让在场的很多人沉默了下来，不能忍受分离而选择分手的小琳，两个多月后就要分道扬镳的泊哥和莉姐，从分手边缘拯救回来的大民和叶子。

里面当然也包括我，我不禁想，高考之后，假如我没有选择北京而留在了武汉，现在会是怎样？没准我这时候正在东湖旁和女朋友一起骑自行车吧。

一帮背井离乡来到陌生国家的人，一旦谈到分离，背着的包袱和割舍掉的东西都不会少。

阿丽斯当然体会不了，她说的奇遇故事可能是中毒昏倒的白雪公主遇到路过的王子，或者王子寻找到遗落水晶鞋的灰姑娘。她渴望新鲜与变化，而房间里另外一些人在变化中渴望平淡。

安静了一会儿，阿丽斯突然想到了什么。

“哦！下个周末准备怎么安排？”

“我没有呢，你有什么好建议？”我说。

“啊！我想出去玩一圈，这段时间我打工攒下了一些钱。可以允许我出去玩一趟。”

大家立马来了精神。

阿丽斯站起来，从书架旁翻出来一本旅行社发来的广告宣传册。

“我攒下来的钱不多，去不了很远的地方，要不去瑞士玩吧？卢塞恩和日内瓦离这里不远，都在日内瓦湖旁边，一个周末就可以。”

日内瓦大概知道，卢塞恩就不知道了。

“我们可以买瑞士的欧洲火车通票，学生证可以打折！住青年旅馆虽然条件差了些，但只需要几十块钱。剩下的钱，留给几顿丰盛大餐怎么样？我一定要吃到瑞士的奶酪火锅！”

我们面面相觑，奶酪火锅什么鬼，奶酪能做火锅吗？是用来蘸的还是用来涮的？丸子还是切片？配麻酱还是配香油？比四川火锅好吃吗？

“我去过几次，瑞士风景很好的，还可以看到日内瓦湖。”阿丽斯继续推销她的旅游计划。

“听起来不错啊！”大家纷纷表示加入，泊哥和莉姐本来就是要来玩个够的，正好乐得有人带。大民和叶子很少一起出游，既然不贵那就没问题。我在这方面随大流，大家都去，我正好也可以散散心。

敲定出游的决定之后。接下来几天小琳在网上查找当地的特色和必看景点。小琳喜欢旅游，也喜欢将出行计划得好好的。用她的话说：“你们男生出行，那不叫旅行，那叫探险。背个包就出门了。”然而接下来的事实证明，精心计划的出行也可以变成探险。

3.厨房的火灾

根据小琳的详尽的计划安排，出发日期定在下周五下午放学。在等待出游的这个星期，发生了一些小事。

建哥终于明显全面展开对小糖的追求，小糖却明显在跟班上一个德国男同学打得火热，一起出去逛街，一起看电影，烧了一桌好菜请德国小哥吃饭……

建哥终于绷不住了，在楼下草坪上，我陪他喝酒，建哥快一米九的大个子，在我旁边哭得像个小孩，我对他说：

“努力去争取吧，可能会被拒绝，可能会被人嘲笑，可能会心痛到不能呼吸。但是，嘿，抬头看看，我们这样的一个年纪，在这么一个风情万种的异国他乡，这么一个陌生的城市里，现在是盛夏，一直到晚上十点天空都还透亮

着，泥土小道边野花野草开得这么浪漫，连小河流水都那么有情调，我们在这样一个鲜花开满小街小巷的小城市，这样一个季节。难道不该发生些什么吗？”

“想做什么就做吧，去的话，你可能会心痛，不去的话，你一定会后悔的。”

建哥听懂了我的话，勇敢而坚定地放下酒杯。大腿一拍跑去找小糖表白。燕子说小糖去了德国小哥那里，于是直奔过去，接下来的一幕看傻眼了。

小糖围着大浴巾湿着头发从德国小哥的房间里出来扔东西。

“你怎么来了？找我有事吗？”小糖一手捂着浴巾，一手拎着垃圾袋。宿舍门半掩着，可以看见床上德国帅哥的一双美腿。

“没事！”建哥恨恨地丢下一句话。转身跑了。

建哥连着几天没跟我说话……

关我啥事啊！

另一方面，俊男也终于知道了小琳男朋友Sam的存在，眼瞅着追求小琳没戏。冰雪聪明的他，没有像建哥一样选择找我来咨询，而选择知难而退。转而追求班上最后的一个目标：中国女生燕子。示好还没示一半，又被果断拒绝。

哪里做得不对呢？俊男百思不得其解。最终只能得出一个结论，中国女孩子欣赏不了他的帅气！

我们其他几个心想，这哥们儿下半辈子一定没戏了。

不过还好，几年之后，俊男学业有成，工作体面。在婚恋网站上，找了一个法国老婆，为他生下龙凤双胞胎。我们一直担心的，他的传宗接代的问题终于得到圆满解决。

燕子是个挺好的女孩，长得挺可爱，性格也相当随和开朗，有不少男生追求，俊男追她也并不奇怪。她却不为所动，我挺好奇的，也问过她。

“这里这么个小地方，几个月之后就要走了。再之后，我还想要去巴黎呢，到时候见的人更多了，选择更多了。现在刚来啥也不懂，着什么急谈男朋友啊。”

哦……我不禁佩服了起来。七情六欲都已经被她管控得服服帖帖，收放自如，应该是得道高人了吧。

与此同时，我的印度好同学Bank，依然单纯地与印度那边的女朋友保持日常的skype电话，早晚祷告，吃咖喱饭。当然也热情地邀请过我们共进晚餐，我们也经常邀请他一起吃饭。除了印度风情的经典咖喱饭之外，他有两个绝活，一个是咖喱鸡翅，一个是奶茶。自从他把奶茶的制作方法告诉我之后，我也拥有了这个绝活，帮助我在日后懒人生活中多了一个充饥的选项，只需要将茶包和水倒入锅中煮沸，再倒入牛奶煮沸，就可以收工了，而且好喝得很。一样菜谱能够让我一学就会，可见是有多简单。

Bank同学在这几天还救了我一命，准确来说是救了我们整栋楼一命，这又要说到我的丑事了。

事情是这样的，一天下午我在公共厨房里开着灶煮奶茶，定时五分钟（后来发现定时器应该是坏了）。房间在厨房隔壁，我就回床上等着。可能因为到了每天下午听法语广播打盹的时候，一沾着床居然就睡着了。

我很少关宿舍门的，那天不知道为什么关了宿舍门。正睡得香呢，却被剧烈的拍门声打扰，一开始晕晕乎乎的不予理会，后来被拍门声闹得实在不行了，才爬起了床，打开门。

Bank出现在门外，他如同腾云驾雾来的一样，身后都是黑云。哦，不是云，是黑色的烟。

“Ying！厨房！是不是你煮奶茶忘记关火？”

不用等他说完，听到厨房两个字，我腾一下就跳起来冲了出去。厨房里全都是烟，灶台上一片狼藉，我的小锅跟黑炭一样，被丢在水池里，几个窗户打开着，好让浓烟散出去。Bank已经第一时间处理了案发现场。

“当心别烫手！”Bank担心我伸手去摸烧成炭的小锅，赶紧提醒我。

我不知道如何感谢Bank，不知道说什么好，只知道当时慌得不行。

他只是拍了拍我的肩膀，简单说了一句“坏事总会发生（Bad things happen）”就走了，深藏功与名。

清理了灶台之后，发现除了我的小锅牺牲了之外，并没有什么其他的损失。还好没有触发烟雾报警，也没有惊动宿管阿姨。想一想就后怕，我也许会被遣送回国，从此身败名裂。

在这个小地方，我应该能上报纸吧。标题应该是这样：“来自中国的留学生，被驱逐出境，只因为煮奶茶时做了这件事……”

总而言之，感谢Bank同学，也没有把这件事情告诉任何人，从那天以后，他从Bank同学升级为Bank哥，纪念中印友谊长存。

另外，这次灾难更成为我不喜欢做饭的理由。

在学法语这个领域里，不同国籍的同学里面，鄙视链是实实在在存在的。可能大家对自己国家所处的位置上上下下都会有些许争议，但是鄙视链的底端，应该是泰国的Johnny哥无疑了。

Johnny哥最大的特点就是长发过腰，一头长发乌黑靓丽，身材又高又瘦，腰肢又细，用婀娜多姿来形容最为贴切，但是偏偏生得却是个男生。说话细声细气的，上课回答问题时，鸭子口音的法语每次都让我和Bank哥偷偷笑得浑身直哆嗦。他平常话不多，也不是很合群，很少人对他了解。他最喜欢做的事情，就是站在走廊尽头的窗口那里看风景。

走廊的尽头是两扇明亮的落地窗，向内大开，总会有阵阵清风从窗口吹过。窗外有齐腰高的宫廷式围杆，窗外是高高的树枝和远处的河景。Johnny哥站在窗口看风景的时候，穿的衣服经常是贴身的丝绸质的，或者薄透的纱质的，身后的秀发被微风撩起，配上纤细的身影总让人误以为是一个绝世美女站在窗口那里。让人总忍不住多瞟一眼，然而再看一眼之后总会发现残酷的事实：

呕！又是这个Johnny。

他的身影之美，是让男人上当一百次依然还会上当的那种。

这一次更过分，他洗完澡，下半身围着浴巾，光着膀子站在窗口，微微半伏在围栏上，浴巾显出屁股的弧线。让清风吹着还未干的长发，依旧是倩女幽魂般的造型。从背后看，完全就是光着上半身的出浴美女半伏在窗口的栏杆上。

Bank哥路过的时候，情不自禁很响亮地吹了一个极度臭流氓式的挑逗意味的口哨。吹完之后才想起来：

又上当了！不是大美女，而是Johnny哥！

为了避免尴尬，赶紧在Johnny回头之前，急急忙忙地冲到我的房间，躲到门后哈哈大笑。

Johnny哥在窗口倩女幽魂了半小时，我和Bank哥两人就蹲在门口观察了半个小时，每个男生路过的时候，都无一例外先猛地惊一下，目光呈四十五度角向下看了屁股，然后从上到下打量好几遍，最后才能想起来到底“美女”是谁。先是睁大眼睛表示惊讶，接着嘴角上扬显示出喜悦和兴奋，然后皱眉凝神开始思考，最后是瘪嘴一阵骂骂咧咧：

倒胃口，呕！又是这个Johnny。

就在我跟Bank哥极度无聊地观察每个路过的男人对Johnny哥各种有趣反应的时候，我接到了宁萌的电话，她很高兴地跟我说，收到我的信了。她甚至都忘了上次收到信是什么时候了，对我非常感谢。她会尽快给我回信。

在与宁萌通完话之后，我看着手里这个两寸长的金属小物件，突然有种很神奇的感觉。

并不是我之前没有用过手机打电话，而是第一次有人打电话说，收到我的信件了，会尽快回复我。

我的第一部手机，是大二的时候，老爸淘汰下来的爱立信。在大四的时候，葛优、冯小刚出了一部贺岁片《手机》，里面摩托罗拉翻盖手机的“A1200”跟我同款。

在电影里，曾经是公共电话到传达室然后用大喇叭传话，到了后来，用手机几秒内就可以编造一系列故事谎话。对我而言，这个变化也只经历了短短三年时间。

手机服务，也从最开始的贵得没谱的跨省漫游和双向收费，到后来校园内推行的动感地带套餐。我记得套餐里每月五十条短信怎么用也用不完。在寝室里，室友们一个个躺在床上互相之间聊天都要发短信，就为了消耗掉这五十条短信，一直按到半夜手酸。

然而回顾大一的时候，我还成天在想，远在几千里之外的武汉，我的信她收到了吗？会回复我吗？她在忙啥呢？最近过得怎么样？她什么时候会从楼下公共电话亭打电话来呢？我如果出去了，会不会错过电话呢？

然而就在半年后，包括我在内的很多人都用上了手机。有了这个小物件，别人可以在几秒钟之内，轻而易举地告诉我：信收到了，很开心，马上会回复我。然而这时候，我却无论如何连十条短信都用不完。

如果能够早半年有了手机，事情的发展也许会不一样吧。

二十年后，我们在讨论5G闪电一样的下载速度，考虑智能手机的新功能，纠结微信群信息太多看不过来。回想起来，那时的我们，一场相隔遥远的暧昧，偏偏选择了在那个艰难的年代，慌慌张张开始，又急急忙忙结束。

明天就是周五，我收拾妥当：护照，手机，钱包，钥匙和衣服，再将背包带去学校，下午放学就可以直接出发。我们有小琳安排的周密出行计划，还有阿丽斯本地人带领，一定会万无一失。

第六章　阿丽斯

氦气：

我依稀记得你跟我讲过你妈妈的只言片语，严厉又慈祥的妈妈，家里的半边天。

小时候写作文的时候我们没少写这样的题目——《我的妈妈》。那时候，为了完成作文，都会悄悄地在妈妈不注意的时候，用眼角仔细地观察妈妈的相貌、动作，还有，她又在忙活些什么。

相信这种事情你小时候也没少干。

然而那场突如其来的车祸让你没有机会能够再好好地观察你妈妈了。对不起，我不应该提起这件伤心事，你对我提得也很少，我也刻意回避这种令人不快乐的话题，更不愿提那场事故的经历。

你说过你夜里梦见了妈妈开门回家，一如往常地收拾厨房开始做饭。梦醒了就哭得歇斯底里。

我当时只能说我大概……体会不了，更谈不上知道如何陪伴你，安慰你。经历了其他的事情，才慢慢明白这大概……会是种怎样的感觉。

1.灾难了

周五下午比平常提早放学，大家按计划在火车站集合，一切顺利。大民、叶子、泊哥、莉姐、大妞和我一趟公交车到了火车站，大妞的男朋友Sam也赶来了，阿丽斯准时赶到。

阿丽斯的男友因为有其他的活动，不来参加。我问她的时候，阿丽斯轻描淡写地一笔带过。

我们的计划是，第一站的目的地卢塞恩（有的也翻译成琉森），玩一天之后，再去日内瓦。

在欧洲坐火车是一件很稀松平常的事情，虽然火车票价对于我们穷留学生来说，还是觉得贵的，但好不容易决定出来玩一次，咬咬牙也就接受了。火车上人不多，我们八个人占了两排面对面的座位坐下。因为其他人都成双成对，只剩下我跟阿丽斯，于是也自然地坐到一起。

火车上落座之后，晚饭还没有解决，大家各自拿出事先准备的干粮当晚餐。泊哥那一对，准备了精致的肉夹馍（法棍面包里面夹着红烧肉），其他人也有三明治和面包。我在吃饭上面很懒，大家都知道，也就不用装秀气了，拿出中午食堂剩下的干面包蘸着一小盒酸奶往嘴里塞。

阿丽斯使劲拍了我的胳臂一下，差点把手里的干面包拍掉，上面蘸着的酸奶干干脆脆地滴到我裤子上。我还没来得及生气，她往我面前丢了一包用保鲜膜包好的三明治，还拿出一小盒塑料盒装的水果沙拉。量不多，大家都分了一些。她自己也吃了跟我一样的三明治。

我们到达卢塞恩的时候，天开始有点黑了。这是个旅游城市，火车站还挺漂亮的。不远处有三四个年轻男人围成一圈抽烟聊天。大民跑过去，操着蹩脚的法语，拜托其中一个人来给我们照合影。

我们八个人排成一排，被那个给我们拍照的年轻人指挥来指挥去，左挪一下右挪一点，折腾了半天。好容易拍了几张之后，他又不厌其烦地给我们看照片的效果，如果不可以的话，还可以再拍一遍。

我们大家赶紧说，谢谢，挺好挺好，Thank you，Thank you，就这样挺好了。那个年轻人这才离开。

“当地人这么热情啊！”大民开心地说，“是不是我的法语有进步了，那个人对我的印象蛮好，才会这样？”

话还没说完。“包呢？”莉姐一声惊呼。

“哎呀，我们的包！刚刚放在身后地上的……”叶子带着哭腔说。

四下里张望，刚刚给我们照相的年轻人，以及刚刚跟他一起聊天抽烟的其他人都不见了。

“赶紧清点一下损失，我来打电话报警。”Sam掏出手机。

损失很快就清点出来了。泊哥和莉姐的行李一起在一个大包里，刚刚放在身后，被一锅端了。大民和叶子的行李也是如出一辙。好在，泊哥和大民两个男生的钱包一直在衣服兜里，每个人的手机也安全地躺在衣服或裤子口袋里，能够保住这几件物品也算是不幸中的万幸。

小琳和Sam的背包夹在脚下，没有被偷。阿丽斯和我的背包一直没有离身也没有损失。

“衣服和其他物品是小事，女生的钱包里面也没多少现金，相机虽然挺值钱的，但最主要是护照麻烦。”泊哥也慌了。

尽管大民不停“没事，没事”地安慰叶子，可她还是忍不住哭了出来。确实，这大晚上的，行李护照都丢了，怎么是好。

“警察二十分钟之后能到，那时候小偷早就已经没影了。”Sam放下电话。虽然他和小琳没遭受任何损失，但是一起出来玩肯定是没心情了。

“我们在周围找找，十五分钟之后回来这里会合。大家手机保持联系！别慌啊！”小琳拍拍叶子和莉姐的后背。毕竟她出来旅游得多，比较沉着。

“注意看看垃圾桶，也有可能他们拿了值钱的东西，把不要的护照和衣服什么的，给丢在路边。”我加上一句。

我们八个人两两散开，阿丽斯和我沿着一条路往外找。我将手机拿在手里，保证能时刻听着消息。天色渐渐也暗了下来，我们看着天色也干着急。

“刚才那个人拍照折腾这么久，肯定就是那个时候他的同伙拿的。”我跟阿丽斯说。

“我吓坏了。很少遇到这种事情，可能因为看你们是外国人……对不起。”

“对不起什么？”我抬头看她。

“嗯……是我劝你们出来玩的。你们从中国来这里，被偷了，我替他们觉得羞愧。”

“是我们自己不注意的。再说了，他们是他们，你是你，他们甚至连法国人都不是。是瑞士人嘛。”这个时候阿丽斯的自责确实起不到任何作用。

“多找找吧。碰碰运气。”

十分钟之后大家都陆陆续续回来了，也不敢分散走得太远。天不早了，不想再碰上什么其他倒霉事了。附近垃圾箱和路边草丛里都看过，没有什么好运气。

真是倒霉透了！

不一会儿，来了两个警察，花了十分钟录了笔录，留下了Sam和阿丽斯的电话号码。精神安慰了一下我们，然后就走了。

“什么用都没有！”Sam气愤地说。

“算了，这样也没法玩了。泊哥和莉姐，大民和叶子，还有晚班车回家，我们一起回去。明天我们电话给中国大使馆，问一下看怎么补办护照。”小琳说。

泊哥、莉姐、大民和叶子几个人互相看了看。似乎也只能叹气接受现实。

“确实我们回去得了，小琳你们没必要，都出来了。你们继续玩吧。我们自己回去好了。”

“我陪你们，我回去得了。”我说，既然大家都回去了，我也没啥玩的动力。

“都听我的！别闹了！”大妞东北口音出来了，大家立马安静下来。“你们四个人回去抓瞎，我曾为朋友补办过护照。我大概知道怎么弄，必须早点办。我跟你们回去。”

小琳继续安排，“Ying，你跟阿丽斯没必要。你们留这儿吧。刚刚还留了阿丽斯的号码，万一警察联系你们呢？你俩也帮不上啥忙。安心继续去玩吧。算是替我们玩的。”

“真是对不起，都是我把你们叫出来玩。是我的错。”阿丽斯红着脸，也快要憋不住眼泪了。

我拍拍阿丽斯的肩膀。其他人也都来劝，都说这事跟阿丽斯没关系，让她继续留在这里。

一个小时之后，我和阿丽斯两人，送其他所有人登上了下一趟回贝桑松的火车。泊哥和莉姐，大民和叶子，小琳既然回去，Sam肯定也跟着回去了。

临走之前，大妞拉着我到一旁，压低声音说："别再像个小孩子一样了！照顾好阿丽斯！你懂的，她是个好女孩。"

"我什么时候像小孩子一样！"我抗议，"你们回去了之后给我个打电话吧，不论多晚都给我电话。辛苦你了，小琳。"

2.青年旅馆

站台上就剩下我和阿丽斯，时间已经过了九点。

"希望他们回去之后一切顺利。"阿丽斯远远望着离开的火车。

"放心吧，Sam跟小琳都回去帮忙了，肯定没事的。"

"我们是不是也应该回去？"

"嗯……不知道。我也想回去帮忙，可是好像确实帮不上什么忙。"

"哎，走吧。我们去青年旅馆吧。"阿丽斯叹了口气。

所有人都不得不承认这次的出行开局并不理想，但能挽救多少是多少吧。

"我们先去青年旅馆住下，然后再出来喝一杯，我请你。"我也不希望接下来，面对着愁眉苦脸的阿丽斯度过周末。

青年旅馆很容易就找到了，按照事前查的交通路线，先坐一趟公交车，再走上一会儿就到了。那个年代，作为穷留学生，什么自驾游啊，出租车啊，打优步什么的，都不在考虑范围之内。一路上，阿丽斯还在因为刚才的事情懊恼，也很害怕，牢牢抓着背包的肩带，紧跟着我的脚步。我不时地拍一下她的手臂，对她轻声说一些让她放松的话题，这样会让她有安全感。

"瑞士的风景真的很好啊。这是我第一次来。"

"是吗，我来过几次，小的时候跟爸爸妈妈来过。"

“你说的奶酪火锅是什么样子的？”

“哦！奶酪火锅是把奶酪融化在一个铁锅里，下面一直加热着，可以拿各种例如水果、面包、巧克力等东西，蘸着融化的奶酪吃。也有人用巧克力代替奶酪。哇——想一想简直美味至极。真想现在就去吃。”

登记好了青年旅馆，我们把行李放在房间里，简单地收拾一下。约好十分钟之后再出来。

青年旅馆不是酒店或者汽车旅店那种一人一间或者标间的形式，而是比较大的几个房间，里面可以有四张、六张床甚至更多，因此价格就便宜。我那间屋子里有三张上下铺，也就是六张床位，我睡在其中一个下铺，已经有了几个人躺在了床上，看不大清样子。房间一般是男性和女性分开住，仅稍微让人安心一点点。

我整理一下将值钱一点的东西带在身上——无非也就是手机、钱包和护照，然后出来在外面庭院的摇椅上坐一会儿。阿丽斯比约定的时间稍晚一点出来，跟我解释说，给奶奶打电话说了刚才的事情。

“奶奶说我应该照顾好你们的，应该陪你们把事情处理好。”

“别听她的。她不知道这里的情况。我们有小琳，事情肯定都能够解决。”

“走吧？我问了一下，旁边有个小酒吧，但是不能保证好不好。”

“无论如何，听起来都比坐在房间里，听别人打鼾更吸引人一些。”

依旧步行，走了十几分钟的山间水泥路，来到一处小型的商业区。坐落着几家餐厅和商铺、一家百货超市、一个加油站和一间小酒馆，麦当劳的大标志在星空下很醒目。

我们在酒馆门口的一张小桌前坐下，我付钱买了两支便宜的小瓶啤酒。傍晚的阳光刚退去不久，依然能感受得到余温。经过今天的一番折腾，瘫坐下来，跷起二郎腿，喝点冰啤酒，实在是太舒服了。

“这里我来过，小时候跟爸爸妈妈来过。”阿丽斯环顾四周，突然惊讶地说道。

“哦，是吗？”

“我记得旁边那个麦当劳的大标志，还是记忆中那个样子。当时我们停车加油，在麦当劳吃晚饭，餐厅后边的院子里有一小块供儿童玩耍的地方。滑梯、秋千，还有沙坑……我都记起来了。”

“走，去看看那个滑梯还在吗。”我站起来。

“没这个必要的吧……”她犹豫了一下，但是看到我站起来了，就又同意了，“好吧，去看看。”

我跟老板喊了一句，说我们马上回来，然后拉着阿丽斯的胳臂，跑去麦当劳的后院。

果然，有一块儿童玩耍的地方，也有滑梯、秋千和沙堆。滑梯是塑料质地的，颜色很鲜艳，看上去比较新。秋千就很老了，两条铁链上面锈迹斑斑，中间坐人的木板已经老旧得不像样子，只有小孩敢去坐。至于所谓沙坑，是水泥围起来一圈小坑，里面填满沙子，上面丢着小铲子，小塑料桶和几个沙滩玩具。天色这么晚了，麦当劳餐厅里还亮着灯，院子里一个人都没有。

“看样子真是这里，你的记忆力挺好。”

“爸爸妈妈在餐厅里为了一点小事大吵大闹……我觉得非常丢脸，跑出来自己在这里玩，先是坐秋千，后来玩这个沙坑。我相信他们忙着吵架，根本就忘了我的存在。很长时间都没有人来找我，我很生气。难道为了那么点小事吵架就这么重要吗？我想看看吵架比我重要多少，于是从这里走了出去，沿着前面这条路走。看他们多久才会停止吵架，想起来找我。”

“啊！那多危险！”我看着她所说的那条路，路旁的枝丫在夜色里，像传说中的妖怪一样，张牙舞爪。

“当时也不觉得危险，走啊走的，就委屈地哭了。我一个人在路边拐弯的护栏下蹲着哭了一会儿。还是没有人来，我觉得我被世界抛弃了。”

“后来怎么样了呢？”我记起我小时候也有一段类似的经历。

“哎，我也不是那么倔强的人，哭了一会儿就不哭了，自己走了回来。回到餐厅里，爸爸妈妈很担心，到处找我，叫了保安，也打了电话给警察。先是劈头盖脸骂了我一顿，问我为什么走，我憋着就是一句话都不说。”

“他们肯定急坏了。当父母的，哪里有不着急的。”

“结果他们俩为了是谁导致我走失的问题，又吵了一架，一直在车里吵。爸爸因为吵架所以开车开得非常快，有几次差点撞上。我当时心里想，如果撞上什么就好了，起码不用继续听他们在那里吵个不停。”

“呵呵，你疯了。”

我们回到小酒馆的桌前，继续喝啤酒。

“你的家庭呢？你爸爸妈妈跟你的关系怎么样？中国人这么和气，应该相处得很好吧？”阿丽斯坐下来，喝了一大口啤酒，“你看泊哥和莉姐，大民和叶子。这两对情侣，好可爱啊！”

“嗯，我爸爸妈妈在我很小的时候就离婚了。妈妈把我抚养大。”我低沉地说。

“啊！这样啊？对不起！”

“跟你开玩笑的！他们都还在一起！上个星期还跟他们视频了。”

阿丽斯狠狠地捶在我胳臂上，挺疼。“哪里有人这么开玩笑的！不能这么乱说！”

“好啦，我家里跟你的情况差不多，嗯……可能要更糟些，因为他们不离婚。”我举瓶子碰了一下她的瓶子，“你很幸运的。”

“啊？哪里幸运了？”

“在中国老一代，也就是我爷爷奶奶那一代，是父母给安排婚姻。结婚之前没有谈恋爱的过程，很可能都不认识，决定结婚的那天才看见，哦，原来是长这个样子。跟人结婚有点像抽奖。啊！我抽到了一等奖，对方又可爱又温柔。但是大部分人抽到末等奖，不好意思，互相看不顺眼。到我父母这一代呢，结婚又是根据出身了。”

“出身？结婚怎么会跟出身有关系？”

“当然有啊！妈妈嫁给爸爸的理由，居然是因为爸爸是来自农民家庭，很穷很穷的农民。”

“这是什么逻辑。”

“因为是很穷很穷的农民，就会被认为‘出身很好’啊。有钱人则被认为像资本主义一样‘出身不好’。当时社会主义和资本主义水火不容呢。冷战的历史，知道吗？”

“当然知道这段历史。”

“所以他们怎么可能过得好呢，不是谈恋爱，而是看出身是不是够好。就跟你说的一样，什么逻辑。”

“那也吵架吗？”

“吵架。爸爸也很努力很优秀。成功从农村来到城市里，有受人尊敬的工作。但是他脑子里面依然是传统的农村的家庭观念。我妈妈是大城市里的人，家境从小也很好，哪里能接受传统的农村家庭观念。于是成天地吵架啊，打架啊。每次吵架都会问我一个问题，儿子！我们要离婚，你选择跟谁？”

“哈哈哈哈哈，你怎么选？”

“当然选我妈啊！”我笑着说，“每次我都以为他们真的要离婚，很坚决地选择我妈。结果后来总是不离了，我爸就把我揍一顿，说我是个叛徒，白对我这么好。”

“哈哈哈哈，太逗了。好像倒没人问过我的选择。”

“在中国，爸爸妈妈这代人不愿意离婚，觉得是一件天大的事情，尤其是为了孩子，一定不能离婚。担心什么会给孩子一个破碎的家庭……这样荒唐的理由。我想，如果我是律师，一定送给他们俩一个礼物。”我停顿一下，喝口啤酒。

“什么礼物？”

“免费帮他们办理离婚。免费给他们提供离婚律师服务！”

“哈哈哈哈哈！”阿丽斯笑得啤酒喷一地。

“真的，你不觉得，让孩子天天看着你们失败的婚姻，看你们吵吵打打。与其这样，不如离婚，重新找到新的幸福生活，会有两家人都是你的亲人，两对父母都来关爱你，这样不是很好吗？”

“嗯，那肯定是。但是……”阿丽斯深深叹了口气，“我没你说得那么幸运，我的爸妈是离婚了，但是都没有怎么关爱我，只想离开我，离开家，离开贝桑松。我记得他们每个人单独跟我在一起的时候，对我很好。尤其是我妈妈，她是那么爱我……”

这时候手机响了。是小琳打来的电话，跟我说他们已经到宿舍了，询问了她的朋友，说可能需要他们去一趟大使馆，补办护照，小琳也会一起去。也没什么复杂的事情，闲着也是闲着，去巴黎权当是旅游了，反正也准备了去哪儿旅游。

我说正好，这个理由很硬，连假话都不用说了。跟法语老师说我们护照被偷了，去补办护照了，她也没法说什么。

小琳问我们怎么样，我说我们住下了，在小酒馆喝啤酒。她让我们在外面好好玩，然后跟阿丽斯也说了两句，总之让我们不用担心，然后就挂了电话。

“明天去哪里？”我问阿丽斯。

“跟我走就行了，我带你去我小时候跟爸爸妈妈去过的一个地方。保证美到让你惊讶。”阿丽斯搞得神秘兮兮的。

我看了时间，不早了，啤酒也喝完了，于是提议回去睡觉。我不想在刚出来第一天把手里有限的钱用来买醉。

回房间的时候，男人们的鼾声已经此起彼伏。

夜里迷迷糊糊的，我又做那个梦了，漫长痛苦的旅程……这次，似乎是在海面上漂泊……身边白色的女孩依然陪伴着我……旅程抵达了终点，却是空无一人。无尽的空虚坍塌下来，掏心掏肺地难受。

“是不是我再努力一点，就能见到你？”

“你什么时候离开了？还是你从来没来过？你只是我的幻想吗？”

醒来一看时间，凌晨四点，隔壁左右和上铺的呼噜声犹如交响乐，音调高低搭配，“4+1”全方位环绕立体声，震耳欲聋。翻了几次身依然睡不着，于是只能穿上衣服，去到庭院里的摇椅上躺下。

庭院修剪得非常精致，看得出来店主是个有品位，有格调，喜欢精致生活的人。可能经济能力不足以支撑开那种高档的奢侈酒店，但是作为廉价的青年旅馆而言，店主已经尽心尽力了。嫩绿的草坪，花圃里整齐地种着虞美人和各色的郁金香，角落几盏安静的灯光，从大门口引向前厅的石头小道，遮阳的凉棚、木制的两套桌椅、大大的躺椅秋千，还有我躺着的摇椅。一切简单而精雕细琢，值得品鉴。

我躺下看着夜空，月光跟几天前晚上贝桑松小河边的一样。丁咛现在在哪里呢？那个白色的女孩，会不会因为我不答应给她写信而怨恨我呢？我想起她纤细的白白净净的手，牵着她的手感觉到的坚定和力量，就跟梦中的一样。又想起她抱着我时，嘴唇和鼻子深深贴在我的脖颈之下，换作任何一个男人都会将她抱到床上的吧？我却就这么走了，留下一句荒唐的“再见”。

“可是你还没忘了那个女孩，你没有得到那个问题的答案。我长得像她，让你想起了她。你想逃避那个阴影，而不是重新走进去。”

丁咛说得很对。我在跟柠檬的信里也已经说了，不会再见她。她如果是我梦中的白色女孩的话，应该是一个能够让我忘掉过往，陪我走进新的生活的人。却不应该长得像那个人，又是同一个城市，同一个学校的人，有必要这么巧吗？

想到这里，我又联想到好多年前，高中晚自习下课的时候，一起骑自行车回家的时光，联想到湖医宿舍楼和楼下的东湖的湖水，联想到那次扭头就走。如果我再努力一下，结果应该会不一样吧。

但谁知道她到底爱过我没有。也许再努力也一样。

我在躺椅上躺了一会儿，周围除了昆虫的鸣叫之外没有别的声音。一切祥和静谧。睡意猛地袭上来，我赶紧回房睡觉。

3.奶酪火锅

第二天一大早，我就醒了，被其他人起床收拾的声音给吵醒的，便宜的旅店就是这样。洗漱、收拾之后我又去了庭院，阿丽斯已经在那里了。

我们在旅店一起吃了简单的早餐，整装出发，去阿丽斯所说的“美到让我惊讶”的地方。

一路上公交车带我们领略了瑞士如仙境一样的好风光，“湖光山色”一词特别能反映眼前的美景，但是又觉得这样形容不够立体，不够丰富。层层叠叠的山岭被绿树覆盖，时不时地还露出平整得像是雕琢过的一块绿色草地，碧绿的草地与湖水相连，湖水与山岭相映衬，一直延伸到远处山岭和森林交错间看不到的深处。风景在公交车的窗外穿梭，像幻灯片一样切换着不同角度的美景。一切静静的，宛如仙境。又不是那种雍容华贵极尽奢侈的仙境，这里如果住着仙人，应该是穿着素纱衣，白发飘飘，青眉素雅的仙人。

我们最终来到了一个临湖的餐馆。一湾湖畔，被两座较为平缓的山岭所环绕，角落里坐落着一处餐馆，与其说是餐馆，更像是一个休闲疗养的场所。木桩搭建的宽广的高台，背倚着山坡，迎着湖面托起一座雅致的玻璃餐厅，餐厅脚下是嫩绿的草坪，一直延伸到如镜的湖面上。

“我当时就在下面草坪上玩来着，真高兴，这么久了，这里还跟记忆里的一模一样。”阿丽斯兴奋得神游一样向下张望，“可惜其他人没来。”

我们特意找了一张靠窗的桌子坐下来。绿茵就在脚下几米远的地方，稍远一点相连着，是广袤如镜的湖水，覆盖到树林之间看不见的地方，大大的玻璃窗让“湖光山色”尽收眼底。

如她所愿，我们点了奶酪火锅。正宗的瑞士奶酪火锅，木炭在铜锅下发出红光，奶酪在铜锅里咕噜噜冒着泡泡。水果、蔬菜和面包放在一旁，银色的长扦子可以叉住食材，蘸着奶酪送入嘴里。

“上次来的时候，尽管路上一直吵吵闹闹，但是爸爸妈妈在这里坐下，将草莓、苹果块蘸着奶酪塞进我嘴巴里，那时的幸福心情，我现在都还记得。”

阿丽斯盯着炭火发呆。我突然明白阿丽斯来这里的真正目的，并不仅仅是像她所说“攒了点钱，出来玩一趟”这么简单。是在追寻儿时的回忆吗？是在追寻爸爸和妈妈留给她的关心，躺在妈妈的膝盖上享受爱抚，被奶酪塞满嘴巴的幸福吧。

“现在妈妈应该在南方的城市里，跟另外一个男人，一起宠爱他们的孩子。爸爸在北方的工厂里面，和另外一个女人过着自由自在的生活。我就这样成了一个多余的人呢……”

“你去过南方的城市里，看过她吗？”我突然问。

“没有，我不敢去。去了之后，肯定会让她为难，也会让我为难。要是她不愿意见我，或者她的家庭不愿意见我。我可就尴尬死了。”

“哎，不会的，听我说，她会很高兴见到你。我们不要求她做什么，跟她一起坐下来，有礼貌地喝杯咖啡，聊聊最近的生活。告诉她你过得很好。告诉她你很想念她。给她一个大大的拥抱，吃个晚餐，然后就离开。以后，要是她想你了，会给你打电话。你有什么事情，也可以跟她打电话。怎么样？”

也许是我描绘的场景太诱人，也许阿丽斯也在等待某个人说出这些劝她的话，阿丽斯咬着薄薄的嘴唇想了半天。

“听起来不错。下次假期，我找一个时间……”

“不要下次了，就现在，我陪你，地址你有吗，她给你写过信。”

“啊？你疯啦！”阿丽斯张大嘴巴。

“吃完这顿奶酪火锅——毕竟我们付了钱——我们就离开。这里风景很好，但是你不是来看风景的，对吗？我们乘坐下午的火车。去找她，给她一个惊喜。”

“那你愿意吗？陪我来？毕竟你是出来旅游的……”阿丽斯显然已经被我说动了。

“我本来就应该回贝桑松的，我留下来只为了陪你。你以为我那么喜欢旅游吗？走吧。”

吃完奶酪火锅，我们乘下一趟班车就离开了这个美不胜收的所在。回头看一眼，真的如她所说“美得让我惊讶”。美中不足是奶酪火锅不对我的胃口，我更喜欢四川的麻辣火锅，九宫格里面挨个放下毛肚、黄喉、鸭肠、黄瓜片、羊肉片……一说到吃我的思绪就停不下来。

阿丽斯手机里存着妈妈的地址。原来她妈妈住在马赛，这是一个海边的城市，知道马赛这个地方，是因为法国的国歌就叫作《马赛曲》。再后来了解到，马赛的外来人口很多，阿尔及利亚人、突尼斯人等。这种开放的移民文化成为这座城市的标志。

我们中午返回卢塞恩火车站，包裹被偷的场景依然历历在目，阿丽斯询问了警察，依然没有任何关于被偷行李的一丁点消息。没有必要浪费时间，我们赶紧买了下一趟到马赛的火车票。

坐在火车上，我看着阿丽斯的表情，似乎依然沉浸在往事的回忆之中，对于见妈妈的事情，依然摇摆不定。

“妈妈要是不想见到我呢？这么久，她只给我来过几封信。她知道家里的电话。怎么不能多联系我一下呢？”

“这么多年没有见面了，她会怎么想？她会不会觉得我是来有求于她？找她要钱还是什么？我可不想让她觉得为难。”

“我觉得我们刚才太冲动了，我们还是中途下车吧……”

我托着腮帮子，看着阿丽斯自言自语。她在一边自言自语的时候，齐耳根的金色短发会随着情绪一起摆动。

“你要是敢跑，我就把你绑起来，带到你妈妈那里去。”我笑着威胁阿丽斯。

“嘿！”她又了捶我的胳臂。

“我们说点别的。”我提议说。

“啊？比如什么呢？”

“电影，音乐，小说。”我看着火车窗外说，“你挑一个。”

“动画片！”

“可以啊，我们比对一下，我在中国看过的动画片和你在法国看过的动画片有哪些一样的？我看过《七龙珠》《变形金刚》《哆啦A梦》。”

“知道知道！还有《足球小将》《美少女战士》《城市猎人》《圣斗士星矢》”

“日本的动画片原来我们都看的啊！”

“哈哈哈，这些我知道啊！我还会唱主题歌呢。”阿丽斯哼起《七龙珠》的主题歌……

有一些动画片，我们那时不知道它对应的法文名或中文名，也不像现在这样能够拿手机很容易上网查看图片。于是只能靠描述主角的形象和剧情才能够让对方明白。一旦明白，就会发现很多童年的共同快乐。从来没有预料到日本动画片有这么大影响力。

说到动画片主题歌，那简直颠覆了我的三观。法国人将我所知道的日本动画片的主题曲全部重新填词作曲改造了一遍，与原版的风格完全风马牛不相及。而且尽心尽力，一个动画片都没能逃过。

阿丽斯一唱出口我就笑到崩溃，她自己也笑到眼泪直流。

“我最喜欢看话痨电影。”我说。

“嗯，我也喜欢看。法国电影都很话痨。”

“就是那种在火车上，或者在高速公路上。两个人吧啦吧啦，东扯西拉说个没完，个人经历，兴趣爱好，男人和女人，宗教历史等。这种电影，我就很喜欢看。有一个电影叫《爱在黎明破晓前》，两个人就在火车上、汽车里、路上，说啊，说啊，说了两个小时。”

这部电影的剧情简单概况就是，一个美国小伙儿和一个法国女孩，在火车上遇见，然后在维也纳下车瞎晃悠了一晚上，第二天分道扬镳的故事。

“哦！我看过这个！很喜欢。不知道男主角和女主角后来再见面了没有。听说要拍续集。”

“还是别拍续集了，别见面的好，就这样挺好。”

窗外的风景不停地闪过，让我想起电影里面男女主角在火车上相遇的场景。

“为什么呀？”

“见面了难道讨论结婚，生孩子，搬来巴黎还是搬去纽约吗？争吵又要来了。本来浪漫的爱情又要变得庸俗。”

“才不是……”然而她也没接着说出强有力的理由来反驳。

“法国的电影我看过一些，让·雷诺、苏菲·玛索，都好喜欢，《这个杀手不太冷》很好看，主题歌也很好听，苏菲·玛索的《芳芳》我觉得很奇怪啊，《两小无猜》的结局也很奇怪。前几天在宿舍看的《你闭嘴》太好笑了，还有《埃及艳后的任务》简直太好笑，太经典了，很可爱的法国风格！”

“哈哈，是啊，《埃及艳后的任务》里面有很多经典台词。你居然看了这么多法语片。”

“学法语嘛。我来法国之前，学法语的圈子里流行一个法语歌好像是《我的名字叫伊莲》这首歌在法国流行吗？”

“哈哈哈，这是奶奶那会儿流行唱的歌啊！”

“哈哈，看来歌曲传播确实是有时差。”

说到歌曲，我从背包里拿出MP3，戴上耳机，我一只耳朵，她一只耳朵。耳机里放出来周杰伦的《可爱女人》。这是周杰伦的第一张专辑里的歌。

“Jay Chou……”阿丽斯默默念这个名字。我也算是为了中华文化的传播尽心尽力了。

“我在宿舍的时候，房间里放周杰伦的歌，Bank路过听到了，觉得很喜欢。第二天，他在上课时候问我宿舍放的是什么歌，他有模有样地哼了半天……听得我莫名其妙的。”

我学着Bank哥哼的调调，阿丽斯被逗得直笑。

“回到宿舍我只能把电脑里的歌一个个地调出来，让他一个个地听，终于找出来是这首歌。”

“Bank这样哼的话，差得也太远了吧！哈哈！”

“觉得怎么样？好听吗？”我问她。

“好听！感觉特别浪漫的情歌。”

“回头我拷给你一份。朋友一场，只收你二十欧元。”我笑着说，然后我又放了周杰伦的《龙卷风》，“这首歌Bank也说很好听。”

“我才不会付你钱！”她吐了吐舌头。

既然说到Bank，我解释说Bank是我法语班上的印度好哥们儿。我声情并茂地讲了厨房火灾的事情，还有Johnny哥在窗口倩女幽魂的事情。《倩女幽魂》，阿丽斯不知道，我解释说大概就是美女和鬼魂的故事。

“人鬼情未了？”

“哈哈，完全不是这个。”

“啊！这首歌！我喜欢听！”阿丽斯看了一下MP3上显示的中文歌名。“是什么歌？”

“《星晴》，Xing——Qing——”我学着外国人的腔调教她。

“星——晴——什么意思呢？”

“StarryMood，星星的心情吗？我不知道这样翻译对不对。讲的是对童年的怀念，跟恋人一起在星空下数星星，牵手散步。”

我一边费劲听着周杰伦特有的含糊不清的歌词，一边把歌词费劲地翻译成蹩脚的法语。

我感觉到她的目光落在我脸上，似乎这目光有温度，落在我脸上发烫。我有些不知所措。

火车的窗外飘着一大坨棉花糖样的白云，占据了小半个窗口的视野。

这片云朵很近很近，我看得见棉花糖上每一个顺滑的褶皱。云朵也很大，大到让一切变得很慢，飞驰的火车似乎被它放慢了脚步，它一动不动，却似乎在与我们并肩前行。

紧挨在白云的下面，田地里大片的向日葵花海随着地形起伏，像一片一片黄色的海浪，随着透过车窗的视线掠过，黄色的海浪轻轻激荡了起来。

她突然紧紧抱起我的胳臂，靠在我肩头上，闭上眼睛。

“我想睡一会儿，昨晚上没睡好。到站了你叫醒我啊。”阿丽斯闭着眼睛说，“这首歌我想一直听。”

毫无疑问，《星晴》这首歌，反反复复，深深浅浅地刻录了这一幕。记录了在去往马赛的火车上，阿丽斯抱着我胳臂，靠在我肩头睡着的这一时刻。每次听到这首歌，似乎胳臂都被紧紧抱住，肩头上有淡淡的香味。

到达马赛的时候，是下午五点刚过。阳光热辣辣地洒在这个有浓郁非洲风情的法国海边城市。街上很大比例的非洲人，椰子树在路边高高地摇曳。

从刚到瑞士就被偷，我和阿丽斯在当地留宿，吃奶酪火锅，随后取消了游日内瓦的计划，现在来到马赛见她的妈妈，感觉好像是经历了一个月，但其实也只是二十四小时之内的事情。

阿丽斯有点紧张和不知所措地站在路边，我拦下来一辆出租车，我先钻了进去。

“阿丽斯，上车吧，没准赶得上晚饭呢。”

司机按照阿丽斯给的地址出发了。

司机小哥是个阿尔及利亚人，很友好地问我是哪里来。我说我是中国来的，刚来一个月。

“中国朋友！这么快就找到法国女朋友啦！厉害！”小哥向我竖起大拇指。

“不，不，不。不是女朋友。只是朋友。”我急忙解释。

“去找朋友？”

“嗯，去她家，找她的妈妈。”我看了一眼阿丽斯，拍了拍她的肩膀。她一直看着窗外，嘴里嘀嘀咕咕的，也许在准备一会儿见面时的台词。

“你还好吧？”我轻轻地问她。

她回头看了我一眼，笑着对我说：“我还好。不知道她在不在家呢。我们真是疯了，就这么过来了。”

“所有人都是疯子，只是平常都在假装正常。”司机小哥大声地接过话头。

“很有哲理。”我笑着对阿丽斯说。她依然看着窗外。

马赛还是一个比较大的城市，车开了将近二十分钟之后，在路边停下了。

“到了。”司机小哥说。

“多少钱？”阿丽斯不等我说话抢着把钱递给司机，“这是我的私事了，不能让你再花钱。”

我耸耸肩，我从来不是喜欢抢着买单的人。

“哎！中国人，照顾好你的女朋友！”阿拉伯司机小哥把头伸出窗口对我喊。我不耐烦地轰他赶紧走。

101号，普罗维登斯街。就是这里。

在街边的门牌号上，有一个椭圆形的铜牌，上面写着“101”这个数字。这条街里都是联排别墅，101号是其中普普通通的一栋双层别墅。门前一个很小的庭院，用栏杆和灌木围起来，可以看见庭院中的男孩的玩具，一个塑料的木马，一个小足球，窗台下种着百合花和虞美人，有粉色、白色和黄色。

“按门铃吧？”我看阿丽斯还在犹豫不决。

阿丽斯深深喘气，嘴里在复习见面时该说出口的台词……

“我只能送你到这里了，剩下就是你自己的事了。”说完我用力按下了门铃，按了两下。屋里传出“叮咚、叮咚”的声音。

“来啦！”屋里一个女人的声音应道。

阿丽斯直跺脚，对我的莽撞又急又气。

“你们慢慢聊，给打我电话！”我比了一个打电话的手势。然后转身溜走了，来时街角有个麦当劳，我准备在那里消磨时光。

这时门开了，阿丽斯的妈妈走了出来。我听见她惊叫了一声：“阿丽斯！”

“妈妈！”阿丽斯带着哭腔叫了出来。

看见阿丽斯进入了庭院，我就安心地走远了。

第七章　懂事

懂事——爸爸妈妈从小用这个道德准绳衡量我。

“这么大了，还这么不懂事！”

“真棒，这还像个样子！开始懂事了！”

“你什么时候才能懂事一点呢？！”

一个人的行为方式从他很小的时候就开始塑造。少年时缺少打磨更容易意气用事，一路上磕磕碰碰，摔摔打打，无数次把碎成渣的自己慢慢重新拾起，缝缝补补逐渐成形。可悲的是，有的人活了一辈子，即便年纪很大了，依然一副臭脾气，比如一些倔脾气的老爸，比如某些偏执跋扈的领导干部身上都能找到活生生的例子。

有的人因为臭脾气蹲进了牢房，有的人因为臭脾气损失钱财，有的人因为臭脾气失去亲情，有的人因为臭脾气失去挚爱。

然而臭脾气并没有给自己带来一丁一点的回报，能够留下的只是懊悔。这就叫不懂事。

年轻时候如果懂得这个道理，就好了。如果我当年更懂事，也许会给很多人带来更快乐的人生经历吧，包括自己。

——我在白纸上写完，拿在手里重新读了一遍，接着把它慢慢地轻轻地撕掉，扔进了垃圾桶。像是进行某种仪式。

——你好像穿透森林的一缕阳光，既清澈又温暖。

1.阿丽斯的家

时间不到六点，我在街角的麦当劳坐下，拿出法语书复习单词。掏出MP3戴上耳机之后，发现还在单曲循环播放那首《星晴》，又想到火车上的那一幕。

是不是应该严肃地思考一下与阿丽斯的关系呢？她有男朋友了，我无心介入他们之间已经比较复杂的关系。

我对阿丽斯更像是一种我呵护她，她也照顾我这样的兄妹关系。在法国，我也能呵护一个人，让我突然觉得有了成就感。一直因为法语说得别别扭扭，感觉自己就是一个二等残废、傻不拉叽的。这下突然发现自己有些用了，心情就马上好了起来。这比去什么地方旅游来得有意义多了。

我心里对阿丽斯的马赛之行感到开心，无论她妈妈对她如何，她都有了一个答案。爱或者不爱。

看了一会儿法语书看不下去，背后餐厅里客人进进出出，街上的行人来来往往，身边却没有一张熟悉的面孔。阿丽斯去了她妈妈家里，就剩下我一个人，在这个陌生的城市，陌生的国家，我周围突然变成了真空。

不知不觉就想起写信，给谁写也没想好，只是想找一个可以倾诉的人。我从点餐的柜台要了几张白纸和一支笔，然后就开始写。

“氢气”，我写完这两个字之后，心里颤抖了很久，手也跟着抖了起来……

氢气：

很多年了，没有你的消息，也没跟你联系。

我终于出国了，大学毕业之后来法国留学。才来不久，遇见了很多人。我在飞机上遇见一个女孩，叫宁萌，人很好的一个小姐姐，我给她写信，告诉她我这里的情况，这样就有人听我啰嗦，我刚到国外的生活，如何适应，如何接纳，如何被接纳，还有如何忘记。

我认识了一个慈祥的法国老太太和她的孙女。老太太人很好，我也很喜欢她。女孩叫阿丽斯，在读大学，她父母离婚了，跟她很疏远。在我的劝说之下，我和她一起来马赛找她的妈妈。别想多了，她有男朋友，我对她更像是兄妹之间的关心照顾。

最想说的，你知道吗，我遇见了一个跟你很像的人，她叫丁咛，长得很像你，一样是武汉人，也是同一所学校毕业的，湖医99级的，巧吧？我在泳池里意外落水之后，她照顾我，带我去看话剧，带我参观她的宿舍。我们差一点就上床了……可是她长得太像你了。我不愿意因为她而想起你。也不愿意抱着一个人，而想着另外一个人。所以我离开了。

我还是经常做那个梦，梦见经历很远的旅途去找你，旅途中那个白色的女孩一直陪伴着我。我千辛万苦到达目的地之后，发现你已经不在，已经走了，或者也可能没来过。千辛万苦的旅途都白费了。在梦里，每次都要问自己：

——是不是我再努力一点，就能见到你？

——你来过这里吗？你只是我的幻想吗？

我上次问你，你到底爱过我吗？你反问，你说呢？我真的不知道答案。这个问题一直在纠缠我。

我很后悔从你的宿舍转身离开，那是我一生唯一后悔的事情。我为我的年少莽撞而道歉。耽误了你的青春，也浪费了你的情感。

希望你能原谅我。也希望我能忘了你。即使这真的不是很容易的事。

不知道你身边是不是已经有了爱你的人，希望他比我更懂事。

你不会收到这封信，因为我不会将它寄出去，如果没有记错的话，应该是第45封没寄出过的信。

英

我在白纸上写完，拿在手里重新读了一遍，接着把它慢慢地轻轻地撕掉，扔进了垃圾桶。像是进行某种仪式。

叹了口气，我拿起第二张白纸，再次落笔：

丁咛：

你好吗？

我知道你要说“不是不愿意给我写信吗”“不是写信很累吗”。

即便你问了，我也没有答案。

我在马赛的一家麦当劳给你写这封信。你说去了南方校区，离我所在的位置有多远呢？你在新校区里安顿好了吗？是不是依然有“那么大”的房间？你有没有新认识的好朋友和同学？你依然是学生会的成员，有很多内部便利吗？有没有搞笑的话剧可以看？新校区那里组织活动的时候，你是不是也要去帮忙照顾突然落水的人？哈哈。

我来马赛是为了陪一个法国朋友看望她妈妈，世界本来就很孤独了，如果因为妈妈在另外一个城市，就不相往来的话，就太对不起自己了，你说对吧？我也很孤独，你走了之后，我消沉了几天，你的出现和离开带走了我的很大一部分思绪。

我没有跟你提过，我反复做的一个梦。梦里面我总是很伤心和失落，但总是会有一个白色女孩在我身边陪着我，给我温暖和力量。从第一眼看到你，就觉得你像我梦里的白色女孩。但也像那个人。我为你着迷，但不知道到底爱的是哪个你。

很久以来，你是唯一一个让我感觉到心动的女孩，因为你的善良、体贴和聪明。你好像穿透森林里的一缕阳光，既清澈又温暖。我离开你的房间时，脑子一团乱麻，回想一下还是不理智。

我最擅长慌慌张张地从女孩的房间里离开，并将对我好的人伤害。这么多年了，我依然不懂事。

我应该答应给你写信，留下你的电话号码，时常给你问候。

很怀念你的吻和拥抱，是你留给我最好的礼物，不知道还有没有第二次机会。

你的，

英

我在白纸上写完，拿在手里重新读了一遍，接着把它折好。刚丢进垃圾桶，看见它躺在垃圾桶里的样子，我又把手伸进垃圾桶将它捡回来，还好没有弄脏，于是放在背包靠内的夹层里，在护照的旁边。

我也不知道为什么这么做，像个傻子一样。

写完两封信之后，心里舒畅了很多。好像跟身边很熟知的老朋友絮叨了一阵子，也没有那么孤独了。

时间已经快七点了，我饿得不行，还不停闻到汉堡薯条的香味。咬咬牙，硬着头皮要了个麦当劳套餐，刚付完钱。阿丽斯电话就打过来了，要我过去吃饭。

拜托，不能早点吗？套餐也很贵好吧。

她跟妈妈的见面很开心，没有什么狗血的母女不相认，争吵的虐心情节，她妈妈的丈夫也很和善，孩子也很可爱。只是聊了很久，一下忘了时间，现在做了一些饭菜，叫我过去一起吃晚饭。

我推辞了一下，然而拗不过阿丽斯，于是只能把套餐打包带走。临走前，我想了想，又回头加了一份儿童套餐，有附带玩具的那种。

阿丽斯在门口迎接我，身后站着她妈妈。我以我能发出的最标准的法语，说了一句“日安”。

“您的口音真好！”她妈妈夸奖我。

我感觉我在见女方家长。

“我刚刚在旁边溜达了一会儿，已经买了晚餐了。本不应该打扰您。”我瞪了一眼阿丽斯，发现她脸上表情怪怪的，像是很高兴，又像是很悲伤。

“既然是阿丽斯的朋友，来了就一起吧。”

我进去了之后，她妈妈的丈夫跟我握了手。一看就是阿拉伯长相的人，胡子修剪得很整齐很有型，身材高大，彬彬有礼，和蔼可亲。即使是周末，他依然穿着休闲西装和西裤，白色衬衣扎在裤子里。他的孩子躲在他高大的身后。

“您好，我叫穆罕穆德。”他微笑着跟我握手，手掌又大又有力。

“您好，我叫Ying。”

“萨依木，来打招呼。”于是小孩从他背后向我伸出手来。

“您好，Ying先生。”

“您好，萨依木先生。”我笑着说。

我偷偷地把手里的麦当劳儿童套餐给了阿丽斯，阿丽斯聪明地会意，转身亲手给了小萨依木。小萨依木轻声尖叫，一下就接了过去。

晚饭在非常轻松和愉快的环境中进行，在下午妈妈和阿丽斯聊天的时候，穆罕穆德做了阿尔及利亚的特色菜，叫“库斯库斯”，一种用麦粉和炖菜做的食物。

穆罕穆德很客气地询问我能不能习惯这个“库斯库斯”。

“简直美味极了！”我笑着说，“这是我第一次在法国人家里做客，很多礼仪我不懂。应该拿刀叉吗？”

“哈哈，你用任何你喜欢的方法吃就好了。”穆罕穆德举起手里的叉子，“我用叉子，萨依木用勺子。”

“谢谢你给萨依木买的麦当劳。”妈妈说，小萨依木在旁边开心地吃着薯条和汉堡，一只手里拿着带着麦当劳标志的飞机玩具。

“阿丽斯拜托我买的，应该谢谢她。”我笑着看阿丽斯。

“不！别说谎了，明明是你买的。”阿丽斯笑着说，“谢谢你，Ying。”

“不用谢！”我回应着笑了一下。

“那么，阿丽斯，你是怎么认识你男朋友的？”穆罕穆德一边问阿丽斯，一边从桌上取过一块面包。

“有一天，我们是在公交车上……”阿丽斯刚说一半顿住了。

“不，不，我们不是男女朋友。只是普通朋友而已。”我直摆手。

“啊对，我们不是男女朋友。”阿丽斯才突然想起来，也赶紧改口。

穆罕穆德一脸纳闷地看向阿丽斯的妈妈，妈妈耸耸肩。

于是阿丽斯把整个过程解释给穆罕穆德听，从我们一帮人如何出发，如何被偷，我和阿丽斯留在瑞士，如何突发奇想来看妈妈。

穆罕穆德一边认真听，一边摸着下巴的胡子。胡子是剪短的，所以他只能用力摸着下巴。听完阿丽斯所讲之后，他放下叉子，双手交叉放在嘴唇下方。很认真地看着阿丽斯和她妈妈。

“听我说，阿丽斯，我很高兴你决定来看望你妈妈。你妈妈也很高兴能看到你。我不知道完整的事情背后的故事，为什么你们之间不常联系。然而我全心全意爱你妈妈，也完完全全地尊敬她，我也会爱她所爱的人。阿丽斯，这个家里永远欢迎你。”

“嗯，好的。谢谢你。穆罕穆德。”阿丽斯眼睛红红的，她妈妈深情地看着她，用力捏着她的手。

我趁他们一家人说话的时候，又盛了两大碗“库斯库斯”，简直太好吃了。

晚饭后我们去海边散步，吃完扎扎实实的晚饭之后，这简直是个棒极了的主意。于是一个奇怪的组合出现在了地中海边的风景里：一个高大的阿拉伯人牵着一个混血的小孩，两个法国女人牵手走着，一个中国人跟在最后，有点毕加索的油画的味道。

路边一盏盏高高的路灯将这几个人的剪影从不同角度投射到马路上，忽长忽短得好像钢琴的黑白琴键在跳跃。

我悄悄地与他们一家人保持一定距离，给他们多熟悉对方的机会。她妈妈一直开心得手舞足蹈，而阿丽斯对这个穆罕穆德也非常欣赏，他们这样拼凑起来的一家人应该能够相处得很好。在这个时候，不需要我的存在。

这是我第一次在法国见到大海。面前是地中海，对面应该是遥远又古老的非洲大陆吧。夜晚的海风乘着热浪，裹着咸咸的味道，跨越几万年，几百万年，从黑暗的海平面后面，深深的古老的远方吹过来，吹得我眼睛有点睁不开，于是干脆闭上眼睛。我走在地球的另一端，陌生的世界，与家相隔一个欧亚大陆……突然忘了我为什么会出现在这里。遥远的世界的那一头，我自己的爸爸妈妈在干什么呢……

爸爸偷偷告诉我，妈妈在单位不时地掉眼泪。同事劝她："你辛辛苦苦把儿子送出国，高兴才是，又伤心个什么。"

大学时，我给爸爸写过一封信，跟他絮叨了一下我的生活和对爸爸妈妈的挂念，从来严厉刻板的爸爸看到一半没忍住，走到卧室里关门自己哭了一阵。我不想让他一个大老爷们儿流眼泪，所以之后再没给他写信。

来法国这么久了，跟他们QQ聊天，视频过几次。他们在镜头前都很开心的样子，总是那么两句话：要小心，好好照顾自己，别懒得做饭……

2.回忆里的家

当晚他们腾出来两个房间。我睡小孩子的那一间，阿丽斯睡客房。相比前一天晚上的青年旅馆要舒服得太多太多。起码没有全方位立体声"4+1"环绕呼噜交响乐。

洗完澡回到房间，发现阿丽斯在整理我的床铺。

"谢谢你，我自己来就好了。"我擦着头发。

"谢谢你，Ying。你人真好！"

"是吗？受宠若惊。"我笑着说。

阿丽斯过来抱了我一下，抱的时候力气大得吓人。抱了五秒，我的心脏跳了十下。

"我本来都准备好说，嘿！你看！阿丽斯！我没说错吧？！结果你让我没心情了。"

"晚安。做个好梦。"她说完然后就出去了。

我正准备躺下，穆罕穆德敲门，问我可不可以进来。

当然可以。

穆罕穆德小声问我："你们之间真的只是普通朋友？"他又在摸下巴上不存在的大胡子。

“是的，先生。”我很肯定地回答道，“她有男朋友，我只是碰巧……嗯……帮她下决定来这里。”

“嗯，这是个很重要的决定，谢谢你，Ying。”

“作为朋友。应该的。”

“听我说，Ying。”我原以为他说完了，要出去。没想到他却在床边拉过一个板凳坐下。我只能直了直身子，继续听他说。讲重要的事情时，他很喜欢用“听我说”做开场白。

“她是一个好女孩。她妈妈希望她幸福快乐，但不知道如何表达。现在她们见面了，大家都很开心。希望你在那边，好好照顾她，她过得好，她妈妈也会开心，我们都感谢你。总之，衷心地谢谢你。”

他右手轻轻地按了一下自己的胸口，像结束祷告一样。

“我尽力。”

突然被摊上了这么大一个包袱，我自己都照顾不过来，还照顾阿丽斯？每次完成一件事，总会摊上更大的包袱。真的是这样。

我躺在床上，竖起耳朵，听听一会儿是否还会有阿丽斯妈妈要过来感谢我。等了一会儿，终于没有任何人再来敲门，整间屋子也安静下来，我也可以享受这份宁静了。这里挺像我小时候的房间，自从高中毕业到北京读大学住集体宿舍到现在，已经有很多年没有住过这样的房间了。墙上的海报、书架、丢在地上的书包、摆着台灯的书桌、书桌上的相框、窗边的窗帘，一切都让我联想到童年。

我的房间就好像是我自己的王国，虽然对于爸爸妈妈的入侵完全没有任何抵抗能力，但起码能够任由我在墙上挂喜欢的明星的大幅海报，在书架上摆放我喜欢的小物件，在书桌上堆放我的磁带。于是在柜子的角落偷偷放着的“半岛铁盒”，在床头柜深处藏着的我“不能说的秘密”，大部头习题集里面夹着的书签上的“暗号”，都成了王国里的秘密花园。

爸爸会在书架上放上我合适看的书，总是批评我的房间乱七八糟，不知道收拾整理。无论春夏秋冬，妈妈总会在我还在被窝里的时候，在书桌上放上一杯加了蜂蜜的热牛奶，督促我趁热喝掉。他们总会在我学习到深夜的时候催我早点睡觉。

有一段时间我晚上做作业时，会听随身听里的流行歌曲。有次晚上因为太嗨不自觉唱出来，从小声哼慢慢变成跟着唱了出来，自己却戴着耳机听不见自己的声音。他们两个人冲到我房间里来，问我是不是学习学疯了，“半夜鬼哭狼嚎个啥！像个鬼叫！”每次回想起来我都觉得好笑。

高考前，在书桌上有一个电子钟，除了显示时间之外，还有录音播放功能。按下小按钮，会播放之前存储的录音。妈妈让我按一下试试看，里面突然炸开了“加油！加油！加油！”的声音，音量巨大，着实吓了我一跳。录制和播放的效果不好，所以爸妈的喊声显得破碎和滑稽。再按一下按钮，还有第二条录音，“快睡觉！快睡觉！”也是由他们俩录制的。更妙的是，电子钟还有一个无线遥控器，只需要在他们的房间按一下遥控器，我这里电子钟就会响起对应的声音，“加油！加油！加油！”或者“快睡觉！快睡觉！”，两条互相矛盾的语音就好像油门和刹车一样，似乎可以控制我，是该好好学习了，或是该好好休息了。

有天晚上，大半夜的，我听着随身听做作业，正唱到刘德华的《忘情水》，“啊哈，给我一杯忘情……”电子钟突然天崩地裂般地咆哮起来，“快睡觉！快睡觉！”吓得我魂都飞了，笔在书本上戳了一个大窟窿。

我气狠狠一阵捣鼓之后，把电池抠下来丢在一旁，看它还会不会叫。

然而不一会儿，老爸就过来拍门了。“你是不是把电池抠下来啦！赶紧给我装回去！”

脑袋里流淌过这些好气又好笑的回忆之后，我慢慢睡着了，梦到妈妈做的红烧排骨、青椒炒肉丝……

第二天我和阿丽斯要回贝桑松了，清晨，她妈妈做了可口的早餐，然后一家人去到海边的公园玩了一阵子。公园里他们一家人陪着小萨依木踢足球，这位小先生似乎与阿丽斯相处得很好。我安安静静在一旁看法语课本，温习单词。

吃过中午饭，就到了分别的时刻，一家人开车送阿丽斯和我去了火车站。穆罕穆德开车，我坐在前排，阿丽斯，她妈妈和小萨依木坐在后排。一路上她们在后排说笑个不停。

发现去火车站其实很近，只用十分钟就到了。果然来的时候，被那个的士小哥绕远路宰了。

到了火车站，终于轮到阿丽斯妈妈跟我谈话的时刻了。我心想，就差小萨依木没跟我谈话了，啥时候轮到他？

她把我叫到一边：

"孩子，一直没跟你单独说话，是因为我很羞愧。"

她伸出手，像对待自己的孩子一样，整理了我衣服的领子。她是一个很普通的法国母亲，身材有些走样，消瘦的脸上皮肤有点惨白，有阿丽斯一模一样的眼睛，但短发是栗色的，阿丽斯金色的头发应该来源于她的父亲。

"嗯。"我温顺地点着头，听着就行了。

"里面的理由我跟阿丽斯解释了，我希望她能体谅我。阿丽斯的奶奶还好吗？"

"她很好。"

"谢谢你对她们俩的关心。她是我的女儿，但是我没有能够当一个好妈妈。这对她不公平。"她说着，声音变了，终于开始抹眼泪。

放我回贝桑松吧……又是煽情的剧情，好尴尬啊……

"事情总会发生，即使这不是您的意愿。"

我突然机智地想起了Bank哥在救火后安慰我说的那句名言，"坏事总会发生"，不知道用在这里合适不合适，反正我当时听着很宽慰。

"而且阿丽斯挺活泼、挺开朗。我觉得她处理得很好。"我补充了一句。

"她是个好女孩，从小就很体贴，乖巧。看起来很软弱，其实心里倔强得很。拜托你好好照顾她……别让她受欺负。"当妈妈的，眼泪又开始往下掉。

"您放心，她是我的朋友。互相帮忙是应该的。"

怎么可以这样……明明应该是本地人照顾我这个外国人。

一路火车回去的路上，阿丽斯比较沉闷，听了一会儿我的MP3，盯着窗外看了半天。几乎没有怎么说话，似乎在考虑什么问题。

当一个人想静静的时候，去当话痨是很不礼貌的。我于是依旧拿出法语课本复习单词，又睡了一觉。醒来的时候阿丽斯在看着我。

“很神奇的一个周末，不是吗？”她轻轻地在我耳边说。

“嗯。”我点点头，保持刚醒时趴在桌上的姿势，感觉还没完全睡醒。我看着她，突然觉得这个小姑娘经历了很多。

“妈妈患了癌症，还有半年的样子。这剩下的时间，她想为自己活。也不想麻烦到我。”

“癌症？半年？”我打开电子词典，查了一下这个单词，确保是我理解的那个意思。

“我很遗憾……”我想到了穆罕穆德，小萨依木。

“幸亏我来了，要不然，我都不知道妈妈现在这个情况。或许都会……没能来得及见到她最后一面。”阿丽斯瘪着嘴哭了出来，想必泪水已经忍了好久了。可怜的孩子。

她靠了过来，趴在我的肩头。我把肩膀借给她，让她好好哭一阵子。

接近下午六点，我们抵达了贝桑松，一路上她哭了一会儿，睡了一会儿，没怎么说话。

公交车带我们回到她家里，奶奶在家。我陪着她，慢慢跟奶奶讲完整个事情的经过。讲到她妈妈癌症的那一段，奶奶伸过手来抱住阿丽斯，轻轻拍着她的后背。她像个小姑娘似的，在奶奶怀里哭了好久。然后，奶奶给阿丽斯的爸爸去了电话。

我有点累，想回宿舍，但是不知道该不该这时候离开。

正在犹豫的时候，奶奶小声跟我说：“她没事的，你要是累了可以回去的。”

“我……那我做了饭再走。”

可能是我觉得阿丽斯很可怜，可能是因为她妈妈的嘱托，居然能够让我主动担当起做饭的工作，要知道我懒得做饭是出了名的。

我对老太太家的厨房轻车熟路，戴上围裙，烧了水，煮下意大利面，十五分钟捞出来盛盘，冰箱里正好有西红柿和鸡蛋，热了锅，炒了西红柿炒鸡蛋。这个菜我还是会的。

西红柿鸡蛋意大利打卤面，完成。

老太太和阿丽斯说我穿围裙的样子帅呆了。我说我可以经常来做饭，不过我是不会分摊伙食费的。

三个人一起吃完了晚饭，我便告辞了。我与老太太、阿丽斯两人深深地行了贴面礼，她们再次对我感谢。

“中国人都是像你这么好的吗？”老太太问我。

“我在中国人里面算非常不懂事的。”我笑着说。不知道她们明不明白“懂事”的意思。

3.柠檬的来信

宿舍里面一切如旧，完全没有离开过的样子，就好像平常放学回来时的模样。回到自己熟悉的环境里，好像身上多了一层外壳，可以让自己觉得更安全。唯一有些不一样的，是身上的疲惫。于是安安心心地很早就睡了。

第二天一大早，我就起床了，和远在中国的爸爸妈妈视频通话，告诉他们我的近况。让他们好好照顾自己的身体。每次问到他们的时候，总是说：“我们好得很哪！你照顾好自己就行了！”

我又询问了一下外婆的情况。

“还不是那样，年纪大了呗，好也好不到哪里去，坏也坏不到哪里去。姨妈在照顾着，我们每个月汇钱过去。”

我每次给外婆电话，电话那头已经听不清楚，甚至“喂！喂！”半天，才知道我是谁。知道了是我之后，兴奋得在电话那头用含糊不清的粤语自说自话。我说的她听不清楚，她说的我也听不清楚了。外婆最后一句话总是，

“长途电话好贵哒，不多讲啦！”

在巴黎补办护照的一行人，到第二天还没有回来，我给他们去了一个电话，他们正在巴黎各处游玩，还需要一两天。并且委托我跟老师请假，就说补办护照需要一些时间。电话里面，我当然没有说关于阿丽斯的妈妈生病的消息，只简单说了我们没有去日内瓦，而是去了马赛找阿丽斯的妈妈，来一个突然拜访。

“你这是见家长啊。”泊哥说，“带聘礼没？”

“聘你个头。我跟她什么都没有。”

“那你真的禽兽都不如，两个人出去旅行，这么好的机会。为了你，我们已经尽全力了，护照相机都丢了。”

“狗屁，那是你们的事情，别说是为了我。”

接下来的几天，平平淡淡，时间过得很快。我还是偶尔逃课去公交车上或者公园的长椅上，与陌生人练法语。阿丽斯来过一次电话，约我出来喝咖啡，我找了个借口，推掉了。

泊哥、大民他们终于解决了护照危机，从巴黎回来了。因为开开心心地在巴黎游玩了好几天，几个人精气神都好了一些。

我还收到了宁萌的回信，这是我在法国收到的第一封信，这也是多年之后，我收到的第一封来信：

嗨，你好呀！（这里用红笔画了一个笑脸）

今天早上，有人突然把写着你名字的信放在我桌上，我惊讶了好久。正如我电话里所说，我已经忘记了上次收到手写的信件是什么时候的事了。你不能想象对我意义有多大！

仔细读了你的信之后，感觉你有很多不错的新朋友，中国人和法国人，多好啊！你比我想象中适应得快多了！

溺水事件中，我却更能隐约猜得出来你对丁咛的感情，但是又有点复杂。下次来信记得告诉我，你们后来怎么样了？还在见面吗？难道真的如你所说，没有见面了？

你谈及经常经历环境的大变化，离别、孤单和恐惧，应该是很多现代人的共鸣吧。以前的年代，姑娘从一个村嫁去另外一个村，是影响一辈子的事情，但其实也就半小时的路。现在不同城市之间可以说走就走。像我们，更是来到这个，远在世界另一头的国家，很可能一待就十年，几十年，或者一辈子。

你是一个细腻的人，所以你会非常仔细地观察，离别、孤单和恐惧，这是你可爱的地方。同时也会为你带来烦恼。一旦你适应下来，你又会变得非常快乐的。

我有一种感觉，你会很快看到“离别、孤单和恐惧”背后的“友情，爱情和关爱”。这些都是一个硬币的两面，因为有了一边，所以另一边才会存在。我相信，你一定会过得好好的。

再说一下我吧。这里学校的风景很好，适合安心学习。我们在研究《中国和欧洲文学艺术的起源和发展对照》，有很多工作要做，很多书籍要查阅。我们小组里有两个法国人和两个中国人，我是其中一个。我们都是很好很好的朋友，非常有默契，在学习上和生活上都互相关照。一旦深入了解本地的风俗习惯之后，会发现法国和法国人都有很多可爱的地方。当然，遇上对的人很重要，就像刚才所说的硬币的两面，有好的人，就会有坏的人；有开心的记忆，就会有难过的记忆。

遇上各种各样的人，有各种各样的过往，这种种经历不可怕，可怕的是自己不愿意摆脱过去而向前看。此刻陪在你身边，珍惜你的人，才是最重要的，你说呢？

希望你能一直保持我第一次见你时那样的单纯和善良。这是我在你身上最珍惜的。

非常期待你的再次来信，也非常期待你来卡昂。

柠檬

从头到尾读了两遍之后，我把宁萌的来信小心翼翼地，收在来法国时的大行李箱的夹层里。这个大行李箱一直陪伴了我整个法国生涯。在多年之后，依然是这个行李箱把我的所有家当全部拖回国。柠檬的所有的信，在整个过程中，一直在这个行李箱的夹层里放着，提醒着我保持第一次见她时那样的单纯和善良。

语言学习了不到三个月的时间，转眼就过去了大半，八月份的尾巴送来夏天最后一股热浪。天气炎热到我只想待在学校或者宿舍。做饭也更没有力气。在柠檬来信之后的那个星期，我又给她去了一封信，告诉她，Bank哥如何拯救了我厨房的火灾，以及妖娆的Johnny哥在窗口的背影的故事。也一五一十地说了，我和阿丽斯的马赛之行，包括她妈妈的病情，穆罕穆德和她妈妈的嘱托。

我问了宁萌，照顾阿丽斯究竟是一句客套话呢，还是真的需要我？我该怎么做呢？自己还没想清楚。在此之前，还是远远保持距离的好。然而，我心里并不指望宁萌能够给我一个答案。

我也花了一点笔墨，告诉她，我和丁咛分开了的结局，我和她没有留对方任何的联系方式。

这段时间，我去看望了几次老太太，陪她一起逛超市；在她的指导下，学习做法国菜——意大利打卤面越来越得心应手；给她修理了一次电脑——整理了一下安装得乱七八糟的软件——这样她就可以使用聊天工具，也可以看网上的电视剧了；也整理了一下门口的小庭院里长得越来越凶的灌木。

每次去都没有见到阿丽斯。老太太说，阿丽斯去北方找了她的父亲，自己一个人去的。

我想，上次她约我出来喝咖啡应该是想告诉我这件事。我觉得我有点失职，但是又一想，为什么不是她男朋友陪她去呢？

语言学校下个月要组织法语考试。老师吓唬我们说，语言考试的成绩会直接影响接下来我们专业课程的入学。

一个月之后去梅斯的专业课，是与其他法国同学一起，无差别的法语教学。如果语言测试通过不了，上课和考试都会无法顺利进行，甚至学校都会不予接收。结果就是退学，学生签证也不会续签。

那就只能从哪里来，回哪里去！

最后她看着我的方向，微笑着补充了一句，上课缺勤也将纳入语言测试评估内容，根据缺勤的天数会在总分里扣掉相应的分数！

什么鬼！我来的目的是学语言，还是来打卡？考试分数通过不就可以了吗？难道来这里是为了遵守纪律吗？

尽管心里老大不爽，我还是凑到公告栏，看了一下更新后的出勤记录，泊哥、我、小琳的缺勤记录赫然名列前三。

第八章　考验

来法国两个月了，似乎经历过了很多事情。阿丽斯的妈妈得了癌症，只有几个月的生命。我有时困惑，拉着她去见她的妈妈是不是一件正确的事情，平添了很多的烦恼。

我被光荣地委派了照顾阿丽斯的任务，她的后爸和妈妈都这么说。我觉得挺慌乱的，不知道该怎么做。

但是，我从她身上看到了你的碎片，所以很想好好地陪伴她。

我们俩下晚自习一起骑车回家，就是想，在高考那么大的压力下，能够陪伴你，也想有你陪伴。跟阿丽斯差不多，你的妈妈已经不在了，你也是需要陪伴的，可惜我没有做好。

我对阿丽斯的感觉很复杂，她是很可爱的女孩，但我却爱不起来，因为……她不是你。

1.阿丽斯的男友

阿丽斯离开了有两个星期，我开始有些担心。我给阿丽斯发了条短信，询问她的近况，她一直没有回复我。我不禁在想，是不是因为上次约我出来喝咖啡，我没有出来而生我的气。

为了不再增加我的缺勤天数，我取消了平常的下午逃课安排，安安心心地跟Bank哥对话口语。他依然还是口里含着胡萝卜式的法语，时不时地就把我带偏，感觉我的嘴里像被塞了一块胡萝卜一样难受，还是烫的胡萝卜。

泊哥则一天比一天暴躁。因为莉姐回去的日子，正一步一步逼近，每天却还必须得跑来上语言课。

我们劝他不要多想，开心一天是一天，不开心一天也是一天。争取每天都留个好回忆。

他听了我们的话之后，第二天跟莉姐出去旅行了。还跟我留了个条：

“老师要是想拿什么考勤要挟我，跟她说，去他的！”

我问大民，你跟泊哥说的时候，意思是让他跑出去玩吗？他说，并不是这个意思。我说我也不是这个意思。

我看着空空的泊哥的宿舍，心里感叹爱情的伟大。

那个时候，泊哥和莉姐一起在夏天最后的时间里，好好游玩了普罗旺斯的薰衣草花田、尼斯的黄金海岸、意大利的罗马角斗场、威尼斯的海上玻璃岛、土耳其的伊斯坦布尔海峡、奥地利的维也纳……看了很多风景，吃了很多美食，放飞自我地享受了几个星期的自由自在的欧洲漂泊时光。

不为考试发愁，不为明天发愁，不用在乎周围人怎么说怎么想，真真正正为了自己而活，为了当下而活，为了爱的人而活。哪怕只活一次，只活几个星期。

如果这几周过去之后，世界毁灭了，我觉得最没有遗憾的两个人，应该就是他们俩了吧。

在将来，泊哥为了自己的生计和家庭而起早贪黑地忙活，莉姐则把自己的一切奉献给另一个陌生的家庭……在日复一日，琐碎平淡，被柴米油盐和孩子的哭闹屎尿所淹没的生活之下，他们仍能够与遥远的一个特别的人，共同享有这一份宝贵的回忆。这份回忆美好到可以让他们一直坚持到老去，直到生命的最后一天。

确实，如果老师将一次法语暑期培训的考勤，凌驾于这份回忆之上的话，我也只能跟她说，去他的。

从泊哥和莉姐的故事，又想到我自己。这是我第一次想明白，出国留学，无论学语言还是专业课，并不是简单地换个地方、换个国家学习。其追求的，也并不仅仅是因为国外有排名更高的学校，或者有一个很厉害的老师，外语环境教学等这些肉眼可见的东西。

出国生活真正的含义，在于这是一次修行，是人生路上，第一次面临这么多的挑战，这么多的选择，这么多的分离。这甚至是一次苦行，需要忍受老外歧视的白眼、面对语言不好的苦恼，付出比当地说母语的同学更多倍的努力，承受大于常人的孤独，放弃远比其他人多很多的东西……

一个人，无论聪明还是愚蠢，富有还是贫穷，成功还是失败，前前后后占用了这世界几十年的时间，都要吃喝拉撒睡，都要恋爱吵架，都要做千篇一律的琐碎事。这些千篇一律的琐碎事，放到这一场不一样的苦行之中，过程和意义可能就会不一样。

在这场苦行中，让自己成长，学会关爱，学会爱人和被爱，就是途中最美丽的，最值得驻足欣赏的风景，这也是人何以为人。

在之后的旅居国外的生涯之中，身边的故事不断地提醒我这一点，提醒我这次修行的意义，提醒我旅途中的美好，在接受和给予中感受到的温暖。即使发生了悲伤的事情，也学会作为苦行途中对我们的考验而接受。最终我们依然会从中走出来，即使是怀着支离破碎的心情。

阿丽斯终于回来了。

她给我发了条短信，告诉我，她回贝桑松了，并问我近况如何。我和她约好了下午放学见面，跟我好好讲讲这段时间的事情，老规矩，就在第一次请我喝咖啡的那家咖啡店，五点半。

我在咖啡店一直等到六点钟过了，阿丽斯才匆匆赶过来，我马上站起来，行了贴面礼。

“对不起，我来晚了。有些事耽搁了。”她气喘吁吁地坐下。

“没事，我跟法国总统的见面可以往后安排。”停了一秒之后，我自己先笑了，“这是我今天下午刚学的玩笑话。”

她浅浅一笑。那个熟悉的胖老板过来，她点了一杯浓缩咖啡。

“事情处理好了吗？”我小心翼翼地问，隐隐觉得她有些不一样。因为爸爸？因为妈妈？还是别的？

“也许吧，已经不关我的事了。”她说了句没头没脑的话。

“那么，这些天。我先去了爸爸那里，在那里住了一天。爸爸那里过得不好不坏，买了一个小房子。正在考虑和他女朋友结婚。”

“然后我们一起去了南方，看望了妈妈，在那里的时候，两个人都很平静，没有吵架，很礼貌地互相问候。知道妈妈只有几个月的生命，爸爸也有些话想对她说。然后爸爸当天晚上离开了，我留下想多陪一下妈妈。”

“留下来的第二天，她就去了医院，在厨房里突然就失去知觉昏倒了……穆罕穆德和我送她去了医院。这种事情时有发生。只不过越来越严重。”

“我想多陪陪她，但她坚持让我回来继续我的生活。我在医院里一直陪到她出院，才坐火车回来……”

阿丽斯慢慢地说着，无精打采地用小铜勺子搅着小杯里的咖啡。

“嗯，放心吧，穆罕穆德会照顾好你妈妈的，他看上去是个不错的男人。”我小声说，好像怕打扰阿丽斯一样。

我接着说：“需要我的时候，跟我说。照顾奶奶，还是陪你去马赛，只要我能做的，你告诉我就好了。”

“谢谢你，你人真好。奶奶说你做了很多事情。”

就在这个时候，发生了两件事情：

第一件，阿丽斯握住我放在桌上的手，伸头过来，直直地看着我，离我很近，似乎有很重要的话要对我说。

第二件，我感觉到旁边有一个人飞快地向我们走过来，我刚转头看过去，这个人已经冲到我们面前，“啪”一声打飞了桌上的咖啡杯。

咖啡四溅到我们脸上和身上，小铜勺子飞到远处地面上，咖啡杯和杯垫掉在了地上，阿丽斯尖叫了一声。

如果想激怒一个人，这样做就对了。我站起来走到他面前，抵着他的脸，问他想找什么麻烦。

来找麻烦的，是个法国年轻人，个头比我高些，淡黄色的头发长长的乱乱的，脸很消瘦，穿着牛仔服和破洞牛仔裤。

他指着我，看向阿丽斯。因为生气，声音变得尖锐，颤抖得厉害："你就因为这个中国佬跟我分手吗？哼？别人说的果然是真的！"

"嘿，我……"我的"警告"两个字还没有说出口，阿丽斯已经冲上来给了他一脚，鞋尖踢在男人的膝盖，然后一巴掌扇在他的脸上。

咳，看着就疼，看来我的风格还是太婉约了。

男人条件反射地想还手，我用力把他一下推得老远。他再次红着脸，跟头发疯的斗牛似的向着阿丽斯冲过来。这时候，咖啡店老板来了，用他宽大的肚皮横在我们中间。双手环抱在胸前，搁在肚皮上，就像等我们下单时，他把小本本搁在肚皮上一样。

"小子，我看得很清楚谁先动的手。如果你敢动这位女士的话，我让我警察局的朋友好好收拾你。在我让你赔偿我的咖啡杯和桌椅之前，赶紧滚蛋！"

这位短暂出场的男朋友就这样气鼓鼓地走了。脸像猪肝一样红，头发跟发了疯的稻草人似的，浑身颤抖个不停，丢下一句极其难听的骂人话，转身走了。

"小混球。"咖啡店老板费力地弯腰下去捡散落的咖啡杯、杯垫和铜勺子。那么大的肚子着实很不方便，我去帮他捡起来。

"这杯打翻的咖啡你们还是要付钱的啊。"老板面无表情地说。

"要我帮你们换一杯吗？"我还是发现了他嘴角带着善意的微笑。

阿丽斯摇摇头，我把零钱放在桌上，多加了一些小费。然后拉着阿丽斯离开，她因为害怕，浑身抖个不停，我甚至都听见了她的牙齿打架的声音。

"回家吧？"我问。

"想去哪里坐坐。"阿丽斯小声说，然后抱起我的胳臂。她总喜欢这样，好像是对我的专属动作。

"小瀑布那里还不错，我买两瓶啤酒，然后我们可以去那里坐坐。"我提议。

还记得第一次逃课时，我提到过的。沿着小河，走到旅游咨询中心，旁边就是小瀑布。那里的水流从两米高的地方，齐刷刷地落下来，发出哗哗哗的声响。面对瀑布的小广场很干净，也很安静，鲜花盛开，在长椅上坐着看瀑布能够看一下午。

我和阿丽斯准备在那里坐一会儿，消化一下刚才的事件。我们每人身边各放着一小瓶啤酒，我不准备让她多喝。

我理解，阿丽斯之所以晚来，是因为刚刚跟她的男友分了手。她男友以为是我第三者插足，偏巧，也撞见了她握着我的手，坐实了我的罪名。

"对不起。"我试图打破沉默。

"他是个浑蛋，不用理他。"

"我还是……不希望是我造成了你们的误会。我……跟他解释一下？"我知道我问的是废话。

"来跟你见面之前我跟他分手了，他太自我，太自私了。我不愿意跟他在一起。就这样。"

"嗯……如果这是你的意愿的话。"

"这段傻瓜一样的爱情终于结束了。干杯！"她向我举起啤酒瓶。

"好吧。"我苦笑着陪她，跟她碰瓶。

我们无声地喝了几口啤酒，空气里很安静，水流在瀑布那里哗哗哗的一直响。

"Ying，我们那次在酒馆里的对话还没有说完。你说到你经常做一个梦，和上一段感情有关？现在还做这个梦吗？"

"嗯。时不时的。"

"你还在想念你的前女友？"

"嗯……"我陷入了长长的思索，我在纠结于能不能使用"前女友"这个称谓，但又不想讲我的故事。我的法语水平不足以支持我讲述这么长的一个故事，另外我也不想跟阿丽斯讲这件事情，起码现在不想。

“你一定很爱她。”

这个问题的答案，我想是有的。我点点头。

“你只喜欢中国女孩，对吧？”阿丽斯侧着脸看着我，很认真地问。

“嗯……每个女孩，各有各的美。”我仔细思索了一下，这么回答道。

我在脑子里面想象了一下，我未来的新娘子，到底是一个穿着旗袍的中国女孩呢，还是一个穿着婚纱的法国女孩呢？我努力想象她们的脸，但是看不见。

空气中又安静了一会儿，只有水流在瀑布那里哗哗哗地作响。我喝了两口啤酒，她喝了一口。

“Ying，你为什么照顾我？”阿丽斯突然问，“我是一个深陷麻烦的人，爸爸妈妈都离开我了，好容易跟妈妈恢复联系，却发现妈妈只有几个月的生命，身边唯一的奶奶身体也不好。有一个糟糕透顶的男朋友，现在也没有了。”

“因为你是我的第一个法国朋友啊，我说过的。我会一直把你当好朋友，我们互相帮助，好朋友不应该是这样的吗？”我轻声说。

她把啤酒瓶放在身边的长凳上，然后双手紧紧抱着我的胳臂，头靠在我的肩头上。就像上次在火车上那样。

“好朋友……”

我撑着板凳的手背上，感觉到了一滴热热的水滴，然后是第二滴，直到手背上都是眼泪。

空气依然很安静，水流在瀑布那里哗哗哗的一直响。

静静地，等她哭够了，我送她回家。

2.大民的法语

“被葬送”的夏日阳光以看得见的速度渐渐退去，天黑得越来越早，空气越来越清爽，天空也越来越高。不时落下的一阵凄风凉雨将浮尘和落叶一起冲走。

语言培训班比想象中要结束得更快，还有一个星期就要语言测试。考试之后，贝桑松的生活就会画上句号。

泊哥时不时寄一张明信片回来，展示和莉姐在外游玩的战果。我将明信片一张一张收好，放在他房间的书架上，他会比我更需要这些。

因为不能逃课，我的生活回归单调，学校和宿舍两点一线。本来想放学了去老太太家看她，但未免有去蹭吃蹭喝的嫌疑，于是仅限于周末去了。我在宿舍做好了中餐，然后再带过去，陪她坐一会儿，聊聊天，主要是听她说。

自从上次前男朋友事件之后，我跟阿丽斯的关系趋于平静，只是在去老太太家的时候才能偶尔撞见她，即使碰见了，她也不怎么在家停留，总是跟一帮朋友匆匆忙忙往外跑。

除此之外，隔三岔五地跟我交换一下短信。无非就是："嘿，有什么新鲜事？""都好，一切照旧。"此外，再无其他。

其实也是，谁需要谁照顾呢？谁离开了谁不都一样过日子？我马上也要离开贝桑松了，接下来的日子，她总要自己生活。

我与宁萌的信件，大约保持着两周一个来回的频率。我写信，寄去，需要一周的时间，她回信，我收到，大约也是一周的时间。我与她心照不宣地再也没有用手机通话，而是单纯地用信件，一笔一画这种原始的手段，交流对身边事情的看法，她也向我提问，我也向她提问，意义不在于回答，而好像更在于倾诉。

宁萌对于丁咛的事情说了一个很可笑的假设：

"对于跟丁咛的分开，你可能有自己过不去的一道坎吧。把缘分交给时间，没准你们还会再遇见呢。"

对于我和阿丽斯的关系该怎么处理，她也有一套看法：

"你马上就要离开贝桑松了，要开始和法国同学一起上专业课，那是很难的事情。如果自己都照顾不好，是没有办法照顾别人的。"

她也提出了她自己那边的问题：

“我们课题组的两个人似乎都在表达对我的好感，另一个中国人和其中一个法国人。他们人都不错，但是无论怎样相处，肯定都会影响课题组的关系。我也没想好怎么处理。你觉得应该怎么办呢？”

我于是给她出主意，在课题组外面，另外找一个男朋友，这事不就结了吗？他们也就死心了啊。为什么就必须要在这两个人中间选择呢？

我很自信这个方法可以解决问题。

Bank哥还是认真地学习法语，除了顽固的口音之外，他的法语进步真的非常大。泰国的Johnny哥还是时常在窗口玩“倩女幽魂”，只不过多穿了几件衣服，再风骚也怕冷。

语言过渡结束之后，我将再也见不到这两位国际友人，我一定会特别想念这两位，尤其是Bank哥。

Bank哥给了我很多印度风情的小礼物，教了我很多原来完全不知道的印度知识。作为交换，我也送给了他很多中国的小玩意儿，以及我能力范围内解释得清楚的中国知识，其中还包括周杰伦所有的专辑。JayChou已经成为他当时最喜欢的歌手了。

关于印度的知识中，我印象最深的，就是他在课堂上跟大家分享的，关于印度教里面，男女双修是如何操作的，以及背后的深刻哲学原理。Bank哥在讲台上用PPT图文并茂地讲解了一番，听得我们眉飞色舞。因为群众的呼声太强烈了，我们回到宿舍之后，他又给我们做了更深入的分享。

“达到性高潮的一瞬间，能够排除一切杂念，能够与神灵最接近地沟通！”Bank哥敲着黑板划重点。

后来这个冷知识作为男人们茶余饭后的谈资，每每显得我学识渊博。

中国同学的群体之中，缺席了泊哥和莉姐，依然有小琳、建哥、俊男、大民、叶子、小糖和燕子，我们一起在厨房做饭，聚餐，在宿舍楼下喝酒喝到酩酊大醉，一起吃“克爸爸”，一起在附近游玩，一起看《我猜》，一起爬山，一起打篮球。

当然，为了避免尴尬，曾经有过情感纠葛的人，会尽量自觉避免出现在同一个场合。

此外，大家也都用各自的方法，开始适应法国的生活，男女朋友也好，普通朋友也好，都积累了一些，相当程度缓解了初来乍到时的孤独和无助。

不过，这些刚刚收获的爱情和友情马上也都会面临着分离，怎么去处理，谁都没有一个标准答案。

可喜的是，建哥和俊男做鸡和做鸭的经验越来越丰富，技术越来越娴熟，口味也越来越好，大家交口称赞。

也有不愉快的插曲，大民与叶子开始时不时地闹些小脾气，可能是因为即将到来的分别让两人神经紧张，患得患失让大民经常莫名地说一些幼稚的话，让叶子生气。

"你得去另外一个城市了，周围肯定会被法国帅哥围着追，到时候人家家境条件比我好，法语比我说得溜。时间久了你肯定会变心的。"

"那些本地同学，上学都开着车来，是啊，他们有大奔，有宝马，我连自行车都还买不起。"

"我的法语也很烂，这么认真地学，却连简单的生活对话都没法完成，这个样子就是白痴一样，这样将来怎么能够照顾你呢？"

其实可以理解，在国内的时候，大民是复旦大学的高才生，名副其实的高富帅，还有钢琴十级一技傍身。现如今，他在这里确实非常憋屈，说法语一开口就结巴，一点不带偏见地说，听起来真的很白痴。

我后来想一想，这背后其实是因为发生了一些事情。

刚来的时候，每个人都需要办理很多行政手续，例如，居住证、学校证明、住房补贴、交学杂费等很多琐碎的事情。办这些事情需要在不同的地点之间往来，学校负责行政的办公室、银行，以及法国的负责外来人口管理的机关Prefecture（这个名字我一听头就大），类似于中国的警察局。

这个叫Prefecture的地方，需要跑很多趟，每次去都要排很长的队。经常等到一半，工作人员跟剩下的人说："今天截止了啊，不办理了，回家，第二天再来。"苦等几个小时后，好容易排到窗口，又经常两句话给打发了，材料准备得不对，“回家，第二天再来。”

办事人员的态度阴晴不定，十有八九能撞到一张不耐烦的臭脸。如果这些臭脸的办事人员之间有员工评比的话，大民应该撞到了“优秀臭脸”，或者“臭脸之星”，而且绝对是碰上了这位“臭脸之星”极不开心的一天。

她在窗口为了材料上的一点小事对大民大吼大叫，材料清单上并没有提及需要准备的材料，非要求提供。没有不要紧，明天继续排队。

“已经……排队……好几天……不容易……材料清单……没没有说要……这个证明……”

“那不是我的问题。我这里的规则是必须要。”这位大姐坐在窗口下的办公桌后翻着白眼。

“那……您看……看……这个……”

“不要耽误时间！下一个！”

“我……还还还……没，没……说完呢。”大民越来越急了。

“你，你你……学好法语再来说话！等等等等……你说完，我我我……们就就就……要下下下……班啦！哈哈哈哈！”

这位大姐学完大民的口音，还要哈哈哈狂笑一番，旁边几个办公桌上的人，一起也哈哈哈笑了起来，这笑声极为刺耳。

“你！你……笑什么？！”大民脸红得像火。

“出去！要不要我叫保安？！”大姐拍着键盘站起来，开始斗狠。

大民还想说话，后面的人就开始催：“赶紧走，赶紧走，后面的人还等着呢。”

大民只能气鼓鼓地离开。

能怎么办？大民只好去学校补办“臭脸之星”所要求的那些材料。

在学校行政处办公室里，大民非常费劲地跟一个老师解释完在Prefecture窗口的经过，讲的过程中，老师几度失去耐心。

“这是你的问题啊，你应该跟她解释清楚，我给你的这个材料是一样有效的。”老师两手一摊。

“可是……可是……可是，她她她不听，必须要求……”

“可是……可是……可是，她她她……哈哈哈哈……”

那个老师学着大民的口音，也哈哈哈狂笑起来。其他办公桌后面的老师也一并跟着哈哈笑。

这些个坐在办公桌后面的人怎么都这德行。

还没完，这个老师一只手指着大民，跟其他几个老师用法语说了几句不知道什么话，整个办公室笑的声音更大了。

大民站在办公室中央，像一个彻头彻尾的白痴。

还有几次碰壁，是跟新来的宿管大叔。这个宿管大叔，瘦高瘦高的，头发稀疏且油腻。只是不知道他经历过什么，非常歧视中国人，好几次找我们的麻烦。

“她是谁？她没有在这里登记，不允许住在这里的房间里。如果再次发现，就必须罚款，两人都得搬出去。”宿管大叔发现莉姐之后，跟泊哥警告。

“中国人使用过的厨房和卫生间，总是脏兮兮的，这些中国人真脏！”这种话当着我们的面，一边打扫一边这么大声说。

还有一次找大民和叶子的麻烦，一天突然推门进来，说要求填什么表格，因为叶子洗完澡在换衣服，大民让他出去，他不仅没有出去，还笑话了大民的法语。

自从那一系列事件之后，大民一开口说法语就结巴，应该是有了心理障碍。曾经的天之骄子，来到异国他乡，要受一些远远不如他的人的白眼和嘲笑，不管什么心都能破碎一地。

这也为后来发生的事情埋下了引子。

3.泊哥的考试

考试如期进行，泊哥在考试前一天才回到教室。

法语老师见到他的第一句话是：“哎，你还活着啊？！”

考试很快就结束了，成绩也随之公布。就考试分数而言，我们都顺利过关，即使按照老师的不合理的规则，扣掉缺勤带来的减分项，我和小琳都安全着陆。

泊哥的语言考试分数不高，但是也过了及格线。根据缺勤的记录，扣掉相应的分数，他肯定就掉到不合格的区间了。

学校给不给通过，作为学习交流项目的一个环节，关乎泊哥后面的留学生涯。与此同时，他又在为莉姐一个星期之后就要回国而郁闷。

“给过就过，不给拉倒，大不了回西安去卖肉夹馍。”

我们对泊哥说，学校的事情，需要据理力争。我们里面口语最好的，应该算俊男和小琳两个人了，他们两人愿意去跟老师评理，捎带把我也叫上一起去。泊哥在教室里等我们的消息。

我们三个人先去找了法语老师。你一言我一语地，跟她解释了这段时间发生的事情。讲了泊哥和他女朋友最近的情况，尤其是他女朋友马上就要永远地离开泊哥了。这是一段凄美的爱情故事，希望能获得老师的同情。另外，泊哥的考试成绩是及格了的，能够胜任接下来的专业课学习。

法语老师陷入思考，我们眼巴巴地等待老师的回答。

“我们知道法国是一个浪漫的国家。所以请让泊哥通过。”俊男又加上了这一句。

“这个事情不由我决定，跟校长求情去吧。”我们能听得出来老师的态度里有一些柔和。

“祝你们顺利。”她在我们出去之前加了一句，我们纷纷说谢谢。

接着我们来到了校长办公室，就是三个月前将我轰出门去的那个校长。依旧西服革履，打扮得很精神，西服上装口袋里还是折着红手绢。

“这么多人来，是什么事？”他似乎有了防备心，因为看见我们一下就进来了三个人。

同样的话，我们重新讲了一遍。俊男依旧在末尾加上了“法国是个浪漫的国家”这句点睛之笔。

“我不同意你们所说的。”校长很果断就回绝了。

“如果规则不被遵守的话。我们怎么运营一个学校？你们是来法国谈恋爱的，还是来学习的？法国给你们发放签证，不是让你们来旅行的！泊哥的情况，我很了解，缺课次数非常多，我必须严肃处理。另外，如果教育管理机构来检查的话，这样不来上课都能结业，我们学校会有被查处、被罚款的风险！”

“绝对不同意！”

他采用“总—分—总”的论证方式，先抛出观点，再提出论据，最后重点总结。一切让人无法反驳，这是辩论的最佳陈述结构。

“没什么其他的事的话，请都出去！”他下了逐客令。

出了校长办公室的门，我们才意识到事情有多严重。但是也没想出什么办法，只能先回到教室里，和大家伙儿说了整个经过。建哥，小糖，燕子，大民，叶子，泊哥坐在中间，加上刚回来的三个残兵败将，我们围在一起开会，七嘴八舌地抱怨学校的不合理制度。

没有语言学校的结业证明，就不能办理接下来的专业课学校入学手续，也就意味着在半个月后，无法续签学生签证。就只能“哪里来的，回哪里去”。

出国一场，花的钱和时间，都打了水漂。

“打水漂就打水漂吧，没办法，摊上这么个校长。我起码和莉姐开心过，也就够了。谢谢你们去为我求情。”泊哥惘然若失地说。

“我跟莉姐一起回去得了。到时候，我回西安开个小饭馆，欢迎你们来做客！”他挤出一丝笑容。

听得我们眼泪都出来了。

抱着试一试的心态，我跟小琳建议，给她的法国男朋友Sam打个电话，问问他的建议。他是法国人，没准知道该怎么周旋。我们不能自己瞎琢磨。

小琳说：“哎，好主意。”马上就拨通了电话。

电话里说了有一会儿，小琳“嗯，啊”地答应着，我也不知道Sam说了啥，在旁边眼巴巴地看着。

放下电话之后，小琳示意我和泊哥，到教室外面来单独说话。

“Sam有个建议，比较大胆。我不知道你们怎么想。”小琳小声说，跟做贼似的。

“说说嘛，都已经这样了。”

“他对这个校长有所耳闻，道貌岸然，但是人品不咋地，他建议我们给校长表示一下。”

“表示一下？怎么表示？”

“承认错误，写个检讨，再有……包个红包。”

“塞钱？可以吗？多少钱合适？”我问。

“Sam也说不准，我问了他的意见，500欧左右可能可以。”

我看了看泊哥。他咬着嘴唇。本来他经济不宽裕，前阵子出去玩，肯定没少花钱。

“你们有钱吗？借给我点，凑个500吧？我不想找莉姐要钱，也没法为这事找老爸老妈要钱。”泊哥一边翻着自己的钱包，一边说。

这种不光彩的事情，我们就没有大肆宣传，仅限于泊哥、小琳和我三个人。我把钱包深处压了很久的100欧元崭新的票子贡献了出来，小琳也借了200欧元，泊哥从银行卡已经见底的库存里取了200欧元。我们把500欧元的票子依依不舍地放到一个信封里。

另外，由小琳执笔，替泊哥写了一封检讨信，态度诚恳地承认了自己的错误，同时高度赞扬了语言学校的优质教育和校领导高风亮节、负责任的态度。对双方共同美好的将来也做了展望。

小琳写完，手心里都是汗，让泊哥使劲背下来。然后一并放入信封。

我感觉心都已经提到了嗓子眼，胃里翻江倒海。泊哥更是脸煞白煞白的，说话声音都有点抖。最后一搏，三个人紧张到了极点，干这种事情，原来想都不敢想。

“可以这么操作吗？这是不是就叫行贿啊？”泊哥小声说，声音抖得不像话。

“管他呢，最后的尝试了，反正都要把你赶回国了。最差还能怎么样？”小琳也在抖，我点头同意，因为抖得厉害，点头变成了一阵胡乱的哆嗦。

三个人就这么抖着抖着上了学校三楼，校长办公室就在走廊尽头。我和小琳停下来，反反复复，啰啰唆唆地吩咐泊哥该如何依计行事。

我们目送泊哥三步一回头地，走进了校长办公室。

可能会被轰出来，可能会被羞辱，全校面前当众训斥。我脑子里面设想了很多种结果，无论哪种结果，都要庆幸走进办公室的人不是我。

我的手依然因为害怕在抖，小琳也是。这是我平生第一次向权势低头，用这种不光彩的方式进行了妥协。我不指望更换一种冠冕堂皇的说法，来粉饰这种把钱放到校长面前的行为。这种行为根本不值得称道。

但是，面对不合理的制度和官僚主义，面对泊哥回国还是继续留下的重要时刻，我们没有很多选择，大吵大闹无济于事，只能通过这种卑微的、无力的方式作出回应，向不光彩的行为和不道德的人妥协。

如果妥协的结果，是泊哥既拥有了美好的回忆，又能够继续留下来，那么妥协是值得的。

我心里没有一丝一毫愧疚感。

我想和小琳说一会儿话，但两个人都抖得厉害，太紧张，一张口牙齿打架得厉害。于是就算了，干脆保持安静。

就在我紧张得上了第二次厕所之后，校长办公室门开了，泊哥点头哈腰地退出来。丧着脸向我们走过来。

“明天开全校大会，要当众点名批评我这种卑劣的手段……”

“啊？！”我当时还真信了。

泊哥露出一脸坏笑。

“哈哈，骗你们的！我按照计划，说我写了检讨书，双手递给校长。他打开信封时，稍微看了下里面的钱，一点都没有惊讶，然后打开抽屉，平静地把信封放进去，就像什么都没看到一样。接着对我装模作样地批评了一番。然后说，看你态度诚恳，保留考试成绩，但仍然要批评处分。”

“我为了确认又问了一遍，不扣除缺勤的分数吗？“他说，是的。”

“他最后还加一句，这是你幸运，这个通过，是送给你的。”

“我连忙感谢校长大恩大德，溜须拍马了好一阵子，他很开心，我于是就走了。”

“啊……”我跟小琳长出一口气。

回到宿舍之后，我们统一口径，跟其他人就说是我们又去求了一次校长，并威胁他说如果不给通过，泊哥就要回中国去散布这个学校的坏话。校长于是就同意了。

大家将信将疑。

也算泊哥的心头大事解决了一件，莉姐离开的航班在一个星期之后这件事情却无法改变，不会有什么惊喜的剧情发生。

第二天下午，包括泊哥在内，大家都拿到了语言学校开的培训证明，还有一个盖有学校封印的信封，里面装着老师对我们各自表现的评语。我们没有权利看，信封只能带到我们的大学里由我们的新老师拆启。

第一关闯关成功，开启第二个关卡任务。

我们有周末两天时间打点行装，告别朋友。周一启程去梅斯。也就是宁萌在飞机上跟我描绘过的那个地方。

第九章　离别

来法国三个月了，又要离开一个刚熟悉起来的城市，去到另外一个陌生的地方。就像我离开武汉去了北京，离开北京去法国。

阿丽斯的男朋友真的是个浑蛋，我很高兴阿丽斯选择跟他分手。她值得拥有更好的男人。我知道阿丽斯在期待我有所表示，但是她还是被什么东西——你懂的——挡在了我的心门外。她应该是有那么一刹那，想要开口对我说出她的想法，但是被她的前男友给打断了，我因此也松了口气。

马上要离开这里了，阿丽斯，老太太，Bank哥都将成为身边匆匆的过客。希望自己早点习惯离别。

大民、泊哥都在法国遇到了不小的挑战，其实我们每个人都是。离别、孤单和恐惧这些感觉每时每刻都在缠绕着我们，还好，我们很庆幸有了一路上的人陪伴着一起面对。

不知道陪伴你的人是谁呢？

1.“被葬送”的告别

周六上午，我发短信给阿丽斯，说我两天后就要走了。老规矩，约了下午，先去咖啡馆喝咖啡，然后再去老太太家。

这次来的时候，阿丽斯已经跟之前不一样了。

前几次，只是在老太太家里打个照面，她很快就走了，没有正面看她，只觉得造型有一点变化。这次见，明显看出来阿丽斯已经不一样了。

原来的金色短发更短了，有一半挑染成了粉红色，耳朵上打了亮亮的耳钉，嘴唇涂成黑红黑红的颜色，脖子上戴着一圈黑色的带子，上衣和裤子分别是黑色的夹克和黑色的皮裤。

刚坐下来，她就点了根烟，问我抽不抽，我摆手说不要。

“你是原来不怎么抽烟的。”我说。

“偶尔抽，现在抽得多一些。”她看了看手里的香烟，然后娴熟地吸了一口，另一只手下意识调整了一下脖子上的黑带子。

“衣服造型也变了。”

“我加入了一个学生团体，里面朋友挺多的。人都比较酷，都这么打扮。”她上下看了自己一下，很满意的样子，又调整了一下脖子上的黑色带子，应该是还没有适应这个新装饰物。

“叫哥特式风格。”她补充道。

“哥特式。嗯……”我品味了一下这个异域风情的形容词。

“哥特式的风格，就是黑暗、恐惧、孤独和绝望。”她很得意地跟我解释，“很酷，不是吗？”

“很酷，有机会我也想尝试一下。”我笑着说，“不过我更喜欢你原来的样子。”

“喜欢什么样子有什么意义，反正你都要走了。”

“唔……刚刚语言测验，我考得挺好。呵呵。谢谢你，多亏了你和奶奶，我的法语才这么快有进步。”

赶紧转移话题比较好。

“对啊，这么快你就不需要我教了。”阿丽斯挺感慨，“刚开始的时候，贴面礼都不会。”

“我也该学会独立了，谢谢你。”我尴尬地笑笑，“你也很独立，虽然你妈妈拜托我照顾你，但我好像也没什么可以照顾你的。”

“我去梅斯不远，会经常回来看你和奶奶的。”我想了想，还是补充了一句。

这句承诺又是一个包袱，幸好我没有定义什么叫经常，一个星期来一次是经常，一年来一次也叫经常。我越来越学会在承诺和不承诺之间周旋，不知道这是不是件好事情。

可事实上，就连一年来一次，都没有做到。

“随便啊，有空就来吧。”她吸了口烟。烟从嘴角里蹿出来，被她一下吹得好远，不知道是在叹气还是在吐烟。

“妈妈那边还好吧？”

“不想去谈这件事情。”阿丽斯弹了弹烟灰，抖落一些尘埃。

我也松了口气，既不知道该不该问这个问题，也不知道该怎么谈这件事。一个生命最后的时间摆在那里，从任何一个角度都谈不上“还好”。

“我现在所在的这个学生团体里，有一个男孩子在追我，叫Ben。”她小心仔细地看我的表情。

“挺好的。你觉得他怎么样？”我低头，捧起咖啡杯喝了一大口。这样，我的表情就不会被她看到。

“我觉得他挺可爱的。是他教我穿成这样的。”阿丽斯示意身上的哥特式打扮。

“哦。你自己喜欢这样吗？”我说，“如果是你自己的决定，那就行。”

“不知道，谈不上喜欢，但是新鲜嘛，尝试一下没什么大不了。你觉得怎么样？”她问我。

“所有你的选择，阿丽斯，只要是你自己意愿的选择，就是好选择。”

我想劝她不要穿成这种阴森的风格，也想劝她不要跟这个Ben在一起。但是想起来爸妈对我说教时，我只会有叛逆的想法，于是没有多讲。对于阿丽斯，大多数时候，我只关心是不是她的主观意愿，而不去干预，因为我也经历过同样的叛逆过程。这算是为数不多的我能为她做的事情吧。

我决定讲我这边的事情。于是跟她讲了泊哥考试和后来怎么跟校长“有效沟通”的惊心动魄的故事，她听得聚精会神。

“真无耻。”她说，“我说的是你们校长，摆明了是勒索！”

接着给她讲了莉姐马上就要回国，叶子和大民马上也要分开在两个不同的城市。

“哎……每个人都会分开……所有人。”她垂下眼睛，摸了摸脖子上的黑色带子，我发现她涂了黑色的眼影，更加重了她的阴郁。

“我已经喜欢上贝桑松这个城市了，如果有选择，我真不想离开。”我感叹地环顾四周。

“我想离开，但是所有人都走了，只有我还在。”阿丽斯又露出了深深的黑色眼影，指尖的香烟燃尽了，缓缓飘出最后一缕烟。

“阿丽斯……”我真切地感觉到了她的悲伤，“我看得出来你有点忧郁，相信我，一切都会好起来的。你比你想象的要坚强得多。”

“希望吧……”

喝完了咖啡，我们去老太太家。其他人也正好一起到了，泊哥、莉姐、大民和叶子，还有小琳。大家挨个跟老太太行贴面礼，以至于门口排成了一个小队伍。

大家带来了很多菜肴，泊哥又到了大显身手的时候。

老太太很开心，因为又与这么多人一起，久违地吃了一顿热热闹闹的大餐。她按照老规矩喝了一大杯红酒，脸上又变得红扑扑的。说话激动起来，常常拽着旁边人的手。经常把我的手拽得生疼。

“啊，不好意思，我刚刚太激动了，弄疼你了吧？”

老太太年轻的时候，该是个多么可爱的人啊……

阿丽斯说话很少，变得越来越沉默。好像这种沉默为她建立了一层保护膜，可以抵挡外面世界的入侵。

吃完晚饭，天刚刚有点黑的时候，我们就告辞了，没有久坐。

离开的时候，我们各自送给老太太一些自己带来的小纪念品。老太太给我们每个人送了一小包奶酪，是她的老朋友寄来的，说是非常正宗。

随后大家早早就散了，可能是因为大家需要一一告别的人，还有不少。

我没有那么多的人要告别。第二天，跟Bank约好一起吃个中午饭。因为等到这最后的一晚的时候，我们的家当行李就都收起来，或者送人处理了，不适合再做饭什么的。

从上午开始，我们就在准备一个丰盛的午餐。Bank哥的绝活，咖喱鸡翅得以最后一次展现，我做了我拿手的黄瓜炒鸡蛋，饭后我还做了奶茶。

Bank哥说我煮的奶茶已经超越师傅的水平了，出师了。

我笑着回答，起码这次没有烧掉厨房，比以往有进步。

所有一切该告别的人已经一一见过，我甚至给我的法语老师还打了电话，她很高兴有人跟她告别，跟我在电话里说了好一会儿。她对我真的还算很不错。

于是，在“被葬送”的最后一个晚上，晚饭时间我简单吃了点饼干，喝了些牛奶，剩下的时间想在宿舍里找回属于自己的安静。

2.最后一晚

我懒散地靠在椅子上，腿长长地伸出搭在窗台上。看着窗外的夜色，月亮已经升起，在云间的缝隙中闪躲，空气中有一丝凉意，大树已经开始偷偷地抖落树叶，露出斑驳的枝丫。我脚下是收拾好的，陪我南征北战的大行李箱，明天早上的巴士会把我们一并带走。

看到书桌上的台灯，孤零零地立在那里，似乎在等待什么，我于是又拿出白纸和笔来，想给谁写信。我以为我能够像以往一样，在孤独的时候，给那些熟悉的陌生人写些信。

酝酿了很久，什么也写不出来，脑子里面反反复复却只有阿丽斯深深的黑色眼影，抽烟时的姿态。

“我想离开，但是所有人都走了，只有我还在。”她这么说。

离开很容易，留下来的人才是孤独的。所以，孤独的人不是我，而是她，如果我还在这里写信诉说孤独，那就是矫揉造作了。

就像死亡，很多年迈的夫妻经常相继几日内去世，先离开的那个人死于疾病或衰竭，紧接着去世的那个人，生活失去目标，于是死于孤独。离开的人，得到解脱，在新的世界、新的事物和人情中忙于应对，而留下的人，日复一日，需要面对接下来的单调生活，久未解决的难题杂症，以及，因离开的人抽离而遗留下来的真空。

几年前，在武汉东湖边的那次，我的转身离开，对那个人带来了什么影响呢？她因为我的离开而感觉到孤独了吗？

我远在故乡的亲人和朋友们，我的出国，对他们带来了什么影响呢？在我领略法国美景的时候，他们在思念我吗？

一个多月前，我从丁咛的房间里离开的时候，留下她一个人站在窗口，她怎么想呢？“这个男人真是个笨蛋啊！”她一定会这么说。

明天我将离开贝桑松，离开老太太和阿丽斯。我要面对新的校园和新的朋友，而她没有选择，只能留下来，穿着难看的哥特式装束，吸着烟。在这里等待妈妈的噩耗，陪伴奶奶一天天老去的身体。

我期望阿丽斯能主动给我发条短信，或者打个电话，跟我倾诉一下，这样也许可以缓解她的忧郁。我想跟她说一些睿智的话，让她减轻烦恼，也算是我照顾了她。但是拿起手机，里面没有任何新的讯息。

犹豫了一秒，我主动给阿丽斯发了一条短信。

“嗨，阿丽斯，一切都还好吗？”

看见信息已发送的提示之后，我把手机装进裤兜，准备下楼散步，就只在大学城的宿舍区里走几圈。我想最后仔细观察一下，在离去的时候，这里与来时有何不同。

下楼穿过安静的走廊，我不禁在想其他人在干吗，小琳和Sam准备怎么办？泊哥和莉姐在忙着滚床单吗？大民和叶子有没有吵架？小糖和她的外国男友准备怎么办？

我就这样漫无目的地走，顺着流水的声响，走到了小河边，看到了当时丁咛亲吻我脸颊的地方，环境依然差不多，只是没有那晚的月光明亮。

突然觉得周围熟悉的一切又变得很陌生，那些杂草和灌木后面是什么呢？那些大树连成的阴影下面是什么呢？那次跟丁咛一起看话剧的表演厅，此后像是凭空消失了一样，我再也没能找到是在哪里。夏末初秋的凉意顺着我的衣袖往后背上爬。我双手插到裤兜的最深处，想象着每栋宿舍楼亮着灯的小方格子里，都在发生着些什么。明天会有很多人离开，又马上会有很多新来的人住进来，一如我们刚搬进来时，愣头愣脑。

他们离开了什么，才来到这里？等到该要走的时候，又要离开些什么呢？很好奇他们身上的故事。

我把脑子里面想象的故事，安放在一个一个亮着灯的小方格子里。

就这样数着一个一个的小方格子，瞎走了一会儿，不知不觉脚步把我带到了一栋宿舍楼下，我驻足看了看，是丁咛的宿舍。

我恍然有种错觉，如果我上楼，去敲门，她会开门，她一直在那扇门后，靠在窗户旁边，她穿着白色的长裙，窗帘在她身后飘逸，就像我离开时那样。

这种想法让我的心乱跳，于是真的上了楼，穿过黑乎乎的走廊，找到了那扇门。

“这里是洗手池和小厨房。”“这里是卫生间和浴室。”“这里是床，好啦！房间是不是太大？，你适应一下。”她的声音回荡在我耳边。我能闻到柠檬茶的香味。

我轻轻敲了门，没动静，我又敲了敲。

她在门后吗？自从上次我离开这里之后，没有再回来验证过她是否真的离开。

传来开锁的声音，接着门开了。

一个高高大大、胖乎乎的西方人露出半个身子。他穿着一件宽宽大大的画着美国国旗的T恤。疑惑地看着我：“你找谁？”

“哦，不好意思，找错门了。”我赶紧离开，为我的莽撞和异想天开而脸红。

一直到这一刻，我才第一次意识到，这个守护我的，理解我的，在那扇门后深情地抱过我的女孩，我的白色女孩，永远也见不到了。

我离开时还说什么“再见”，这不是谎话吗！错过了就是错过了，为什么还要用谎话结尾？

慌慌张张跑出了这栋楼，手机响了起来，是阿丽斯。

“Ying，你怎么没在宿舍？”

“嗯？你怎么知道……你来我这里了？”

“看到你发给我的短信。我就来了。”

我本来想说，我只是漫无目的发个短信问候一下，你怎么就过来了，但是还是闭嘴没说。

“我……我马上过来，请稍等。”

我在宿舍楼下看到了阿丽斯。穿着我第一次在公交车上见到她时那样的衣服。白色外套下面穿着蓝色T恤，浅色牛仔裤。阴郁的哥特式风格一扫而光。

我感动得有点想哭，因为收到一则不痛不痒的短信，她就大老远跑过来了。

“我们一起聊聊天吧？在这里转一转？”我比画出请的姿势。

“好的！”她笑着答应，然后愉快地伸手抱住了我的胳臂。

我们就这样又走了一圈，却没说一句话。可能是我们已经明白自己想说的，和对方想说的，只需要这样静静的就好。

我能给她的呵护就是倾听，如果她沉默，我就倾听她的沉默。

秋虫在旁边灌木中窸窸窣窣地鸣叫，远处的河水的声音，在静夜里一直传到我们这里来。

“你不是要和我聊天吗？”阿丽斯问我。

“我其实是想和你散散步。”我转身看着她。

“走累了……”她抬起脚，给我看她的高跟凉鞋。

“哎呀……不好意思，是我粗心了。”

“去你的宿舍吧，我想坐下来看个电影什么的。”阿丽斯提议道。

“可以啊，我刚刚下了《第五元素》，挺好看的，我准备二刷。”

“好啊！”

在这个小小的宿舍里，曾经很多次，一大帮人蹲在我床上，对着笔记本电脑的小屏幕，看《我猜》，看周星驰的喜剧，看成龙的武打片。

现在这样的情况，却是第一次出现：两个人，一男一女坐在一起看电影。

阿丽斯盘腿坐在床上，我则垂着双脚坐在床沿上，把凳子拉近，笔记本电脑放在上面。电脑的风扇发出呼呼的噪声，电脑那个可怜的自带音响刺耳地喳喳响。窗外不时有一阵凉风灌进房间，但我还是觉得有点燥热。

刚看到女主角被复原，半裸着身子从修复舱破壳而出的时候，阿丽斯躺下来，长长地伸了个懒腰，说了一句："累了，不想看了。"然后就翻过身去不动了。

我这时候面临两个选项：

第一个，一个人继续坐在床沿看完《第五元素》，女主角刚被复原，逃出实验室，接下来男主角要英雄救美，开着飞行出租车在城市之间穿梭追逐。剧情实在太刺激了。

第二个，关灯，然后把阿丽斯抱在怀里。

实在很难抉择……

这节骨眼上，发生了一件非常凑巧的事情。如果不是这件凑巧的事情，可能选择第一个选项的概率要大一些。

停电了。

我后来有一次跟其他人提到这个巧合的时候，所有人都说不可能有这么巧，肯定是我使了手脚。我坚持说没有。然后大家就说，你这个不开窍的，老天爷都看不下去了。

黑漆漆的屋子里只剩下笔记本电脑屏幕亮着，屏幕提示马上进入待机模式。我电脑的破电池是支持不了几分钟的。只能放弃了播放得正紧张的剧情。

屁股也坐麻了，在黑暗之中，我也躺下来伸了个懒腰。

"停电了。"我说。

她翻身过来，在我耳边轻声说："今晚不想回去了。"

"嗯。不用客气，把这里当自己家就好。"我呵呵笑。

床板很小，只够一个人睡的，很挤，于是我侧过身。阿丽斯拽过我的胳臂，枕在她的头下面。为了枕得舒服，她还使劲拱了拱，头发贴在我的鼻子下边。

屋子里很黑，我一时还没有适应。我转头看了看窗外，窗帘露出的一角夜空也看不出颜色，今晚的月亮真的不是很亮。

“月黑风高”，不知道为什么我突然想到了这个词。

因为停电，四周像拉起了黑色的帷帐，它好像有隔音效果，安静得让人发慌。

“明天早上你就走了……”她轻轻地说，声音仿佛是从窗外传进来的一样。

“嗯。”我听见她在黑暗中抽泣，湿答答的眼泪顺着我的胳臂流下。

“为什么你们总是离开我呢？”她声音很小，带着哭腔。

我没法回答。是我无能为力，没法决定自己的命运，明天在哪里，不是我能说了算。

突然想起宁萌在信里写的一句话：“如果自己都照顾不好，怎么能够照顾其他人呢？”

我只有将她紧紧抱在怀里，希望这样能给她一点点温暖。

她在我怀里哭了好久好久，我从来没见过她哭得这么厉害。也许因为之前累积的伤感——我不知道她此前能够跟谁倾诉，妈妈？爸爸？奶奶？肯定不会是糟糕的前男友——憋了好久，终于能够在这一晚我的怀里释放了出来。

我乱乱的脑子里居然闪过一丝甜蜜，能够呵护一个人，是一种幸福，哪怕就一晚，哪怕就只是一小会儿。

这也是为什么绝大多数人听朋友倾诉苦恼的时候，都会积极地回应，或有条有理地拿方案，或啰啰唆唆分享类似经历。因为我们想追求这种呵护别人的幸福感。这来源于共情，人类进化而衍生出来的情感。

但是大多数的时候，我们能做的，其实只是倾听而已。最开始见阿丽斯的几次，她说我是一个很好的听众，我想这也是为什么她对我有特殊感情的原因之一。

我于是继续耐心地闭嘴，倾听。能听到的，只有她的抽泣声。

我就这么抱着她，她先睡着了，接着我也睡着了。半夜被压麻了的手给疼醒，我的手总是很容易发麻，不知道是不是身体里缺钙。

在我轻轻地抽出胳臂的时候，她平静地睁开眼睛看我，淡淡的月光照着她朦胧的脸。

“不好意思，胳臂被压疼了？”她满怀温柔地问我。

“不疼。你早就醒了？”

“刚醒，你呢？哪里不舒服吗？”她看我佝偻着腰，半个身子在床外面。

“没有不舒服，下面……那个……硬着难受。”我不好意思地说。

“那我帮你。”她将手伸向下边。

“唔……”

黑暗中，我感觉她的手从我的胸口慢慢向下摸索，摸到了我的肚子，接着找到了我的腰带。

该死的裤腰带在黑暗中坚守领地，与入侵者缠斗了一会儿，终于放弃抵抗了。

这时候突然来电了。

我后来跟同一伙人接着提到这个巧合的时候，大家发出“噢！”的叹息声。所有人都说不可能有这么巧，肯定已经进入正题了。我坚持说事情经过就是这样。然后大家就说，哎，老天爷耍你的吧。

灯光霎时将整个屋子照亮，冰箱发出启动的轰隆声响，书架上用来听法语广播的收音机很诡异地开始大声播放嘈杂的午夜音乐。

我们两人借以躲藏的黑色帷帐被猛的一下子拉开。我和她在惊吓之中，慌忙回到现实中来，两个人面面相觑地躺着，我看着她的脸，她也看着我的脸。她的手与我的腰带的缠斗也停止下来。面前的场景确实有点滑稽。

她笑了，笑得很大声，我也笑了，两个人像傻子一样笑到眼泪都流了出来。

“啊！拜托，快把收音机关掉，要不然别人会找上门来的。”她捂着耳朵。

我爬起来让收音机恢复平静。

我们没有再继续。阿丽斯困得眼袋都出来了，两个人躺是有点挤，于是我让她自己一个人躺着。我坐在床头的椅子上，抚摸着她的额头和秀发，金色的头发摸起来很轻很软，就像什么都摸不到一样。

她很享受这种抚摸，一下子就睡着了，安静得像个孩子一样，她的睫毛很长，鼻子像大理石雕琢的一样精致，像极了天使。

我情不自禁，俯身轻轻在她脸上吻了一下，她微微一笑，不知道是梦中在笑，还是根本没睡着。

就这样，像呵护一个孩子一样，我守着她，一直到天微微亮，我才靠在椅子上睡着了。

感觉没多久我就醒了，这样在椅子上睡实在太难受了，浑身上下，从头皮到脚指头都疼得不行。这时天已经亮了，她已经从床上起来，整理好衣服和头发，坐在床沿上看着我。

“再见了。Ying。有空回来。”这次没有贴面礼。

她在我嘴唇上浅浅一吻。

我想送她一程，她偏不让，挥挥手，自己走完剩下的路。

我返回宿舍，睡了很久，梦一个接着一个，差点错过了来接我们的班车。

3.大学的阳台小屋

叶子要与另一帮同学乘坐去往他们学校的大巴。大民帮叶子把行李放到大巴的行李舱里，安慰着叶子，准确地说，两个人互相安慰。

“两个城市相隔不远。”

“嗯嗯。是的，火车也就一两个小时。很快。”

“在上海或者南京的话，也就是市内上班乘地铁的时间。”

“专业课也就一年半的时间，课程结束了之后，就都去巴黎找实习，然后都留在巴黎。”

“一年半很快就过去了，好好专心学习哦。”

“嗯，好好学法语。好好准备考试。”

“这么多年都熬过来了，最后的一年半咯！”

“嗯，最后一次冲刺。”

“等拿到文凭了之后，我们在巴黎一起找份好的工作，买一个大别墅！生一堆小孩。嘻嘻嘻。”

“之后就可以再也不要分开了！”

“你不许拈花惹草！”

“你才不许被别人拐跑了！”

说了半天的宽慰话，叶子上车道别的时候还是红着眼睛，她挑了靠窗的座位坐下，在高高的窗户后边，向下面的大民摆摆手，“回去吧。”

大民摇摇头，站在原地看着玻璃后面的叶子。

司机发动了汽车，仪表盘闪起一阵五颜六色的灯光，车身抖动起来。马上就要关门了。

大民突然想起来什么似的，噌的一下跳起来，几个大步跑到车上，冲到座位前。死命抱住了叶子。司机和陪同的老师在旁边惊讶地看着，直到叶子把他推开。

“回去吧。我到了给你打电话。”

“没有能量我就会死了，记得要定期给我充电啊。拜拜。”拥抱了之后，能量充满，大民依依不舍地下车来。

车门关了，大巴一阵抖动，轻盈地滑了出去。叶子消失在高高的窗户后面。

还好，两个人都没有哭哭啼啼的，我比较欣慰，真的见不得分别时候的哭哭啼啼。

Bank哥和Johnny哥还有一些其他人，也上了其他的巴士，只要是我知道名字的，或者认识我的，我与他们一一握手告别。

还好，这种暑假培训，也就是相处几个月。感慨离别的心情，远远不会像几个月前，大学最后一学期毕业时那样激动。

我在北京读了四年大学，大四的时候决定了毕业后来法国留学。为了学习法语，我在语言学校旁边租了个便宜的出租屋，实际上，严格说不算是一个房间，只是一个民居的阳台。阳台被改造成封闭式的小屋，被我租下，单独有小门出入，可以让我从寒假开始上法语补习班。

因为封闭阳台使用的是铝合金和玻璃材料，封闭性和隔热根本谈不上。冬天的阳台小屋里没有暖气片，只能通过一个小窗分享到隔壁屋子传过来的一丝暖意。北京的冬天，没有暖气是会冻出人命的。

连无线网络也是蹭隔壁的。隔壁住的一位大叔是中关村创业者，这里既是他的住所，也是公司办公室，厨房也就是公司食堂。他在努力建立属于自己的电脑和计算机配件的互联网交易平台。雇用了一个小年轻程序员写代码。于是我的阳台小屋里成天充斥着键盘噼里啪啦的响声。他也试图雇用一个女孩当秘书，人家女孩来了一看，什么破地方，转头就走了。后来这位大叔的公司不出意外地破产了，连当年的夏天都没有熬过去。

除了能够分享到隔壁大叔的暖气和无线网络，还能有幸分享到他打游戏和看电影的声音，以及吃饭打嗝和夜里翻身放屁的声音。

也就是在这间不起眼的屋子里的冬天，我蜷缩在被子下面，伸出两根冻红的手指，填写了申请来法国学校的一大堆报名材料和申请表格。时不时还得换两根手指，因为实在是太冷，扛不住。

即便是这样艰苦的环境，我的阳台小屋还是热闹非凡。因为就在一楼，阳台外面就是一个庭院，全部成了属于我的空间，虽然没有好好打理，但也足够宽敞，够同学们常来这里做客。

冬天，可以在院子里烧烤，煮饺子。我们还有厨房，厨艺好的同学来我这里，可以一展手艺。即便做出来的水平一般，我们依然能吃得有滋有味。大家都可以来体验自己动手丰衣足食的快感。

我有想吃的菜了，就去旁边菜市场买来，自然会有同学来做。有时候同学想吃什么，自己带菜来，我只用备好油盐酱醋，就可以吃到美味。如果有来客，吃完饭，我就点起电炉子，围着电炉子烤红薯，嗑瓜子，在电脑上看电影。

红烧肉、回锅肉、辣子鸡丁、红烧鸡翅、烧带鱼、胡萝卜炖羊肉，甚至水煮肉这种高级货都可以时常吃到。至于大冬天吃铜盆火锅这种终极杀器，就更不用说了，大家都想加入。

到了夏天，节目又不一样。学校寝室里，晚上要熄灯停电，但是欧洲的足球联赛却经常在国内夜里时间进行，于是我这里也成了夏天晚上看球的好地方。来客经常买上啤酒、西瓜、瓜子和花生，啤酒和西瓜我先在冰箱里冰上。依旧做完饭，围坐着，吃冰西瓜，喝冰啤酒，就着瓜子花生热热闹闹地看球赛。

院里种着樱桃树，还有葫芦藤，春天时也爬满了大大小小的葫芦，一个个像小宝贝一样挂满了头顶。樱桃结果子的时候，尝了几个，从心底甜到嗓子眼。阳台小屋逐渐成了学校之外的世外桃源而名声大噪。因为小屋房间太小，只能容纳三五个人，于是我每次回学校的时候，大家都眼巴巴地盼望着我的“临幸”，有一种皇帝选妃子的感觉。

我尽量做到大家都能够好好地体验体验。

临近毕业了，离校日期早早地确定，需要去单位报到的同学陆陆续续地离开校园，去各地开始崭新的职业生涯。

离开之前，大家都会请客吃饭，几个要好的朋友聚在一起，把口袋里剩下不多的钱给挥霍一把。每次喝酒都是要带着搞死搞残的节奏。在去饭馆的路上，风吹着大衣，我们捋着头发，感觉就是港片里古惑仔上街与对手生死决斗的那个时刻。

我们经常去喝酒的地方，因为大家心知肚明，喝到吐是在所难免，于是总会备一个塑料桶，有时候需要两个。觉得撑不住了，各自自觉地吐到塑料桶里。桶就放在身后，用脚钩过来就行。这样就不会有想吐了来不及跑去厕所，而吐在大堂里这种尴尬事。

我这么说，是因为这都是经验之谈。

那个时间，我离校相对来说比较晚，几乎天天都有酒局，送走了很多人，陪着好多人一直喝到我离校那一天。

在我离开北京的那一天，有近十个同学一起乘公交车送我，从学校到北京西站，坐公交车要准备着一个半小时，他们坐车回去依然要一个半小时。提前到达车站，检票进站、候车也要预留出一个小时的时间。占用这么多人四个小时的时间，真的是非常不好意思。

北京西站是一个特别适合分离的场所，只要远远望见西客站广场，就能感受得到离别的味道。满地都是农民工随处坐着，扛着扁担，身边是经典的“神器”——塑料油漆桶，用来盛满各种杂物。无论什么时候，总有人在捧着一碗香喷喷的康师傅红烧牛肉碗面。在一家家人中，一群群朋友中，无论什么身份，父母、孩子、恋人，甚至孤身一人的商人、业务员、学生、农民工、打工妹，随处都能看到离别的表情。

送行的同学们陪我一起在西客站吃了顿简餐，然后一起浩浩荡荡地送我上了站台，我拽着我的大大的行李箱走进绿皮车厢，透过窗户向他们挥手告别。

这个行李箱四年前陪我从武汉来到北京，现在大学毕业陪我离开北京回武汉，几个月之后又陪着我来到了法国，转战贝桑松、梅斯、巴黎等几个城市，多年之后，又陪我从巴黎回到中国。这个大大的、蠢蠢的、墨绿色的布质的行李箱，是十几年来唯一一件，忠实地陪着我东奔西跑的物件。

突然我又想起有几句话需要嘱咐一番，急急忙忙跑到车厢连接处的门口，跟同学们分别说了，又不知所云地啰唆个不停。直到列车长吹响了哨子，车门随着一声气压响，终于慢慢合上。

几秒钟之后，装载着我的绿铁皮巨兽剧烈摇晃一下，强迫我失去平衡，抓着门把手靠在车厢的墙壁上，门上的小窗口强迫着我的视野往前滑行。他们跟上来几步，跟我说些什么，我已经听不清楚。火车越来越快，将站台上一众熟悉的面孔狠狠地甩在后面，只留下我一个人站在陌生的车厢里。身后是往来四年的北京西站。

我记得我当时哭成狗。

第十章　Alex

我曾经在马赛的一家麦当劳里面写过一封给丁咛的信。写完之后，本来是扔掉了的，我又将它从垃圾箱里捡回来，叠好，放在背包靠内的夹层里，在护照的旁边。

这封信一直躺在这个背包靠内的夹层里，一直到我慢慢忘掉它的存在。我有几次拿出过护照，但从来没看过夹层深处还有这封信。

直到有一天，我在和另一个人旅行的时候，背包里面的水瓶盖不知道怎么松了，水洒了一背包。我在抢救护照和清点损失的时候，看见了夹层深处躺着这张叠着的纸块。

“嘿！我还给你写过这封信呢！我都忘记了。”

我把信递给了身边的那个人。

1.新安置的小家

因为昨夜与阿丽斯折腾了一宿没睡好，在开往梅斯的大巴上，我睡了一路。偶尔被瓢泼的大雨吵醒。感觉大巴开了一路，雨就哗哗下了一路，雨时大时小，我时梦时醒。

大巴在城市与高速公路之间穿梭，透过雨水欣赏不到任何风景，只能看到朦胧的一片。路过城市的时候，霓虹灯的灯光和汽车的尾灯被水滴晕成五颜六色的斑点。在高速公路上飞驰的时候，玻璃窗又失去了颜色，只有许许多多的水滴歪歪斜斜划过宽大车窗上的玻璃，慢慢地留下一道一道长长的划痕。

“大巴在流眼泪。”脑袋里面突然无端地冒出这个想法。

在大雨里，搬去另外一个城市，心情真的沮丧到极点。梅斯听起来就像是“没死”，以后我就这么叫它好了。

到达“没死”，雨却停了。大巴驶过城区，一路开到郊区很远的地方，最终才缓缓停入校区。我们各自拖着笨重的行李箱进入学生宿舍大楼。

宿舍大楼是一片四层楼长长的建筑，面向一片湖面。因此大多数房间透过窗户就可以看到湖景。这个湖面并不是当时宁萌所说的那一处，她口中提过的，是处于市中心的梅斯大学，而我所站的位置，是“没死”市郊很偏远的一个大学校区。

湖面不算特别大，但对面的风景已经远远地有些模糊。那里是一个高尔夫球场，大巴来时从中间穿过，有一大片地势平滑的草坪，修剪得很整齐，一眼望去让人心旷神怡。

湖中心有一个巴掌大的小岛，上面长满了高得吓人的灌木丛，还有好几棵黑漆漆的参天大树。数以万计的乌鸦栖息在这个小岛上，到傍晚时分，乌鸦群便遮天蔽日地在湖面上空盘旋，发出嘈杂的叫声。我管这里叫“乌鸦的巢穴”。

环湖有一圈栈桥，栈桥两边芦苇丛生，比人还要高，一群野鸭子和两只高傲的天鹅栖息在芦苇丛里。白天的时候，它们便得意扬扬地走到湖面和宿舍楼之间的草地上向人讨要吃的。

湖面临着宿舍楼有一片平缓的草地，被马马虎虎地修剪过，人、狗、鸭子和天鹅在草坪上相安无事。环湖跑步和骑自行车的人零零星星的，沿着一条红砖小道，经过宿舍楼面前。

从宿舍楼再往里走，就是一座四层的教学楼。简简单单、方方正正。这里就是整个梅斯校区。我要待上一年多的地方。

这里完全没有北京我们所见到的“大学”应该有的模样。印象中的大学应该有气势磅礴的大门，历史感厚重的教学主楼、图书馆、体育馆、运动场，带有荷塘的花园、逸夫楼、带有雕像的广场，等等。

这里仿佛是一个简化版的高中。被放在了风景优美的偏远郊区。

因为来到的时间是秋初，天色已经转凉。法国的秋天比中国的来得更早，更快。九月份的气温便急转直下，一阵阵大风裹挟着大雨迅速占领天空，法国梧桐树撒落一地金黄色的枯叶，像是油画中的场景。

如果说“被葬送”留给我的是盛夏的美好，那么“没死”在我脑海里更多的是秋冬的萧瑟。

接下来，正式课程没有立即开始，学校留给我们几天的时间，安顿下来，在宿舍等候通知。

如果说贝桑松是个小城市，那么我们现在的校园，则是一个小城市的边远郊区，城乡接合部都算不上。

即便是边远的郊区，在接下来几天，我们还是顺利地找到了各种生活必需的供给：一个阿拉伯杂货店、一个进去都转不过身来的中国小食品店——泊哥可以买到他所需要的所有调料，还找到了卖生鲜和蔬果的小店。最后我们找到一个大型超市。大超市里面灯火通明，各种货物品类繁多，应有尽有。终于让我感觉来到了“发达国家”，眼泪都激动得快要掉下来。

刚搬进宿舍的时候，发现每个人的房间都比在贝桑松的时候宽敞多了，也有独立的洗浴间和卫生间，但只有一张床，一个书桌和一把椅子。如果墙上的暖气片也算做家具的话，那就是四件家具。有点家徒四壁的感觉，连说话都有回音。

如果是像贝桑松那样的小宿舍倒也罢了，这么大个宿舍有点太光秃秃了。所以第二天，我们一帮初来乍到的中国人，就往城市另一头的郊区跑，那里有个宜家，可以添置物美价廉的家具。因为没有汽车，只能靠人肉扛。需要倒两趟公交，每趟都要坐一两个小时。

去的时候觉得还好，起码一身轻松。等回来的时候，逛那么大个宜家已经让两脚发酸，还要扛着大件小件的包裹从公交车搬上搬下。

回到宿舍，天色已经漆黑，也饥肠辘辘了，却又懒得做饭。

“继续把家具装起来吧？”我们看着地上大包小包的包裹。

几个男生组成的施工队，装完一家，又装一家。书架、衣柜、床头柜，书架、衣柜、床头柜，书架、衣柜、床头柜……

宜家的L形六角小扳手，我现在只要看一眼浑身都疼。

一直折腾到晚上十一点，终于完成所有的安装任务。手里多出来一大把不知道该往哪里安的零件，也不知道是不小心跳过了某一个安装步骤还是安装过程都全盘错误，反正柜子没马上倒下，架子也好好的。

成功！多出来的零件放在一个纸盒里，纸盒放在玄关旁的柜子一角里。

后来我才知道，好像大多数人家都有这么一个小盒子，放着永远也用不上的小东西，不知道能打开哪里的钥匙，不知道是遥控什么的遥控器、永远也用不上的奇形怪状的零件，不知道用完还是没用完的电池，还有路上捡来的螺钉、铁丝、弹簧等。全部放在一个盒子里，而且这个盒子总是放在进门不远，某个柜子的角落里。

有同感的男生们请举手。女孩子们就不必问了，这是男生的专属爱好。

直到所有事情完成，回到自己的宿舍里，才发现忘了吃晚饭，一阵饿劲猛地袭来，头晕眼花差点昏倒。可是太晚了，公共厨房也关门了，翻了翻家当，发现只有贝桑松带过来的，小半袋大米和小瓶酱油。于是用一直带在身边的电饭煲煮了，洒上酱油，呼噜呼噜地吃完了。

耳边突然响起建哥说的，吃的这是什么呀！咦惹，猪都不吃这样的啦！

眼看着宿舍慢慢地充实起来。我挑选的简单木制书架，只有几个木条和木板搭起来，可以放上我的小物件，将来再慢慢摆上书籍。衣服终于可以从我的大笨箱子里拿出来，舒舒服服地躺在衣柜里。床头也终于有了床头柜，躺在床上看书的时候，可以有地方放台灯和手边的东西。

另外还购置了几盏小灯，书桌上有一盏白色的台灯，发出明亮而柔和的光。书架上挂着一盏小灯，让淡淡的晕黄色光线雅致地洒满书架。床头柜上放了一盏床头灯，米黄色的灯罩，很温馨。

有了必须有的几件家具，几盏小灯，这样一个小家就成形了。

来法国之后第一次有这种感觉，甚至这是十八岁离开父母，走出家门之后，第一次有这种安置自己小家的感觉。大学宿舍、阳台小屋、贝桑松宿舍，一路走来，从来没有经历过给房间添置家具的过程。

在宜家逛得腰腿发酸，把家具一件一件按自己的喜好挑好，然后千辛万苦地把大件小件包裹搬回房间，一个一个大大小小的零件动手装起来，直到手上满是划痕和白一块红一块的水泡，全身上下都在酸疼……

一旦当屋子里的所有灯亮起来，突然就觉得幸福得不得了。虽然在一个陌生的城市里，但是我有了自己第一个小家。

那天晚上，睡得特别香……

第二天早上，掠过湖面的清新阳光，穿透窗户将我照醒。有了贝桑松的经验，我们很快习惯了宿舍的公共厨房。中国留学生都分散开住在不相邻的房间，但是厨房里可以碰到所有人。厨房的公共冰箱里开始慢慢填入中国学生的各种异国风味的食材。老干妈、八角、花椒、豆腐乳等对于法国同学来说，可能相当于实验室里的各种草药。

我又住到了厨房的旁边，这是个好地方，可以看见大部分的同学来来往往。这么热闹挺好。小琳、俊男、建哥、大民、小糖和燕子经过我这里的时候，都要进来欣赏一下我的新家。此外也看见了泊哥和莉姐。

莉姐两天后坐飞机离开法国。

她刚刚和泊哥搬到了新城市，跟大家一样，两个人亲手安置好了一个幸福温馨的房间。可是还没有能够好好享受一下新搭建的小家，转眼女主人就要离开。我都不敢想这次分别该有多难受，亲身经历的人，需要多强大的内心才能熬过来。

只能默默庆幸我不用体验这种离别，起码目前不用。

我去超市补充了一下口粮：面包、牛奶、矿泉水、酸奶、意大利面，只要能够不被饿死，就知足了。拎着购物袋回到宿舍门口，一个法国年轻人正在敲我的门。

“哦，你住在这里，对吧？”

“我叫Ying，你好。”

“我叫Alex。你好。我是学生会主席，老师委托我来通知刚来的中国同学，周一上午有一个针对你们的摸底考试。”这个年轻人的语调里都带着权威。

Alex长得高高大大，像米开朗琪罗的大卫雕像一样，有着卷卷的褐色头发，脸上棱角分明。深邃的灰色眼眸里透露着自信，似乎与生俱来地掌控着一切。

不难看出来，他是一个殷实家庭里的年轻精英，也符合学生会主席的人设。

“哦……考试。”我在想为啥要针对我们。

“麻烦你通知一下你的同学，还有几个人我没找到。你能联系到他们所有人吗？”

“没问题，这事交给我。”

我开门进了我的房间，通过MSN加了他联系方式，保证把通知其他人的任务完成，并会跟他确认。

“有任何困难，可以联系我。我会帮着跟学校沟通。这是学生会的职能。”

“OK，太好了，谢谢！”我们确实会有不少困难，有人帮忙肯定好。

我送他出门，Alex打开了我隔壁间的房门。

“你住在我隔壁？”我惊讶地问。

“对啊，我没说吗？”他也蛮惊讶的。

2.“Club”酒吧

泊哥要陪莉姐去一趟巴黎，亲自送她去机场。我们几个要好的，我、大民、小琳，一直送他俩去了汽车站。

我拍了拍泊哥的肩膀，想说点什么话，却发现一个屁也憋不出来。他面无表情，好像关闭了感情的开关。机械地走路，搬行李箱，上公交车，坐下。

泊哥是有怨气，但无从发火。他不止一次地幻想过莉姐放下一切跟他走，但是莉姐不会留下来，不会背叛家庭跟他在一起，在国外生活需要一笔不小的开销。我们经济不独立，没办法决定明天在哪里，或者跟谁在一起。

与命运抗争，反抗包办婚姻，这些电影里的桥段不存在于现实生活中。真正在身边发生这些事情的时候，大部分的人会很现实地发现，一点辙都没有。

越发觉得宁萌那句话说得很对，“如果自己都照顾不了，是没办法照顾别人的。”如果还没有能力照顾别人，最好不要动感情。

目送泊哥和莉姐走远，我们剩下的人默默不语，各自回了宿舍，心里都在想着自己身上的烦恼。

中午吃了点东西之后，我想去宿舍后面的湖边散步。临出门前，又折回揣了剩下的一小块面包去喂鸭子和天鹅。走到门口，犹豫了一下，再次折回，拿了课本和笔纸，心想可以在湖边的阳光下温习一下功课，准备下周一的考试。

不管真假，起码学习的样子还是要装一下的。

鸭子妈妈和小鸭子很开心地吃完了面包，一转身发现，就在身后的告示牌上写着“不要喂鸭子”。

我坐在长椅上，功课看了没一会儿，心思就飞了，午后稍纵即逝的暖阳照在身上很舒服，身边是翠绿翠绿的修剪过的草坪，面前是安静的墨绿色的湖面，湖中心的“乌鸦老巢”赫然耸立。我想写信把这里的新环境告诉给宁萌听。

于是打开白纸，垫着课本，开始写信：

嗨！柠檬，见字如面。

我到梅斯了，我给这里起名叫“没死”。离开贝桑松还是有点依依不舍，刚刚适应下来，又来到另一个完全陌生的地方，重新开始适应，可能是因为秋天的关系吧，觉得这里有点阴郁。天气转凉了，你也要注意加衣服。

我要在这里待上一年多，为此我也尽心地把我的宿舍布置了一下，大老远去宜家买了家具，书架、衣柜、床头柜等，运输和安装过程弄得我几乎崩溃。但是当所有的灯都点亮，看到自己专属的小家的模样，又突然觉得幸福得要晕倒。这能叫归属感吗？反正这是我第一次搭建自己的房间，有点小激动。

在这个阴郁的“没死”郊区，有了自己的一个小窝，感觉终于好了很多。

泊哥的女朋友莉姐，要乘坐今天的航班回国，他们今天去巴黎走完最后一程。她现在估计已经在飞机上了，紧接着莉姐要在家里的安排下，开始准备与另一个男人的婚礼。不敢想象他俩有多难受，但是谁都没有能力改变任何事情。莉姐不可能违背家里的意愿留在国外，泊哥也不可能放弃留学生涯，拉着莉姐私奔。虽然我们看的电影和书籍都在歌颂爱情，但是生活中还是不得不面对shits torm（杂乱无章）的现实。

哈哈，英语俚语是shits torm，法语是une tempête de merde，中文是“屎风暴”，外语好形象。

越来越觉得你说得很有哲理：如果自己都照顾不好的话，又如何能照顾别人呢？

我希望能照顾老太太和阿丽斯，但是没有留在贝桑松的选项，只能拖着行李箱离开。大民也想现在就跟叶子在一起，但必须先完成学业，找到养家的工作，才能待在一起。

这个等待的过程真的好漫长啊！什么时候才能有能力掌控自己的命运呢？什么时候才能想去哪里就去哪里，想和谁在一起就和谁在一起呢？

刚到法国的时候，我想的更多是孤独。最近这段时间，我想到的更多是分离。我好像从小到大经历了比平常人更多的分离，想到这里让我很懊恼。

我想跟过去的软弱的我说再见，让自己强大起来，可能这样就能掌握自己的命运了吧。

你那里什么天气？我上封信里说，让你找个课题组外的男朋友，找到了吗？

备注：我的新地址，你可以在我的信封上找到。小心别把信寄到贝桑松去了！

祝好，英

下午Alex来敲门，我开门时，他一身短袖短裤，脚上穿着足球鞋，问我踢不踢足球。

我欣喜若狂，高中时候我可是班队的黄金中场，外号齐达内。大学的时候号称跑不死的李铁。脚法诡异，走位风骚，意识飘忽，说的就是我。

马上换好衣服就跟着去了。

通过踢足球我认识了全部队里的人，为了呼唤我传球，他们也不得不记住了我的名字。一场球下来大汗淋漓，脚底肿胀酸麻。大家约着晚上一起去喝酒，庆祝我这个新成员加入。

回宿舍冲了澡，Alex开车带我一起去跟其他人会合，地点约在一个甚至比我们校区还要偏远的酒吧。Alex开的是一辆大奔，奔驰的“方向盘”车标得意扬扬的，立在车头。

他把窗户摇下来，戴着墨镜，一手搭在窗口，一手扶着方向盘的样子简直帅呆了。

车窗居然是电动的，没有摇把，按下按钮，车窗就自动慢慢降下来，我简直被高科技惊呆了。没办法，我原来坐的“老上海”就是这样：“洒水车来了！快把窗户摇起来！”

酒吧名叫作“Club”，一块写着这四个字母的惨白的招牌挂在屋顶，显然店主也不打算靠这个招牌来招揽客户。屋子后面是一块长满杂草的空旷区域，用铁丝网围起来，高压电线布满顶端。上面的一块斑驳的铁牌上写着“严禁靠近，高压危险”。Alex告诉我，这里是个监狱。酒吧的另一面，是一个疯人院。

我看着头顶上黑云密布的傍晚的天空，再看看这个荒凉郊区的破旧酒吧。心里有一种走进了美国西部片片场的感觉。

酒桌上可以见到的荒唐事不少，那天在酒吧基本上都温习了一遍。可能因为地处远郊，所以民风比较原始，也比较彪悍。有一个男人喝醉酒去摸女人屁股，被响亮抽了一大巴掌；有人跳到桌上一扭一扭地表演对瓶吹，结果没站稳掉下来摔得头破血流；有人因为喝多了，根本就不知道为了什么扭打起来；也有喝多了围在一起“吼吼吼”的唱跳的；至于那个独自拿个酒杯，在角落里抽烟，自言自语和傻笑的，那可是最文明的顾客。

“那哥们儿是精神病院跑来的吧？”我问，指着那个傻笑的人。

“别惹他，别看他的眼睛，更不要指着他！”同行的人压低声音，把我的手按下来。

“我们几个人加一起都弄不过他。”Alex神秘兮兮地补充说，“我们管他叫疯子Jack。”

我赶紧收回目光。

大家并没有什么特别的欢迎仪式来欢迎我这个新成员，只是找个由头来酒吧喝酒而已，大家闲聊一下。又是那么几个问题，我是哪里来的？之前来过法国吗？为什么要来法国啊？

“因为法国是个浪漫的国家。”我回答。

一个大汉这时候正巧“哇”的一声，吐了一地，然后不慎摔倒，坐在自己的呕吐物上。

“浪漫的国家？！”大家环顾四周。“哈哈哈！”然后爆发一阵狂笑，啤酒抖洒一地。

同行的有五六个人，有人后来才到，也有人陆陆续续离开，不一会儿，就只剩下我和Alex还有Karim。Karim是一个阿尔及利亚人，头发短短的卷卷的，皮肤颜色比较深，个头跟我差不多，只是稍微比我壮一些，但是Karim酒量可不小。

“Karim，你可以喝酒吗？”我问他。

“只要不让妈妈看见就行。哈哈。”他这么跟我解释。

突然，有人从后面搡了一下我肩膀，手上的啤酒就洒了出来。回头一看，发现是之前摔倒在自己呕吐物上的那个男人，感觉比刚才喝得还要醉。稀疏的头发油腻腻的，又胖又壮，一脸厚厚的胡茬儿，穿件脏兮兮的白背心，外面套着一件短袖灰色夹克，露出一小块肚皮。裤子上一块块的污渍，应该是刚才的杰作。

“来了个Chintok，你刚才是在笑话我吗？”

Chintok是法语中“中国佬”的意思，非常贬义，这个词我当时是第一次听到，虽然还不知道是什么意思，但是能猜出来不是什么好词。

“没有啊……”我摆摆手，“不是说你。我们之间谈话。与你无关。”

他双眼盯着我，在我面前的地上啐了一大口口水。

如果事情到此为止的话，也就相安无事了，呕吐男转身走开，我继续跟Alex和Karim聊天。但是我也喝了酒，对于Chintok这个词有些耿耿于怀。

“哎，你说的Chintok是什么意思？”我问他，平静中带点挑衅。

“这个人不知道Chintok是什么意思。”他转回身来，准备要打架的样子。

我站起来，也不知道当时哪里来的那么大脾气，可能因为喝了酒吧。

Alex和Karim也站了起来。

“卢克，你最好不要惹我的朋友。”Alex用一种特别低沉的声音警告。

卢克？跟Alex还认识吗？我有点晕。

“Alex……你好啊，我不知道他是你的朋友。”呕吐男上下打量了我一眼，转身回去了。

我突然由衷对Alex产生敬佩之情。于是问他们是怎么认识的，这个卢克是什么来头，为什么这么听Alex的话。

“他曾经是一个普通的底层工人。妻子带着两个孩子跟另一个男人跑了，他一个人没事就成天喝酒，有了酒瘾，本来这个人也废了，工作也丢了，房子也没了，就快要流落街头。我帮他在监狱附近找了一份工作糊口。”

“Alex的父亲在司法部门工作，Alex请他的父亲帮忙介绍了一个工作。”Karim补充了一句，Alex示意他说多了。

“为啥要帮这样一个醉鬼？”我不理解。

“我跟他打过一次架，打着打着，他就哭起来，说活着没意思，打死他得了。我听了他的故事之后，决定试试帮他。”

Alex看着手里的啤酒杯，似乎在回忆那次打架。

“谁都有难过去的坎。过去了就活下来，没过去，人就死了。可能还在喘气，但是心里已经死了。就好像行尸走肉。”Alex很深沉地说。

“对，活死人。”Karim补充道。

在这个边远郊区，处于监狱和疯人院之间的酒吧里，这个话题显得过于阴森和沉重了些，有点昆汀·塔伦蒂诺电影里的感觉。

我看了一眼卢克，跟两个朋友在一起继续喝酒吹牛。即使发生刚才的不快，我也小小庆幸他也算是活下来了。

突然心里又在琢磨，他们所说的，“活死人”又该是怎样的呢？

这时候我的目光落到了那个坐在角落里，独自一人喝酒抽烟的“疯子Jack”身上。他不算年轻了，头顶开始有点秃，大胡子却有一大把。脸上瘦得跟刀削过一样，布满皱纹，穿着一件洗褪了色的休闲西装，下身穿着牛仔裤。虽然看得出来材质不好，也已经历经岁月，但是都干干净净地洗熨过。他依然在对着面前空空的座椅耐心地说着话。两根手指夹着香烟，随着手势的移动在空中留下一条复杂的烟的轨迹。他好像在跟对面的空气解释着一件复杂的事情。

他突然平静地转头看向了我，我们目光相交，我赶紧缩回目光，低头喝了啤酒，我确信当时他是微笑着转过头来看我的，很诡异的那种笑。

吓得我头皮发麻。

Alex醉醺醺地开着奔驰，载着我和Karim两个人半夜回了宿舍，路上没有任何人。他有点挑衅地把油门踩到底，大奔发出低沉的咆哮声，强大的推力让我血液从脚底往头顶倒流。我坐在前座抓着门把手倒吸着凉气，尽量克制心里的惊慌，Karim在后座兴奋得把头伸出窗外叫喊。

泊哥一个人孤零零地从巴黎回来之后，一连沉闷了好几天，连平常总是进进出出的厨房，都看不见他的影子，成天把自己关在房间里。我去敲门，半天也不开，只在门后问我有什么事。我说我担心他，愿意的话，可以一起聊聊天，喝喝酒啥的。

“不用，没事没事。你不用管我。”他在门后回答。

周一的摸底考试我还是有点担心。这几天的空闲时间，一直在紧张地复习功课。毕竟是拿法语考专业考试，中国跟法国的教育内容能够差多少，心里还是没有底。

周一一大早开考，泊哥终于从寝室里破壳而出，准时参加了考试，消除了我的担心。但是大民迟迟未出现。两个小时的考试，大民一个小时之后才慌慌张张地冲进考场。跟老师说了半天，老师才让他拿了卷子坐下来答题。

结果这家伙居然还提前交卷，当他拿着卷子从我身边走过，把卷子放到讲台上的时候，我觉得他一定是已经放弃了。

一出成绩，得，最高分，大民，满分。

牛人啊，真的是牛。

考试之后大民跟我还原了整个周末的经过。

这几天没见大民，果然跟叶子闹别扭了，叶子跟他们班上的一个法国帅哥是一个实验组的，他本来就有点嫉妒，接着有一整天手机联系不上叶子，MSN上也没有回话，这傻小子就一个劲着急，不知道又说了什么蠢话气着叶子了。

“这么点信任都没有，那就分开一阵子冷静下好了。”叶子就再也没搭理他。

大民等不到回音，周日下午忍不住了，从“没死”一路风风火火赶去叶子所在的城市。大晚上的找到了叶子的宿舍，敲门道歉。

还能怎么样呢？叶子当然被这个冒傻气的大民给感动了，两人终于重归于好。可第二天一大早还要考试，大民不能留下来过夜。于是大半夜又从叶子的宿舍往回赶，坐了夜里的火车回梅斯火车站。可是到了“没死”才发现，从火车站回宿舍的公交车夜间是停摆的。但走回来又是不可能的，因为学校太偏远了。

梅斯火车站不算是大火车站，也没有宽敞的候车大厅什么的，站台上只有一个巴掌大的四处透风的小玻璃房间，里面有两排长椅，大民就在那里裹着衣服睡了一宿。天亮的时候赶了第一趟班车，又风风火火地一路跑回学校，冲进考场的时候，两个小时的考试时间已经过半。

这样还能提前半小时交了卷，我掐指计算了一下，总共就花了半小时做完了两小时的卷子。

至于跟叶子之间闹矛盾，我也觉得不可能，怎么会说分手就分手那么简单。不过也是，才刚刚分开几天就这么闹得不可开交，这一年半的异地恋也是够他俩受的。

因为我有限的经验，我一直对异地恋，有深深的恐惧感。

3.克里斯提娜酒吧

摸底考试结束之后，大家的成绩都还行，我的成绩也比预想的要好，证明中国大学的本科基础知识还是过硬的。即使是拿着法语卷子也能轻轻松松地完成。

如果说我们刚刚建立起来的自信心有点膨胀的话，马上来的第一节课就把它拍熄了。我以为我做好了上课的准备，老师一开讲，我的灵魂拷问就来了：

“我是谁？”“我在哪儿？”“我在干吗？”

信号处理的老师，眼神异常犀利，说话慢慢的，拖着很长的尾音，给人一种阴森的感觉，就像《哈利·波特》里面的斯内普教授。总是毫不留情地批评我们的实验报告和作业，或者突然叫人起来回答问题。每次上他的课我都要提心吊胆，要是不幸轮到我身上就惨了。而且，我感觉他对于留学生一点都不降低要求，要求反而更严苛。

微系统的老师是个老教授，一头花白的头发凌乱得夸张，满脸的皱纹，戴着一副高度的老花眼镜。看他的样子就像是爱因斯坦老先生亲临我们课堂一样。因此我也叫他“爱因斯坦”老师。

我感觉他讲的课应该是玄学，而不是微系统。他与我们学生的互动很少，这一点比信号处理的老师要让人放心一些。至少不会突然叫人回答问题，更不会把答错了的学生骂一顿。他只管自顾自地在黑板上奋笔疾书，写上极其复杂的方程式，一边写，一边自言自语：“这个问题，应该用什么来解决呢？麦克斯韦尔方程可以解决。”整个黑板被他的粉笔戳得哐哐哐直响，不一会儿就写满了。我试图做笔记，抄下他写的方程。但是我第一行还没抄完，他整个黑板就写满了。

紧接着，他也不问我们跟没跟上，听没听懂，咔咔咔把刚才写的全部擦掉，继续往下求解他的方程。我抄了一半的第二行算式已经无从抄起。只能气恼地把笔丢在一边。后来我都放弃了尝试做笔记，双手插兜，心想专心听着能跟上一些就可以了，依然还是听不懂。

在老先生擦了三遍黑板之后，我问旁边的小琳，你听懂了吗？小琳恍惚地把头转过来，面部的表情告诉我，她也在经受灵魂拷问：

“我是谁？”“我在哪儿？”“我在干吗？”

我转过头问另外一边的Alex：“你这些都能听懂吗？”

“听不懂，从来没听懂过。”他耸耸肩，“不过，嘿！我给你表演一个有意思的。”

Alex突然从座位上站起来。

“对不起，老师。打断您一下，我觉得您那个位置写的算式有些问题，就是右边第二行的。对，就是那里。我觉得好像不对。但是说不上来哪里。”

老师找到Alex说的那个位置，陷入了沉思，一手抱胸，另一个手抓着脑门上凌乱的白头发……

“你看出来那里有什么问题？”我小声问Alex。

“我压根看不懂，我就随便说了一个地方。”Alex小声回复我，“下回你也可以试试，随便指一个地方。”

老先生对着自己写的算式沉思了大约两分钟，显然他被打断之后，思路已经完全凌乱。难道他也在灵魂拷问：

“我是谁？”“我在哪儿？”“我在干吗？”

“嗯……这位同学你说得有道理，这里确实是有问题……”老“爱因斯坦”自言自语了起来，“假设这里变量无限大，和这个矩阵转换，这几个变量求积分，然后用这里的麦克斯韦尔方程套入求解。”

最后拿出黑板擦咔咔咔地，把从那里之后的所有算式全部擦掉，又重新开始计算。一个人陷入一堆白色的粉笔烟尘之中。

我和Alex笑得浑身直抖。

所以我说，他教的根本就是玄学。没有人能够看得懂。

也可以说是哲学，我常常整堂课都在思考，“我是谁？”“我在哪儿？”“我在干吗？”

也有挺好的老师，叫乔治老师，长得很像《小猪佩奇》里面的猪爸爸，胖胖圆圆的，对我们外国学生说话也客客气气的，即使我们的法语很烂，他也很耐心地听，耐心地讲解。我们几个都喜欢围着他转。

课程安排很紧凑，即使我课堂上使出200%的能量专心听讲，也完全跟不上进度，再加上一些实验和报告要准备，让我手忙脚乱寝食难安，更谈不上逃课出去玩了。

反观隔壁的Alex，依然优哉游哉地上课，下了课开车不知道消失去了哪里，作业和实验报告都难不倒他，轻轻松松就搞定。

“Ying，走啊！踢球去！走啊！喝酒去！”

“作业做不完啊……”我郁闷地说。

“我借给你抄，我也是抄别人的。”

“可是……总是喝酒也很费钱。”

“喝酒才能花多少钱？我请你。”

这样的诱惑，经受不住应该是正常的事。

出去喝酒的时候，常常是他买单，我有一次问他为啥喜欢请我喝酒。

“上次在‘Club’里，卢克叫你Chintok，中国佬，你就差点跟他打起来，我很欣赏这一点。一个人的国家被侮辱了，还不还手，就太没有血性了。”

我们有时候去那个阴森混乱的“Club”酒吧，也有时候去另外一家女孩子比较多的酒吧。无论是哪里，Alex都轻车熟路，无论是酒鬼还是漂亮的女孩，好几个都能叫上名字，甚至还有不错的交情。至于酒吧后面的服务员妹妹，更是跟他熟得不得了。

这次我们来的就是这个女孩子比较多的酒吧，叫“克里斯提娜”。招牌是粉红色的霓虹灯，在门外闪着暧昧的光。

Alex跟吧台的小妹先行了贴面礼，然后介绍了我：“艾米丽，这是Ying。我的中国好兄弟。”

我跟艾米丽行了贴面礼。

Alex要了两杯扎啤，在艾米丽往酒杯里缓缓注入啤酒的时候，Alex把她逗得花枝乱颤。

我们刚坐下，Alex环顾了一下四周，就起身端着酒杯离开了。我看了一眼窗外，镜子里映出我的样子，突然一阵惊讶，我已经与身后酒吧的灯红酒绿的背景成功地融为一体，端着酒杯的我显得慵懒忧郁，与其他桌上的男男女女已经没有多大差别。

就在我孤芳自赏的时候，Alex回来了，身后跟着两个女孩。

“这是Ying，我的朋友，来自中国的帅哥。”Alex介绍我。

“嗨！”我与她们挨个行贴面礼。她们俩介绍了自己的名字，我一个也没记住。

一个女孩坐在我这边，另一个女孩坐在对面，挨着Alex坐。

“你是来这里上学的？”旁边的女孩问我。

“嗯。研究生。”我报了我们学校的名字。

“我们一个班的。”Alex补充说。

“哇！很厉害的学校啊！”

“是吗？”我耸耸肩，心里想，你们应该看看北京的学校长什么样子。

“为什么选择来法国呢？”

法国人真的是喜欢问这个问题啊。我突然想到第一次有人问我这个问题的时候，好像也是在一个酒吧里，是一个金色短发的法国女孩，她那天教会我贴面礼，她的名字就挂在嘴边，但是突然一下想不起来了……

“因为法国是个浪漫的国家。”我选择用标准答案来回答。

“噢！哈哈，浪漫的国家。”女孩们对这个回答很满意。

“德国人对机械比较在行，英国人对金融比较在行，荷兰人对商贸比较在行，法国人则对浪漫、亲吻和红酒比较在行。”Alex细细数来，如果是别人说，可能有吹牛的嫌疑，但是他说起来，就非常可信。

“中国人对什么比较在行？”坐在我旁边的女孩问我。

“嗯……中国人喜欢写一些悲哀的爱情故事。”我随口一说。

“哦？”在座其他人对这个话题突然来了兴致。

后来我发现欧洲女孩很吃这一套，这一点与中国女孩一把鼻涕一把泪地追韩剧，是一个套路。男女主角必须要身患绝症，命不久矣。

在他们的要求下，我用蹩脚的法语慢慢地讲了一个梁祝化蝶的故事。这个故事，以及后来我讲的其他故事，被Alex征用过去作为泡妞必备神器之一，从来没有失手过。

“很久以前的中国，有一个女孩，不仅非常漂亮，而且很聪明，也很有想法，想去学校读书学习，但是古时候女孩子是不能去学校读书的。于是她就化装成一个男生，隐藏身份去学校读书。

“她在学校里遇上了一个英俊的同学，一起读书、上课，两人不仅脾气相投，而且很欣赏对方的才华，渐渐产生了非常深厚的感情。直到有一天，她女孩的身份被男同学发现了，原来她是那样美丽的一个女孩，两人疯狂地恋爱了。

“好景不长，女孩的家里发现了他们的关系之后，极力反对，因为女孩的父母已经给她安排了婚约。没过多久，男同学得了非常非常严重的病，死去了。她也被家庭强迫，去履行她不喜欢的婚约，就在这个新娘子去结婚的路上，她突然看见了那个她心爱的男同学的坟墓。”

我这时候停下来，慢悠悠地喝几口啤酒。享受他们期待的目光。

“然后呢，然后呢？！”女孩们简直要抓狂了。

“我们说点别的吧？”我开玩笑地说，“下面的故事就要收费了。”

“哦！好讨厌！”

“亲一个，我就继续讲吧。”

我把脸伸过去，坐在我身边的女孩很响亮地亲了一口，留下一摊口水。

“女孩哭着请求别人等她一下，慢慢走到坟墓前，哭得很伤心很伤心，说了很多怀念他们以往共同学习和生活的话。就在女孩哭个不停的时候，坟墓突然哗啦啦地裂开！出现了一个很深很深的洞口，黑洞洞的不知道通向哪里。”

“啊？！”

“那个女孩毫不犹豫地跳进了黑洞中，周围的人还来不及救她，洞口已经又哗啦啦地合上，坟墓好像从未发生过什么事一样，只是女孩已经消失不见了。”

“哦？！”

“不一会儿，就在大家惊慌失措的时候，坟墓的草丛里突然飞出两只大蝴蝶，缠绕在一起，就这样飞到空中，飞走了。这对情侣变成了蝴蝶，自由自在地在一起。”

“结束了？”

“结束了。”

Alex充满敬意地带头鼓起掌来，另外两个女孩也鼓掌起来，我举杯致谢。大家一起喝了一大口啤酒。

之后Alex也讲了很多各地的见闻和风土人情，非洲、南美洲、北美洲信手拈来，最后讲到东欧的旅游的时候，更让人觉得很憧憬。

那天Alex很在状态，晚上喝了不少的酒，啤酒、红酒、朗姆酒、龙舌兰酒各种酒混着喝。都已经喝得七荤八素了，Alex也开不了车，于是决定就住在旁边的酒店。

“我今天晚上不想一个人回去。”Alex用充满磁性的声音对身旁的女孩说，两人然后就抱着亲吻在了一起，发出“啧啧啾啾”的声音，那个女孩把一只腿跷在了Alex的腿上，露出一大截白色的大腿，扭动个不停。

喝完杯里剩下的酒之后，两个女孩跟我们一起去了旁边的酒店。Alex跟坐在他旁边的女孩开了一个房间，我跟坐在我旁边的女孩开了一个房间。

进门之前，他往我兜里塞了一把避孕套，冲我挤了挤眼。

就这样，我的第一次，给了一个名字都不知道的女孩。

第十一章　前女友的故事

梅斯——“没死”，是个挺神奇的城市，有很多神奇的人，Alex肯定算是其中一个。

我在“没死”安顿下来了，买了家具和灯，布置了属于我自己的房间，是我的风格，你没见过的。

虽然我不是身在其中，但是泊哥和莉姐的分开还是给了我不小的冲击，叶子和大民的关系也因为距离别别扭扭的。

我把这一切归结于我们的软弱无力。自己都照顾不好，却去想着照顾别人，这不是很可笑吗？想明白这个之后，我决定做一个没心没肺的人，渐渐远离身边那些包袱。

这里的生活很忙碌，法语加起来总共只学了这么几个月，能跟上课程也不是那么容易的事，另外还要跟Alex一起去酒吧鬼混。

跟你说一下，我跟一个法国女孩子做爱了，酒吧认识的，名字我都懒得记，两个人都醉醺醺的，完事了之后，我只想着赶紧离开，就像完成任务似的。

无论怎样，反正睡没睡，跟谁睡，跟你关系也不大，你也不会在意。

1.墙上的书法

一早上醒来，头痛欲裂，紧张地一看手表，才想起来是周末，于是松了一口气。看见房间里昨晚上遗留的痕迹，床上躺着的陌生女孩，突然觉得莫名的荒唐。正在发愁不知道该怎么办的时候，手机响了，是Alex。

“我在车里，你走吗？”

“现在下来，一分钟。”我像找到救星一样。

往后的时间里，日复一日，上课，复习功课，写实验报告，踢球，酒吧鬼混……突然一下把生活给填得满满的。

我特别佩服Alex旺盛的精力，聪明的脑瓜子，举手投足帅气又有派头的样子，一切尽在掌握的样子，在法国绝对算得上是很精英的年轻人。我离这种状态差得很远很远，但很憧憬活成这个样子，有些时候不经意间，举手投足，甚至语音语调也模仿起Alex来。

为了能够变成他的样子，我继续在“Club”酒吧里喝酒，在“克里斯提娜”酒吧里跟记不住名字的女孩讲故事。

Alex也很欣赏我，居然能够用蹩脚和带着强烈口音的法语，把一个一个凄美的爱情故事讲得打动人心。有时在面对不讲理的大老粗的时候，也有跟他一样的暴躁脾气。

“Ying，你知道你的优点在哪里吗？”他说。

“哪里？”

“我觉得整个社会都充斥着虚假的，装腔作势的人。每个人都要假装自己是精英，假装自己特有想法，标新立异，特立独行。其实内心里，都是千篇一律，能力差劲，却又索求无度，成天脑子里无非就琢磨着金钱和女人。”

“你这说的不就是我吗？能力差劲，索求无度，成天琢磨金钱和女人。”我更纳闷了。

“你看，这就是你的特点，不装腔作势。你其实很有内容，但却表现得很真实。绝对不会表面上装腔作势，其实内心肮脏腐臭。”

我当时没懂到底是在夸我还是在损我，只当作表扬接纳了，心里还是挺高兴。

后来我想明白了，Alex是一个出类拔萃的年轻人，有很好的家庭背景，但内心仍然是一个很叛逆的年轻人。他对于所谓的“精英阶层”的本质有很强的反感，却对弱者有着天然的同情心，总是尝试融入平常穷苦人的生活中，尽其所能地帮助需要帮助的人。可能这也是为什么他喜欢混“Club”这种偏僻城郊的破酒吧，也可能是为什么他喜欢拉着我一起混，因为我是弱者。

但是我当时不这么看问题。我有我相信的理论：“自己都照顾不了，怎么能够去照顾别人呢？”

而我看到了，像Alex这样有能力的人，是这样生活的。我希望模仿Alex，就能够成为跟他一样有能力的人。在此之前，没心没肺地活着就好。

我已经不再写信，收到几封柠檬的来信，就原封不动地丢在书架上。

在酒吧接到过一次阿丽斯的电话，因为有女孩子在身边，我挂掉了。

在宿舍接到过一次老太太的电话，我当时在复习功课，把手机调到静音丢在一旁。

泊哥、大民、小琳和其他人叫我一起去宜家买家具，一起做饭，吃饭，我也都一一拒绝了。我突然变得很讨厌这种没有意义的社交，很讨厌没有意义的悲情故事。

泊哥和莉姐分开两地之后，莉姐跟那个高富帅结婚了吗？这不是我关心的，我看到的只是泊哥作为一个穷小子连留住自己爱人的能力都没有。

大民和叶子还在吵架吗？这也不是我关心的，我看到的只是一个法语也说不好的中国穷留学生，一边担心女朋友被法国帅哥勾引走了，一边在自卑地发脾气折磨彼此。两个城市仅仅距离不到两个小时的车程，却连开车往返另一个城市的能力都没有。

阿丽斯和老太太呢？我更照顾不了她们，也照顾不了阿丽斯的妈妈，我自己也是一个穷留学生，时时刻刻盘算着下次老爸汇钱过来之前，能吃几顿“克爸爸”，去几次酒吧。连去贝桑松的火车票钱，在我看来，都是一笔能不花就不要花的钱。

我害怕接到阿丽斯和老太太的电话，让我兑现承诺去贝桑松看她们。害怕老太太身体不适，我该放下这里去贝桑松照顾她，我害怕阿丽斯遇到什么难缠的问题，我不得不牺牲很多东西来帮助她。如果她妈妈身体状况不好，我又该怎么面对哭泣的阿丽斯呢？

我也不是阿丽斯的什么人，不是她的男朋友。

上课，复习，踢球，喝酒，找女孩鬼混。这样的生活简直要容易太多了！渐渐的我没有了其他人的消息，老太太和阿丽斯没有再给我打电话。泊哥做的美味大餐好久没有尝过，我甚至不知道他是不是还在做好吃的。宁萌也没有给我再来信。

这种改变从什么时候开始的呢？没有一个明确的时间节点，只知道是在来“没死”之后没多久。后来我有时候回想，是因为Alex的到来而转变的吗？其实也不尽然，没有他，我也会找到其他的消遣，总而言之，想找到几个逃避包袱的理由，其实一点也不难。

几个月后，冬天就来了，“没死”下了一场大雪。鹅毛大小的雪花漫天飘舞，铺天盖地。天晴后，校园被皑皑的白雪覆盖，湖面结了薄薄的一层冰，路面也在打滑，大家都需要小心翼翼地走路，连湖边的鸭子和天鹅都很少见到了。这季节，最富有生机的，就是每天下午天色半黑时出现的，遮天蔽日的乌鸦群，在湖面上空“乌鸦的巢穴”四周盘旋。

期末的最后一门考试已经过去，再过几天就是圣诞节。

我摸爬滚打各科都勉强混及了格，Alex则轻轻松松拿了高分。泊哥有两门挂了科，大民成绩不错，比我好多了，大部分人顺利过关，零星几个人有一科不及格。

不及格率达到一定标准就要退学，泊哥在危险线上徘徊。

考试结束之后，Alex作为学生会主席，提议班上法国同学和留学生一起，在宿舍搞一个年终联谊大派对，作为同学之间互相增进了解的契机。

派对在宿舍的公共休息厅里举行。不仅邀请了班上的所有同学，连老师们也客串了一下，只是没多久就走了，我们最喜爱的乔治老师还跟我们中国留学生干了一大杯酒，喝完之后脸红扑扑的，更像《小猪佩奇》里的猪爸爸了。所有的老师离开之后，大家才开始放心大胆地热闹起来。

那天晚上大家都喝了很多酒。Alex事先从“Club”酒吧老板那里，拖来了很多瓶酒，是一种劣质廉价的酒，连标签都没有，用透明的玻璃瓶装着，入口很烈。

果然没有让我失望，我又看到了站在桌上一边扭跳着一边对瓶吹，然后掉下来摔得七荤八素的传统节目，而且还是排着队摔。

外国人少是有道理的。

法国同学“吼吼吼”齐唱着本地歌曲，我们中国留学生听不懂，只能尬笑。他们唱完之后，邀请中国学生也来一首，大家犹豫了半天之后，还是摆手放弃了。

我提议，还是喝酒吧，最简单粗暴的增进感情的方式。

一个长得跟个爷们儿一样粗犷的法国女同学，很挑衅地问我能不能跟她比谁先吹完一瓶。

这根本毫无悬念嘛！

她赢了。

大妞喝醉了，又拉着一个法国帅哥男同学叽里呱啦说了一晚上英语，一边说双手一边在空中比画。

醉归醉，不瞎啊。

泊哥一个人不用劝，自己就喝多了，公共厕所被他吐得一片狼藉。建哥，俊男跟几个法国男生一起玩类似猜拳的游戏，不一会儿就有人在众人的起哄下，“吨吨吨吨”地吹光一瓶。

法国人一起喊：“Culsec！Culsec！Culsec！”

中国人一起喊：“Bottomsup！Bottomsup！Bottomsup！”

小糖和燕子跟其他女生之间也喝得挺尽兴。

大民电话不断，一会儿就出去打一个电话，应该是跟叶子，真为他俩着急。

喝了几轮之后，Alex仍然不依不饶地说，中国人必须要表演一个节目。

本来要是有钢琴的话，大民可以来秀一把，可是宿舍活动大厅里没有这么高端，只有椅子和凳子，以及一地狼藉的酒瓶。

我趁着酒劲，灵光一现，说，我来给你们表演中国书法！

大家乱哄哄地去仓储室里找来了刷子和油漆。在地上铺了一张大海报纸，翻过背面来，是白色的，完美！

我挥毫，用刷子蘸着油漆写了三个字，龙飞凤舞、气势磅礴，还加上后面两个感叹号，一气呵成。

大家拍手叫好，问是什么意思，我一本正经地回答："这句话的意思是，中法友谊长存！"

法国同学惊叹于中国书法的美妙，用这么一坨涂得乱七八糟的东西，竟然能够表示这么丰富的含义。

中国同学们再次被我的信口开河给逗得滚到桌子下。

这气势磅礴的三个字外加两个感叹号，用透明胶贴在宿舍公共休息大厅的墙上，提醒大家："中法友谊长存！"

我应该是喝断片了，最后派对是怎么结束的，我一点也想不起来。应该是别人把我扛回房间的。

还好，醒来时还穿着裤子。

第二天早上，我看见公共休息厅墙上贴着的字，笑得直不起腰来。问旁边的建哥："这谁啊？在墙上挂这样的词！"

不是他跟我重新说一遍经过，我都压根记不起来这是我写的。

仔细看一下，字写得真丑。怪不好意思的。

2.卢森堡的前女友

圣诞节，Alex邀请我去巴黎他奶奶家过，我当然高兴地同意。我们收拾好几天的行装之后，在一个晴朗的上午开车上路。先去卢森堡，然后再一路向西，大约四个小时能够开到。

"先去卢森堡看一个朋友，我的前女友，今天是她的生日。"

"前女友？从来没有听你说过。"

“跟我一起长大的一个女孩。银行家的女儿，长得漂亮，对我也很好，我也喜欢她。但是感觉不对。”

“感觉不对？”

“感觉不对。”

他说话总是那么肯定，不会拖泥带水，不会支支吾吾，不会说“嗯……我不知道啊”这种弱者才说的话。

“所以你提出的分手？”

“嗯，分手了，但是还是很好的朋友，也认识这么多年了。发现当朋友时很快乐。做男女朋友就很难受。”

“哦？为什么？”

“有的人，不适合当男女朋友。只适合当朋友。”

“什么样的人适合当男女朋友呢？你相信一见钟情吗？”我想听听像Alex这么理智和聪明的人怎么看这个问题。

“一见钟情这种事情是可以操作的，即使是同样两个人，只要见面的时机加以控制，天气，温度，地点，之前干了什么事，见面时说什么话，穿什么衣服，做什么表情。结果就可以完全不一样。”

你听说过亚瑟阿伦博士的36个问题吗？1997年，一个美国的心理学家做了一个很有名的实验。让许多从来未曾见过面的男女，面对面互相问36个事先准备好的问题，然后再凝视四分钟。知道发生什么了吗？

接下来很大一部分的人，就相爱了，接吻，甚至有人没多久就结婚了。你能想象吗？

“所以，我说到这里，你还相信一见钟情吗？你的选择，可以变成人为的——有意或者无意——操作的结果。就连一见钟情这种本该是自主的事情，其实却是人造产品。这跟花钱买毒品让自己兴奋一下，有什么区别吗？甚至听起来我觉得后者更地道一些。”

我没有听说过这个什么博士的几十个问题，但是作为人这种独立的个体，连爸爸妈妈的话都不听，听他一说，才发现居然是这么容易就可以操控。

“嗯，也对。我们其实都是被操控的，很多事情。”我感叹。

回头想想，其实我怎么不是被操控着的呢？去北京读大学，是因为自己的选择吗？毕业后来法国，是自己的选择吗？去贝桑松，来梅斯，这些都是针对我这种群体的程式化安排罢了。一步一步走下来，我们何尝不都是被程式化设计了的人呢？

更可怕的在于，安排我们的人，却是那些，坐在贝桑松语言学校，校长办公桌后的人。西装革履，仪表堂堂，上衣口袋里别着红手绢。得意扬扬地制定一些愚蠢透顶的规则，然后又为了一些蝇头小利将自己制定的规则抛诸脑后。

我跟Alex讲了贝桑松语言学校考试的事情，简单讲了泊哥和他女友的故事，然后讲了他语言考试成绩及格，但是因为考勤扣分，本来不予通过，后来给校长塞了红包，终于混过关的故事。

故事的结尾，我补充说：“那个校长西装革履，看上去一脸正经，上流人士的模样，其实就像你所说的，能力差劲，却索求无度。可是偏偏我们都要遵从这种人的操控。”

他静静地开了一会儿车，沉默了一会儿。

“了不起。我只能用了不起来形容。”他给予了很高的评价。

“哪里了不起了？被讹走了500欧元。还被羞辱一顿。”

“我很反感所谓的精英阶层，自以为是，得意扬扬，坐在自己豪华的办公桌后面，想当然地为人们制定规矩。实际上却让真正活在现实中的普通百姓苦不堪言。如果我有机会，有能力，一定要去打破这些规矩，反抗这些操控。往他们脸上狠狠地扇一巴掌，狠狠地吐一口吐沫。”

“只需要花500欧元的代价，就能够扇他一巴掌，揭下他伪善的面具，我觉得很了不起。你不觉得这很好地讽刺了学校的制度吗？不是反抗了学校的操控吗？”

这个评论很符合Alex的个性，叛逆，反抗权威，同情弱者。

“谢谢，我只觉得不后悔做这件事，但是也不认为是值得吹嘘的事情。

Alex，你将来要成为什么呢？家里背景也好，学校也好，成绩也好，学生会主席……你将来也要成为精英阶层的人吧。”

“对，我肯定要成为精英阶层，下个学期我就要开始修另外一个大学的法学硕士学位。我已经申请了在比利时布鲁塞尔的欧盟总部的实习，将来工作三年内，我就要尽早进入政坛。”

“我以为你很讨厌精英阶层的人。”

“如果我不努力成为他们中的一员，就会有另外的白痴来顶替这个位置，制定更多的白痴的规矩，让普通人受苦。”

“嗯，我也相信这个理论。自己都照顾不好，怎么能够照顾好别人呢？”

“正是这个道理。你知道法国堕胎合法化的历史吗？”

“堕胎？不知道。”

“在1975年以前，法国是严禁堕胎的，包括妇科医生也严禁实施堕胎手术。一个女孩必须向社会说明，怀了孩子这件事让她陷入困境，才能得到堕胎的许可。很多女孩不愿意这件事被所有人知道，只能选择偷偷地去堕胎。”

“你怎么这么了解堕胎的事情，是不是你之前有过事故？”

“不是我。是一个朋友身上发生的故事，因为一次酒后无知的行为，她怀了孕，但是家里人不同意堕胎，两人不得已而结婚。我们现在要去见的，就是这个女孩，我的前女友。这事发生在她跟我分手之后没多久，她在酒吧里遇到的这个年轻男人。”

“啊？！”我下巴都惊掉了，一下子不知道该说些什么。

“发现怀孕之后她吓坏了，跟我打电话，惊慌失措地问我该怎么办……不要以为织衣针和晾衣架那么遥远，这些都是曾经摆在她面前，为数不多的可选项……直到后来，两个人勉强结了婚，办了一场没有人开心的婚礼。就连主张结婚的双方父母也都不开心，两个家庭一直互相责怪吵闹。这是一场没有幸福的婚姻。可想而知，他们婚后的生活非常痛苦，孩子出生之后没多久，两人最终还是选择离婚了。两个人都很年轻，生活本来可以很美好。但现在，这个年纪轻轻就离了婚的女人，不仅要养活自己，而且还要带着一个不到一岁的孩子。”

“哦……是挺可怜，工作和生活都耽误了……”

“她的父母认为她丢了家族的颜面，断绝了跟她的往来。她一个人离开了巴黎，去了卢森堡。我帮她找了一个住处，托朋友找了一份还算轻松的工作，再每个月偷偷汇一些钱给她做生活费，时不时地去看望她……”

卢森堡和梅斯相隔不远，开得快的话，半个小时即可到达。我终于想明白了，通常Alex不在学校的时候，是去了那里。

“关心她的人估计不多吧，你能够照顾她真的很体贴了。”

“她现在的处境，我有一些责任。”Alex叹了一口气，“我与她分手之后，她就像变了一个人，原来很安静、很内向的。那段时间到处在约会，好像这样能报复我一样。结果，就成了这个样子。”

是不是这个事件之后，他就开始关心弱者了呢？我不禁想。

虽然卢森堡相距不远，但是还是开了接近一个半小时，接近圣诞节，高速公路上有些堵车。

卢森堡是一个漂亮的袖珍型的大公国。被比利时、德国与法国三个国家夹在中间，也是全世界最富有的国家，有很多有钱人。据说在公交车上或者火车上，大家不是像法国人一样讨论天气、足球或政治之类的琐碎事，而是讨论股票、期货还有国际经济形势。

我们的车子开到卢森堡的时候，正好到了吃中午饭的时间，Alex计划接上他的前女友，然后我们一起去餐厅吃个午饭。他将车子停在她楼下的路边，熄了火，去后备厢里像变戏法似的，拿出了一个包装精美的小礼盒。

我说，不需要我的话，我在楼下等着就好了。Alex随后就大步上楼去了。

路两旁有一些积雪，地上的管道口冒着暖气管道的蒸气，圣诞节的气氛在这里也很浓烈，商铺装饰成圣诞节的主题，兜售着精美的礼物。路边有几个小孩子，在商店门口，叽叽喳喳地围着装扮成圣诞老人的商贩要糖果。

十几分钟之后，他们下来了，活脱脱像一家人。Alex像爸爸一样，小心地推着婴儿车，那个女孩则像个漂亮优雅的少妇，轻盈地挽着他的手臂。

她一头褐色的短发，身材高挑纤细，穿着一身灰色的长裙和外套，系着丝质的围巾，穿着朴素也很得体。她精心打扮过，头发整理得一丝不苟，衣服上看不出来一点褶皱，红色的口红更衬得她的皮肤白皙。

“Ludivine，这是我的同学，也是我的好朋友，Ying。”

“幸会。”她说。

面对如此高雅的女士，我一时犹豫是否应该屈膝，行吻手礼。还好，她侧脸过来，跟我行了贴面礼。

“幸会。好漂亮的宝宝，眼睛跟您的一样。”我好想摸摸这个小宝宝，她躺在推车里，很安静地含着奶嘴。但我忍住了，低头跟她轻轻地说了一声：“你好啊，小天使。”

“谢谢！她叫艾玛。”她笑盈盈地回应，低头整理了一下推车里盖着宝宝的小毯子，有一缕头发从耳边滑落，她很利索地别了回去。与我想象得有点不一样，她看小宝宝的样子时，没有一丝怨恨，只有满满的母爱。

两位男士帮着把推车折叠起来，收进后备厢，女士在后排落座，抱着艾玛。我们三个人随后出发去了餐厅。

餐厅是个典型的法式餐厅，装饰非常华丽有格调。门口穿着燕尾服，戴着白手套的服务员一脸尊敬地为我们和婴儿车开门：

“太太，先生们，日安，请进。”

Alex要开车，所以不喝酒，Ludivine要照顾艾玛，也不能喝酒，我也就没有喝。我依然用我一贯的招数，抄袭别人的点餐，这样我就不用费脑筋看懂菜谱上的单词。

我和Alex一样，点了牛排，Ludivine要了一份鳕鱼，艾玛也到了吃饭的时间，她点了一瓶牛奶。

Alex娴熟地从推车里拿出了奶粉、奶瓶、水壶，在我面前华丽地变成了超级奶爸，娴熟地把一瓶牛奶变了出来。

“她现在睡觉怎么样？”Alex问妈妈。

“这几天开始睡整晚上。谢天谢地，晚上十点一下睡到早上天亮。”

Alex将艾玛抱入怀中，她一把抱住奶瓶开始用力地吸了起来。从我的角度看来，俨然就是一对年轻夫妇在照顾新生的孩子。

喝完奶，Alex将艾玛抱在胸口，在背上反复轻轻地拍，直到她打出很响亮的一个嗝，再把她舒舒服服地放回推车，盖好小毯子。

Ludivine默默地看着Alex做着这一切，脸上洋溢着幸福感，就像一个年轻妈妈，看着心爱的老公和孩子。

这是我平常认识的Alex吗？我对Alex当宝爸的娴熟技能瞠目结舌。

这时候我们三个人的菜也上来了。

“祝你生日快乐，Ludivine！”在开动之前，我们用矿泉水举杯致敬这位年轻妈妈。她跟我们一样大，本该有着花儿一样的光阴，无忧无虑地出去玩乐，享受生命，现在却连家也回不去，和一个襁褓中的孩子一起，在这个地方孤零零地度过圣诞节。

吃饭的过程中，Ludivine发现孩子的尿片臭了，Alex抢着把艾玛抱去卫生间换了尿片。

“今天是你的生日。让我来吧。”

不一会儿，小艾玛被干干净净地抱回来，天使一样的小脸笑成了一朵花，紧紧地搂着Alex的脖子。任何一个女人看到这一幕都会想要嫁给他吧？

他和Ludivine一起将艾玛放回推车里，两人再一起把小毯子盖好。整个过程中，我也不知道该帮什么忙，一头雾水，从来没涉足过照顾宝宝这个领域。

吃完大餐，Alex去买了单，时间还早。我们还有时间在旁边的公园里散散步，我们三人并排走着，Alex重新推着婴儿车，Ludivine挽着他的手，他们两人聊着最近生活上的事情。艾玛很快睡着了。

“Alex经常提起你，Ying。”Ludivine转头跟我说。

“啊？是吗？”我不觉得我有什么值得被Alex提起的。从任何角度，Alex都足以当我的偶像。

“他说你很会讲故事。”

“啊……那个……”我脸红了。

“简直是中国的莎士比亚。”Alex冲我吐了吐舌头。

“哈哈哈，你们是要笑死我了。我先回车里去了，你们两人聊吧……”我更无地自容了。

“不用不用，朋友们一起走走嘛。”他们两人一起挽留我。

我们听Ludivine讲了很多生活上的琐事，大多都是围绕着艾玛。我推测应该是Ludivine平常的生活很单调，见的人不多，有了我们两个听众之后，话匣子一旦打开，就收不住了。

“我是不是讲得太多了？”Ludivine突然警觉地说，“完了，完了，我是不是已经变成了那种，生活里成天只有孩子的啰唆妈妈了……哎……”

“你很好，依旧很可爱。不过确实需要多找几个朋友，聊聊天。这样就不会寂寞。”Alex安慰她。

“圣诞节了，大家都各自回家了，哪里还有人……”

这个话题挺悲伤，不知道怎么接。

逛了接近一个小时，该启程了。我们将Ludivine和艾玛送回家。我依然在楼下与她们告别，留在车里等着，Alex送她们上楼。

他下楼之后坐回驾驶位，闭上眼睛靠在座椅上停了十几秒，然后就发动了大奔。

3.最想知道的问题

一路向西，从卢森堡开往巴黎的途中，我不知不觉地靠在车窗上睡着了，车里的暖气很舒服，吃完了中午饭也不停地犯困。

我突然醒过来的时候，已经过去了很长时间，发现我心跳得依然很快，眼角有泪痕。

“你真的做了一个很长很长的梦。”Alex对我说。

“嗯，我总是会做同一个梦。最近几个月没有梦到了。刚才可能又梦见了吧。”

“真的是很长的一个梦，你说了好多话，是中文，我听不懂。”Alex有点担心地告诉我。

“嗯……”我有点犹豫，要不要跟他说我的梦。

他看我不愿意开口，也没追着问。继续开车。

“Alex，你怎么看待做梦的事情。那种一直摆脱不掉的梦。”我决定还是跟他聊聊。

“这个梦让你的生活受影响了吗？”

“那倒应该没有，该吃吃，该玩玩。只是做梦的时候总是让人很伤心。”

“据我所知，做梦是件好事，这会帮助你排解潜意识里的困扰。有时候很容易，做一次梦就好了。有时候很难，需要很长时间，但是都会慢慢地排解干净。”

“有一段时间了。”

“这么说来，潜意识里，应该困扰你很深了。你可以说说梦到了什么。反正闲着也是闲着，我一个人开车都要开到睡着了。”

“哈哈，对不起，我没有法国驾照，要不然可以轮换。”

他耸耸肩，“还好，倒不是特别累。”

我于是跟Alex讲了我的梦。有时是海上，有时是火车里，有时是树林中，有时是荒原上，有时是城市里，总之我穿越漫长的旅途、千辛万苦地去了一个地方见一个人，但是地方虽然在，人却不在了。旅途中有一个白色的女孩一路上陪伴着我，但最后也不知所终。只有我空落落的一个人，然后所有的一切都坍塌了，只留下我自己。

“听起来，你曾经错过了一个人。”Alex听完之后说。

我对Alex的理解能力感到惊讶，他真的是我见过最聪明的人之一。

“你会巫术吧……你怎么知道的？”我脱口而出，说完就后悔了，这件事情我并不打算让别人知道，我曾经将我的故事告诉过丁咛，只是因为她长得像那个人而已。

“很明显吧，其实可能你明白梦的含义，只不过是不想弄明白而已。”

这个开车的聪明的人说，我觉得他都开始有点得意扬扬了。

我于是自己开始琢磨，刚想了一秒，脑子里面一团乱麻，想不下去了，只能放弃，仿佛有一种防御机制，不让我去分析那一块回忆。

“算了，算了，弄不明白，也不想明白。我可能是错过了些什么，但是也不知道到底错过了什么。因为没有得到过，所以，也不知道错过的东西，到底是什么样子的。”

我“什么什么”地自言自语地瞎说了一通，自己也不知道自己在说些“什么”。

“我可能自己建造了一个幻想，根据这个幻想又编造了一个故事。也许，我以为我错过了的、赋予了很多意义的这个东西，根本就是我的幻想。这才是最打击人的地方。”

“那么，想过没，你的问题是什么？”Alex问我。

“啊？什么问题？”我一时没懂他的话。

“你最想知道的问题是什么？”

“我想一想……”

我想知道的很多……

如果高考之后我没有去北京，而选择留在武汉，我和她会怎样？

如果我没有转身从她的宿舍离开，而是跟她一起坐大巴回家，后面的假期里会怎么度过？

如果我去她的宿舍之前先修整一下仪态调整一下心情，会不会就不那么急躁？

她为什么那天突然取消当晚留在武汉的决定呢？

我在楼下东湖边走了那么久，她为什么没有下来找过我？

她为什么那么决绝地就提出来停止这段关系？之后那么长的时间里，她有没有给我打过电话？

所以她应该还是不爱我，那些曾经的感动应该都是自己的幻觉。我没有留给自己任何证据，一封信，一个纪念品，一张照片，任何一个属于她的东西，都没有。只有脑子里面的回忆。

是回忆，还是幻觉？

我突然明白Alex问的意思了，我最想知道的问题，是到底这个人有没有爱过我。

这是唯一能够区别“回忆”还是“幻觉”的依据。

我没有跟Alex说这么多，我只是简单说一句：“我懂了。”

我很佩服Alex，能够在极短的时间里，找到问题的本质，让我明白我的纠结根本在哪里。不过，明白这个纠结点的意义也不大，并没有回答我的问题。

我能够去问她吗？五年前，我已经问过了，没有一个明确的答复。这么多年过去了，我还会再去问她吗？应该不会了。

起码，现在我还不想去问。

第十二章　圣诞节的旅程

对我来说，在法国多年的生活里，圣诞节是一个特别的日子。它本来应该是一个家庭聚会的节日。就像中国的春节，一个人的春节会让人觉得特别沮丧，在中国，我只经历过一次，当时在北京学习法语。

在法国时，我的家人远在中国，而平常身边的朋友们都与家人团聚了，因此圣诞节这个节日总让我觉得形单影只。

春节也好，圣诞节也好。2000年的寒假我去找你，然后我们分开，我过了一个很糟糕的假期。我对于冬天里的假期都很畏惧，不知道是不是从那次开始。

但是2004年在法国的第一个圣诞节，我却一点都没有觉得孤单，因为它留给我一个很温暖的回忆。

1.平安夜晚宴

我们在黄昏时分抵达了巴黎，在接近城区收费站的时候开始了漫长的堵车。西方的圣诞节，相当于中国的春节，是一个阖家团圆的节日，因此高速公路上，回家的车流可以被认为是法国的春运。

幸亏我被邀请到Alex奶奶家过春节，要不然真不知道会多寂寞。

Alex奶奶家地处巴黎的黄金地段，从窗口就可以看见凯旋门，走几百米就是香榭丽舍大街。电梯带我们上了三层，出了电梯直接就进了他们家门廊，楼房整整这一层都属于她家。对于我来说，这里跟迷宫一样大，完全找不到方向。

奶奶是个雍容华贵的老妇人，给我的印象似乎像年轻一些的英国女王，我竭尽全力地用我最好的口音说了一句“日安”。

她笑着回应我：“日安！没想到您有标准的巴黎口音。”

为了保住这个评价，我就没再开口说话了。

除了Alex和我，他的父母和其他几个亲戚也来了，堂哥、堂姐、叔叔、婶婶，聚集了不少人。似乎只有我一个人是外人。我问Alex，我这样一个外人来，合适吗?

“放心，你是我邀请来的客人。”

因为有了之前在贝桑松老太太家里的经验，我的举止还比较得体，没有闹出太大的笑话。总而言之，老老实实在房间里当一个礼貌的听众就好了，这个我很在行。

当大家都笑的时候，我就笑；当别人表达对什么不满的时候，我就皱眉；当别人阐述一个领域的真知灼见的时候，我就作出仔细倾听并不时点头赞许的样子；当讲的人情绪激动的时候，我就会说，“啊，真的啊？！”

至于讲的是什么，听得懂或听不懂，我好像并不太在意，脑子里面在天马行空地想象猫和狗对话的有趣场面。

平安夜的晚宴，大家齐聚一堂，在大大的餐桌前落座，就跟电视上演的大家族一样。有几个临时请来的帮佣在忙活着打理。

每个人的座位前，摆着一小摞大大小小的精致碟子，餐前点用最上面的，每换一道菜，就撤走一个盘子。一直到最后甜点，再另外拿一个小盘子上来盛。

碟子两侧是大大小小依次排列的叉子和餐刀，左手有三把叉子，右手有三把餐刀，从餐前点开始，从外向内依次使用，最靠内摆的还有吃甜点的小银勺子和汤勺，勺子把上是精致的花纹。

面前还摆放着四种不同形状的杯子。喝水用的是柱状的水杯，餐前酒的酒杯是细矮的，香槟酒杯是细长的，胖肚子收紧口的勃艮第酒杯证明今天晚上喝的应该是勃艮第红酒。一应从高到低摆成直线。

作为法国用餐的常识，如果没有吃完，需要临时放下餐刀和餐叉时，可以八字形左右放在餐盘上，叉齿和刀口向下；如果吃完了，餐叉和餐刀可以合拢在一起放在餐盘上，餐叉的叉齿向上，餐刀的刀刃放入叉子的齿间。如果对用餐特别满意的话，合拢的餐叉和餐刀的把手可以冲着餐盘的右上侧。服务员一般会明白。

我说这么多无非是想显摆我明白餐桌礼仪。而这些对于某些场合可能用得上，比如……与英国女王或者摩洛哥王妃共进晚餐。

家庭成员之间讲着最近的见闻，有几个人是一年没见了，于是关切地问着家长里短。我紧张地维持吃饭的仪表。相比之下，在贝桑松老太太家可比在这里轻松多了。

本来没人关注到我，我还奢望可以维持到晚宴结束。

Alex的婶婶最先开始跟我说话，她曾经在中国出差，待过一段时间，对北京很了解。算下来，我在大一的时候，她正好也在北京。

“2000年那年夏天我去的北京，天呐，那个夏天真热。北京的士司机开车真的很疯狂。还有，中餐真好吃，跟法国找到的中餐完全不一样。有两个菜我最喜欢，前两个字一样，最后一个字不一样……叫什么……”

“水煮鱼，水煮肉。”说到好吃的，我就开启“激活”模式，谁也拦不住我。

“对对对！就是这个，真好吃，可是太辣了。”她笑着说，“我刚去的时候，总是出汗，想买瓶香水。在超市里找人问了，服务员给我指了一瓶，我一直都用这个牌子，用了好几个月。后来我去朋友家玩的时候，发现她用来驱蚊子的和我的香水是同一个东西。”

“啊！六神花露水！”我笑得不行了，他婶婶可真逗。

“对对！‘Six gods’。我还很喜欢那个香味呢！”

“有机会我给您带两瓶吧。”我开玩笑地说。

“那可是好！”

“关于中国，还有很多，我不理解。”他叔叔发话了，表情挺严肃。

例如：狗狗那么可爱，为什么中国人要吃狗肉？

我的回答是：首先不是所有中国人都吃狗肉。再有，兔子也很可爱，法国人也吃啊。我看见法国超市里卖马肉，中国人可不吃马，马那么忠诚，优雅，法国人为什么吃马呢？阿拉伯人吃骆驼，非洲人吃大象，也没见法国人说三道四嘛。据说在杀骆驼的时候，骆驼还会流眼泪呢！

又如：中国人为什么那么喜欢随地吐痰？

我的回答是：首先这个坏习惯已经很少了，但是确实有素质差的人，这就像法国有的人经常在花坛和地铁里尿尿一样。但这应该不代表所有法国人，对吧？

这些争议本来没有太大的意义，也没有输赢。但是如果被用来对另外一个国家，全体十几亿人来说教的话，就显得幼稚了。难道一个外国人比中国人更了解中国的实际情况吗？难道外国人比中国人优越一些吗？

这种人来多少，我就怼多少。

“说得好！Ying。就是看不惯这种站在道德高地，却不管普通百姓如何生活的人。”饭后Alex跟我说。

“希望我没有把气氛弄尴尬，哈哈。一时没忍住。”

突然挺怀念在贝桑松老太太家的时候，一个普普通通的寻常人家。

今晚是我在法国第一个平安夜，老太太跟阿丽斯两个人应该在家里过圣诞节吧？我不禁想象了一下那个房子里，她们两人一老一小，在那个餐桌前的场景。应该比我们当时那么多人齐聚一堂要冷清很多吧？

我拿起手机，翻了翻寥寥无几的通话记录，看到里面阿丽斯和老太太的未接电话，觉得很羞愧。如果贸然打电话过去，又无法解释之前为什么不接电话也不回电话……

犹豫了一会儿，还是发短信吧，于是给她们两人发了“祝福你圣诞快乐！”这种千篇一律的圣诞节通用祝福语。

不一会儿阿丽斯回复了我：“谢谢！祝你也圣诞快乐！”

又过了几秒，老太太的号码回复我：“我是阿丽斯，奶奶在医院里，她让我谢谢你，也祝你圣诞快乐。”

2.重回“被葬送”

我找了个安静的角落。犹豫了几秒，给阿丽斯拨去了电话。

“喂？是阿丽斯吗？你还好吗？我是Ying。奶奶怎么了？”

“喂！Ying！好久不见啊！”是阿丽斯熟悉的声音，“前段时间下雪路滑，奶奶一个人出门不小心摔倒了，摔伤了腰。”

“现在怎么样啊？严重吗？”

“在医院里先治疗吧，可能要在床上躺几个月。”

“哦……”我叹了口气。“我前段时间学校的事情很忙……做实验……考试……”

我一扯谎就结巴，脸上像被狠狠扇了一巴掌似的，火辣辣的烫。

“我知道。学校还能应付吧？”她平静地说。

“还好，这学期考试都通过了。”

“那就好。”

“你呢？最近怎么样？”

“不好……”她的声音低沉下来。

“怎么了？发生什么了？”

“妈妈在马赛必须长期住院看护，情况很不好。我去马赛看妈妈的时候，奶奶又摔了。”

“哎……”真难为她了。

“还有……嗯……”

“怎么了？阿丽斯。”我突然有种直觉，事情很不妙。

“我不小心怀孕了……正在想办法……”她小声说。

“啊？什么时候的事情？”没想到刚刚才跟Alex讨论过的事情，就在身边发生。

“……”她在电话那头一阵沉默，就像是做错事的孩子。

“别怕啊，阿丽斯，坏事总会发生，你想好怎么办了吗？”我轻轻地问。

还记得Bank哥在那次厨房火灾时，安慰我的名言吗？“Bad things happen。”

“我想堕胎，但是不想让家里人知道。他们自己也都一团糟。”

真的是一团糟。

“那你打算怎么办，孩子的父亲是谁？他人呢？”

“还记得我跟你提过的那个Ben？学生社团里的那个男孩。他吓坏了，电话也不接，人也找不到，浑蛋。”

“我不知道该怎么办，Ying。帮帮我。”她在电话那头哭了起来。

我安慰了一会儿阿丽斯，让她别担心，明天我从巴黎坐火车去贝桑松看她，距离开学还有一些时间，我会陪她把事情处理好。

“我想我知道该问谁。你放心吧。我会和你一起想办法，这件事不会让其他的人知道。”

挂了电话，我跟Alex说了这件事，当然，我只说了一个朋友，并没有说姓名和其他信息。

“我需要你的帮忙，Alex。”我说。

“她是你什么人？是不是你们俩的？”

“真的不是，她是我的好朋友，觉得必须要帮忙。”

“嗯，这样吧。我有一个医生朋友，在卢森堡，Ludivine也认识他。我明天开车带你去。”

我连忙拒绝了，这个事情很私密，我很确定阿丽斯不希望见到更多的人。

“我明天坐火车离开，你把联系方式给我就好了。”

“我先问问医生。”Alex转身去打了电话。

我在旁边小声说：“问问大概需要多少钱。”他点头表示明白了。

不一会儿，Alex回来了，给了我一张名片，上面有一个地址、电话号码和一个医生的名字：

DoctorJean-Jacques，让-雅克医生。

“要准备大约800欧元，你有钱吗？”他问我。

“你已经帮了大忙了。其他的事情就交给我了。”

“Ying，你和你朋友可以去Ludivine那里住几天。医生那里不能留人，会有麻烦。相信你也没处去，总比住旅店好一些。”

我留了Ludivine的电话和地址，答应去了之后联系。

晚点的时候，我跟阿丽斯发消息，说我明天坐火车去贝桑松。

“明天是圣诞节。别出来了。”她短信回复我。

“没事，我的家人反正也不在法国。”

“好吧，谢谢你。”

我后来也会回想我做这些事情的动机是什么。

因为同情阿丽斯吗？

我也不是她的什么人，如果觉得她可怜就帮助她，那么比她可怜的人比比皆是。我也不是什么菩萨心肠的人。我更像是个不愿意背负包袱，很懒惰的人。

我对阿丽斯也谈不上爱情。

我有机会和她同床共眠，却终究什么事都没有发生。我看她时的感觉，更像是看一个孩子。无论做了什么，她对我来说都像是一个单纯的孩子。我更想的是呵护她，而不是占有她。

我想，可能是寻找我的救赎。

对待女孩子时，我没有什么能拿得出手的男子汉的事迹。我在东湖边，赌气走出她的宿舍。我对丁咛也很决绝，不答应写信，转身离开。包括对阿丽斯，我就这样离开贝桑松，拒绝了她的电话，杳无音信。甚至对她的奶奶，也没有接电话。宁萌的来信也被我丢在架子上。这些都是对我非常好的人，而我表现得像个浑蛋。

在内心的更深处，从阿丽斯身上，我看到了那个人的影子：跟阿丽斯类似，我认识她的时候，她的妈妈去世了，我想好好陪伴她。下晚自习骑车陪她回家的时光里，让我怀念的，也是陪伴她的感觉。

然而这一切都被我搞砸了。

我从来没有能够好好陪伴一个人，而我唯独开始在陪伴阿丽斯：看望奶奶，帮助她见到她妈妈，答应她妈妈照顾阿丽斯。我希望她能见到曙光。

我不能中途落跑，这次不能。

那天夜里我很晚才睡着，翻来覆去地想着这段时间没心没肺的生活，泊哥、大民、小琳，还有其他人最近都怎么样了？我一无所知。

诚然，我不是需要照顾所有人的圣母，但是回想起来，都是一起逃课，一起做饭，一起喝酒的朋友。都是一起来的中国留学生，也算是同一个战壕里的兄弟姐妹，革命友谊摆在那里，不更应该互相照料吗。

夜里三四点才睡着，一大早又被定好的闹钟叫醒了。我睡单独的客房，宽敞舒适，但是找不到一点与我共鸣的地方，只想快点离开。

Alex和老奶奶已经起来了，我谢谢了她的款待，再次祝福她圣诞快乐，身体健康。与她行了贴面礼，就告辞了。

她邀请我以后再来，我很高兴地答应了。

可是后来我也没有任何理由再过来了，成了一句客套话。

Alex开车送我去了火车站。

“你知道我很希望陪你去处理你朋友的事情的。Ludivine当时跟她应该一样无助，我却没有帮上忙。”

“我明白，可是我的那个朋友应该不会希望有其他的人知道。我去找她，然后去卢森堡，我会跟你复述整个经过。这次你已经帮了大忙了。希望接下来顺利。”

圣诞节一大早的街上冷冷清清，这天大家都在家里和家人团聚。经历过平安夜，第二天都会晚一点起床。法国人没有春晚可以看，真的同情他们，第二天他们有什么可以吐槽的呢？

火车站保持正常的运营。买了火车票之后，我跟Alex告别，让他早点回去，感谢了他的邀请，让我度过了很难忘的圣诞节家庭聚餐和平安夜，虽然时间短了一点。最后祝愿他圣诞快乐。

他也祝我圣诞快乐，并且预祝一切得到妥善解决。最后我们握手再见。

一路上车厢里几乎空空如也，过于安静，以至于我都害怕一下睡过站去，只能不停地醒过来，注意盯着时间。

到贝桑松的时候已经接近中午，阿丽斯在火车站等着我。我一下到站台她便向我扑过来，像只快活的兔子。然后我们行了贴面礼，贴了三四下。

环顾这个站台，我们曾经从这里一起去了瑞士，然后从马赛回来，恍如隔世。仿佛我去了“没死”数年之久。

“走吧，我们去看奶奶。”她向我伸过手来。

这时候我看见她左手手腕上一道齐齐的伤疤，伤疤很新，还是肉色。

“阿丽斯，你……什么时候？”

她急忙拉低袖子挡住伤疤。

“……嗯……发现我怀孕的时候，Ben不接我电话。那时候奶奶刚住院。妈妈也那个样子。连你也没消息。我不知道该怎么办……”

我突然想起来，她曾经跟我描述过，她小时候发生的那个画面：“……走着走着，就委屈地哭了……还是没有人来，我觉得我被世界抛弃了……”

她又低下头，像个做错事的孩子，“不过我那时候一时糊涂。后来想明白了，不会再干傻事了。”

“我也做得不对，以后不会不接你电话了。”我不想再追问细节，她也不想再说。

我很羞愧。我只在电影电视里，或者听朋友谈论不认识的人的时候，了解了手腕的静脉上方那种特别的伤疤，那种很直很齐的伤疤，永远记录着伤疤主人绝望到寻死的心情。这种伤疤很特别，让人一下就能认出来。我一直以为这种事情很恐怖很遥远，没想到会发生在阿丽斯身上，就在我离开贝桑松几个月之后。而且她的求救电话，也被我无视了。

我们去医院看了奶奶，她的医疗保险还比较到位，得到了不错的看护，有护士按时照顾，喂饭、换药、排便。不过以奶奶倔强的性格，这样的照顾，比杀了她还难受。

在白色的病床里，突然觉得她好像变得很瘦小。

“圣诞节快乐！祝您早日康复。”我握着她的手说。

“圣诞节快乐！今天你还跑过来看我。”

“我在法国的亲人就是你们啊。”我自己都要把自己感动了。

她拽过我的手，激动地在我手背上亲了一下。

“还有多久才会康复呢？”

“医生说可能还要躺一个月才能下地吧。”

“那就安安心心地休息一个月，在这之前，就不用想着去超市买菜了。”我笑着说。

“可真的让我如释重负呢。”她笑着回答。

老太太真的是个非常可爱的人。

午餐来了，我把病床慢慢摇起来，有了一点坡度，再摆上小餐板，我给她喂饭。

“真怀念你做的意大利打卤面。还有泊哥做的中餐。其他人都还好吗？”

我没有说莉姐回国的事情，就说大家都挺好的。学习，生活都很好。

“那就好。请你替我向他们问好。”

我点头答应。

吃完饭过了一小会儿，康复医生过来给她按摩肩部和后背，这样有助于促进血液循环。在医生的指导下，我也帮着给她按摩肩膀。阿丽斯也帮着按摩腿和脚。

按摩完之后，她显然舒服了很多，于是侧过身睡午觉，不一会儿就睡着了。

我跟阿丽斯走到房间外，商量下面怎么办。

“刚开始的时候，爸爸来了几天，因为工厂还要上班，就又回去了。哎，指望不上他。”

“难为你了……”我似乎有点理解那道伤疤了，大学还没毕业，怎么看都是一个小女孩，她哪应该承受这些。

“我托朋友已经联系好了一个医生，在卢森堡。如果今天下午出发，晚上就能见到医生。我也联系好了在卢森堡住的地方。”

“太厉害了，谢谢你！”

“我也不知道要离开多少天。这几天奶奶谁来照顾？怎么跟她说你要离开？你有什么主意呢？”

“这几天护士可以看护的。我跟她们说明一下。跟奶奶……嗯……就说我们去了马赛，妈妈那里。”

“你确定没事就行。”

“还有一个问题……”她支支吾吾地说。

“嗯？什么？”

“卢森堡的医生，需要多少钱？我身上没有多少钱了。”

“你的钱留着吧，照顾你自己，奶奶和你妈妈。这个钱你就不用管了。”

我叹了一口气。双手握住阿丽斯的肩膀，看着她的眼睛。那是一副很单薄的肩膀，扛着太多的担子，家人的困境，自己的过失。

“阿丽斯，答应我，好好保护自己。别再发生这种事情了，好吗？”

她点点头。

“还有这个，你以后再也不要这样想了。”我指了指她手腕上的伤疤，轻声说，“我知道这段时间会很难熬，但总会过去的，你比你想象中要坚强。”

“嗯嗯。”她又点点头。

800欧元，我整整一个月的生活费，接下来我自己该怎么办，我也不知道。为钱发愁的日子真难受。

做好了计划，准备等奶奶午睡醒来之后，就把离开的托词讲给她听。然后出发离开这里。

一进房间，却发现奶奶呆呆地在看着窗外。不知道什么时候已经醒过来了，依然是睡着时那样侧身的姿势，只是眼睛睁着。

看见我们进来，招手让我靠近。

“Ying，”她又拽住我的手，“感谢你来看我，我很感动。你接下来去哪儿？总不能在这里陪我一个冬天吧？”

“我想跟阿丽斯一起去马赛看一下她妈妈。听说情况不是很好。”我顺口就把谎话说了出来。

“嗯……”说到这里老太太眼泪就流下来了，拽起袖口抹了一把眼泪。她的眼眶，比我上次离开时，要深了很多。

“阿丽斯很不容易。世界对她来说太不容易了。我知道这样的请求很没有道理……”

“您说。”

“请拜托照顾好我的阿丽斯。她是我剩下的一切了。”老太太泪眼婆娑地看着我，我无法拒绝。

“我一直把您和她当作是我在法国的亲人。我会尽力的，请您放心。”

阿丽斯在一旁默默地收拾背包，准备离开。

临走之前，我又回到老太太床边。

“不好意思，我前段时间没接您电话。我那段时间比较忙。”

“没事，我只是想问候你一下，在梅斯安顿下来了没有，学习难不难？”奶奶慈祥地说。

“我都好，您也照顾好自己。如果有事了，给我打电话。我会接的。”

“去吧。”她扬了扬手，“我会照顾自己。”

还是那个倔强的老太太。

3.让-雅克医生

我们和护士长说明了一下，要暂时离开几天，奶奶就拜托她护理了。护士长微笑着说：“放心吧，没有问题的。这是我们的工作。有事情会给阿丽斯打电话。”

出医院大门之前，我和阿丽斯都还在忐忑不安地担心，我们不在的时候老奶奶会怎么样。但是一走出医院的大门，闻到新鲜冰凉的空气，看到宽广的马路，阿丽斯马上又活了过来。

她又抱住了我的胳臂，就像原来一样。“好久没有见过这么好的天空了！”

冬天的天色一贯的阴霾，今天其实也一样。

她背了一个大背包，塞了很多衣服和杂物，我也背了我的旅行包。我说要帮她背，她非要执拗着自己拿，我只能强行把她的背包摘下来，拎在我手里。“现在还不是你逞强的时候。”

“我们好像忘了吃中午饭……”我说。

“克爸爸！”她甜甜地笑着说。

还记得曾经的老地方“幸福小店”吗？今天还开门，我们美美地吃了一顿“克爸爸”，然后启程去卢森堡。

她应该一直没休息好，在火车上靠着我睡了很久。基本上一上车就睡着了，直到快下车才醒来。

我跟阿丽斯讲了Ludivine的情况，她是我通过Alex认识的，我因此也讲了Alex是我的好朋友和同学。

Ludivine在卢森堡一个人带着不到一岁的孩子，圣诞节也没有家可回。阿丽斯听了这件事之后目瞪口呆。

“我以为我已经很难了，其实有人比我更难啊……”

“所以没有什么是过不去的。”

火车抵达了卢森堡。圣诞节这天，是法定的节假日，外面的人很少，也很冷清。我们按照Alex给的名片找了过去。从外面看，是个普通的、干干净净的通用门诊。

我拨通了电话：

“您好，是让-雅克医生吗？我是Alex的朋友。”

“您好，您太太来了吗？”

“我们在您诊所的门口。”我本想纠正说，她不是我的“太太”，话到嘴边又咽下去了。

老公都没来，一个中国人陪着来，别人会怎么想阿丽斯呢？

“稍等，我住在旁边，现在过来。”医生回答说。

我们在冰冷的大街上等了有将近二十分钟，脸被冻得生疼，手脚像泡在冰水里一样，只能不停地来回跺脚和搓手。

终于，门后有了动静，一个穿着灰色羊毛衫和褐色西裤的男人从里面开了门。他应该是从后面进诊所的。

“今天诊所休息，所以我从家里过来，你们一定等了很久吧？”医生示意让我们赶紧进来。

屋内暖和多了，也有舒适的沙发，干净的地面，明亮的灯光。

“我是让-雅克医生，您是Alex的朋友吧？”医生指着我，“来杯热咖啡吗？反正我也要喝。”

“好的，谢谢，麻烦您了。在假期的时候打扰到您。”

“根据我多年的职业经验，让我猜一下，应该是这位女士需要我的帮助。”他转向阿丽斯。

阿丽斯点头。整个诊所除了医生，也只有我和阿丽斯两个人。这句医生式的幽默，让我和她笑了笑。

“你们可以放松下来。我是Alex的朋友，他帮过我的忙，我也会帮助他的朋友。但是您得明白这是一件很严肃的事情，我们要夺走一个生命。我不想去了解您的理由，我只希望您是在非常清醒和非常谨慎地考虑过之后，作出的决定。您得认真地回答我。”

这位医生一直用“您”来称呼我和阿丽斯，我觉得起码显得很专业。咖啡这时候做好了，医生递给我们一人一杯。

我看了看阿丽斯，她也看了看我。

“我不想要这个孩子……”阿丽斯紧紧地握着咖啡杯，手不停地发抖。

喝完一杯热咖啡之后，我们都暖和了，阿丽斯也平复了很多。

她和医生一起去了里面，我在外面的沙发上等。

稍等了一会儿，我突然想起来一件事，于是走到诊所外面的大街上，还好转身就有自动提款机，我取了800欧元现金，一小摞钱放在裤兜里。看了一下账户上的余额，只剩下400多欧元，还要撑一个半月，都不知道该怎么熬过去。

返回诊所里，又焦急地等待了好久，里面一直没有声音，我都开始怀疑两个人是不是就这么凭空消失了。

大约一个半小时后，她终于慢慢地走出来，医生在一旁扶着她。阿丽斯脸色惨白，双手捂着肚子。

“你们可以在这里多坐一会儿，恢复一下体力。她这几天必须多休息，我这里有一些药，按时吃。四天之后，再来我这里检查一次，如果没有事就算是好了。”

“休息，吃药，四天之后再来检查。”我机械地重复了一遍。

医生把费用报给我听，我没有看细节，将裤兜里的钱，如数给他，一个劲不停地道谢。

阿丽斯在暖和的沙发上坐了一会儿，一开始还有点抖，我用力搂着她的肩膀，慢慢地才平复了下来，她什么话也没说，我什么也没问。估计这是她永远都不愿意提及的经历。

当我们再次跟医生道谢，离开诊所的时候，天色已经黑了。路边的灯一盏盏点亮了，昏黄的光，反射在路两旁一堆堆的积雪上。大街上更冷清了，有零星几家商铺的橱窗上，节奏单调地反复闪着圣诞节的彩灯。

2004年的圣诞节。魔幻般的一天。

我们打出租车去了Ludivine家。在车里我跟她打了电话，她在家等我们。

又回到了前几天才来过的楼下，环境依旧。路两旁的积雪还是那样堆着，地上的暖气管道口依旧冒着蒸气。

两个年轻女人来到了同一个地方，不同的出身和经历，在同一件事情上遇到坎坷，虽然有不一样的选择，但很难说谁比谁更幸运。

我扛着我们两人的背包，抱着阿丽斯的肩膀，像难民似的逃进了大楼，电梯上到第7层。

Ludivine开了门，迎了我们进来。艾玛在她的小床里玩玩具，还是含着个奶嘴，像个小天使。阿丽斯看到她之后轻轻地呆了一下。

我介绍了两位女士认识。尽管屋子里很暖和，Ludivine还是贴心地送上来一个毯子，阿丽斯很感激地裹在身上。

我跟Ludivine解释说我们可能需要在这里待四天，复查没问题的话，就可以走了。她很大方地说，把这里当自己家里就好，待多久都没问题。

我们来之前，Alex跟Ludivine简单地说明过情况。不用多说，她肯定乐于帮助我们。在她困难时，有Alex帮助她，她也希望帮助跟她有同样难题的女人。

婴儿房有一张沙发床，我们一起打开铺上了毯子和床单，阿丽斯可以睡在那里。

我们又把艾玛的小婴儿床推到Ludivine的卧室。晚上小宝宝和Ludivine睡一个房间。

我睡客厅里的沙发。屋子不大，但是应有尽有，冰箱里囤满了食物，暖气把屋子烘得暖洋洋的，小艾玛的各种玩具、奶粉和尿片虽然占据了客厅一个角落，但是总体依然算是整洁。我自己一个人的宿舍都乱七八糟地收拾不过来，一个跟我同龄的单身妈妈带着一个小宝宝是怎么做到这样的，我实在是很敬佩。

全部安排妥当之后，天真正地黑了下来，小艾玛开始为她迟到的食物而抗议。Ludivine慌张地准备奶瓶，我自告奋勇地去厨房，做我拿手的意大利打卤面。

阿丽斯裹着毯子问有什么她可以做的，我和Ludivine都说她只要好好地休息就好了。

不一会儿，我们三个人，围坐在艾玛用的塑料儿童矮桌前，吃上了热腾腾的意大利打卤面。

“从来没想到，在卢森堡的第一个圣诞节，会有人陪我和艾玛一起过。”Ludivine感慨地说。

“这就要多谢阿丽斯了。”我笑着说。

阿丽斯给了我一拳。

“非常感谢你让我们住在这里，要不然还真不知道该怎么办。”阿丽斯对Ludivine说。

“不用再感谢啦。Alex跟你们讲过我的事情吗？”

我没吭声，阿丽斯摇头说不知道，让Ludivine讲一讲：

我和Alex曾经是男女朋友，我们两人分手的时候，我很沮丧。找了很多种幼稚的方式发泄，购物，酗酒，去酒吧跟不同的男人上床，可能心底里还是想吸引他的注意吧。

有一次发生了意外，不知道怎么回事，我怀孕了。孩子的父亲跟我一样是一个刚刚大学毕业的年轻人，我们才见过两次面。

我把这件事跟妈妈说了。家里是虔诚的天主教徒，说什么也不允许我堕胎。我的父母虽然也都觉得那个男人靠不住，但是更不希望我当一个未婚的单身妈妈。最后跟男方的父母商量，只有一个方法，就是跟那个人结婚，共同抚育这个孩子。

婚礼对我来说简直是噩梦，两家人为婚礼的每一件事情争吵，从订什么鲜花，到使用什么餐具，最后为了婚礼的费用怎么分摊，甚至在婚礼上大吵了一架。我简直就想当场撞死。

结婚之后，一开始，我们都尝试着过正常的夫妻生活，他对我也客客气气的。但是很快矛盾越来越多，他经常夜不归宿，一回家动不动就大发脾气。艾玛出生的时候，他人都不知道在哪里。孩子出生之后，家里的花销跟着多了起来，孩子都是我在照顾，我和艾玛的生活费用也都是我妈妈在支付。但是他却每天在抱怨我和孩子给他带来了多么大的负担，一回家就发脾气。终于，有一天，他跟我说，他一直喜欢另外一个女孩，希望我能跟他离婚，让我成全他们。

“这样说起来，Ben还算是好一些，起码一开始就知道逃跑了。”阿丽斯苦笑着说。

我看见Ludivine一脸不懂的样子，于是解释说，Ben是孩子的父亲。

“男人都是浑蛋！”阿丽斯愤怒地说。

“对！真浑蛋！”Ludivine也点头。

“对，男人都是浑蛋！”我苦笑着附和。

艾玛在旁边也奶声奶气地“啊！”了一声，我们所有人都笑了。

“我一开始以为是你的孩子，你们……”Ludivine指了指着我和阿丽斯。

“不不不，我们只是很好的朋友关系。更像是亲人。”阿丽斯和我互相看了看，一个法国人和一个中国人是亲人，突然哈哈笑了起来。

“后来你怎么来到这里了呢？”阿丽斯把话题引回到Ludivine。

那我继续说吧。我和孩子一起回到我父母家住了一段时间。父母依然不同意我离婚，坚持认为是我做得不够好，没有让丈夫满意……直到我前夫将离婚协议寄到我家里来。父亲觉得这辈子都没有受过这么大的羞辱，当场撕了离婚协议书，要我自己想办法，接着就把我和孩子轰出了家门。

那天晚上，我给Alex打了电话，只有他能帮我。他连夜把我和艾玛从巴黎接到了梅斯，先住了下来，然后在卢森堡给我找了这间公寓。梅斯和卢森堡两地相隔不远，他有时候下课了就开车来看我和艾玛。我是学财务专业的，可以在家里给一个小公司做一些财务的工作。Alex介绍的，不算累，报酬也还算可以。

说完了，Ludivine长出一口气，看了一眼旁边在小床上自己玩玩具的艾玛。小宝宝都是这么乖的吗？

“谢天谢地，事情没有发展得太坏，你这里挺好的，艾玛真的好可爱。”阿丽斯说，拍了拍Ludivine的手臂，“Alex人真好。我们也多亏了有Alex帮我们介绍医生，还有你这里。”

“你最应该谢谢的，还是Ying。”Ludivine说。

阿丽斯摸了摸我的后背，表示感谢。

第十三章　疗伤

又在偷偷给你写信了，我保持给你写信的习惯已经好久了，即使我们分开了之后，这么多年我也保持着这个习惯。这样，我就好像有了一个认识很久的人一直留在我身边，一直听我啰唆。

每封信写完之后，我都会很细心地撕掉，扔进垃圾桶，或者慢慢烧掉，确保没有人看见，不会被人找到。只留下一个数字，像是进行某种仪式。

有的人喜欢对着一个树洞说话，但是我找不到一个合适的树洞，我也更喜欢写信。信里面可以随便拾起岁月中的记忆，写信带来的感觉，也更丰富，当一笔一画慢慢地堆积在白纸上的时候，我能够看得见宣泄出的内容，能看到我的离别、孤单和恐惧，也能看到我的快乐，收获和成长。

如果慢慢回忆，我发现这一路的旅程中，都是一个不间断的“快乐—受伤—疗伤”的循环。相信每个人都一样，你也应该一样……

1.卢森堡的假期

第二天早上，我跟Alex通了电话，告诉他我们在Ludivine家住下了，目前一切都还顺利。医生也没有为难我们，很体贴很专业。四天之后复查一遍，就可以回家了。

“那就太好了！照顾好你的朋友。我们梅斯见了，新年跨年夜你有什么安排？”

“估计在宿舍里啃面包。没钱了。”我小声说。

“这事交给我。我帮你找个兼职。”

“你是哆啦A梦吗？什么都能变出来！”

“我可是学生会主席！”Alex笑着说。

他居然知道哆啦A梦。

艾玛晚上很乖，只是早上五点天亮就醒了，Ludivine赶紧给她冲奶粉。喝完了之后，又换了尿布，拍了拍又睡着了。

我早上敲门问了阿丽斯情况如何，她在婴儿房的沙发床上睡得很好，只是身体还有些不适，只想睡觉，一早上也不愿起床。

我在客厅沙发上睡得很舒服，这样睡四天对我来说很是奢侈。

这几天，Ludivine所在的公司也在放假，所以没有什么工作上的事情。上午和艾玛睡到日上三竿，这跟阿丽斯的作息正好同步。下午去小公园推着艾玛散散步，阿丽斯也可以陪着走走。她们俩年纪相仿，很快就混得熟络起来，我反而成了边缘人。

我不大喜欢一觉睡到日上三竿，尤其是有女生偶尔从身边走来走去的环境下，让我觉得很尴尬。

于是，上午的时候，除了去超市购买意大利打卤面的材料和倒垃圾之外，我每天有大把的时间消耗。因为没有带电脑，所以也不能打游戏或者看电影，法国电视我也没什么兴趣。无聊透顶到了极点，甚至开始试着做饭——我是最不愿意做饭的，可见有多无聊。

第一天我试着做我妈炖的鸡汤，营养好补身子，口味她们也喜欢。第二天我尝试做了土豆炖牛肉，大家也很喜欢。第三天我想了想，还是懒得做饭了，买了个KFC肯德基全家桶，剩下时间打扫房间。

说到这里，我发现了一件事情，各位已婚女性同胞们，如果想要改造老公，把他的电子产品藏起来一个星期，就好了。当然前提是，他不会因此闹离婚。

下午的时候，我也会陪她们一起去小公园散步。有一件事情回忆起来特别好玩。一天下午，我和两位，哦，不，三位女士一起去小公园散步的时候，我推着婴儿车，Ludivine在我左边走，阿丽斯挽着我的手走在右边。也不知道说了什么事情，大家都哈哈笑了起来。这时，一个黑人在我们身旁停了下来，摘下帽子很夸张地看着我们这样一个奇怪的组合，摊开双手对我喊（真的是很大声的喊）：

“神啊！天呐！哥们儿，你是怎么做到的？！”

我看了看左右两边的法国美女，突然一下明白了这个黑人说的什么意思，尴尬地笑了。她们两人也笑得直不起腰来。

每天晚上，简单吃完晚饭，大家就围坐在塑料儿童桌旁，吃着零食喝着可乐，聊聊天或者打一种叫作UNO的纸牌游戏，艾玛就在Ludivine的怀里看，伸手要纸牌玩。

更多的时候，艾玛交给阿丽斯或者我来抱，Ludivine给我们弹奏尤克里里，这种长得像小吉他的四弦乐器能发出这么多曲调的组合真让我惊讶。Ludivine将尤克里里抱在怀里弹奏的时候，显得更加优雅和安静，像泉水流淌一般的音乐一响起，马上给我们一种宁静的假日的感觉。我们很喜欢听，艾玛也很喜欢听，这种曲调总能让她乖乖安静下来，专注地看着妈妈手里的琴弦。

阿丽斯在这些天休息得很好，似乎她也在抓紧时间疗伤，身体上的伤，心里的伤。正如我所说，她真的比想象中要坚强。我很欣慰能听到她的笑声。

很快三天过去了，第四天早上的时候，我便等不及给让-雅克医生打了电话，问一会儿能不能过去。他说下午可以过来复查。

我们按照约好的时间去了他的诊所，一切顺利，恢复正常。阿丽斯再次从诊所里面的房间里走出来的时候，已经一身轻松，跟前几天那个样子已经完全判若两人。

“我看不出有任何问题，这位女士恢复得很快，现在很健康。你们可以不用再有任何担心。但是还是要注意安全和卫生，我可不希望下次因为同样的事情在这里见到你们。”

“哈哈，那就太好了，谢谢你了。我们都是Alex的朋友，那也是朋友。

也许以后还会在其他哪里见面的。”

我跟他说了这几天我们住在Ludivine家，Alex曾经提过，这位医生也认识Ludivine的。

“哦？！是吗！代我问Ludivine好，我有段时间没有见到她了。她过得怎么样？”

“她挺好的，不过您可以当面问她。她也挺需要多交一些朋友的。”我回答。

这位年轻英俊的医生点头。

“哦，请代我向您的太太问好，提前祝您家人新年快乐！”阿丽斯欢快地对医生说。

“如果我遇见我未来的太太，我会跟她说的，我现在还单身，不过谢谢了！”医生向我们展示了光秃秃的无名指。

我和阿丽斯相视一笑。原来当媒婆的心态大家都有。

我们跟医生握手告别，临走前阿丽斯还不忘加上一句：“Ludivine挺需要多交一些朋友的，她一个人在卢森堡还是挺孤独的。”

我们决定明天离开卢森堡，在Ludivine家短暂居住的四天圣诞节假期就要这么结束了。今晚上决定开一瓶红酒，庆祝此次卢森堡之行告一段落。

几天前，我和阿丽斯怀着跌到谷底的心情来到这个陌生的欧洲小国，明天将怀着轻松和感恩的心情离开。

虽然我已经开始厌倦睡客厅的沙发和没有电脑的僧侣一样的生活，但是想到要离开时还是依依不舍。与法国同龄的朋友们一起居住生活的过程中，学到了很多东西，也度过了一个有浓浓人情味的圣诞节。

逆境中的坚韧，互相扶持帮助，平和不急躁的生活，这些都深深地刻在我的脑海里。

像往常一样，这天晚上，我们围坐在儿童矮桌边。我给每人倒上红酒，艾玛在Ludivine身边含着奶嘴爬来爬去。

“感谢你的收留！Ludivine！”我们举杯。

“感谢有你们陪我和艾玛！”Ludivine笑盈盈地与我们碰杯。

“你将来想做什么？”阿丽斯问她。

“嗯……到艾玛能上幼儿园时，我想再读一个经济学的硕士，然后在卢森堡这里找一份工作。应该不难。”

“嗯！真好！你认识让-雅克医生的嘛，你觉得他怎么样？”

“嗯……他挺好的啊，对我也挺好的……我明白你的意思。我现在一团糟，等我稳定一些了，再说吧。我现在跟谁在一起，都只能拖累别人。我如果找一个丈夫，不是想要他帮我，而是想要平等的、互相尊敬的生活。”

“你可真厉害……”阿丽斯有点羡慕地说。

可能是因为艾玛吧，Ludivine已经成了一个坚强的成熟的女人。阿丽斯还是一个小女生，最近发生的这些事也没有能够改变她。

“阿丽斯，你将来想干什么呢？”我问阿丽斯。

“我啊，就想吃了睡，睡了吃，过着猪一样的生活。”

“咝——”我发出鄙视的声音。

“你呢？将来想干什么？”她们问我。

“我将来啊，拼命赚钱，年薪百万，住大别墅，开豪车！就想当一个俗气的有钱人。”

吹牛谁不会啊，反正不用上税。

哈哈哈，大家都笑了。艾玛不明白地跟着呵呵呵地笑。

我们三个人喝着红酒，Ludivine弹着尤克里里，东拉西扯地瞎聊。

酒喝完了，Ludivine也弹累了，天也晚了，艾玛也困了。

第二天上午，还是有些放心不下贝桑松的奶奶，我和阿丽斯于是一大早就出发了，各自背着大旅行包。出门之前，我们每个人深深地跟Ludivine行了贴面礼。

“再见！”

“再见！拜拜！”

小艾玛跟我们举着小手，一张一合表示再见。

2.阿丽斯的妈妈

到了火车站，我觉得还是有点不安。

“要不我们还是去马赛看一下你妈妈？你说她现在情况不大好？再说我跟奶奶说的是去看你妈妈，总觉得不去的话，心里会有愧。”

“好。不过不能去太久。还得照顾奶奶。”阿丽斯点头说。

“今天去看了就回吧……”

去马赛的火车票也不便宜，我把手里剩下的现金和银行卡里的余额归拢归拢，还剩下不到400欧元，马赛一行，又要少100多欧元。

为钱发愁的日子真难受。

不一会儿我们便登上了去马赛的火车。虽然距离天寒地冻的卢森堡只有几个小时的车程，但是马赛靠近温暖的地中海，即使是冬天，天气也不会太寒冷。一下火车，身上的衣服就焐得燥热。

稍作整顿，将脱下来的衣服塞进背包里之后，阿丽斯就带着我去医院。我心里还是有些忐忑……我对她的妈妈的印象还停留在上次离开前，火车站台上她用手整理我的衣领，拜托我照顾阿丽斯以及感谢我的话，还有消瘦的脸庞和落下的眼泪。

这次见面会怎么样呢？我盘算了一下时间，今年的春天，可能是最后的期限了吧，甚至可能更早。三月份似乎转眼就会到来。

我也不知道癌症这种不治之症的最后一程，是会精准地按照预定的时间，到时宣告结束，还是会给予一些希望，在自己的坚强意志和医疗配合下战胜病魔，像拉锯战一样，赢得一些时间，甚至发生奇迹。

如果说“最坏的情况是三月份”，那么应该还有最好的情况。如果说治疗的效果良好，病人心态和身体状态都不错，会不会有更好的转变，也未可知。

我看了一眼阿丽斯，希望从她的脸上找到一些希望。但是她的脸色只是随着医院的临近而越发凝重。

穆罕穆德在医院的板凳上守着，穿着与上次见面差不多的休闲西服和衬衣。见到了我，与我握手致谢，我问他小萨依木在哪里呢，他说暂时寄宿在他婶婶家。

然后，他转身带阿丽斯和我去看她的妈妈。我从背后看着这个高大的阿拉伯男人的背影，他用像座山一样宽阔的肩膀，扛下这里发生的一切。

她的妈妈躺在白色的病床里，跟贝桑松奶奶那里的病床一样。从一张病床前，辗转一圈，来到另外一张病床前，一个是奶奶，一个是妈妈，阿丽斯的心情我不敢想象。

等我靠近一些的时候，感觉之前的幻想都破灭了。显而易见，生命在一点一滴地抽离这个女人的身体。她的头发掉了好多，露出白色的头皮，脸庞比之前更加消瘦，眼眶深深地陷了地去，颧骨高高地凸起。我怎么都不能想象，她和几个月前在我面前说话的是同一个人。

穆罕穆德轻轻地把手搭在她的肩膀上，像是怕弄碎她似的。在她耳边轻声说："亲爱的，阿丽斯和她的朋友来看你了。"

这个山一样的男人，面对妻子变成这个样子的时候，是怎么想的呢？

她从半睡半醒之间醒来，眨了眨眼，目光终于聚集到我们这里来。因为瘦得眼眶深陷，所以显得眼珠很大。她示意让阿丽斯和我坐下，然后伸手想拿旁边柜子上的水喝，我赶紧给她递过去。我看见她消瘦的手背上，有数不清的针眼。

阿丽斯轻轻叫了一声"妈妈"。

"嘿，阿丽斯，Ying！你们来啦！"她的声音比原来要无力一些，但是声音依然热情。

"我听说您住院了，所以过来看看您。"我说。

"谢谢你！Ying。我不要紧的，医生说我的治疗很有效果，我感觉也不错。不用担心。阿丽斯，你奶奶那边怎么样了？"

…………

我看见阿丽斯在对她妈妈说话，我也看见她妈妈也在对阿丽斯说话。

但是突然不大听得懂她们接下来说的话，周围的人似乎说的是另外一种法语。我忽然将我所学的法语忘得一干二净。

就这样待了有好一会儿，直到听见有人叫我的名字，叫到第二声的时候，我才回过神来，仿佛刚从湖底钻出水面似的。

她妈妈嘱咐了我一些话，我依然很难集中注意力，仍然听不懂。

我只能不停温顺地点头。

……

我回到梅斯的宿舍里的时候，是晚上十点。

打开所有的灯，卸下旅行背包，将这几天的脏衣服拿出来，放到篓子里，送到公共洗衣房，然后呆望着滚筒洗衣机里疯狂旋转的衣服和袜子。脑子里面一团混乱。

梅斯—巴黎—贝桑松—卢森堡—马赛—梅斯，Alex、Ludivine、艾玛、阿丽斯、老太太、阿丽斯的妈妈……这一串的历程好像把脑子丢进了面前的滚筒洗衣机里。

如果我没有给阿丽斯和老太太发那个圣诞节祝福短信的话，可能什么事情都没有。我的银行账户上舒舒服服地躺着足够的钱让我新年去哪里游玩一次，没准是荷兰阿姆斯特丹。大家都说那里的跨年狂欢特别疯狂，还有红灯区可以大饱眼福。

下午的时候，我和阿丽斯一起吃完“克爸爸”，然后一起出发去的火车站。她的目的地是贝桑松，我的目的地是梅斯。她在火车站等车的时候，一直抱着我的胳臂。

我依然记得她上火车时，回头看我的眼神……可能把一个稚气未干的孩子一个人丢在深山老林里，也就是面对这样的眼神吧。

我的确帮她解决了她的一个灭顶之灾。但是后面仍然有一连串的问题，她的妈妈、她的奶奶、她的爸爸，仍然都等着她去面对。正像她曾经说的：她是一个深陷麻烦的人……

也只能帮她到这里了，我连自己都照顾不好。回宿舍时，我路过一个自动取款机，查了一下余额，还剩265.28欧元，需要自己扛过一个半月，才能有新的生活费打过来，这根本是不可能完成的任务。

柠檬的那句话又在耳朵边回荡，“自己都照顾不好的话，怎么能照顾得了别人呢？”

突然无端地觉得很生气，怪自己不像Alex那样随随便便就能摆平事情，怪自己账户上躺的是265欧元，而不是265万欧元。最后怪来怪去怪在了柠檬的头上。

她把这么血淋淋的事实，这么赤裸裸地放在我的面前，仿佛她在我耳边嘲笑：“自己都照顾不好！还去照顾别人？”

我看到架子上她的来信，更不想去拆开，也不想跟柠檬发消息，谁知道又会出什么问题，或者说出什么话来。

自己一个人发完这顿无名的闷火之后，我躺到宿舍的床上。准备好接下来的日子，要过僧侣一样的生活，一个人准备极其廉价的口粮充饥，杜绝一切不必要的花钱的活动……

时间是晚上十一点。

窗外是漆黑的夜空，一点光亮都没有，隐约能够看到远处“乌鸦的巢穴”耸立在外面的湖中心，像个丑陋的湖中巨兽。

躺下一点睡意都没有，翻了几个身之后，想起了一件事情，我打开电脑，从MSN上，给泊哥发了一条消息。

上次跟他发消息还是好久之前。

“干吗呢？”我就喜欢这么凶神恶煞式的对话。特男人。

“在房间呢，看《武林外传》，来不来？别人都在。”

我敲开泊哥的宿舍门，惊喜地发现，大家基本都在，小琳、大民、建哥、俊男都在。叶子居然也来了，就坐在大民的身边！我很开心又见到熟人。

小糖和燕子又出去旅游了，她俩真会过日子。

好像从未离开过一样，我坐下来和大家一起看《武林外传》。不一会儿，就笑得肚子疼。

“葵花点穴手！”

“帮我照顾好我七舅姥爷！”

“世界如此美妙，我却如此暴躁！这样不好，不好！”

…………

“我去了一趟贝桑松，刚回来。”我犹豫了一会儿，还是告诉了大家。

“找阿丽斯了吧……”一提到阿丽斯，他们就会发出那种猥琐的声音。

“老太太出门摔着了，伤了腰，要躺一个月。不过应该没什么大碍。”我一边看屏幕，一边平静地跟他们说。

“她让我给你们带个好。很怀念泊哥做的饭菜。”

“哦哦，没大碍就好。”

大家的记忆一下子都飘回了几个月前的夏天。那时候莉姐还在。我不大敢跟泊哥提起这个话题。

这家伙宿舍里还有一大袋咸干花生，太好了，先抓了两大把揣在兜里。

泊哥号召今晚上来一个通宵《指环王》之夜，从《护戒使者》看起，再看《双塔奇谋》，最后看今年新出的《王者归来》。

这显然高估了我们的熬夜能力，《双塔奇谋》看到一半的时候，发现除了泊哥自己，就剩下我一个人了。

我往泊哥的床上一倒，鞋子一蹬，就跷着腿睡着了。迷迷糊糊之中，他轰我回自己房间睡觉，我不理。

半夜突然醒来，发现自己居然躺在泊哥的床上，他趴在电脑前面睡着了，电脑上放着《王者归来》，他也没能坚持看完。

我又狠狠地抓了几把花生，偷偷地溜回自己的房间。

…………

第二天清晨，熟悉的阳光，掠过湖面，穿过窗户，将我照醒，一切依然。新一天的阳光驱散了各种不开心的回忆。

突然觉得床上很多一粒一粒的硬东西，一把抓过去，发现是花生从衣服裤子口袋里掉出来，撒了一床。

这才想起来昨晚上从泊哥那里看电影，偷花生。实在太滑稽了，不由得躺在床上，自己好好笑了好一会儿。

能够有这些朋友真幸运，我可以离开，回来时，他们依然还在。

阿丽斯短信里问我在卢森堡的花费，说一定还钱给我。我说以后等你有钱了，再连本带利一起还好了。

沐浴在清新的阳光中，我换个角度想了想：

阿丽斯的意外，无非只是花了些钱，也妥善地解决了；她的奶奶不过是摔了一跤，一个月之后可以重新下地；而她的妈妈，在生命的最后一段旅程，有穆罕穆德这样靠得住的男人照料，也给他留下了小萨依木这个孩子；我则忙里偷闲，在卢森堡与两位法国女士度过了悠然自得的四天假期。

小艾玛向我们举起小手，一张一合再见的样子，真可爱。

一切就像这一缕穿过窗户的阳光，第二天，还是会拥抱光明。

2004年的最后两天了，马上就是2005年。那年的贺岁片是冯小刚的《天下无贼》，还有周星驰的《功夫》。在国外看不了，穷留学生只能等线上版出来了再看，眼巴巴地看了宣传片，想看得不得了。

Alex回来了，说要出去喝酒旅游什么的，我以费钱为理由一概拒绝了。然后拉着他跟泊哥、大民他们一起没日没夜地打了好几天游戏，《星际争霸》《帝国时代》《红色警戒》《反恐精英》还有《大菠萝》。Alex要玩《雷神之锤》，我们玩了一会儿就快晕吐了。阿拉伯小哥Karim也在，加入游戏队伍，没多久，发现越来越多的法国同学也加入了玩游戏的队伍。

泊哥玩《反恐精英》很厉害，据说是他们省队职业队的……

板凳替补。

就是替补中的替补。

在猝死之前，我还是赶紧休息一下，一看时间，发现2005年已经悄悄地来到。

来法国的第一个新年，没有美剧里那种围坐在大时钟前一起倒数计时，与女伴拥抱亲吻的桥段。也没有新年狂欢夜买醉的疯狂，只是一帮子朋友打游戏，昏天黑地地度过。

这也是最后一次这么度过新年，之后再也没了这种机会。多年之后回想起来，每年新年都可以喝酒狂欢，但是能陪我一起打通宵游戏的人却少之又少，连自己也搞不动这种费神的游戏之夜了……

这次的跨年，算是一种宣告，放肆打游戏的大学“宅男”生涯就此结束。

没过多久就开学了，似乎没有什么过渡，直接开始了紧张的课程。微系统的课堂上，我依然在问自己：“我是谁？”“我在哪儿？”“我在干吗？”作业依然主要靠抄。只是复习功课的时间比原来多了，因为没钱出去浪。

老太太能够下地了。我给她打电话的时候，她已经在家休养，笑言自己现在是三条腿的人：多了条拐杖。

Alex帮我找了份兼职：去一个法国高中男孩的家里教中文。我说我更喜欢纯体力劳动，不喜欢动脑筋。他说教中文轻松，又体面，薪资也不错，更符合我的气质。每周三晚上一次，周六上午一次。按周结款，一次课45欧，一周两次课就是90欧。作为兼职而言，已经很不错了。

我听见了“一周90欧”，其他的没仔细听，就答应了。一节课45欧，两节课90欧，三节课135欧，四节课180欧……这么一大笔钱，感觉达到了人生的巅峰。

小琳他们听见我去打工的事情，问我有必要这么拼命吗，作业都做不完。我只能说，家里穷，还爱花钱，没办法。

接下来，每周三的晚上和周六的上午，我就得背着斜挎包，去那个法国高中生的家里教中文，每次一个小时的课程。因为我法语沟通得还过得去，所以能够大致给他讲一些中国的文化，以及汉字里面有意思的小知识。

“爱这个字，你看，‘爫’表示下雨，‘冖’表示屋檐，‘友’表示朋友。下雨天，一男一女两个朋友在屋檐下躲雨，就产生了爱情。”

“哦……”这个一脸的青春痘，戴着眼镜的小男孩，恍然大悟地看着我。

这家人之前去中国生活过，对中国文化很喜欢，家里到处摆放着一些亚洲风格的装饰品，例如，盆栽、水墨画、折扇、宝剑……这类好像杂货店买来的东西，连我爷爷家都不会摆。

这个长着满脸青春痘的高中男孩对于中国文化，只能说不冷不热，只不过是顺从父母的意愿听一堂课而已。而我也不是受过专业培训的老师，主要是跟他聊聊天，讲讲中国的故事而已。

尤其是中国凄美的爱情故事，这些都是中国的文化瑰宝，例如什么《梁祝》《白蛇传》《牛郎和织女》。为了让我的学生听得开心，我还特地做了很多功课，查阅了原来只是一知半解的故事，《天仙配》《孔雀东南飞》《杜十娘怒沉百宝箱》等。

有一次在梅斯大学附近逛书摊，居然发现了一本二手的法语版《金瓶梅》。于是果断出手买了下来，送给小男孩当礼物，并且叮嘱他，不要跟别人说是我送的。希望不要毒害他太深。

他慢慢地对中国的东西更感兴趣了，汉字倒是没有学会多少。

但是孩子父母对这种状态就非常满意了，对我很是感谢，这倒挺让我惊讶的。每周六结束时，按时塞给我90欧元现金。这钱太好挣了，我都没有怎么备过课。

二月份刚到，学校就组织了一波小型的考试，我依然那样摸爬滚打过了及格线，Alex依然轻松拿高分，泊哥的成绩依然那么让人担心，幸亏成绩不纳入学分评测。

此外，我们还逃过了一劫。学校规定，必须要学除了英语之外的第二门外语，大多数人选了德语或者西班牙语。但是对于中国留学生来说，高中和大学已经被英语折磨过了，现在又要学法语已经很要命了，难道还要再学一门语言啊？

学校破天荒地向我们网开一面，第二外语的事情，就对我们中国留学生不做要求了，中文相当于我们的第二外语。

同时，学校还鼓励同时修其他学位，Alex如他之前所说，加修了另一个大学的法学硕士。我脑袋一热，也加修了另外一门光电子的硕士学位，可能是太想向Alex看齐了吧。

当我加修的那门硕士学位开课的时候，我内心彻底崩溃了。猜猜老师是谁？

居然又是教授微系统的那门“玄学”的老师，当那个长得像爱因斯坦的老师走进教室的时候，我当场差点就要疯了。

于是我有了更多的时间思考哲学：“我是谁？”“我在哪儿？”“我究竟在干什么？”

二月份有个重要的日子，那就是中国的春节。学校对我们中国留学生真的挺不错的，年三十那天下午停课，开始布置学校一楼的大厅。在法国同学和中国同学的共同努力下，很多中国的元素被装饰了进来。

男生们把红灯笼挂得到处都是。心灵手巧的女生们剪了剪纸。“红双喜”贴满了窗户。我问这不应该是结婚的时候贴的东西吗，春节能贴吗，小琳说，就是那么个意思，不要纠结。而且也就只会剪这个。泊哥炸了不少的虾片和花生米摆放在乒乓球桌上。建哥做了鸡，现在他是领域专家，专注做鸡。

接下来的一个重要的活动就是包饺子了。饺子宴，也就是中国日历上的，大年三十的晚宴。

法国人包饺子的场面简直太混乱，我都不忍直视。尽管我们已经在努力地维持正常的秩序，尽量修补每一个饺子。但每一个环节都像是一场灾难。

面粉被弄得身上和地上到处都是，Karim和Alex戴上了做实验用的护目镜，把大家笑得不行。

和面的时候，水总是放多了，面和成了泥浆状。然后又加面粉，加多了，又得加水。

擀面杖不够，只有两根，这是好事。擀饺子皮的环节被小琳和燕子牢牢掌握在手里，谁敢抢就拿擀面杖抡谁，于是饺子皮像变戏法一样从她们手里一个个地变出来。

直接买的肉馅，加入切成末的蔬菜，放入调料搅拌。当泊哥拿出“张小泉”的名牌菜刀开始咣咣咣飞速切菜的时候，法国同学们发出了一阵喝彩。

土豆、黄瓜丝像是被机器加工一样地生产出来，大小均匀，然后再变成小颗粒。

包饺子的环节最惨了，不忍直视……不得不说法兰西民族是一个充满创造力的民族。

最后能够顺利下锅，又顺利出锅的饺子，基本都是中国同学做的，其他来捣乱的法国同学只是来娱乐一下而已。

经过一顿闹腾，终于，盛满饺子的一次性盘子端上来，调料小碟摆了起来，红酒白酒开起来。饺子就酒，越喝越有。同学们在大厅里拼成的长桌两旁落座，开开心心地吃喝了起来。热腾腾的饺子蘸上酱油和醋之后，都把大家美翻了。

就像小学语文课文或者一些冒着土气的文章里经常出现的文字："外国朋友跷起了大拇指，真棒！"

吃完饺子，还有娱乐活动，喝酒就不说了，再有就是写大字和写对联。有心的学生会还真的准备了毛笔、墨水和红纸。

大家都说我的中国书法写得好。

我想了想，不能再写那个词了，挂在宿舍还行，挂在学校就不文雅了。写对联的话，我也不会作对子。

这样吧，我来写大字。拿了两方红纸，本来准备写个"福"字，又觉得太俗套了。

我先写了一张："发"。

这个字表示万物复苏！同时也表示有钱发财！我解释了一番。"哦……很好。"

又写了一张："春"。

表示春天，今天是春节嘛，肯定要写春的。大家表示很满意。

"发fa""春chun"。

我认真地教大家念了一遍，别忘了，我可是正儿八经的教中文的老师呢。看着红纸上龙飞凤舞的毛笔字，比上次拿油漆和刷子写的，要有感觉多了。

Karim举着“发”，Alex举着“春”，两个人拿着我的字合影。

还有不少人也要举着“发”“春”合影，只能一个个排队着来。

我胡闹完了，其他人都认认真真地写了很多“福”字，仔细地贴在墙上。

正在闹腾的时候，我手机响了，吓了我一跳，不知道为什么，手机响起来的那一刹那，我心脏就突突突直跳，觉得就不是什么好事。

阿丽斯的妈妈去世了。

3.重新写信

这种噩耗总是会在你最不设防的时候袭来，正如墨菲定律说的一样。

电话里阿丽斯哭得稀里哗啦，而我身后充斥着嬉笑欢闹的背景音乐。我不得已快步走到教学大楼外面的黑暗里。路灯照亮远方幽暗的湖面，背后教学楼大厅里灯火通明，人头攒动。

在寒冷的黑暗中，她的哭声更让我难受。

最后的时刻，阿丽斯在她身边，当然还有穆罕穆德，小萨依木，也都陪着。

阿丽斯的爸爸，当晚也赶来了，看见这个与自己生活过，争吵过许多年的女人，形容憔悴地闭上了眼睛，他也哭了。

阿丽斯跟我说，她妈妈去得很安详，生命静静地从她身上慢慢地流干。最后几天她有很多话想跟阿丽斯说，跟穆罕穆德和小萨依木说，但是话语已经很模糊，病魔将她折腾得不轻，思维已经不足以让她组织出一个完整的句子。

“她解脱了，去了另外一个更好的世界，不用再受到病痛的折磨。”我希望这种话能够宽慰阿丽斯。

她在电话那头哭完之后，问我来不来参加几天后的葬礼。我说，那几天有考试，来不了。但是我可以考试完了之后去看她。

其实并没有什么考试，我只是不愿意参加这种场合而已。可能是我太敏感，也许我会哭得比萨依木还凶，那就太尴尬，太奇怪了。

“那好吧。我没事的，不用单独跑一趟来看我。其实早就有心理准备了。她能离开这个病床，对所有人来说，都是一个解脱。”阿丽斯慢慢恢复平静，轻声说。

不知道在哪里听说的，当一个人从悬崖上掉下的时候，真正可怕的是不停地下坠、下坠、下坠、下坠……那种持续的绝望和失重感，到了着地的那一刹那，反而是仁慈的解脱。

挂下了电话，我跟阿丽斯发短信，说明天会去银行给她汇100欧元，请阿丽斯转交给穆罕穆德，给小萨依木买点东西，不管是什么，算表达我的心意。

账上又要少100欧元，又要继续啃干面包。

失去了玩闹的心情，我一个人慢慢回到自己的宿舍，静静地坐着，托着下巴思考着许多问题。在“没死”的任何人都不知道阿丽斯妈妈的事情，所以我也没有人可以诉说，也没必要说。

于是我想拿起笔来写信。写信，是因为没有人听我说话。

我能隐隐约约听到远处教学楼大厅里派对的喧哗，与我面前孤单的台灯形成强烈的反差。

我先给宁萌去了很长一封信，因为好久没有写信了，所以有很多内容需要补上。

先祝她新年快乐，向她道歉这几个月的杳无音信。接下来，讲了我跟阿丽斯最近发生的故事，那段圣诞节疯狂的旅程；也讲了前段时间跟Alex混迹于酒吧，给女孩讲故事的事情；又讲了卢森堡的Ludivine的故事；最后讲了今天发生的事情，欢乐的春节晚会和阿丽斯妈妈的噩耗。想要讲的东西很多，顾不上逻辑和时间的顺序，啰啰唆唆地把来到梅斯之后的事情尽可能地全盘托出，不加任何修饰和隐瞒。

真的不知道她有没有耐心看完，要是我的话，估计读到一半就会失去耐心。

写完了之后，按照我的仪式，重新读了一遍，仔细折叠好，放入信封，封好口，贴上邮票。再端端正正地写上收件人姓名和地址，端端正正放在桌上看了一会儿。

然后写第二封信。

氢气：

回想起来，多少次在网吧对着这个QQ上的名字发呆，希望它能突然闪动起来，告诉我她给我发来了消息。却总是没有，让人心烦意乱。

来法国已经半年了，换了两个城市，之前的叫“被葬送”，现在的叫“没死”。当然不是真的这么叫，是我起的名字。当然，这不重要。反正这个城市叫阿猫或者阿狗，对你来说也没区别。

我记不太清楚上一封信的内容了，有哪些人和事跟你说过，还是没说过，也不记得了，不过这也对你没区别。

反正你是我幻想出来的一个人物。

从一个国家到另一个国家，一个城市到另一个城市。丢掉了数不清的东西，才来到一个新地方，待到要离开时，又要丢掉数不清的东西。

这也是为什么我身边没有一件你的东西。

前段时间，我停止了写信，停止背包袱，让自己稀里糊涂地过日子，我在酒吧遇到不同的女孩，跟名字都记不住的女孩过夜。

老实说，虽然并不值得自豪，也不值得回忆，但这样还是轻松地过了一阵子。然而还是不得不兜兜转转回到现实里来。

现实中，有泊哥和莉姐天各一方的分离，有大民和叶子两地分居的吵闹和甜蜜，有艾玛这样的小生命诞生，也有阿丽斯肚子里胎儿的死亡。

阿丽斯面临的困难让她一度求死，卢森堡的几天安静时光又让她露出天真的笑容。

快乐–受伤–疗伤。

今天阿丽斯的妈妈去世了，她对我其实不过是一个只见过两面的陌生人，却再次让我深深地品尝了离别的味道。

对我影响最深的，是与你的离别。有一次离别时，你留在武汉而我去了北京读大学，有一次离别是我从你的宿舍赌气转身走开，最后一次离别是你跟我生气地说分手，我生气地拒绝做朋友而永远离开。

这些离别不仅让我心痛得无以复加，也让我们的生命轨迹从此分道扬镳，越来越远……

我结识了一个法国好朋友，叫Alex，似乎没有他摆不平的事情。他更让我意识到，我是多么无力掌握自己的命运。我想，正因为我无力掌握自己的命运，所以才不得不经历如此之多的离别。真希望自己变得像他一样。

有一次我又做了那个梦，跟Alex描述了梦境，他居然一下就看出来我错过了一个人，还说这问题困扰我很深……

他问我最想知道的问题是什么，我想了想，最想知道的，应该是你到底有没有爱过我。

如果我能掌握自己的命运，我现在就想回到东湖边上，当面再问你一遍。

不过现实中的你可能从来没有爱过我，现在正在跟其他的男人打情骂俏。问你这种问题也只会让我们大家尴尬。

但这都不重要，反正你是我幻想出来的一个人物。

也许我还会问你一次吧。如果有机会的话。

我把信写好，拿在手里读了一遍，再仔细地叠好，看见桌上正好有盒火柴。于是突发奇想找来了一个铁盘子，小心翼翼地用火柴将信纸点着，看着黄色跳动的火焰吞噬掉这张纸。火焰有一度烧得很旺，但最后慢慢熄灭了。留下了一摊黑色的灰烬。

如果我没记错的话，这是第53封信。

第十四章　2005年的风波

我以为2005年注定是要很快过去的一年，因为上半年实在没什么值得一提的事情发生。我也盼着这一年早点过去，到了明年年初，课程结束，我就到巴黎找实习机会，如果顺利的话，留下来找一份工作，结束穷留学生的生活，长大成人。

然而转变都不是那么容易的，所以才有了蜕变这个词，必须要经过茧封或是焰炼的磨炼，才能产生期待已久的变化，才可以抛下陈旧的躯壳，飞向自己想去的地方。

我仔细观察过知了破壳的过程，一动不动要待好久，慢慢地才能破壳而出，每一个动作都异常艰难。我在想，这个过程应该也是很疼的吧？

人的蜕变，何尝不是很疼的呢？我已经尽可能地提前准备，积极配合，然而还是发生了很多意外的事情。

1.圣诞—元旦—春节

我当然不会忘记第二天给阿丽斯汇去100欧元，虽然这对于爱财如命的我来说心如刀割，但是还是觉得做了一件必须做的事情。穆罕穆德肯定不会缺这100欧元，但是我想向这个山一样的男人表达我的善意和温暖，希望他和小萨依木将来过得好好的，有自己的幸福。

阿丽斯没告诉我葬礼的经过，只是说穆罕穆德妥善地安排了妈妈的后事，没有让阿丽斯操心。我能够想象，他转过身，躲在那个宽阔的肩膀后面，偷偷哭泣的样子……

生活还是要继续。

每一年，圣诞，元旦，春节，都集中在年底前后，一个接着一个。但是一旦闹哄哄地过去了，旧的一年就结束了。新的一年刚开始的日子，在每次写日期的时候，都要反复提醒自己习惯写新的年份，别再写成旧的年份了。

新的一年总会给自己许愿，立下今年的目标。但我觉得形式大过意义。真正立下新目标的意义，在于对之前旧目标的不认账。

“实现没实现，反正一年也过去了，没有其他的办法，我总不能让时光倒流。只能安心地接受现实，再立下新的目标，坦然面对新的一年。”我对自己说。

同时修两个硕士学位的课程让我着实累得够呛，跟上已有的专业课已经很难，另外玄学听多了让我也神经兮兮的，我已经开始在复杂的计算公式里追寻生命的意义了。

终于扛过了经济危机，老爸又汇了生活费过来，但是我依然保留着教中文的兼职，吹吹牛，讲讲故事就能够赚钱，实在是太好了。

一旦经济危机解除，我就恢复了和Alex去酒吧喝酒的日子，辛苦做兼职和学习，没有理由不犒劳一下自己。经常周六晚上，踢完球，会和Alex去一次“Club”酒吧或克里斯提娜酒吧，有时两个都去。

时间被填得满满的，因此也过得飞快。

三月的暖阳初现，四月的春雨连绵，六月又翻开了新一个夏天的篇章，我的宿舍的窗口像一个相框，湖光和“乌鸦的巢穴”根据季节在相框里变换着主题。

泊哥有一次喝酒的时候，跟我絮叨，说还是忘不了莉姐。“北京那个龟风，有什么了不起，不就是有点钱吗！”他告诉我，莉姐如期跟那个高富帅结婚了，在北京过着阔太太的日子。从此再也没有音讯。

“没有音讯还好一些，对所有人都好。将来咱也开大奔，住大‘别野’。”我安慰泊哥说。

别墅不能说别墅，要说别“野”。这样才更能显得很土豪。

大民跟叶子时好时坏，这些事情他再也不跟我们说，他的身影越来越少能见到，有时候甚至上课也不来。我们也不知道大民是去找叶子了，还是把自己关在宿舍房间里了。

他自己那么大个人了，本身成绩又好，我也没当回事。

小琳跟学校一个法国同学好上了。还记得刚来不久的时候，组织过一次中法学生联谊派对，大妞拉着一个法国帅哥手舞足蹈地说了一晚上英语吧？就是这个男生。

我问她，Sam呢？她说老早就分了。大妞就是大妞，活得真是洒脱。

我和阿丽斯还是时不时地互相发个短信，“最近怎么样？有什么新鲜事？”“都好都好，一切照旧。”

阿丽斯今年九月份就要大学毕业，已经在本地找了份实习工作，虽然实习生都是廉价劳动力，但也算是有收入的人群，一个月有600欧，在一家银行做助理。

“600欧！这么多钱！”我简直要把电话给吼炸了。

“哈哈，别激动。”阿丽斯笑坏了。

我问她找男朋友了吗，她说有一个男朋友，对她特别好，有很不错的收入，人也很温柔，特别成熟稳重。

“天呐，恭喜你啊，这不是很理想的男人吗？”

“就是有一个问题……”

“啥问题？”

“交往了以后，才发现他有家庭。”

“你……”我一下没气晕过去，“然后呢？”

“没什么然后啊，我很爱他，他也爱我，他说他会为我离婚的。”

阿丽斯给我大致讲了这段故事，总之，在她很沮丧的时候，这个“成熟”的男人遇见了她，帮助她，给了她温暖。两人坠入情网之后，阿丽斯才发现，他原来是有家庭的，只是夫妻之间已经没有感情，生活方式也不合拍，各过各的。

“所以你等他将来离婚，再和你结婚……”

“嗯，他和我之前的所有男朋友都不一样。只有他最成熟、睿智，能给我安全感。虽然他比我大，但是我们什么都谈得来，就像……叫什么来着？Soulmate，灵魂伴侣。”

“成熟……他比你大很多吗？”

“比我大九岁。”

以我当时的社会阅历，我是不能够给阿丽斯提供一针见血的判断的。只是隐隐地觉得这样好像不好，但是转念一想，如果他真的能好好照顾阿丽斯，也真的婚姻破裂了——在法国离婚也是很常见的事情——大九岁就大九岁呗。

回头想想，以我当时的心智，如果我要是小女生的话，估计也会被骗。

即便我能有明确的判断，我也管不了阿丽斯，这丫头总不让人省心。

她又说要还我钱，我想了想，没要这笔钱。我让她好好照顾奶奶，算是我把钱用在奶奶身上了。

柠檬一直跟我保持书信往来。上次间隔好久没有给她写信，她似乎没放在心上。在我给她啰嗦地写了一封信之后，她很快给我回了信，说她如释重负，还担心我出了什么事情，怎么这么长时间才有信过来。然后一件一件地对我所说的事情做了评价，都非常有道理。

“去卢森堡折腾了这么大一圈，不仅仅是挽救了阿丽斯一个人的命运，在过程中所有帮助过她的人，也都多少获得了慰藉。”

“混迹于酒吧只是一段经历，当你看过许多美景，看过许多美女之后，就会明白自己最想要的是什么的。”

“很遗憾听到阿丽斯妈妈的噩耗。在生老病死的自然规律面前，我们能做的，只有虔诚地继续生活，虔诚地相信明天会更好。”

她的口吻总是像大姐姐一样，说话理智有权威。

她喜欢在来信里面讲生活中的小事，当她讲起这些来的时候，口吻又变得很细腻，一点一滴，从信里面可以看到她的生活，周围的人，她的性格，那里的环境。例如，她尝了楼下新开的中餐馆，里面的炒面很好吃啦；她下午骑自行车去了海边，那里真的很放松啦；她学会了做手工香皂，刚做了人生第一次，很好看，特别有成就感啦；她从学校回宿舍的时候，看到楼下有一只小猫咪很可爱啦……诸如此类的小事。

我则更喜欢讲我的天马行空的想法，例如，如果我开一个咖啡馆，我会怎么经营布置；如果我去旅游，我会选择哪里；如果可以参加一次历险，是经历海上风暴，还是穿越广袤沙漠；如果可以加入公益组织，我会为困难的人提供什么样的帮助……反正可以过过嘴瘾，既不用花钱，也不用出力。

往往我都不知道怎么写着写着，都能扯到这些上面来。很难相信，这些一大堆的啰啰唆唆，柠檬居然一直饶有兴趣地给我回信。

我以为2005年注定是要很快过去的一年，因为上半年实在没什么值得一提的事情发生。我也盼着这一年早点过去，到了明年年初，等课程结束，我就可以到巴黎找实习机会，如果顺利的话，留下来找一份工作，结束穷留学生的生活，能够独立自主，长大成人。

然而转变都不是那么容易的，所以才有了蜕变这个词。必须要经过茧封的磨练，无论哪种方式，都有这样或者那样的坎要过，只不过，有的人付出的代价太重了一些。

Alex就是那一年去世的。一切来得毫无征兆。

2.朋友，再见

Alex在课堂上依然古灵精怪，没课的时候，时不时会去Ludivine那里，有时候也邀请我一起去，只要学习压力不大，我就会去。

不得不说偶尔去看一下艾玛这个小洋娃娃真的很开心。Ludivine慢慢地习惯了这样的生活，不能说过得多滋润，但也算是开始了有尊严的生活。

作为学生会主席，Alex时常会绞尽脑汁想各种由头组织派对活动。一般的传统节日或者哪位同学的生日，这都还算是正常的主题。此外还有世界喝啤酒日，世界拥抱日，世界无下装日（对，好像确实有这个节日。大家穿着短裤到处跑），世界反主流文化图腾，切·格瓦拉的生日，都可以成为派对的主题。有些主题甚至是他的发明，按照他的说法，如果我们坚持做的话，有一天就真的能成为世界节日。

还有一次确实把我笑坏了，不得不佩服他的知识面，四月的第一个周日，是日本的“铁男根祭”，自从他从视频网站上发现了这个日本奇葩的节日之后，就又多了一个派对的理由，不过只有男生来参加。

无论哪种主题，最后还是要回归到“跳上桌子对瓶吹，七荤八素摔下来”，这种传统节目。

再说一遍，外国人少是有道理的。

有一次是Karim过生日，Alex瞒着他请了一个艳舞女郎来。酒过三巡之后，在众目睽睽之下，突然生日寿星被一大帮人按到屋子正中的椅子上，任凭他不停挣扎喊叫，只管扒掉上衣和裤子，只剩下里面的内裤，接着大家将他五花大绑捆在椅子上动弹不得。

Karim一脸找不到北的时候，灯光打暗，艳舞女郎穿着女警制服闪亮出场，在Karim身上大秀了一把艳舞LapDance。我们旁边的人兴奋得不停尖叫呐喊，啤酒洒了一地。Karim的脸红得跟猪肝似的，眼睛一只闭得紧紧的，一只忙着偷瞄。

我后来问他，当时是啥想法。

他说：“心里想着我妈知道了肯定要打死我……还有想着微积分和麦克斯韦尔方程。要不然把持不住了，下面有很大反应就尴尬了。”

假装得很正经，心里笑得跟花似的，嘴上虽然说不要，身体却很诚实。

在克里斯提娜酒吧，Alex总是谈笑风生地与女孩谈文学、历史、音乐、非主流文化和异域风情的见闻，大多数女孩总是双手托着下巴痴痴地听着，虽然听得如痴如醉，但却通常缺少交流和共鸣。经过我的允许，他也开始讲述中国凄美的爱情故事，例如《梁祝》《白蛇传》《牛郎和织女》《天仙配》《孔雀东南飞》《杜十娘怒沉百宝箱》等。这些都是我在做中文老师兼职时，积攒下来的故事，一个个全部教给了他，只为了喝酒时候能够当谈资。只要我讲一遍，他就能够完整地复述，甚至还能加上一些他自己的元素。

在《牛郎和织女》的故事结尾，他会说："你看，从窗口这里，能看到遥远的银河系，以牛郎和织女命名的星星肉眼就能看到。他们隔着银河系守望了一年，每年中国农历七月七日的那天，世界上所有的喜鹊，会汇聚到一起来，用翅膀铺成一座能够跨越银河的桥，让牛郎和织女在鹊桥上相会。但是在天亮之前，喜鹊会被驱散，他们又只能再次分开，在银河两边期盼着下一次相聚。"

"噢！好悲伤！"女孩们发出感慨。我会轻轻地鼓掌，不得不说他讲得比我好多了。

一般情况下，我和Alex一直保持周末晚上去酒吧喝酒的习惯。"Club"酒吧里，我们更喜欢放松自己享受乱哄哄的氛围。老板在初夏的时候，往墙上装了一个60英寸的大电视，我们简直是开心坏了，电视上每晚播放各种各样的体育赛事，法国网球公开赛的回放，橄榄球、足球的转播。遇到重大赛事的时候，整个酒吧简直就是狂欢。不管是真伪球迷，男人女人，都可以为电视上的紧张比赛而欢呼。

我记得很清楚，2005年，有一场球赛被载入史册，是五月份的欧洲冠军联赛决赛，AC米兰对阵利物浦，在这场争夺欧洲球队最高荣誉的比赛中，两支强队打出3：3的比分，最后点球决胜负中，利物浦惊险胜出。本场比赛被誉为欧冠决赛最精彩的比赛之一。当时我们就是在"Club"酒吧看的，夜里看完直播之后，我们满脸都是激动的眼泪。

回想一下真不知道激动个啥，我连利物浦和菲利普的区别都不知道。

2005年，除了这场比赛，还有另外一件很轰动的事情，不过并不是件好事。

就像我说的，一切来得毫无征兆。只是发生了一件震惊全法国的事情，我从来没想到会跟我身边的人产生任何联系。更没想到会夺去这么一个好人的生命。

2005年的10月27日，巴黎郊区的三名非洲籍男孩晚上出来玩的时候，因为躲避法国警察的身份查验，一路逃跑被追进了变电站，男孩们被高压电击中。这个事件在当时引起了法国一系列的罢工和游行，法国政府加强了日常的监管，但矛盾冲突仍有发生。

有一次，我从城中心回来的时候，在公交车站，突然被一群警察围起来，检查居住证。

难道我这种良民也要检查吗？

我顺从地伸手要从胸口的衣兜里去拿钱包。刚把手伸到胸口的大衣里——可能他们以为我要掏枪吧——所有的警察都疯了似的，此起彼伏地大喊，“不要动！不要动！不要动！”同时“唰唰唰”掏出枪来。

我也吓着了，既然被一圈警察拿枪指着，马上本能地举起手投降，这时候不举起手来好像也不大礼貌。

平时第一次被枪指着，见到真枪，我都想上去摸一摸，嘿！真的是不锈钢的吗？我之前玩的都是塑料的。

“OK！OK！”我示意让警察自己来动手拿我的钱包。

不巧，当天我的钱包里没有带居住证，我说学生证行不行，警察回答说不行。我说我都是学生了，难道还是非法移民吗？

没有理由，必须要带居住证。

为了没带居住证，我就要被带回警局了。在这个当口，正好来了一位法国同学坐公交，我喊了他的名字，他帮我解了围，证明我确实是“良民”。于是其中的一个女警把我的钱包还给了我。

“一定要记住！随身带居住证，否则下次就肯定得带你回警局了！”

“……好的，太君！”哦，不，我是说“Yes！ Madam”。

非常时期，还能怎样？毕竟我是求生欲很强的人。

那天晚上，本来应该是我们的周六酒吧之夜，Alex问我去不去“Club”酒吧。因为白天有了被一圈警察拿枪指着的阴影，我想了想说，确实外面也不太平，就不要出去了。

“又是因为那些蠢货！”Alex愤愤不平地说。

话还没说完，他手机响了起来，是Karim打来的。Alex听了几秒之后，脸色都变了。

“是Karim和他弟弟，在“Club”酒吧附近被打了，他刚才去找他弟弟，两个人都受伤了。我们去救他们回来。要快！现在就走！”

Karim和他弟弟碰上了极端分子，这时候人多一点安全，我什么也没想，抓上大衣就出门了。

十一月的夜里，梅斯的天气已经很冷，我记得很清楚那天是十二日，周六，就在法国被宣布“进入紧急状态”后的第一个周末。那夜的天色特别的黑，月亮不知道躲哪里去了，我出门前看了一眼窗户外的湖面中心的“乌鸦的巢穴”，高耸着狰狞地占据着夜空。

乌鸦群聒噪地在夜空盘旋，似乎在预示着某种不祥。

Alex开车，我坐在大奔的副驾驶，绑好安全带，我看见Alex没有绑安全带，应该让他系上的，这件小事后来要了他的命。

他猛地一脚油门就蹿了出去。去“Club”酒吧的路上，要比平常更荒凉，谁要晚上这个时间出来混，不是醉鬼就是找事的。

我们接近酒吧的时候，在路边看见了他们兄弟俩。他俩玩命地往我们这里跑，身后追着有十来个穿着兜帽衫的人，拿着棍子，紧追在后面。Alex一脚油门冲过去，甩尾，刹车，急急忙忙打正车头，Karim和他弟弟一左一右拉开车门，跳进后座，满脸是血。

大奔猛地一跃，飞似的蹿出去，强大的推背感让我浑身的血液涌向头顶。后面有一个人将棍子扔了过来，“当”的一声打在车后灯上，着实吓了我一跳。我从后视镜里看过去，他们不追了。

“这帮疯子！”

整个这一幕吓得我舌头都干了，喉咙里像是着了火，隔着衣服都能感到我的心跳。后面两个被打得鼻青脸肿的阿拉伯小伙儿也快意识不清了，七嘴八舌地跟我们讲事情经过。

“我本来没打算出来的，朋友打电话让我过去救他……我们都被堵在墙角……他们都拿的是铁棍子。还有人拿匕首！”

“我朋友先跑了，我一边跑一边打电话叫我哥。都是疯子！我什么都没做！”Karim的弟弟一边抱着头，一边歇斯底里地喊。

Karim比弟弟冷静些，手放在膝盖上，一声不吭，浑身抖得跟筛糠一样。

“好了，没事了，今晚上你们都回宿舍睡一晚，明天天亮再走。白天有警察。”Alex从后视镜里仔细看着后面两人的伤势。

“谢谢你们，Alex，Ying，这么危险，我和我弟弟的命是你们救的。”Karim认真地说。

突然出现了一道刺眼的白光，似乎是一辆大卡车的车前灯，远光灯晃得我们睁不开眼，就在不到一秒的时间内，不知道是从哪里出现，直直地朝着我们脸上冲过来。

Alex想打方向盘，但是面前这个巨兽不依不饶地，坚定地吞噬过来，我感觉到巨大的撞击力拉扯了我的脖颈，头向后狠狠撞在靠椅上，眼前一黑，世界就开始疯狂地旋转了起来。

我一开始还想反抗，徒劳地伸手想抓住些什么，但是一片混乱，黑夜里什么也看不清。只能任由世界旋转。很快，在第二次撞击之后，世界停了下来。

车内一片狼藉，我系着安全带，固定在座椅上，车也没翻，我这边的车门被路边的大树挡住，这棵大树这应该是第二次撞击的来由。

我叫了一声Alex，没有人回应，驾驶位上没有人。我顺着破碎的挡风玻璃向外面看去，他趴在外面路边冰冷的地上。手脚诡异地扭曲着，像扔在马路上的一个提线木偶。

我迷迷糊糊地看见那个大卡车上面下来几个人，为首的一个人我经常见到，是疯子Jack。

这些人激动地围过去看Alex。我以为他们是来帮助我们的。直到我听见他们大笑起来，让我绝望了。

疯子Jack喊道："他死了！哈哈！弄死你们！"

我想叫喊，说你们这些疯子！他是来帮助你们的！你们却杀死了他！

却没有能够发出任何声音。

3.梦境

疯子Jack的声音在我脑子里面回荡了几遍之后，我就昏了过去。

我当时并不知道我是晕倒，只是以为自己睡着了又开始做梦，做了一个很长很长的梦。

梦境中，我坐在一个小小的星球上，就像《小王子》那本书里的插画画的那样，我像小王子一样，坐在一个坑坑洼洼的土质的小星球上，面前是熊熊燃烧的太阳（或者是另外一颗照耀这颗星球的恒星）。我就这么独自一人坐着，脸上被面前的太阳烤得生疼，眼睛也被刺痛。但是我的身体动不了，只能这样坐着。

火焰热乎乎地在我面前跳跃，就好像我小时候，去爷爷奶奶的坟前烧纸钱时，火焰映着我的脸庞。

"那是我们的家在燃烧。"Alex的声音跟我说。

我想回头看他在哪里，但是脖子似乎已经不由我控制，一动就非常疼。我突然想到我精心布置的宿舍，宿舍后面的大湖，贝桑松的老太太和阿丽斯，我想起了在卡昂的柠檬。这些都在那团火球里吗？

我突然想起了丁咛，心沉了一下，她不会也在火里吧？我以为我把她忘了，发现其实还是没有，她依然是那段感情之后，唯一一个让我心动过的人，她睁着大眼睛问我，你会给我写信吗？

"哎，要是有你的地址就好了。我想给你写信的。"我自言自语地说。

一只白色的手向我伸过来，那只熟悉的纤细的、白白净净的手，以及温暖而坚定的臂膀。

"来，跟我走。"熟悉的声音说道。

我已经许久没有听到这句话了，突然一下感动到流泪。

这只手把我从地面上拉起来。尽管每动一下，我身上的每一寸皮肤都生疼，但是我很高兴地站了起来。轻飘飘地，她带我飞过了那团火焰，火舌舔着我的皮肤，我紧握着她的手，手里传来的力量告诉我，要坚持下去。

我飞到了一片沙漠的上空，身下的沙漠广袤得让我无法呼吸。我发现我坐在一架小飞机里，只容得下我和Alex两个人，他双手依然握着方向盘。

“你最想知道的问题是什么？”Alex侧过脸问我。

我没有回答，只是默默地注视着他那张年轻的脸。

飞机失去动力，轻轻地在沙漠里降落，轻得像一片树叶慢慢飘落似的。我下了飞机，Alex依然留在了飞机里，他向我摆手，“兄弟，可惜我只能陪你走一程。”他俏皮地一摊手，做出无奈的鬼脸，似笑非笑。

我继续往前走，不知道方向，面前是无垠的沙漠，就这么一直走，脚下是深一脚浅一脚的细沙，头上是刺眼的烈日。身上到处在疼，尤其是脖子，喉咙也火辣辣地疼。我很渴，想喝水。

我从天亮走到天黑，星星从头顶上出现，因为脖子疼，视野受限，我只能看见前方一点的天空。

“……牛郎和织女命名的星星肉眼就能看到。他们隔着银河系守望了一年……”Alex的声音回荡在耳朵边。

我对这个世界非常失望，我已经尽力虔诚地活着了。

柠檬说得很轻巧：“生老病死的自然规律面前，我们能做的，只有虔诚地继续生活，虔诚地相信明天会更好。”

“他死了！哈哈！弄死你们！”这个声音在我脑海里回荡。

这个世界没救了……多好的一个人……

如果说身体的疲乏，我还能忍耐的话，现在这个想法让我彻底败下阵来，我不想走了，就想站在这里。

白色的女孩又出现了，她总是这么及时。白色的手臂向我伸过来，我犹豫好久，最终还是握住了她的手。

我和她在星幕下的沙漠里往前走。

“向前走，一步两步三步四步，望着天……”她轻轻地开始唱。

“看星星，一颗两颗三颗四颗，连成线……”我接着下一句，我俩一起唱了起来。

唱得很难听，我俩都笑了。

是周杰伦的《星晴》。阿丽斯抱着我的胳臂，这个让人不省心的丫头。

哼着歌，让我的心情好了很多，脚步也轻快起来。不知道反复唱了多少遍之后，太阳出来了。白色女孩消失不见……

沙漠走到了尽头，我面前远远地出现了一片大湖，我欣喜若狂地奔跑过去，眼前出现了一幅美丽的画卷。

柳树轻盈地摇曳，湖边的长椅静静面对着湖水思考着什么，湖岸优雅地形成曲线，曲线的一头，是一座小桥。桥那头是几栋宿舍楼。

我认出来了，这里是东湖，那座桥，是湖医宿舍楼下的那座小桥，我甚至可以看见路边的电话亭，一个女孩端着洗脸用的脸盆，在电话亭那里甜蜜地煲电话粥，说着不知所谓的情话。

我看见一个男生从宿舍楼下冲出来，气冲冲地走到桥边，盯着湖水看了一会儿，又沿着湖岸走，走到长得像变形金刚的大楼下，又折回，慢慢往回走。

“这傻小子想什么呢……”我自言自语。

这时候，一个女生从宿舍楼下冲出来，往四周看了看，似乎在找人，在宿舍楼下找了一圈，又去桥上找，再沿着湖岸边走，走到“变形金刚”那里再返回……可是两人就是没碰上……

走了四五圈之后，两人都放弃了，女生低头回到宿舍楼里，男生在湖边愣了一会儿，往“变形金刚”里面走去。

看完这出哑剧之后，我也累了，湖岸边的长椅很有吸引力，我在长椅上坐下。

“我当时下楼找了你，找了四五圈，你已经不在了。我也打过电话给你，你室友说你去上自习了。”

“这就是命运吧。”氢气坐在我身边，在耳边对我轻柔地说。

我看着风景，这是一幅应该出现在水墨画里的风景，湖水泛着碧波，像绫罗绸缎似的，一直铺展到视线的尽头。

我还有自己的旅程没有走完，尽管我很想停留在这里。

于是我起身，沿着湖边继续向前走了一会儿，发现面前是一个熟悉的小院子，院子里种着葫芦藤和樱桃树，我欣赏了一下院子，葫芦藤结了更多的葫芦，樱桃树也长高了……院子深处的封闭式阳台很熟悉，那是我的阳台小屋，我从窗户玻璃旁偷偷向里面看了一眼，一群学生在里面喝啤酒、吃花生、看足球……

我还有自己的旅程没有走完，尽管我很想停留在这里。

悄悄离开了阳台小屋，走出了庭院，猛然发现站在一条宽大的马路上，埃菲尔铁塔高耸在我面前，塞纳河水在我背后，慵懒地向全世界展示着浪漫的定义。

“不就是个铁塔吗……”我转过身，背对着铁塔，望着塞纳河水自言自语。在这个陌生的国度里，我突然不知道该往哪里走了。

我惊恐地意识到，我只身一人在一个陌生的异国他乡。周围的人说着我完全听不懂的话……

就在迷失方向的时候，手里出现了一封信。信封上写着柠檬的名字：

收信人：Ying（画了一个笑脸）。

我打开信封，里面没有信，只有一张火车票，终点站是巴黎St.Lazzare.火车站。

…………

我在医院里醒来的时候，已经是第二天早上，医生说我没什么大碍，身上有些许擦伤，脖子被拉扯到，要戴一段时间“项圈”固定，有轻微的脑震荡，休息一周就没事了，但是要注意观察。

警察跟我做完笔录，Karim和他弟弟打着绷带和腿上的石膏来看我。同时带来了Alex的噩耗。

我问他们Alex呢，他们坐在我的床边，摇摇头，不说话。

“至于死因，他们跟我说，就是简单的交通事故，开车的人，是疯子Jack。”

“嗯，是的。”

“所以会怎么处理？”

“不知道，现在形势这么复杂。警察也不知道该怎么处理。”

一个星期后，我出院了，还是得戴着难受的“项圈”。一个月多之后就要有考试，还有很多功课要补上，考试不会因为我的住院而为我延后。过不了考试，就不能顺利毕业。不能毕业，签证就要到期，就得准备空着两手回国。

该死的，悬在头上的达什么斯之剑！

哦，对了，还得抽空开始在巴黎找实习机会，投递简历，去巴黎面试。生活就是这样咄咄逼人。

Karim和我的中国小伙伴们，热烈欢迎我的归队。Alex的朋友们在宿舍公共休息厅里举行了一个简单的仪式悼念Alex。

我说了我的悼词。

“Alex是一个出类拔萃的年轻人，有很好的家庭背景，但内心仍然是一个很叛逆的年轻人。他对于高高在上的所谓的精英阶层的本质有很强的反感，却对弱者有着天然的同情心，总是尝试融入平常穷苦人的生活中，尽其所能地帮助需要帮助的人。可能这也是为什么他喜欢混“Club”这种偏僻城郊的破酒吧，也可能是为什么他喜欢拉着我一起混，因为我是弱者。”

我说完乱七八糟的一段话后，举起酒杯。

“敬Alex。愿逝者安息。”

“敬Alex。愿逝者安息。”其他人也一同举杯。

除了悼念仪式上说了这一段怀念Alex的话之外，我没什么心情跟任何人说话。我的压力很大，我可以关掉缅怀Alex的感情的开关，但是不能忘记现实中要面对的生活压力。

我发现，需要冷血的时候，我可以变得很冷血。我的生活中只有两件东西发生了变化，一件是我身边的座位空了下来，另一件是周末的酒吧之夜从此取消。MSN里，Alex的头像再也没有闪动过。

因为Alex的去世而腾出来的时间，除了学习之外，我就给氢气写信。梦境中，她对我说的话一直在我耳边萦绕，极为真实，都能感觉到说话时的气流吹到我的脸上。

"我当时下楼找了你，找了四五圈，你已经不在了。我也打过电话找你，你室友说你去上自习了……这就是命运吧。"

信一封接一封地写，写完之后，一封接一封地烧掉。

其他一切照旧，甚至更忙，节奏更快。

拿掉"项圈"之后，我开始往来巴黎面试找实习机会。我在网站上投递简历，用电子邮件联系对方用人单位，电话预约，然后千里迢迢从"没死"坐火车去巴黎面试，面试了四家企业，两家拒绝了，两家给我了肯定的答复，我挑选了一家。

一家900欧元一个月，另一家1000欧元一个月，很好选择。三月一日去报到。

解决了一件事情，剩下的就是期末考试了。我以为多修一门学位只是多两门考试而已，发现其实多了很多东西要准备，原来有Alex帮助我，现在只能靠自己。

现在不想提到Alex，起码让我先扛过考试的关口。

终于熬到二月初，所有的报告提交，最后一门考试结束……我发誓以后再也不想考试了。任何考试都不想要，考到吐。

一切尘埃落定，我可以有时间让自己调整一下，思考最近发生的几件事情。

第一件事情，我和Karim到处打听，了解到Alex的案件最终结果：疯子Jack被送回疯人院。同时考虑到避免社会激化矛盾，在Alex家人的同意之下，车祸被定义为简单的交通事故。Alex的遗体被送回巴黎，在那里的一块墓地安葬。照旧，葬礼我没有参加。

第二件事情，非常凑巧，我在一次去巴黎面试的时候，在巴黎St.Lazzare.火车站，碰见了一个熟人。

我看着侧脸和头发很熟悉，但是不确定，轻轻喊了一声："丁咛！"

她回过头。

第十五章　梦回巴黎

我的新家楼下有一家很有品位的中餐馆，老板娘非常热情，非常用心地经营这家小店。从窗帘、桌布到餐巾餐具，都能看出“精致”这两个字来。饭菜很可口，推荐的红酒非常芳香浓郁，播放的钢琴曲的情调也非常合适。

把一个小店经营成这样，这也算是一个人的成就了吧。

我不爱做饭，餐馆就罢了，但是如果我有一家咖啡馆，我希望能够有这样的格调。我要在角落放一个很好的音箱，悠悠地放着JazzBeat或者BossaNova类型的音乐。

窗沿边种着嫩绿的小草，咖啡桌用原色的橡木质地的桌面，桌子上什么都不放。墙上挂着不同年代的海报，宿舍里或者书房里曾经挂过的那种。

在房间的中间有一个猫屋，天窗照下来的阳光让猫大人们懒散地沐浴其中。

有一个透明的书架，一格一格的，写着客人的名字，放着每个客人暂存在店里的书。可以让好奇的人，知道别人在读什么，也可以让爱分享的人，告诉别人自己在读什么。

雇用一个像我一样懒的员工，漫不经心地做很难喝的咖啡。要是不乐意，可以自己做。

一切慢慢地就好。

嘿！我还有一个想法！

在希腊的圣托里尼岛上，在我待过的地方，架一个摄像头，面朝着大海，对着夕阳落下的地方。不间断地把蓝色大海的图像实时地传回到咖啡店里的大屏幕上。

“想看看爱琴海的落日吗？”

当夕阳垂落到海平面上的时候，天边总会腾起一片慵懒而忧伤的云彩，慢慢被涂抹成了血红色，坐在咖啡店里的我们，可以看着它，和大海一起呼吸。

慢慢地，呼吸静止了，夕阳也落了。

那里是见证爱情的地方。

1.泊哥

年底了，依然是那个程序，圣诞—元旦—春节，2005年在复杂的心情下，已经画上了句号。

期末考试的成绩出来了，大民没有原来的好，刚及格。我依然60分万岁。其他人也都高高低低的，过了及格线。

只有泊哥一个人没有能通过。

他的成绩一直在危险边缘徘徊，整个人也一直没能从失去莉姐的事实中振作起来，浑浑噩噩地过日子。劝过几次也没有听进去，没办法，这种事逼不了。

考试结束成绩公布，他像终于完成任务似的，默默开始打点行装，准备回国。

我们中国学生给泊哥开了欢送会。这一次，我们坚持不让他动手，只能吃我们做的饭菜，好吃不好吃，也就是最后一顿了。

吃了我们的饭，将来我们回国了，他就得请我们吃饭。

我做的依然是黄瓜炒鸡蛋，建哥依然做鸡，大民炒了回锅肉，小琳做了梅菜扣肉，俊男做的烧基围虾，小糖和燕子做了两种汤，蘑菇汤和排骨汤。

当丰盛的一餐摆满公共厨房的桌面时，很多人流下了眼泪。

泊哥要回国，其他人也要去各地实习，接下来要工作，同在一个战壕里趴了这么久，兄弟姐妹们马上就要各奔东西。这一餐不止给泊哥送行，送走的其实是我们一起初来乍到，一起留学的青涩岁月。

那晚我们一起喝了好多酒，发泄似的喝。

我不想详细记录我们曾经遇到的责难，白眼，歧视，也不想过多地描述因为我们的语言不通和涉世未深，随之而来的不懂事，糊里糊涂，茫然不知所措。

这些不堪的回忆，我们留给酒精冲刷掉。在这天以后，我们长大成人。

……

多年之后，我已经买了房，买了车。曾经考虑在巴黎郊区换一个大点的房子。当我预约了一个卖家，去参观看他的别墅的时候，他殷勤地给我展示了每个房间，空间如何明亮实用，装饰如何精致有品位。当走到楼下走廊的尽头，还剩下最后一扇小门，我问这里面是什么。

“哦，没什么，一个小留学生。”

我对小留学生的“小”字很好奇，房主打开了门：是一间不大的只有一扇小窗的房间——跟我当时的宿舍差不多大—— 一张床、一个书架、一个衣柜、一个床头柜、书桌和椅子，这是所有的家具。

与我当时的一样。

一个年轻的中国学生抱着课本坐在桌前，透过眼镜片，惊恐地看着我们这些人。怎么就这么突然开门闯入了他的世界，他张了嘴，却说不出一个字来……

对，就是“惊恐”地看着我们。我们那个年纪应该也就是这种眼神。

我仿佛看到了那时的我。

站在这里的我，已经拥有自信和成熟的眼神了，有一份体面的工作，在巴黎有房，有车，也是过来打算购买别墅的买家。

而接触到那个“惊恐”的眼神的一刻，心里像打翻了五味瓶一样，往事都浮上心头。被人称为“小”留学生，被人嘲笑法语，想照顾人时的无能为力，与朋友分离时的无力感，为了钱发愁，为了考试和签证发愁。

那种焦虑是深深地刻在心里的，酒精只能帮助它，蚀刻得更深沉。

…………

如他所愿，泊哥后来回了西安，与人合伙开了一间酒吧。酒吧的名字叫作“泊莉酒吧”，他调得一手好酒，也很会做精致的小吃，只有尊贵的客人来了，他才会亲自下厨做菜。他能讲法语，也能在柜台前跟人滔滔不绝地讲欧洲列国游记。

酒吧的墙上，玻璃镜框里小心翼翼地夹着他与莉姐的照片，也有我帮他攒下来的和莉姐旅游期间的明信片，默默地回忆着2004年在欧洲度过的那段难忘时光……

他自己调的酒中，有一种叫“被葬送”，有一种叫“没死”，一个甜蜜回味，一个苦涩忧伤。

有人会问他：“老板，照片上的老板娘呢？”

他也不掩饰：“嫁人了，新郎不是我。”

真心希望他有一天能走出来。

2.大民

就在期末考试前后，找实习机会期间。我觉得大民有点不对劲。当我意识到他患有抑郁症的时候，已经有点晚了。

叶子大晚上跑到我们宿舍，跟我说连续几天找不到大民的人，也联系不上他，手机不接，MSN和QQ也都不回。

我将信将疑地带着叶子去敲他的宿舍门，没反应，只能用力地拍，拍到手都拍红了，换成用鞋底来拍。拍了二十分钟后，我也慌了，这样都不开门，该不会是发生什么意外了吧。

赶紧十万火急地让宿管大叔过来开门，怕出人命。宿管大叔刚气喘吁吁地拿来钥匙，大民从里面开门了……

屋子里黑漆漆的，一股酸臭味，一屋子的脏衣服和垃圾，丢得乱七八糟，空比萨盒子堆得比我还高……

他穿着短裤和毛衣，头发乱成鸡窝一样，一副刚睡醒的样子。

“我刚才睡觉呢……怎么了？”

这是第一次。

为了三月份的实习，我提前申请了地处郊区的巴黎校区的宿舍，这样就能减少一大笔租房子的费用。我拉着大民和我一起搬到了巴黎校区，这样他也可以方便在巴黎找实习机会。

搬到新的宿舍之后，同样的事情又发生了第二次，第三次，第四次……叶子每次惊慌失措地来找我，或者是打电话过来，有的时候甚至是大民远在国内的父母打电话过来，请我去帮忙找一下大民，只是为了让他好歹能够回个话，报个平安。

每一次，我好容易把门拍开，觉得再也不能放他回去——他肯定又会把自己关在里面——于是拉着他穿好衣服，跟我一起出来在阳光下慢跑，去操场打篮球（大民打得一手好篮球，我却连运球都不会），再陪他吃饭逛街。我看他已经正常了之后，放他回去。约他第二天再出来，好嘛！又找不到人了。

叶子有的时候着急得直哭，好好的一个人，怎么就这样了呢？有时叶子从另外一个城市大老远过来，给他收拾房间，洗好衣服，打扫通风，扔掉垃圾，陪他说话。眼看着好了一些，一转身就又没了声音。

叶子做了功课，跟我说这可能是抑郁症。这是我第一次听说这个病症，既不知道会有多严重，也不知道该如何处理。

我把这个问题的原因归结于找实习机会。

我不知道他找实习机会的时候，经历了什么，但绝对不是什么令人愉快的事情，有了之前贝桑松的被歧视的经历之后，他说法语一直很结巴，考试什么的虽然都没有问题，但是面试这一关可能就碰壁了。

他一直没找到实习机会，可能因为法语过不了关，见面时紧张说不出话来。

到了巴黎之后，我陪他去了几个招聘会，展会上有一些实习岗位，我们的学校名声挺好，大民形象气质都还不错，很多公司的人事经理愿意和他聊一聊。

但是一开口就完蛋了，法国人事经理的面部表情，由期许变成失望，最后是不耐烦。

他也越来越急促，越来越紧张和结巴。最后人事经理职业性地笑一下，打断了他：

“谢谢，今天了解这么多就可以了。我们回去之后会做考虑，然后给你答复。”

然后就没有然后了。

眼看着找实习机会的窗口就快要过去，如果没有实习经历，是不能完成学业，拿不了毕业证的，所以这些考试，学习，受的苦，花的钱，就都白费了。

该死的，悬在头上的达什么斯之剑。

叶子也没有找到来巴黎的实习机会。但是有一家欧洲跨国大企业给她开出了回上海实习的offer，并且承诺实习结束之后转正，待遇好得吓人。

叶子那段时间非常纠结……换谁都会纠结……

一边是闭门不出，不可理喻的大民，一边是令人心动的offer。

涉及毕业的问题不敢马虎，我和叶子拉着大民跟他的导师求情。没有找到实习机会的情况下，怎么样能够毕业，大民拿出往次考试的成绩单，大部分的成绩一直非常不错。

“我愿意帮你，你可以参加我的课题研究，也可以算作实习。”导师非常仁慈地说，让我们宽慰了不少。

课题内容发至大民邮箱，考虑到他的法语口语不好，只用上交一份质量过关的研究报告就可以毕业了。导师已经仁至义尽了，我们都很感动。

然而大民却连这个报告都没法完成，那个时候的他真的很不在状态。

开始实习的第一个月，我几乎每天一下班就要去找他出来散步，打篮球，如果下雨就在厨房里做饭。

每年巴黎的三月份会有几天天气不错，我会跟他两个人在学校篮球场打篮球一直打到很晚，从天还亮着，一直打到十点半。那时，只剩下路灯的光，四下里也只有我们“嘭嘭”拍球和投篮的声音，时不时投中就会发出的欢呼声。

我不知道我的聊天会让他更郁闷，还是更宽慰，于是只试着说一些不着边际的趣事。他也说也笑，一点都看不出来有什么异样。

但是只要我不在，他就把自己锁在房间里。第二天我又得去拍门，电话也不接，消息也不回复，又是打电话，又是拍门，每次都折腾半个小时依然没动静，我也不能每次都找宿管大叔强行开他的房门。

坦白说，后来我放弃了，我也不知道该怎么办。

“他也许就是这样的人吧？让他一个人静静就好了。”我面对他紧紧关闭的房门，叹了口气，给自己找了个理由，转身就回去了。

叶子回上海开始了她的实习，再也没有打电话让我去拍大民的门。

两个月后的一天，叶子跟我在MSN上留言说，明天是大民提交实习课题研究报告的日子。记得提醒他去向老师交报告。

我突然想起来这个茬，于是再次千辛万苦地拍开了大民的门，他的形象和房间依然是乱出天际的样子。

报告只写了标题和前三行，他说他实在是写不出来，脑袋里面乱七八糟的，一句话也写不出来。

我和他一起跟导师打电话求情，老师叹了口气说，明天来办公室，参加课题答辩。考虑到大民情况特殊，他只要来参加答辩就好了，报告什么的，没写就没写吧。

因为我第二天要上班，不能陪他去。只能千叮咛万嘱咐，拜托他一定第二天早上按时去老师那里。甚至帮他上好闹钟才离开。

然而，他最终还是没有去……

我下班回来的时候，拍开房门，发现他自己一直躲在黑漆漆的屋子里。

几天后他爸爸妈妈来巴黎接他。

大民也回国了，回了南京老家。静悄悄地走了，没有欢送会，没有告别。

叶子也再没有任何音讯，只是听说她留在了上海。想一想，挺讽刺的，大学的时候，叶子在南京，大民在上海，在法国兜兜转转了一圈，回来之后，大民在南京，叶子在上海。

“他俩早就分手了吧。”建哥从上海跟我发消息说。

2012年，微软MSN宣布停用，我一下就彻底没了这两个人的联系方式。

十多年后，我回国以后，通过建哥辗转重新找到了大民的联系方式，发现了他的个人空间里的一句话：

“今天是情人节，前女友打电话来，要我在电话里，再弹一遍给她弹过的那首曲子……可是脑子里只剩下一片空白……”

3. 丁咛

先是Alex，然后是泊哥，接着是大民……

小琳选择了南方一个叫尼斯的城市实习，那里有闻名遐迩的黄金海岸，气候宜人。她毕业后也留在了那里。建哥跟叶子差不多，找了一家外企在上海的实习，毕业后也留在了国内。俊男稍后一些来了巴黎实习，但是没住在学校里，跟我联系很少。燕子也来了巴黎，住在学校外面，而小糖则回了国，两个形影不离的好姐妹也分道扬镳。

生活中就这样，很多人不知不觉中，就淡出了我们的生活。初中同学，高中同学，大学同学，前同事，前男、女友……

就连《我猜我猜我猜猜猜》里面，阿雅也选择在这个时候，2006年初，离开节目，出国留学。舞台上看得出来宪哥的失落。

围在一起看《我猜》的时代落幕了。就连2006年的贺岁片，我都没看到值得心动的作品。

我不是一个多愁善感的人，但是也不知道该怎样面对这样的变化，每个人的离开，都在我身上抠下了一块不大不小的窟窿。

我不知道该用什么东西填补这些窟窿，手足无措。

我刚来巴黎之后就把地址告诉了柠檬，还是慢悠悠地往来信件，收到她的信虽然有一点慰藉，但是还是觉得很落寞，巴黎比想象中要大多了。

真希望有一个人能够在身边陪我一起做饭，散步，打球，看《我猜》，喝点小酒，看场电影。

我刻意地每天下班都从St.Lazzare.火车站路过，刻意从候车大厅走过，但再也没有见到她。

几个月前的一天，那时我还没有搬来巴黎，来巴黎面试的时候路过St.Lazzare.火车站，就在我刚下火车，匆匆赶路的时候，看见一个女孩，穿着白色的呢子大衣，戴着白色的围巾，赶往对面的站台。

我看着侧脸和头发很熟悉，但是不确定，轻轻喊了一声："丁咛！"

她回过头，睁大眼睛呆呆地看着我。她还是那个样子，一点都没有变，我心里很是安慰。

"嗨！"我突然开始害怕，她是不是早就忘了我是谁，毕竟过了一年多。

"啊！英！"还好，她喊出了我的名字。

"对！你还记得我吗？在贝桑松，掉进泳池里的那个……"

“啊哈哈，怎么可能忘呢……”她的笑声悦耳。

“这么巧！”“这么巧！”

我俩几乎同时说这句话。

“我来巴黎面试实习。面试完，正准备回去。”她说。

“我也是！不过我刚到。”太巧了吧，我觉得我一直跟她有很多巧合。

这时候，她的火车发出催促上车的哨声。马上，车门就要关闭。她就要离开。

“你的电话号码！”我喊了出来，“能给我一下吗？我好联系你。”

我慌乱地从包里拿记事本和笔，用力太猛，里面的东西撒落一地。

“好的好的。”她也赶紧帮我，从地上捡起来记事本和笔。

这时候车门提示即将关闭的“嘟嘟嘟嘟”声焦急地响了起来，让我紧张得不行。

她飞快地写了一串数字，把记事本和笔塞到我的手里，给我比了一个打电话的手势。

“等你电话！一定要给我电话！”她喊道，扒住了车门，跳进车里。隔着车门的窗户向我挥手。

直到从车窗里看不见她的面孔了，我才开始收拾地上的东西，一件一件塞回包里，包括写有她的电话号码的记事本。

…………

现在这个记事本就摆在我的面前。

她匆匆忙忙写的这一串数字，已经困扰我几个月了。

我已经使用了我作为理科生的毕生所学，分析这个号码的问题出在哪里，用什么方法可以遍历所有的可能性，让我联系到它的主人。

这个电话号码少写了一位数。

一个法国手机号码应该有10位数，都是以06开头，这个没有错；接下来两位数，跟手机运营商有关，她写的是66，我和我周围的朋友也都是66，应该没有写错。

剩下6位数，可是她写的号码，只有5个数字……

这个粗心的丁咛!

或者，你是在耍我吗？报复我当时的“再见”？

如果有6位数字中漏掉了1位，那么漏掉的那个数字有6个可能的位置，每个位置有从0到9这10个可能。6乘以10，就有60个可能性。小学生的算术题。

我的记事本上记满了这60个可能性，有18个号码是空号，有32个接了电话，但是不知道丁咛这个人。还有10个打过去总是没有人接。

这10个号码，我每天打一遍，每个号码响到20下，电话会自然挂断，我再打下一个。打了一个月。

然而都没有找到丁咛，我觉得我要疯了。

法国有六千万人，巴黎火车站每天有成千上万的人经过，偏偏让我在站台上遇见了她。这么难得的一个巧合，她却留下了这么一个号码。

我觉得我尝试了所有的可能性，10个号码没有人用了，32个号码不是丁咛，18个号码是空号。没有剩余的可能性了。

丁咛这个女人，不想给号码就直说嘛，还给个假号码，是什么意思。

也不对啊，她的表情不会撒谎。她一直趴在车门的窗户上，眼看着我离开……

算了算了，我也不是特别懂女人。

4.实习

我的实习很顺利，和办公室的人相处得非常融洽，做的事情也很有成就感，比起在学校里听玄学和一门接一门的考试，这里简直是天堂。

我实习单位是法国航空公司的巴黎机场，所在的研发部门能够多多少少跟飞机打交道，也让我增长了不少见识。

办公室里除了我之外基本都是老爷子，其中一个老爷子叫Bernard，在我实习期间退了休，幸福地回家带孙子。他从高中毕业就来这个地方，经历了半个多世纪。他对这里的一草一木都了如指掌，机库里每一架飞机他都修过。

另外一个老爷子Jean-Claude，就是我的老板，也快六十岁了，是个非常风趣的人，没事就把办公室的人逗得哄堂大笑，对我也非常体贴和耐心。

有一天，我在打字的时候，对面的Bernard像发现新大陆似的，喊道："哎！看哪！Ying可以打字不看键盘哎！"

我很是得意地笑笑，继续把键盘敲打得更大声。

几个老头子围过来看，检查我是在瞎敲，还是真的在打字。

"当然是认真在工作啊，老板们！"我随便在键盘上打了一句话，法语，带标点符号，带特殊字符。从来没想到盲打键盘也成了可以一秀的技术，感谢打了多年的游戏和各种聊天工具。

"噢——"大家鼓起掌来。

我老板Jean-Claude表示不服输，"我也可以啊！"回到座位上，闭起眼睛，双手举起像弹钢琴一样，噼里啪啦把键盘乱敲一阵，脸上还带有钢琴家演奏时的夸张陶醉表情，弹完之后，手扬起得高高的。

"大家为Jean-Claude的钢琴表演鼓掌！"Bernard笑着说。我们哈哈笑着鼓掌。

Jean-Claude站起来，向我们鞠躬行礼致谢。

中午食堂的午饭也非常丰盛，比学校的好多了，而且拿着工资，怎么样也要对得起自己的肚子。

吃完午饭，我们都会坐在餐厅外面的露台上喝咖啡。面前不远就是机场的跑道，飞机保持着大约半分钟一架的频次，在我们面前起飞和降落，老爷子们靠在椅子上评论着每个飞行员的技术，他们都是飞过飞机的人，毫无争议的老前辈。

"这个飞机抖成这个样子啦！里面人估计很刺激。我只能给他打5分。"

"这么大风，还能飞这么稳，降落很平滑，双翼没有晃动，可以打8分。"

有起飞和降落得很糟糕的机长，我们在椅子上一起哈哈地嘲笑他，可以想象飞机里面的人慌得一批。

拿了实习工资之后，我很快就下血本给自己买了一套音响，终于不用听电脑的嗒嗒声。接着报名了驾校，周末去学，驾照拿得还算顺利。

我的第一辆车是二手的老式福特Fiesta，已经开了有年头，公里数也不少，2000欧元买的，老爸支援了一些，又把几个月攒下来的实习工资都放了进去。

六个月的实习期很快就过去，增长了很多见识，老板Jean-Claude在实习期间对我也很好。我怀着满满的感谢，结束了这段经历。办公室的同事们给我办了一个小小的告别派对。我问老板对我的实习工作还满意吗。

“我以后会多招一些中国人。”他回答。

我开心地笑了。

实习结束了，也就意味着毕业了。学校的巴黎校区举办了盛大的毕业典礼，各个校区的人都来了。我又见到了此前朝夕相处的中国同学们。

小琳，建哥，俊男，小糖和燕子。

少了泊哥和大民……让人鼻子酸溜溜的。

“人家在国内混得还开心些！以后回去找泊哥吃饭。”我安慰小琳，我们几个一起相处得最多。

“大民他不适合出国，有的人就是不适合，没办法，回国就如鱼得水了。”

“希望他们一帆风顺吧。”

事实后来证明，他们回去了，混得真的还挺好的，一点也不差。

我们德高望重的女校长和法国信息和工业部部长出席了毕业典礼，校长讲话说：

“同学们，今天你们成为工程师了。工程师在人类历史中，是通过技术和智慧改变国家命运的一类人。现在你们走向社会，也将成为改变企业，乃至国家命运的一类人……”

我把这段话翻译成中文，转述给老爸老妈的时候，本来期待他们跟我一样激动。

“工程师，不就是工头吗？是不是戴着黄色安全帽的那种？花了那么多钱留学，将来当工头啊。真不体面。”

好吧，其实也差不了多少。不都是搬砖吗，爸妈看问题就是能看到本质。卖保健品的都忽悠不了他们。

激情澎湃的演讲结束了，学业就结束了，是时候卷铺盖滚蛋了。

宿舍是必须退滴，工作是必须找滴。

没有找到工作，签证就要到期，就要被强制遣返回国，感觉一直被这魔咒追着跑。就是悬在头上的达摩克利斯之剑。

还好，我一贯提前做了准备，虽然准备得不是特别提前，也不是特别充分，但最终也在规定离校期限的最后一天，中午拿到巴黎市区出租房的钥匙，下午签了第一份正式工作的劳动合同。薪资待遇对于新晋职场的人来说，我已经很满足了。之后还有晋升的空间嘛。

惊险地踩着线过关，终于安全着陆。

在规定的离校期限最后一天的傍晚，我再次收拾好我那个笨重的大行李箱，把我所有的家当放进了老福特车的后备厢，搬出了巴黎远郊的学校宿舍，搬进了巴黎市区的新家。

这是一个特别特别老的欧式老房子，很可能经历了一战或者二战，无论走到哪里，地板都嘎吱嘎吱作响，客厅中央铺着一块墨绿色的地毯，上面的花纹已经与各种深深浅浅的印渍层叠混合，分辨不出形状，我甚至怀疑它原本不是墨绿色。

“起码比宿舍大多了啊！”我安慰自己，不一会儿，发现房子太大不是好事，会越发显得孤单。

我听老爸说，如果在国外学习，就只算是留学生。如果在国外工作并有住所，那就算是侨居国外的华人，就得叫华侨。华侨和留学生，高下立判。

新晋华侨决定开车出去兜兜风。

夜色特别的美，我随意一路开车横跨巴黎，老福特车沿着塞纳河畔河堤上的方石块路面驶过，发出“嘎吱嘎吱”的响声。横跨塞纳河的各式桥梁和欧式建筑交相辉映，在夜色中的河水里投下光影。我一时仿佛身在梦中。

刚来的时候，还发帖，管这里叫莱茵河。想想就丢人。

瞎开了一会儿，驶过传说中的中国城，猛然发现空气中弥漫着浓郁的中餐的香味，到处都是中餐馆，我觉得来到了天堂。

于是找地方停好了我的老福特车下车步行，四处溜达。正是吃饭的时间，中国城的街道上熙熙攘攘的。闻着香味往前探索了一会儿，赫然发现面前的一幢两层楼的中餐馆，面朝向我的墙面上写着“火锅”两个字，换个角度一看，旁边的墙面上，写着“四川麻辣”。

毫不夸张地说，我的眼泪比口水流得更凶猛。

我想是没有多少人能够体会我的心情的，来的那天是2004年7月14日法国国庆节，到现在2006年9月，两年多时间，没有钱和时间回国，一个像样的中餐馆是没有吃过的，火锅更只是梦中的奢侈品。

不愧为大巴黎的中国城，比贝桑松和梅斯这种小地方好多了！我在马路边上像疯子一样蹦跶了几下之后，冲进了火锅店。

就在我刚坐下拿着菜单点菜的时候，看见了橱窗外的丁咛，毫无疑问，一定是她。

她挎着购物袋，低着头从橱窗外走过，穿着白色的长裙，长发飘飘，没有看见我。似乎是刚刚买完菜回家的路上。

她隔着玻璃从我身边不到一米的距离走过，我一时恍惚，竟然忘了站起来追出去。

等我清醒过来，急急忙忙跟服务员说句对不起，手忙脚乱地追出去之后，她已经不见了。

再追了几步仍然没有看见她，不知道她拐到哪条路上去了。我想喊她的名字，却又担心会尴尬。

“她也许已经有了男朋友，对啊，像她这样的，怎么会没有男朋友。”

“所以，见了面又能怎样？祝愿人家白头到老，百年好合吗？”

我一个人自己与自己对话一通之后，居然再也没有吃火锅的心情，开着车回了家。

到了家之后，拿出那本翻烂了的记事本，把可能是她的60个电话号码全部打了一遍。

依然没有找到丁咛。

5.水晶宫

知道丁咛就住在中国城里的想法快要逼疯了我。

我甚至在华人论坛上发了寻人的帖子：

寻人启事

寻找一个叫丁咛的女孩，你给我留下的号码少了一位，我联系不上你。

如果你看见这个帖子，请你联系×××，这是我的号码。我一直在找你。

我经常去看这个帖子，怕它沉得太远，我就自己给自己顶贴。

“Up，Up，Up，自己帖子自己顶。”这个帖子下面是清一色我自己的回帖。

这样帖子就能回到第一页。电话打过来一大堆，都是推销产品的。

大海捞针。

刚入职场，工作占去了我所有的精力，很多东西要学，也有很多不懂的地方，口语不好，面对客户和领导的压力山大。

每天一大早挤地铁，晚上八九点才回来，啃一个汉堡或者比萨当晚餐，从饿到不能动到撑到不能动。

在单位的时候，法语说不利索，跟同事的话也不多。回到家的时候，身边依然没有什么人，国内能联系的朋友也都睡觉了。

一个说话的人都没有，只能一个人看书，或者看美剧放松放松。我刷到第三遍《老友记》了，英语版看了两遍，现在看法语版。羡慕剧里面的一群朋友们的生活。

可能这就是大城市的生活吧……原来一直向往的，大巴黎的生活。

我给阿丽斯去过几个电话，短信总是千篇一律的，“最近怎么样？”“照旧，一切都好。”这样的短信也没什么意义，我们后来也不怎么发了。

她有一份勉强凑合的工作，在银行里当一个小职员。那个“有妇之夫”依然没有离婚，却依然和阿丽斯在一起。但是阿丽斯已经开始不耐烦，承诺到底有没有兑现的一天，谁都不知道。

“他要是总也不跟他老婆离婚，可怎么办？”我在电话里问她。

“我问过他好多次了，每次说起这件事情来，他就生气，我也生气。就吵架。”

我感觉这段感情离终点也不远了。我想说一些睿智的话来劝她，可也说不出来。

“阿丽斯，做你觉得对的事情，如果你遇到困难，记得还有我在这里。”我只能这么说。

显然这句话对她来说，足够了。

阿丽斯说奶奶的身体一天不如一天。但我跟老太太通电话的时候，她声音还算爽朗。我说我刚开始工作，没有假期可以请，攒了假期之后，我去看她。

可是也没兑现。

有一次居然接到了Ludivine的电话，我十分惊讶，也很高兴。这是Alex去世之后，这么久了，第一次有她的消息。我说了我的情况，她也说了她那里的情况。小艾玛长大了好多，已经可以送幼儿园了，如她计划的一样，她开始有时间上课，修一个很好的学校的经济学硕士。

我问到了让-雅克医生，Ludivine说，他一直在帮着她，似乎是接过了Alex留下的任务。

柠檬的信件已经攒了一小摞了，放在大行李箱的一个夹层里。这段时间，给氢气写了不少的信，依然写完就烧掉，没有痕迹也没有人知道，上一封信，没记错的话，已经是第74封。

2007年的秋天，工作满一年之后，我得到了不错的升职和加薪。决定换一个房子，那里实在太破旧，而且周边很不安全。

我想也没多想，就搬到了中国城。

我依然期望与丁咛不期而遇。但是随着时间的推移，越来越觉得希望渺茫。她搬走了的概率很高，或者很可能已经有了男朋友，那找她就没什么意义了，甚至会尴尬。

搬家过来的那几天，第二次经历了去宜家购买家具，安装家具，布置新家的过程。只不过这次有我的老福特车帮我运包裹，也有电动钻枪帮我拧螺丝。

但是一天下来，还是免不了饥肠辘辘，浑身酸疼。安装完了家具之后，像上次一样，有一个小盒子，放在进门不远的柜子里，里面装着各种不知道哪里多出来的零件。

厨房大大的窗户前放着一个圆桌，一把舒服的椅子，可以喝咖啡和读书。

客厅有沙发和茶几，面对着电视。

我的房间终于有了单独的卧室，在卧室里有床头柜和衣柜，我还买了一块白色的毛茸茸的小地毯，铺在床沿。后来发现是个错误，买灰色要好一些，可以看不出来脏。

当家里的灯亮起来的时候，觉得特别的幸福。

这次可不能像两年前，在梅斯的宿舍夜里那样吃酱油拌白饭。于是毫不犹豫地下楼，寻摸家饭馆，现在好吃的地方楼下比比皆是，今时不同往日。

不用走远，就在楼下有家饭馆，招牌上红字写着“水晶宫”。店面不大但是装修得非常有格调。窗帘是酒红色的材质厚重的布匹，每张餐桌上铺的是同样很好材质的餐布，每个餐位上也有很考究的餐巾。面对门口的展架上摆放着各种颜色的水晶石头，可能这是店名的由来。店内放着舒缓的钢琴曲，我不知道名字，但很好听。

价格很实惠，鸡丝面更是好吃得要把舌头咬掉。听说我是刚搬过来，老板娘送了我一小杯红酒，坐在我对面跟我聊天。饭店人不是很多，她还比较清闲。

红酒选得真不错。

老板娘是位笑盈盈的太太，姓谢，我叫她谢太太。五十多岁的样子，口音听得出来是老一代的移民。她很热情地招呼我，给我推荐合适的菜品。得知我这几天才刚搬过来，就热情地给我介绍附近的情况，哪里有小公园、华人超市等。我也打听了我想要知道的一些地方。

“可能冒昧了，您知不知道有个叫丁咛的女孩，她是我朋友，我和她失去了联系。”我小心翼翼地问了一句。

我把丁咛的相貌用我有限的词汇描述了一下，长头发，白裙子……说完，自己都觉得说了跟没说也差不多。

谢太太居然想了一下就明白了，“啊！丁小姐嘛！她原来就住在这旁边的，上个月搬走了喔！是我们这里的常客呢！”

“可惜我没有她的联系方式哦。”她想了想，加了一句。

我把我的姓名和电话号码留在一张纸巾的背后，拜托谢太太，如果下次见到“丁小姐”，请告诉她，我在找她。

我知道，整件事情听起来越来越疯狂，也确实让我快要疯掉。

有时候下班，如果餐馆里人太少，我吃完之后会继续坐在店里，要一杯红酒，陪老板娘聊一会儿天，或者看一会儿书。我说帮她充充人场。她很开心，经常请了我的红酒。

其实我的心里也在幻想，如果哪天丁咛推开门，走进来见到我时，会惊讶成什么样子。

谢太太的老公很早就去世了，她自称姓谢，其实是冠她的老公的姓。膝下的一儿一女都已经成人，哥哥在香港经营一家公司，做外贸生意，妹妹还在法国念书，成绩好得不得了，是法国最牛的商校。

“厉害啊！儿女双全，您教导有方。幸福！”

“是啊！”她笑得合不拢嘴。

虽然没有碰到丁咛，但是发现这家有品位，饭菜精致又好吃，老板娘人又好的小店，可帮了我的大忙。

我在公司里的人气高涨。

我经常带我的法国同事和朋友们来“水晶宫”。平常下班，或者周末，一发出提议，很多人都会响应。

“啊！我好饿啊！我好想来一碗香喷喷的水晶宫的鸡丝面！”不用我提，办公室里经常会有同事这么说。然后大家叫上我，下了班，三五成群一起过来吃，我的老福特车正好把他们带过来。除了面条，还有很多的菜式，无论是粤菜，还是川菜，大厨都能做得不错。

客人少的时候，老板娘会送我们一小杯她挑选的红酒，不得不说，她挑的红酒真的是好。

为了方便老外朋友们点菜，我还做了一个小卡片，放在我的办公桌上。上面写着，如果是两个人去的话，建议点哪些菜，四个人去的话，又建议点哪些菜。还附上大概的价格。这样同事们如果想自己单独去，而我又不在场的话，只用把小纸条递给老板看就好了。

“你们是Ying的朋友吧？”谢太太一下就看出来是我的小纸条，笑呵呵地准备去了。

当然，我也并不是过着僧侣一样的生活。多亏了“水晶宫”，我的要好的法国朋友越来越多，也就越来越经常地被叫去酒吧喝酒。

在酒吧里，我闭口再也没讲中国的浪漫爱情故事，这些故事会引起我太多的伤感，它们已经随着Alex一起被埋葬。

我以为我的生活会这样一直继续下去，却发现很快就被打乱了。

2008年的春天，是个不平凡的春天，发生了很多事情，其中之一是，又遇见了丁咛。

第十六章　四个月的恋人

我把电脑打开，给她发了条消息："睡了吗？"

"没睡呢。在刷剧呢，《流星花园》。"她很快就回了话。

"天呐，居然看这么老的剧啊！你看到哪一集？"

我把笔记本架在腿上，点开了那个有历史感的画面。

电视剧虽然很老，但是主题歌依然朗朗上口："陪你去看流星雨，落在地球上，让你的泪落在，我肩膀……"

花泽类正在说："小时候有一个朋友教我，当你眼泪忍不住要流出来的时候，如果能倒立起来，这样原本要流出来的泪就流不出来了。"

"哈哈哈，就是这里！"她笑着说。

"嗯，嗯。"我在我的床上，她在她的床上，不同的地方，一起看老得掉渣的《流星花园》。突然觉得很浪漫。

"男人和女人完全就是两种不同的动物嘛！"

"真的是，完全就是生活在不同的星球上……"

"杉菜太可爱了。"

花泽类说："十分钟，不，五分钟就可以了，请你抱紧我好吗？白天我还可以，但到晚上我就不行了。"

"啊……花泽类好可怜……"

1.老太太和阿丽斯

2007年的圣诞节是一个人过的，与其他的圣诞节一样。朋友们都回了家，连中国城都冷冷清清的。还好，一个星期后的元旦我和几个朋友一起好好喝酒撒欢闹了一把，赶走了寂寞。2008年初，中国春节，我组织大家伙儿在“水晶宫”吃了顿大餐。谢太太不打烊，一直陪我们闹到很晚。

圣诞—元旦—春节，心情的起落曲线，一直都是这样。

2005年的春节，阿丽斯的妈妈去世，三年后，2008年春节后的第三天，老太太去世了。

阿丽斯打电话和我说，老奶奶在家突发心梗，送到医院没多久，就去了。

起码一切结束得很快，没有像她妈妈一样，遭那么长时间的罪。

阿丽斯的爸爸和他现在的妻子赶了回来，和阿丽斯一起忙前忙后把老太太的后事处理了，简单地办了一个葬礼，墓地选在离老房子不远的一块公墓。

我赶去贝桑松的时候，面前是一块冰冷冷的墓碑，上面是一张老太太的黑白照片，她的笑，跟我脑海里的记忆一模一样。我在墓碑前放了一束康乃馨。

阿丽斯没有像原来那样哭哭啼啼，只是很安静地站在我旁边，没有再抱着我的胳臂，她的声音和语调比原来深沉了许多。她已经是大姑娘了。

“贝桑松已经没什么好让我留恋了，我想离开。”阿丽斯默默对我说，又好像在对自己说一样。

“去巴黎散散心，我陪你。”我说。

“好啊！”她说，“不过先得做一件事，你陪我一起。”

她拉着我去了一个熟悉的地方，是四年前的夏天，我和她第一次喝咖啡的那家咖啡店，胖老板还是那么胖。我很流利地点了我想要的咖啡，再问阿丽斯要什么。

“你不抄袭我的了吗？”阿丽斯笑着说。

“原来早就被你看出来了。”

我们坐下没几分钟，过来了一个男人，看得出来比我们年纪要大许多，穿着西装，发际线有点高，但是头发打理得很整齐，就他这个年纪来说，也算是英俊。

他旁若无人地坐在我和阿丽斯中间，好像他是谁的熟人一样，无视我的存在。

“阿丽斯，你找我……”

阿丽斯没等他把话说完，往他脸上狠狠地扇了一巴掌，然后把一杯咖啡泼到了他的身上。

她歇斯底里地吼了一句：“我们完了！以后别来找我！”

我算明白了，为啥她点了咖啡却一直没喝，原来是留着泼人。

“哎！你疯了吗？这西服你知道多少钱吗……”那个男人跳了起来。

我“啪！”的一声，拍了桌子，盯着他，他似乎这时才看到我。

“滚。”我摆摆手，平静地说，没有大吼大叫，始终坐着没动。他理亏，不敢怎么样。

我觉得我那一刻，特别帅。尤其是在那个男人抖了抖名贵的西服，一声不吭地走了的时候。

咖啡店胖老板倚在门口，看完了这一幕，笑了一下，转身回去了。

阿丽斯收拾好行装，跟着我去了巴黎。

当着我的面，跟她现在的老板打电话，说辞职不干了，世界很大，想去看看。

我请了两天假，陪她在巴黎玩了好多地方。很奇怪的情景，一个中国人给一个法国人在巴黎当导游。我们去了卢浮宫、凡尔赛宫、枫丹白露、凯旋门、香榭丽舍大街、蒙马特高地上的圣心教堂，最后是埃菲尔铁塔。

背后是高高的铁塔，我和她坐在塞纳河边的长椅上，看着潺潺的河水。

“不就是个破铁塔吗……”她说。

好像在梦里听过这句话，有种似曾相识的感觉。

她突然很用力抱着我的胳臂，把我吓了一跳，问她怎么了。

“没什么，就是好久没抱了。”她把头靠在我的肩膀上，“在贝桑松我们一起看小瀑布的时候，好像已经过去了好久……”

“确实是过去了好久。”我沉思了一会儿回答，四年了，算久了。

我在巴黎有住所，她在的这两天，我睡客厅，她睡我的卧室。

原本她非要坚持睡客厅，以为我拗不过她，我气得不行，强行把她抱起来，丢在了床上。她吓坏了，以为我要干什么。

然而我只是回到客厅沙发上睡觉。

第三天，巴黎游玩结束了，我也要上班，我问她做什么打算，她说她想去找Ludivine，在卢森堡找一份工作。她一直与Ludivine保持很好的关系，电话联系了之后，我送阿丽斯去St.Lazzare.火车站。

在站台上，她整理我的衣领，我整理了她的头发，像是一家人一样。

“你是个好人，Ying。”她突然来这么一句。

“希望我以后没什么可照顾你的。”这个希望倒是似乎真的实现了。

“谢谢你陪我走完这一程，我不是说来火车站的一程，是说一直以来……”

“我懂。”我打断她的话。

“你已经没有耐心听我把话说完了。”她笑着拍在我的胸口。

“会有人一直听你说话的。耐心地找，别再找一些坏男人。”

“嗯嗯。”她像个孩子似的点点头。

我们拥抱。她像个疯子似的用力抱我，一直到火车即将关门的“嘟嘟嘟嘟”焦急地响起，她才放开手。

我们接吻。在“嘟嘟嘟嘟”声即将结束的时候，她上车离开，挥挥手，自己走完剩下的路，再也没有回头。

她后来在卢森堡安顿下来，找了一份很不错的工作，收入很高，全世界地出差，她很喜欢这种感觉。很久很久都没有再谈恋爱，多年以后，才找了一个男朋友，是个中国人。

阿丽斯的故事就到这里。

氛气：

我很幸运，能够陪伴阿丽斯走完这一段人生的历程，她让我完成了一段人生的救赎。

我也是后来才逐渐意识到，她身上有一部分的你。跟你一样，她的妈妈不在了。跟她一起经历过巨大的生活压力，就像高考前我们一起经历过巨大的学习压力。一路陪伴她，有点像一路陪你下晚自习回家。

因为年轻时的任性和莽撞，在你需要我的陪伴的时候，我却转身离开。虽然是你说出的分手，但我做得更决绝，我们从此分道扬镳。

在阿丽斯身上，虽然我没有做到尽善尽美，但也足以让我心安理得。

“阿丽斯，做你觉得对的事情，如果你遇到困难，记得还有我在这里。”我是不是说得很棒？

我做到了，这也让我对你的愧疚少了一点点。

她从一个简单到透明的女孩，已经长大成一个独立的女人。

她已经完成了蜕变，你呢？你变成了什么样子？

2.《歌唱祖国》

2008年，中国发生挺多的大事，其中奥运会算是一件大事，大到一直影响到世界另一头的巴黎。

申奥成功一开始并没有给我的生活带来很大的影响，一直到2008年4月7日奥运圣火传递到了巴黎才让我夜不能寐。

奥运会本应该是全世界各国人民共享的一件盛事，奥运圣火的传递也应该是奥林匹克精神在全世界的传递，然而这次奥运圣火在巴黎的传递并不是很顺利。

大家对奥林匹克精神的关心显然没有能够抵挡意识形态上的冲突，法国的新闻媒体为了换取流量也尽其所能拿着各种放大镜看中国。

一时间我周围的法国人开始关心起中国来，尽管我耐心地解释、说明，第二天，他们依然会来问我同样的问题。很显然，他们不是来听我的解释，而是想教育我。

从很早起，我就不是一个能够忍受老外对中国的指指点点的人。

拿着被歪曲的事实，对另外一个国家，整体十几亿人来说教，还表现得言之凿凿，居高临下。难道一个外国人比中国人更了解中国的实际情况吗？难道外国人比中国人优越一些吗？

还好，不止我一个，跟我想法一样的中国人很多，在法国的华人华侨，以及留学生们，自发地发起了一场声势浩大的集会。网上随随便便一号召，就有几万中国人将要参加。其中还有很多人是从外地专程赶来，一起发出真实的中国人的声音。

华人社群一片沸腾，我当然也参加了，这是我这一生难得见到的一场声势浩大的集会，几万中国人齐聚在法国的首都，巴黎的共和广场。广场上水泄不通，“中国！加油！中国！加油！”的口号喊得震耳欲聋。我从三条街之外就能听见山呼的口号声，《义勇军进行曲》唱罢一遍又来一遍。

我的想法很简单，不管有没有什么效果，也不想能不能改变得了什么。就是憋气，为了发泄一下，使劲喊喊也是好的。

一切发生得就是那么自然，我遇见了她，准确地说，是她找到了我，在共和广场的雕像下。

“中国！加油！中国！加油！”当我在口水四溅地喊口号时，有人在我肩膀上小心翼翼地拍了一下。

“丁咛！”因为那时我的嗓子已经喊哑了，当大声喊出她的名字时，说话声音也劈了，特别滑稽。

听到这个滑稽的声音，我们俩都哈哈大笑。

她手里拿着两面小五星红旗，脸上也贴着五星红旗的贴纸。红色让她显得更加可爱。我一时看呆了。

我现在就想拉起她的手，离开这个地方。

“你自己一个人吗？”周围的人群呼喊的声音特别的大，我只能靠喊。

“没有，我跟朋友来的。”她用手捂着嘴巴，用力大声地在我耳边说。她指了指远处几个男男女女。

我心里咯噔一下。

“哦。男朋友吗？”我假装漫不经心地问她。

“不是。”她回头看了一下，笑着摆手。

“走吗？”我现在只想带着她离开这个嘈杂的地方。

“嗯，等我跟我朋友说一下。”她把红旗塞在朋友们的手里，说了几句话，比画了一下，然后就跑了回来。

四月的天气，阳光明媚，她穿着志愿者分发的统一的白色T恤，前面写着“中国加油”，背后写着“同一个世界，同一个梦想”的法文。跟我身上穿的一样。

我们一路推开拥挤的人群，小跑着离开了这个广场，这时身后响起了几万人合唱的《歌唱祖国》。

“五星红旗迎风飘——扬，胜利歌声多么响亮……”我和她都情不自禁地跟着唱了起来。

几万人齐唱的感染力，热血噌噌地往胸口涌，没有经历过的人，是无法想象的。

“这里你熟吗？”我问她，“有没有地方可以坐一会儿？我有很多话想对你说。”

“很多很多话。”我又补充道。

“嗯……”她环顾看了下四周，但明显是象征性地看一下，“我只来过这里一两次。”

“那就瞎走吧。”

“好吧！”

我们就这么沿着大路并排着走。一开始，她没说话，我也没说话。

“我给你打了电话。”走了好一会儿，我忍不住先开口。

“哦，是吗？我可没接到任何电话。”她的语气中有明显的抱怨。

我很开心她在抱怨，如果她表现得无所谓，我反而就会失望。

“你的号码少写了一位……”我背出她给的号码。这个号码我已经拆开、组合，再拆开，研究得烂熟于心。

“才不会……”她的脸色渐渐变了，从惊讶，到思考，再慢慢脸红……“啊！我写的是这个号码吗？”

“拜托，四年了，能给我你的手机号码吗？”我笑着说，把我的手机递给她。

她拿过我的手机，按了一串数字，拨出，她身上的手机响了。

“这就对了嘛！上次怎么弄个笔和本子来记。”她又抱怨着说。

一秒钟之后，她扑哧一声笑了，“对不起，是我写错了，不是0666……是06466……”

原来是这样，我从来没想到是头几位数字就错了……我有微系统和光电系统工程师的双硕士文凭，还是没能帮我破解这个电话号码缺一位的难题，“玄学”学得不精，我对不起“爱因斯坦”老师。

“害我找你找得好苦……”我苦笑着说。

“你找我干吗呢？”她反问我。

“我……”我一时语塞，很多话堵在嗓子眼。没想过这个问题，不知该怎么组织语言来回答。

遇到不会表达的时候，我就只能沉默，慢慢咀嚼她的这句话，“你找我干吗呢？”

意思是，“我们什么都不是，你找我想干吗呢？”又或者是，“你当时不是走了吗？干吗又要来找我呢？”

我们这样又走了一小会儿，似乎忘了走的目的。

“两年前，我曾经见到过你，我在四川麻辣火锅店里面，看见你从橱窗外走过，只是没能追上你。”

“哦？是吗？我是经常从四川火锅店门口经过。”她说，“从超市买东西回来的时候。”

“我还在网上发帖找你，寻人启事。”我说。

“啊？！那个人是你啊！”

“啊？怎么？”

“寻人启事里面，什么也没说，只说我留的号码少了一位。我怎么才能联想到是你啊。我以为是另外也有叫丁咛的人，或者是什么变态。我可不敢就这么贸然打电话给不认识的人。”

“我发的帖子里没说我是谁吗？”我眯着眼睛回忆我两年前发的寻人启事……

“两个傻瓜啊……”我笑着说。

“一个号码写错，另一个不会写寻人启事……”她笑着说。

“哈哈哈。”我们笑到东倒西歪肚子痛。

太阳晒着身上很舒服。背后广场上像海浪一样，传来《团结就是力量》的歌声，走了这么远了，歌声听得还是很清楚，就像在身边唱似的。

我又情不自禁地跟着哼了一会儿：“这力量是铁，这力量是钢。比铁还硬，比钢还强！向着……”

“差不多一年前，为了找你，我搬到了中国城。”我说，“现在就住在水晶宫楼上。”

“啊？！是吗？我曾经就住在水晶宫对面楼！”她也惊讶了。

“你怎么不去水晶宫了？我向老板娘打听你，她说你是常客，我经常晚上在那里等你，想着哪天会碰到你。”

“是吗？我搬走了之后就不怎么去那里了。不过，很是怀念那里的鸡丝面呢！”她的声音变得柔软起来。

“你怎么搬走了？住我对面不好吗？”我着急地问，我怕她又去了好远。

“我的室友搬走了，那个房间我一个人住太大了，我也就换了一间小一点的房子，也在附近。”

“哦！”我松了口气。

她沉默了一会儿，我也沉默了一会儿。大家都在慢慢咀嚼这么多次擦肩而过意味着什么……

继续走了一会儿，面前突然出现了St.Lazzare.火车站，不知不觉走到了这里。

两年多前，她在这里给我留下了个残缺的电话号码，但是让我知道了她在巴黎。

我知道她也在想这件事情，我们俩相视意味深长地苦笑了一下。

走了半个多小时，累了，我们在旁边找了家咖啡店，St.Lazzare.火车站附近我熟悉，有不少小咖啡店。街角有一家的音乐我很喜欢，我带她过去。

我们点了咖啡。坐在路边。火车站银灰色的玻璃穹顶在暖暖的阳光下反射着光。店内放着轻松的爵士音乐。

“你真的这么到处在找我啊？”她的声音甜得像蜜糖一样。

“在贝桑松，我还去过你的宿舍。你已经走了。”我说，“从那时候算起的话，找了你四年时间。”

“傻瓜，那你那天为什么那样就走了呢？”她睁大眼睛看着我，又是这一招，让我毫无招架之力。

“你知道的……”我小声说。

“因为我长得像你的前女友，曾经的恋人。”她说，“我知道。”

“那你怎么又来找我呢？”停顿了几秒，她又问。

“我也不知道……”我说，“我也很无奈啊……”

脑子里面突然想到一个电影的场景，我笑着说，“你看过《有话好好说》吗？张艺谋和姜文拍的，里面有句台词。”

“看过，你说的是哪句？”

“安红，额想你，额想你想得睡不着觉！”

“哈哈哈。”

“丁咛，额想你，额想你想得睡不着觉！”我学着电影里的陕西口音说。

“讨厌。”她笑着捶我，我俩都笑了。

“我找你，就是因为这个理由吧。我想你了。”我说。

她低下了头，店内轻轻地开始放爵士版的《月亮河》，在钢琴的伴奏下，小号吹得柔软绵长，我和她都安静地听得出神。

“你现在做什么呢？”我问。

“学业的最后一年，在一家医院里实习。八月份毕业。”

“然后呢？”

“回国吧……”她低下头，“我在法国很难找到医院的工作。武汉的一家医院已经同意要我了。”

“八月份就回国了？这里很难找到你合适的工作吗？”

“应该是。”

店内继续悠悠地传来《月亮河》的旋律，我和她听得入神。

我喝了一口咖啡，她也喝了一口，两人都不说话了。经历这么多，好容易找到她，她却即将回国了。

“还有四个月？”我不死心地重复问一遍。

“嗯，你呢？不回国？”她反问我。

“我……好不容易刚开始适应这里的工作。应该不会考虑回国吧。”

我环顾四周，我舍得离开这里吗？付出了这么多争取到的结果。

我又喝了一口咖啡，她也又喝了一口，两人又都不说话了。《月亮河》结束了，现在放的是《玫瑰人生》。

我想留在巴黎，她想要回国，事情就这么简单，已经清晰得不能再清晰。

“嗯……你有男朋友吗？”我小心翼翼地问，还是想确认下。我担心了好久这个问题。

“没有，来读几年书就要回国的，本来也不准备谈恋爱。除了……”她突然不说话了。

“除了在贝桑松，我们那次？”我实在忍不住，得意地笑了。

“得意个什么！怎么那么厚脸皮！”她气呼呼地说。

“那能算谈恋爱吗？”我更得意了。

“算被拒绝了呗。连给我写信都不答应。”她低头伤感地说。

我愣住了，没有再笑，得意的心情一扫而光。

“你呢？有女朋友吗？”她把问题抛还给我。

“没，一直都没有。”我学着她的语气。

“老大不小了，怎么不找一个呢？”她睁大眼睛看着我，“你还在想她？”

我皱着眉头思考了一会儿，没记错的话，我给氢气写过83封信了，还是写完就烧掉，没有第二个人知道。我要撒谎说我已经忘了她吗？

“没有吧……不知道。”我说。

“我想你啊！”我嬉皮笑脸地说了这句肉麻的话，“不是说了吗，额想你想得睡不着觉！”

“肉麻。”她笑着说，“你对其他女孩都这样吗？有没有跟其他女孩睡过觉？”

我脸红了一下，“有。无聊的时候，酒吧遇见的。”

“你不一样。”我马上补充道。

“哼！”

“我很想你，满巴黎地找你，打了千万遍你的电话，网上也找你，见人就打听你。知道你在中国城住，我也搬过来了；你从我面前走过，我却没能追上你；我常常在水晶宫吃完饭，就坐在那里等到十点才走，只因为老板娘说你常来。”

“我觉得我都要疯了。”我说。

“真的？”这回轮到她得意起来，“有多疯？”

“像刚才广场上三万人喊口号，唱《歌唱祖国》那样疯。”

回想起来刚刚广场上万人齐唱《歌唱祖国》，身上又起了一阵鸡皮疙瘩。“五星红旗迎风飘——扬……”情不自禁又哼了出来。

“听起来是蛮疯的。”她咯咯笑起来，笑声很悦耳，“那你怎么之前离开了呢……”

我叹了口气。

“我知道，你又要说之前的故事。可是，你会不会哪天又想起她呢？我让你想起她，然后你再一次转身离开？”

“我不知道……”我说我不会，但是没有底气，没有底气地撒谎，还不如不撒谎。

“撒谎都不会……”她还是看出来我想什么，她总是能看出我想什么。

现在店里传来的音乐是《飞越彩虹》……

我和她又沉默了下来，我想拿起杯子喝口咖啡，发现咖啡早已经喝完，只剩下里面的干掉的黑黑的污渍，我赶紧把杯子放下。

我留了两杯咖啡的钱和小费在桌上。

“回去还是再走走？”

“走走吧，我想去看看塞纳河。”她若有所思地说。

“我有个好去处！”我突然想到一个绝好的地方。

我们从火车站的地铁口乘地铁，去了Pontd'Art站，那里是艺术桥，也就是传说中赫赫有名的“情人桥”。

这是一个简单得不能再简单的木板桥，只能步行，普通的铁护栏上，密密麻麻地扣上了无数的小锁，锁上写着相爱两人的名字，钥匙被扔进脚下的塞纳河里，象征着一生一世永不分离。

我们来到情人桥的时候，已经渐渐日暮，我和丁咛席地而坐，脚下是蓝色的塞纳河，一面的风景，是河中心如画般的西缇岛，岛上的远端是巴黎圣母院的哥特式建筑的剪影；另一面的风景，是映着夕阳的河水，在微波中泛着粼粼的光，远处可以看到浑身闪烁着金色灯光的埃菲尔铁塔。我们看着两岸的街灯一盏一盏点亮，与河堤边走廊的昏黄的灯光一起，将河水晕成暧昧的颜色。

“我给你讲一个故事。”我说。

“嗯，好啊。”丁咛吹着河风，头发在风中轻舞飞扬。

“是关于我大学的一个铁哥们儿。他叫老王，大学毕业那会儿，我们所有课程和考试已经结束。跟我差不多，老王申请了英国的一所大学，一个月后，他将从北京飞往英国。

有一个多月的时间，我们可以好好地放松，在北京玩一下。

有一次，我们几个人去外地玩，坐火车回来的时候，在车厢里玩真心话大冒险。老王输了，选择了大冒险。我们的题目是，在火车上找一个人要薯片吃，而且不能说自己是为了完成大冒险的任务，得编一个合适的理由。

他在车厢从头走到尾，只有车厢尾的几个女孩那里有薯片。要知道老王平常跟女孩说话声音都会发颤，更别说提一些唐突的要求了。”

“你猜猜他怎么说？”

“他怎么说？”丁咛饶有兴趣地追问。

“他一本正经地对一个女孩说，你好，我留意你好一会儿了。你可能会觉得，我想通过搭讪来要你的薯片。但我心里想的是，通过找你要薯片来搭讪你。所以……美女你好漂亮呀，能给我一片薯片吗？”

“哈哈哈哈哈哈。可行吗？”丁咛笑得乱颤。我就喜欢她这个样子，无论我讲什么她都会认真配合。

“可行啊，不过，这是他之后跟我们讲的版本，具体经过是不是这样我也不知道。总而言之，老王就在那个女孩身边坐下了，跟她在火车上聊了一路。

他们两人突然一下就爱得很疯狂，我从来没见过两个人会这样。这也许就是一见钟情吧。

但是大家都知道老王一个月之后就要去英国，而那个女孩一个月之后，也要去广州工作。她也是要毕业的大学生。”

“啊？那怎么办？”

“他们两个人约定好，就做这一个月的男女朋友，一个月之后，就分手，各奔天涯，互不相欠。既然爱了，就要爱得轰轰烈烈，不留遗憾。”

我停顿了一会儿，留下时间，让丁咛低头陷入沉思。

“那一个月他们度过了很快乐的时光，我从来没见过老王这么快乐过。但是一个月之后，他还是不得不去了英国。而那个女孩去了广州。”

“他们分手了吗？”

“分了几次，都没有成功，又继续依依不舍地维持着异地恋。这场分手持续了快一年。最后终于还是死了心，彻底断了联系。

然而老王在分手后几个月之后就回国了。他在国外的学业总共也只有一年零四个月而已。

回国之后，老王在家人的安排下相亲，找了另一个门当户对的女孩。”

“好悲伤的故事。”

我喜欢讲悲伤的故事，就好像，比起甘甜可口的果汁来，涩涩的红酒，更能让人记住，让人回味。

我们两人看着脚下的塞纳河，默默地看了好一会儿，灯火通明的游船来来去去，游船上的人兴奋地冲桥上的人招手。

我突然非常害怕，今晚过去，我会再次见不到她。

“丁咛，我喜欢你，这么多年，你是唯一让我心动的女孩。这几年，我满世界地找你，都快让我疯掉。好不容易找到你，我不想就这样分开……

我知道，你要回国，我要留下。我也知道，我还没有完全忘了我的过去……

我们还有四个月的时间，能不能像刚才说的老王那样，做四个月的恋人？”

我看向她，她扶着桥的护栏，看向西缇岛上的巴黎圣母院，嘴角上依然挂着猜不透的微笑。往来游船上的灯光映红她的侧脸，夜风拨动着她的头发。

她像是从画中走出来的人。

我没再说话，该说的已经说完，我把我自己交给了她，等待她的宣判。

她没有给我答案。取而代之的是，她轻盈地转过身，把手伸向我，那只纤细的白白净净的手，梦中的手，熟悉的手。

“走，换个地方逛逛吧。”

时隔四年，我再次牵起那只手，手心里汩汩地传来温暖和力量，为了这一刻，我找了太久。

她在我身前，像牵着个孩子一样牵着我，一言不发。

我哭得像个孩子。

3.四月的恋人，四个月的恋人

我们从情人桥上下来，沿着塞纳河右岸上了新桥，来到西缇岛，然后从新桥上下来，走到西缇岛上一端瓦尔嘉朗公园的边沿，岛上的河堤紧挨着水面。我们坐在河堤上，水面就在脚下一米不到的地方。我们在那里默默地看着夕阳。

夕阳看够了，天也黑了，我们再通过新桥走到塞纳河左岸，继续走几百米，就来到了圣米歇尔广场，广场上的大喷泉汩汩地涌着泉水。

一路上我们牵手沿塞纳河畔慢慢走着，好像和四年前的场景一样，也有很多的不一样。四年前的那个晚上，我和她在贝桑松一路走回宿舍，在小河边她吻了我的脸颊。

我们先去了一个酒吧，很安静地放着爵士音乐的那种，我点了一杯黑色俄罗斯鸡尾酒，她点了一杯莫吉托鸡尾酒，她让我尝了尝她的那杯，我从此爱上了莫吉托的味道。我又要了一些火腿和奶酪，薯片和花生小吃，一起坐着有说有笑地聊了好久。

我给她从“被葬送”，讲到“没死”，再讲到来巴黎的一路的经历。她则跟我讲离开贝桑松去了南方校区的经历，还有来巴黎之后的经历。

四年的时间，有太多内容要跟上，估计要讲个几天。

酒吧里出来，还是有点饿，我提议吃点什么。

“克爸爸！”她扬了扬手，大声地说，我笑了，我们俩都笑了。

天色已经不早，明天还要上班，吃完“克爸爸”，我们搭地铁回去。地铁门即将在我们面前关上，发出“嘟嘟嘟嘟”的提示音，我赶紧牵起她的手，几步小跑，在关门的一瞬间冲进了车厢，一下没站稳，我们抱在了一起，车门在我们身后关上，心怦怦直跳。

不知道有什么好笑，我们两个笑个不停，看上去像两个醉鬼。

回到中国城，我送她到她楼下，她家和我家的距离，就像当时在贝桑松时，她的宿舍和我的宿舍的距离，我问她觉得我的提议怎么样。

“就是那个谈四个月恋爱的提议。”

她还是没有回答我的问题。

“要不要上楼坐坐，我给你泡杯柠檬茶？”

…………

“这里是小厨房，这里是沙发和电视，这里是床，好啦！房间太大，你适应一下。”她笑着介绍完房间。她还记得四年前的台词，我心里涌起一阵暖流。

她的笑脸像四月初的樱花一样迷人。

这一晚，我没有离开，我默认为她同意我的提议。

接下来的一段时间里，我似乎变了一个人，曾经的寂寞一扫而空，晚上不用一个人吃饭，看书，刷剧。

下班之前，我会发消息问她今天什么时候下班，约在老地方碰面，一起去试试哪个小馆子或者酒吧。

我们的老地方，是卢浮宫前的杜乐丽公园，距离我上班的公司不远，也成为经常路过的地方。我们踩着公园里的灰石子，在大喷泉池塘的旁边，拽过铁椅子坐下来，看着池塘里的鸭子游来游去吃着人们手里的面包屑，享受安逸的傍晚阳光。也可以，在公园里的露天咖啡店坐下，我来一大杯啤酒，她依然喝一杯莫吉托……享受百年前皇帝享受过的花园风景，是一件美不胜收的事情。

如果我们有看电影或者去餐馆的安排，就在离家不远的地铁站碰面，那里是法国国家图书馆站，从地铁口一出来，就是塞纳河，国家图书馆的高楼脚下有一片长台阶，台阶下，面对着的是静静流淌的塞纳河河水。

如果我先下班的话，就面朝着河水，坐在长台阶上看书。她会在身后喊一声“哎！”。

我们一起看了很多场电影。

我找公司的工会买了厚厚一摞打折的电影票，电影院就在国家图书馆不远的地方。看完了电影，再去餐馆或者酒吧，最后沿着塞纳河瞎逛，走到哪里算哪里。

我们也一起吃过很多餐馆。

谢太太看见我们手牵手走进“水晶宫”的时候，好像是看到他儿子结婚一样开心，很夸张地拍着手说：“哎呀！你终于找到丁小姐啦！”

巴黎左岸的圣米歇尔广场和喷泉，是我们常去的地方。在那附近有好几条街的餐厅，小酒吧和咖啡店，各国的美食风味琳琅满目。有中餐馆飘着羊肉串和水煮肉的香味；日本餐馆的白色门帘后能看到柜台上鱼生师傅在认真地准备料理；布列塔尼风味的小酒馆桌上放着大大的特色可丽饼薄饼，大盆的沙拉，大块的香肠和酱鸭腿；法国餐馆里面冒着热气香味扑鼻的焗烤蜗牛配上小块面包和各式甜点；来自比利时的Chez Leon de Bruxelles餐厅的小铁锅煮贻贝，奶酪味、蘑菇味、熏肉味等各种口味随便组合；爱尔兰和苏格兰的酒馆里面则是炸鱼和薯条、啤酒和球迷的天下；意大利餐厅里有的是那不勒斯比萨，卡布里乔莎火腿比萨、皇家比萨、四季比萨、四奶酪比萨和各种海鲜意面；希腊小饭馆里有美味的烤鱼和烤羊排；路边黎巴嫩小摊上的沙瓦玛肉卷香气四溢；土耳其烤肉店里的烤肉配上美味的辣酱，加上简单的可乐和薯条就能让人分分钟幸福感爆棚。

不过，我们试了很多各国的美食，觉得都不如四川麻辣火锅来得劲爆。

我们也去了很多地方，不喝酒的时候，我晚上开车和她出去兜风，或者沿着塞纳河河畔欣赏巴黎的夜景。周末可以开到郊区的树林或者湖边，这个季节有几个地方可以采蘑菇和野韭菜，我们周末开车去采回来包饺子。

我的老福特车在一次开往郊区的路上抛锚了，为我服务了两年，终于寿终正寝。我依依不舍地处理了老车之后，她陪我当天买了一辆新的福特车，同一个系列的新款。找了一个周末，开着新车，和她一起去了南方的海边，住了一晚上，第二天又开回来。

日子在平淡的幸福中一天天流淌，哪一天不过好，都是浪费。

2008年中国发生的大事件，毫无疑问，5月12日的汶川地震是其中一件。8级的大地震对于远方的我们来说，最开始只是一则国内突发新闻，随着铺天盖地而来的报道画面和不断攀升的遇难人数，才逐渐意识到事情的严重性，在地球另一端的人也无法不觉得悲痛。

在巴黎的许多中国人自发组织起来去共和国广场，为不幸遇难的同胞们默哀和悼念，鲜花摆了一地，地上铺满了白色的小蜡烛。

我和丁咛下了班，天黑之后也去了那里，广场很肃静，没有了往常的喧闹，很多中国人——也有一些法国人——往空地上摆放了鲜花，几个小孩在妈妈的指导下，点亮蜡烛，放在许许多多其他的小白蜡烛旁边。

“几万条生命，去了哪里呢？”她问我。

最接近死亡的一次，就是Alex去世的那一晚。我认为我没有什么经历能够体会死亡和人生的哲理，只知道能够活着就不错了。

我给丁咛讲了Alex的故事，讲了好久，她也听了好久。

“死不是生的对立面，而是作为生的一部分永存。”丁咛慢慢地说出了这句话。

“好有深度的一句话。”我很钦佩地说。她时常说一些深刻到令我吃惊的话。

“《挪威的森林》里的一句名言。你没看过吗？”

我摇头。

“很好看的一本书，只是很忧伤，然而写得很好。”她说，“我那里有，推荐你看看。看完了之后告诉我，直子和绿子，渡边到底更喜欢的是谁。”

“好啊！我有空看完了之后告诉你。”这本书，在她走了之后，我才想起来看，那时才明白她想说什么。

“你还记得《第一次的亲密接触》吧？”我问她，我有点为我读书的品位而脸红。

“嗯嗯，看过的，好久好久之前的书了，大学时候看过，女主角后来死去了，对吧？”

“嗯，对。好笑的地方让我笑得流眼泪，后来是伤心地流眼泪。还记得我和你在贝桑松的时候讨论过《大话西游》吗？”

“越美好的东西，失去的时候会越痛苦。我想作者在告诉我们这个道理。我问过你的一个问题，哪一个更残酷，是爱过，还是失去？”丁咛睁着大眼睛看着我。

透过她的眼睛，我明白她的意思，我们不久就要分开，现在越美好，离开的时候就会越痛苦。

“无论将来多痛苦，我也要拥有现在的美好。否则我会后悔一辈子的。”我握起她的手，对她轻声说，“试想，假如我们像地震中遇难的人一样，看不见第二天的太阳，我会有多懊悔没有好好爱你一次。”

我深深地知道后悔是什么滋味，八年前的一次鲁莽，错过了一个好女孩，让我耿耿于怀了这么多年。我不想再错过爱一个人的机会，即使只是曾经拥有，即使将来会以痛苦收场。

丁咛低着头，紧紧握着我的手。

那一晚，我们聊了许多生命，死亡和离别的话题，心情比较忧郁。

还好，第二天天一亮，还是拥抱阳光。

还好，这就是生活。

第十七章　大海

我在北京的大学里，有一个花园，花园里有一片小树林，里面经常有男男女女躲在夜色中卿卿我我，也偶尔有失恋的男生或女生躲在夜色中哭哭啼啼地凭吊失去的爱情。

我也曾是哭哭啼啼的一员。

结束寒假回到北京之后，我脑子里面依然是你说的那句“我们分手吧”和“你说呢”。

在家里父母面前，仍然要坚强表现出来若无其事，嘻嘻哈哈的样子，即使这是我人生第一次失恋。结束假期回到北京之后，才能放下伪装，才能允许自己一口气哭出来。

待在宿舍里也没有意义，反正没有人会给我打电话，也没有人会给我写信。我跟着电脑喳喳作响的音响一起唱张学友的《吻别》《一千个伤心的理由》、那英的《征服》、潘越云的《我是不是你最深爱的人》。唱完一遍之后，背着书包骑自行车去教室自习。

有朋友来找我玩，我就拉着他，买两瓶啤酒，去花园里，一边哭着一边跟朋友讲我的故事，曾经的一点一滴，我如何耍心机搬走路上的石头，可以陪你多骑一会儿车送你回家，我又如何从你的宿舍转身离开。

我依然保持着去图书馆去上网的习惯，只不过有了其他的事情忙碌。在QQ里搜索十八岁的女孩，地址在北京，一个一个地加好友。

“嗨，美女，今天天气不错”是我统一的开场白。每天都能约到有人留下电话号码，几乎每天都能约到见面。

有一个女孩，是其他学校的，但有课程在我们学校的教室上。她告诉了我什么时候，会在哪个教室上课。她希望我给她来一次浪漫的邂逅。

我远远地从教室另一头看了她一会儿，把她从好友里删除。不是她不漂亮不可爱，只是我不愿意。她不是你。

还有一个女孩，就在我们学校对面的大学，我告诉了她我的宿舍房间号，半开玩笑地说，她过来的话，我请她吃饭。她用两瓶啤酒把我灌倒，我晕头晕脑地跟她讲了两个小时和你的故事。她扶着我回宿舍，坐在我的床边，给我弹了一个小时的吉他，然后就走了。

她约我周末一起出去旅行，我拒绝了，不是她不漂亮不可爱，只是我不愿意。她不是你。

这样的例子很多，还有的时候，见面都不想，只想在电话里瞎胡闹一下："喂，您好，我是今天加你QQ的那个人，我有一件事情很重要，一定要跟你讲，那就是……"

"我爱你！！"

对着电话歇斯底里地喊了，然后赶紧哈哈笑着挂断电话，笑到眼泪流出来。

我以为这种恶作剧能够让我好受一些，然而并没有。

1.永远爱你的，咛

六月悠悠，七月匆匆，我们刚适应了恋人的生活，八月悄悄画上了句号。

丁咛的实习八月结束，九月签证到期。有一个月的时间空闲下来，处理离开法国的事情。在法国生活了这么多年，积累了不少的东西。能卖掉的就卖掉了，再送一些给别的朋友，最后没人要的只能扔掉。

她说想留给我的东西，我不敢收，怕背的包袱太重。看见一本书躺在她的空荡荡的房间角落，封面上写着《挪威的森林》，犹豫了半天，最终还是拿走了，丢在车的副驾驶的杂物箱里。这是唯一留下来她的东西。

她把房子退了，行李存放在她的一个朋友家里。为什么没放在我家里，她不跟我说。

我们决定一起去希腊旅行，我把我一年的假期一次性都给用了，攒出来四个星期的时间，一直到九月她离开之前，我们会在希腊的一个小岛上度过。

她说她喜欢旅行，而且最喜欢深度游，对知名的景点并不热衷，只希望将风情刻在脑子里，如果一个回眸能够触及心灵的深处，比起拍一万张打卡合影照片来得更重要。

我跟她的想法一样，我们都为这份懒惰找到了一个很好的名词，叫“神游”。这个名词一下子就让我们比“相机游”“打卡游”“购物游”等一众其他俗人，显得更高级，更有内涵。

我们在圣托里尼岛上租了一间民宿，卧室的床面对着一个大天台，天台四周放眼望去就是蓝蓝的大海，天台上有两张躺椅，头顶上是一个雪白的大太阳伞。

我们经常走很远的路，也走了很多的台阶，就在这个岛上已经有看不完的风景，每个不经意的回眸，都会被大海、天空、岛屿和蓝顶白墙的房屋构成的美丽图案给深深地迷倒。

很多时候，我们坐在岛脚下入海的码头，那里有一家小餐馆，有着最美味的葡萄酒和最新鲜的海鲜，我们吃完就赖在门口的椅子上不走，吹着海风，安静地看着蓝色大海的呼吸，均匀拍打着码头，可以一直坐到天黑，月亮升起，点亮墨绿色的大海。

懒得动的时候，就在民宿的阳台上，躲在太阳伞下佛系地躺平。买瓶酒，就着小零食吃着喝着过一天。无论怎么样东扯西拉，都觉得特别的好。

我们每天傍晚去岛最西的尽头看日落，当夕阳垂落到海平面上的时候，天边总会腾起一片慵懒而忧伤的云彩，慢慢被涂抹成了血红色，坐在岩石上的我们，可以看着它，和大海一起呼吸。直到，呼吸静止了，夕阳也落了。

我们在那里的时候，天气一直都非常好。有时夜里会听到电闪雷鸣，外面狂风大作，大雨拍打着窗户，摇着外面的椰子树哗哗作响。但是天亮时，一推开床前的阳台门，外面爽朗的阳光刺进房间，外面的天空依旧是湛蓝湛蓝的，就像是洗过的一样，椰子树若无其事地在风中摇曳，仿佛没有任何风雨来过。

电闪雷鸣的时候，她就缩在我的怀里，紧紧地抱着我，我也紧紧地抱着她。

卧室里的床是白色的，白色的枕头，白色的床单，白色的被子，她躺在里面，清晨的阳光照在她的脸上，像极了天使……

我们表面上装作若无其事，但是心里都在盘算着距离分别的时间还有多远。

我们谈论的多是往事，而避免谈将来，因为我们可能没有将来。

于是我们将每一天当作生命的最后一天来过，我有不错的工资和小小的积蓄，这次可以任性地不用为花销发愁。

我买下许许多多的玫瑰花，让人早上送来铺满我们的门口，只为了早上她打开门能够看见，感动得尖叫。

我请小提琴演奏者给我们的烛光晚餐来一段独奏，也请来诗人来为我们朗诵一段完全听不懂的爱情诗。

我给她做丰盛的早餐，让她一醒来就可以在白色的床单上吃到摊鸡蛋、炸培根、烤面包、水果沙拉、咖啡和果汁。

如果就剩下这么最后几天，我没有什么理由不好好宠爱她。

…………

直到有一天，我从阳光中醒来，能够让我宠爱的人已经离开了。

她留给我一张字条：

英：

我走了，知道你不喜欢离别，我也不愿意看到你伤心难过的样子。于是选择在你睡着的时候，悄悄地走。你醒来一定会悲伤，但是起码不用带着悲伤送我离开。

我的行李寄存在我朋友那里，所以我一回去直接就要从巴黎出发了。

我的法国的电话过几天就停机了，回国也用不了。MSN上你也不用联系我，我会把你拉黑，这样你就会忘了我，会好好地找一个女孩，娶她，宠她。

我们两人的终点不同，你希望留在巴黎，而我的归宿在武汉。但这其实也都不是问题。

真正的距离，也许你自己都不知道，是你并没有忘记她。睡在我身边的时候，你有时做梦会说出一个名字，重复了这么多遍之后我明白应该是她，你做梦的时候也会哭，哭得很伤心。你说过很多梦话，我不想在这里描述。

真希望将来有一天你会走出来，你难过，我看着也伤心。

这四个月的恋爱，是这一辈子最快乐的时光，我永远都不会忘记。

我会经常去东湖边看风景，要是有缘，将来也许我们会再遇见。

永远爱你的，咛

她的签名，“咛”的口字旁是个小的爱心，心形的轮廓里用笔细细地涂满。

信纸上面字迹很工整娟秀，只是有几滴圆形的水渍弄乱了下面的几排字，是泪水。

…………

我一个人去码头吃饭，看海，一个人坐到天黑。

一个人在阳台的躺椅上晒太阳，喝酒吃零食。

一个人去岛最西的尽头看日落。

…………

几天后我才回到巴黎，怎么回来的，怎么躺在家里的床上的，所有相关的记忆非常模糊，可能大脑开启了保护机制，努力让我忘掉那段回忆。

紧接着的几天，我躺在床上大病了一场，烧得很厉害，不停地出汗，稀里糊涂地做着梦，很长很长的梦，没黑没白地睡觉。

我以为我会死在异国他乡。

还好三天之后，我又活了过来，关掉了情感的开关，正常地去上班。我是个求生欲很强的人，需要冷血的时候，我可以很冷血。毕竟这里只有自己一个人，照顾自己的责任只有自己扛。

在活过来的那天晚上，下班回家，我必须找个人说话，但发现没有人可以联系。

于是我又开始跟氢气写信，像是捡起一个曾经的老习惯，也像是重新拾起让人上瘾的毒品。

氢气：

你真的很讨厌。不知道什么时候才能摆脱你。

哈！你会说，啊？发生什么了？关我什么事？

还别说，这事还是跟你有关系的。

虽然爱得遍体鳞伤，但我依然觉得很幸运，能够陪伴丁吖度过四个月的时光。

就像阿丽斯，她也让我完成了一段人生的救赎。

我也是后来才逐渐意识到，她身上也有一部分的你。她长得像你，跟你来自同一个城市，同一个学校。但这都不是主要的。

我从你的房间转身离开，后悔莫及，但再也没有机会回头。我也从她的房间转身离开，再次后悔莫及，我以为也没有机会回头。

我真的找了她好久，知道她就住在中国城之后，我疯狂地找了两年，四处打听她的下落。

可能是我的努力感动了上天，我又有了一次机会，于是有了这四个月的恋人。这四个月是我这辈子最快乐的时光，能够好好地爱一个人，也能够好好地被爱。

这几个月和她所做的事情，都是我想与心爱的人一起做的事情。这一次，我终于弥补了转身离开的错误，心里的愧疚感也少了一点点，自己终于不再是那个浑蛋。

然而人都是贪心的。有了四个月的恋人，就会想要更多。得到时越美好，失去时就越痛苦。

我不知道该怎么办，我很喜欢她，但却和她的目的地不同。我没有为她放弃在法国的所有，这是因为不够爱吗？

丁咛说，我还没忘了你，希望我能早日走出来。

我现在背负了更多的东西，怎么走出来，一点也不知道。

写完这封信，我把信读一遍，仔细叠好，然后放在铁盒子里，点着火柴烧掉，留下一摊黑色的灰烬。

没记错的话，应该是第84封。

恢复上班之后的我，变得一言不发，我的耳机里从早到晚放着周杰伦的歌，从第一张专辑开始：《范特西》《八度空间》《叶惠美》《七里香》《十一月的肖邦》《依然范特西》……

想起来大一的时候，宿舍电视上播放影视娱乐台的音乐栏目，青春洋溢的主持人说："最近有一位新人，可能大家会比较陌生哈，推出了一首很特别的歌，风格新颖引起了不少的话题，请欣赏，周杰伦的《双截棍》。"

"霍霍哈嘿，快使用双截棍，霍霍哈嘿。"

老雷说，这唱的是个什么鬼。

我说，这小子将来一定会火。

我突然发现这么多个月没有给柠檬写信了，她的来信我都没有回复，她已经顺利博士毕业，留在学校当上了大学的中文老师，教中国文学专业，她的课总是爆满。我都不知道那里的孩子们都这么喜欢学中文和中国文学。

我想给柠檬回信，落笔写名字的时候，却写成了“丁咛”，突然懊恼自己怎么这么不争气，这么大个人了，依然没有能力洒脱地从一次感情中走出来。

再次落笔的时候，又写成了“氢气”，气得我把笔丢在一边。

第三次才把名字写对。我告诉柠檬我与丁咛相遇，又分开的过程。

为了丁咛而订的那一摞打折电影票还剩下大半，为了不浪费，我一个人把剩下的电影票一场一场看完。

有一次路过共和广场的时候，看到了广场上的雕像，突然一下脑子短路就唱出了《歌唱祖国》：

“五……星红旗迎风飘扬……”

唱了一句就开始落眼泪，继而变成号啕大哭，只有我和丁咛明白：

——“有多疯？”她笑着问我。

——“像刚才广场上三万人喊口号，唱《歌唱祖国》那样疯。”

我又找回了原来酒吧喝酒鬼混的日子，当把感情开关给关掉之后，一个没心没肺的浑蛋的我就原形毕露了。

我和朋友们在酒吧里遇到不同的女孩，讲乱七八糟不着调的情话，第二天回想起来都会觉得脸红。

这样的日子过得很快，2009年的圣诞节我一个人过的，然后是跟一帮人闹腾腾地过了元旦，在“水晶宫”和朋友们一起过的春节。闹得太凶，第二天还跟老板娘谢太太赔了不是。

谢太太一脸怜惜地看着我，什么都没说。

圣诞一元旦一春节，2010年又是一个轮回。那年的春节是2月14日，正好是情人节。

我在朋友们的怂恿下去参加了一个酒吧的Speed Dating（速配）活动。在酒吧昏暗暧昧的灯光里，男男女女们从一个桌前换到另外一个桌前，像走马灯一样，和不同的人说着同样的话：

“你好，我叫……今年……岁，我是一个……我喜欢……”

我想起来Alex曾经在车上对我讲的那个，仅靠36个提问就能促成“一见钟情”的理论，好像是美国一个科学家做的什么实验……

我刚在第一个桌上坐下来，不知道为什么，突然，胸口一阵沉闷，肚子里翻江倒海，只想吐。

“不好意思，我有点想吐。不好意思……我先走了……”然后我仓皇逃跑。

我的朋友跟对面一脸生气的女孩解释：“不好意思啊，他刚刚吃坏了肚子。不过，嘿！你好，我叫……我今年……”

想到了Alex，第二天，我联系了梅斯的同学Karim，又辗转找了好几个人，最终找到了Alex在巴黎的墓地。来巴黎这么久了，才想起来过来看他。墓碑上，他英俊的脸庞在阳光下微笑着。

我给他讲了昨晚上Speed Dating上我想吐，然后仓皇逃跑的事情。那个36个提问就能“一见钟情”的说法，我不能苟同：

“首先你得让我愿意坐下来跟对面的女孩说完这36个提问，在我不会吐的前提下……”

“你最想知道的问题是什么？”Alex问我。

我给他留下了一束康乃馨。

晚上，我给氢气又写了一封信，没记错的话，应该是第107封：

氢气：

2010年了，已经过去了整整十年。大学四年，留学两年，工作又四年。十年……

我依然还会做那个梦，但是没有原来那么沉重。阿丽斯和丁哼让我一步步完成了人生的救赎，我也释怀了一些。只是梦境中最后感觉到的孤单，依然没有变化。醒来之后，这种像是来自深海的孤单一直在脑海中萦绕。

我去参加了一个酒吧的速配活动，让我觉得想吐。Alex还说通过36个提问就能够制造一见钟情，我认为这只是实验室的结论罢了，如果我和一个女孩愿意一起坐下来，互相提36个问题，再凝视4分钟，那我不如与她约好一起出去旅行，再同睡一个房间得了。

所以我还是相信一见钟情的神圣。说到一见钟情的经历，我想到了你，继而又想到丁咛。

我以为时间能够冲淡思念，发现其实行不通，随着时间的推移，反而越来越觉得自己接近崩溃的边缘。十年的光阴里，不知不觉中背负了太多的包袱，表面上可以装作嘻嘻哈哈，但回忆却一发不可收拾。

回忆是一种很难控制的东西，不清楚什么时候会从阴暗最深处的角落蹦出来，如果你远离这些阴暗和深邃，它又会从其他的地方蹦出来，一首往昔的情歌，一页磨损的书签，甚至你再尽可能地远离这些，它又从其他地方蹦出来，巴黎情人桥上的夕阳，杜乐丽公园的喷泉池塘，圣米歇尔广场旁的餐馆和酒吧，国家图书馆下长长的台阶，共和广场上的雕像，St.Lazzare.火车站的站台……

坚持了这么久，很累，突然想到放弃，与其装作无所谓的样子，不如让自己放肆地回忆。

很想去看海……看看海上的夕阳。好久没看过了。

Y

接着，执行了我的仪式：读了一遍，仔细地叠好，放在铁盒子里，划着火柴烧掉，留下一摊黑色的灰烬……

我最终还是开车去了卡昂。

一次我在酒吧给一个刚认识的女孩指明一个地址的方位的时候，我用了左手括弧加右手括弧的方法，这个偶然的动作让我想起了柠檬。

我晚上独自带着一身酒气回了家，想到了这些年的自己的荒唐和心中的苦闷，拿出来柠檬写给我的信，重新读了几封。

不知道为什么就想起几年前她在飞机上跟我描述的英吉利海峡方向的海边旅游线路，诺曼底海滩，犹他海滩，宝剑海滩，海边的环海小道，海鲜大餐。

突然很想去海边散散心，仅仅是因为这个念头，第二天我就独自开车从巴黎出发了，也没联系柠檬。我回忆了一下几年前来法国的飞机上，她在我手里，左手括弧和右手括弧拼成的地图上，点的那个点。

那是唯一的方向。

2.卡昂的故事

宽广的海岸线出现在了我的面前，我才想起来，这是我来法国这么久，第一次看到这边的大海。英吉利海峡，是法国相临大西洋的一侧，这里的海洋颜色更深，海风比地中海的海风更凄烈。在古时候，这里应该是海盗横行的地方。

我就这样沿着海边开着，饿了就找个小饭馆吃饭，吃完饭把车停在路边停车场，坐在海边的鹅卵石海滩或者防波堤上看海。

几个小时几个小时地看。

天黑了，就随便找一个小旅馆，大多数时候，周围没有小旅馆，就在车里睡觉，车里有毛毯，车窗露点小缝，不至于让自己憋死就好。晚上有一次被警察来敲车窗户，问我是干什么的，检查我的居留证。

这回我带了居留证，几年前在梅斯那次被警察围着举枪之后，我就学会了随身带着居留证。

我拿中文回答法国警察："我在这里关你屁事！"

他完全不知道我在说什么，难堪地耸耸肩，走了。

老板打电话过来，问我怎么没有来上班。

"对不起，我好像提交了请假申请啊，没收到吗？那我再发一次。"我跟老板道了歉，说我病了，请他再放我几天假，然后就关掉了手机。

一天一天的，我也不知道过了多久，只知道我的胡子长得像野人一样长。我也忘记了为什么就开启了这场旅程，怎么就来到了这个海边。

我从卡昂往东，开开停停，沿着英吉利海峡，一直开到敦刻尔克，靠近比利时的国界。只在停车加油的时候买点零食，吃完的垃圾就扔在车里。开累了，就坐在海边看大海；傍晚，停下来吹着海风看夕阳，一坐就几个小时，疼得连屁股都感觉不到；晚上，找一个避风的地方在车里过夜。

我把车停到加油站的时候，想把车里这么多的垃圾清理一下，薯片袋子，包三明治的保鲜膜，比萨盒……翻到副驾驶的杂物箱的时候，看到了里面一本书，《挪威的森林》。是丁咛留下的唯一的东西。

我一口气没日没夜地读完了这本书，我曾经答应丁咛，读完之后，告诉她渡边更爱的是直子还是绿子。

幸亏她不在，我也不知道，渡边更爱的是谁。

我想村上春树可能是因为不知道怎么解决这个问题，就把直子给写死了。

这里的夕阳看够了，于是我又折返，从敦刻尔克返回，往西开，经过卡昂，绕过阿格角半岛。继续往西开，打算一直开到布雷斯特。

布雷斯特，法国的最西端，那里的夕阳会是怎样的？

去的时候，大海一直在我左手，折返的时候，大海一直在我的右手边。像一个老朋友一样，默默地陪在我的身旁。

夜里，又有警察敲我的车窗，我依然用中文回答，让他们走开，大爷我脾气不好，别惹我。

布雷斯特的夕阳没有希腊的好看，大海更显得苍老。我沉浸在广袤的大西洋的夕阳余晖里，像是在一张褪了色的照片里。

而希腊的圣托里尼岛的夕阳，不是褪了色的照片，更像是灯光下的油画。

开到布雷斯特，我不知道该怎么办了，一旦目标达成，我不知道该去哪里。我在最西端的海角逗留了好久，一直到当地的军警开始怀疑我是在侦察当地的军事基地。

我不过是在海边静静地坐着，跟野人一样满脸的长胡子，身上臭得没人想接近。

我还在想这个问题，我怎么来到这里的？我干吗来了？有点像在玄学课堂上一样。

一切看起来很奇怪却也没什么毛病，我不过是在发泄两年前丁哼的离开所带来的伤痛。虽然过去了两年，压抑了两年，洪水却趁我一不小心破闸而出。

在那之前呢？我为什么来法国？丁哼要回国，我却坚持留在这里，又为了什么？

如果说最初来法国是为了逃避和离开，留在这里又是为了什么，为了继续逃避一辈子？

我很想放弃抵抗，可是一堆一堆的往事却如影随形，让我无路可退。

Alex在我耳边说："你最想知道的问题是什么？"

一如既往的固执，我还是想知道那个人是不是我的幻想。所有的一切都因此而起，搞清楚这件事，我就能正常地面对其他人，包括丁哼。

我终于下定决心，搞清楚这个困扰了我十年的问题。

在做这件事情之前，我想找一个人谈谈心。想找个老朋友聊一聊，听听她的想法。在这块欧洲大陆上，能够跟我谈这件事的人，只有一个人。

3.飞机上的约定

我驱车前往卡昂，这次开得很快，第二天我下午就到了卡昂，在车里，我跟柠檬通了电话。

好像我们上次通电话还是六年前，我在贝桑松的时候。

她很吃惊地接到我的电话，马上就问我出了什么事。我说能不能帮我找一个地方，让我可以洗个澡，刮一下胡子。

她看见了我流浪汉的面容之后，吓了一大跳，随后带我去了她家。

我跟她虽然多年未曾谋面，但字里行间已经让我们不能再熟悉。省去了寒暄，她让我直接去浴室里洗澡。

“家里没有男主人吗？”我小心翼翼地问。

“我告诉过你有男主人吗？有的话，你早就知道了。”她说话依然是一副大姐姐的样子。

我洗了好久，光刮胡子就刮了十几分钟。出来的时候，柠檬笑了。

“这才是我印象里应该有的样子嘛。”她又加了一句，“头发太长了，过来，我给你理发。”

她把做饭的围裙拿来，让我穿上，又把报纸剪了个窟窿，让我把头钻进去。我端坐在板凳上，享受免费的理发，这一下可为我省去了30多欧元。

理发的时候，总是适合聊天。因为不能看电脑，也不能玩手机，要是惹得理发师不高兴，一剪刀下来，可能耳朵就没了。小时候，爸爸拿这个吓唬我，让我理发时乖乖坐着不要动。

“你跟丁咛的事情，我在你的信里读了。”

“哦。”我在信里可以滔滔不绝，但是见了面却不知道怎么开口。

“真为你俩可惜。”

“……”

“你在胡闹个什么？”

“啊？”我突然被骂，一时找不到方向。

她转到我面前来，弯下腰，盯着我的眼睛，非常认真地看着我说：“别装傻了。你在很多事情上犹豫，让你无法继续生活。能不能不再纠结，早做决定。你到底想要过什么样的生活？”

“……简简单单的生活。能够跟喜欢的人在一起，下了班一起吃饭，看电影，逛街。”

“那是什么阻挡了你呢？可能是你自己吧。自己还在抱着过去，不肯放手。”

“嗯。你太了解我了。”我笑着对她说。

“你真是我见过最固执的人。”宁萌气得拿剪刀敲了敲我的额头，剪刀发出清脆的声音，好像是在拿教鞭敲着黑板。我缩了缩头。

“别纠结了，去找答案吧，你最想知道的是什么？”她问我。

直击灵魂的拷问又来了，跟Alex问我的一样。我把我的想法告诉了柠檬。我想联系氢气，十年前我爱得那么深沉，在被宣告结束的时候，却不知道她爱过我没有。我只想知道一个答案，无论是爱过还是没爱过，听她亲口告诉我。然后，我继续新的生活。

“可是十年了，没联系，她也许结婚了，也许有孩子了。这样问她好吗？”我问柠檬。

“你有别的办法吗？”

我没法回答。耐心等着理发结束。

为了感谢她给我理发，我请她在她楼下的中餐馆吃饭，她在信里跟我提过，炒面很好吃。但是我们这么多年没见，不该吃炒面，应该请她吃顿好的。

主要是我也想吃顿好的，这段时间吃的都是微波炉加热的三明治和干面包，当我一闻到中餐馆的油烟味，味蕾就炸裂了。

点了很多菜，狼吞虎咽地吃完之后，我问柠檬，你吃好了吗？吃饱了吗？还要不要再来点？

“你这哪里是请我吃饭嘛，明明是自己想吃，哈哈哈！”柠檬笑坏了。

“不好意思啊，实在是饿了。呵呵呵。”我捂着嘴巴笑了。

“这两天我调一下课，明天你开车，我们去海边转转，我带你散散心。你刚来的时候把我吓坏了。我以为你疯了呢。眼神都不对劲。”

“好啊，我想我应该是疯了。”

吃完了饭，我们在她的校园里逛了好久，一一找到她信里所描述的地方：她种了郁金香的花圃；吃早饭和午饭的食堂；在那儿上了四年课，现在给别人上课的教学楼；跑圈减肥的篮球场；经常买东西的小超市……

当眼前的一切，与多年的想象一一对应起来的时候，会发现很多东西与想象中的不一样。譬如说“种着郁金香的花圃”，我想象中应该是一幅很美丽的场景，其实是种了一堆大白菜和类似小葱的植物的一块泥土地，边角上长着两朵郁金香。

“你为什么还单身呢？柠檬，你们课题组里面追你的男生后来怎么样了？”我问她。

“我用了你的方法，说我在外面有一个男朋友，那个男朋友还跟我一直写信。”柠檬笑着说。

“等等，你跟他们说我是你的男朋友吗？”

“哈哈，对啊，他们慢慢就放弃了，各自找了自己的女朋友，现在也结婚了。”

“那么说来，是我害得你没找到男朋友了。”

“不能把事情怪你头上吧。我单身太久了，已经习惯单身了，学校里环境又单纯，见的人不多，就这么一直单下去挺好的。我不像你。”

“我怎么了？”

“你想着爱别人，也渴望被爱。我不一样，单身万岁。”

“大姐，你这是要出家吗？”嘴上这么说，心里突然有点羡慕。

走了一会儿，我越想越困惑。

“不对啊……我从你的信里，读不出来这一点。”

“啊？什么？”

“你是一个很细腻，很有耐心，感情丰富的女人，也很向往爱情。我看不出来你是单身万岁的一类人。”

“你单身……不会是因为……我吧？”我小心翼翼地补充了一句。

“嗯，是的。”她居然点头答应了，不过又马上摇头，“也不是。”

“我……”我有点担心，这下背负的责任就大了。

“你不用多想，不是你想的那样。”她补充说，“我喜欢上了信中的你，那是我脑子里面幻想出来的一个人物，我很依恋这个想象中的人物，很想与信中的你交谈，很希望你过得好。但是，那个不过是幻想出来的人物。真实世界中，我不可能跟你在一起的。”

“啊……”我捂着胸口，作出很受伤的样子。

“哈哈哈。你要我怎么说，你还想着氢气，又爱上了丁咛，你太复杂，太纠结了，我可不愿意掺和这个乱摊子。”

“那我们算是笔友见面，见光死了。哈哈。”我笑着说。

“见光死。”她很肯定地说，“不过好歹也算神交过这么多年吧。”

“神交是什么体位。”我不怀好意地问。

她一下没反应过来，想清楚了之后狠狠地白了我一眼。“什么鬼！是说精神上的交往。”

既然说是见光死，晚上也就可以安心睡她家客厅沙发了。

晚上我和她一起把客厅沙发收拾出来，铺上舒服的毯子和床单，她分给了我一个舒服的枕头，上面有她的淡淡的香味。

我想起来了，第一次在飞机上见到她的时候，就是这个味道，“柠檬和香草”的香味。

经过了这么长时间的风餐露宿，蜷成一团在汽车座椅上睡了这么久。这张沙发现在对我有无穷的吸引力。

我想倒头就睡的时候，她却开了瓶红酒。

“我先去洗澡，红酒正好可以醒一醒，你要想喝可以先喝，味道还不错。我们要秉烛夜谈，很多事情，在信里面写得不清楚，我想听你来讲一讲。”

不愧为老师，我觉得她说话总是很权威，就像她在信中点评我做的各种事情时一样。

于是我把酒倒在醒酒器里，然后坐在沙发上等她。沙发脚下铺着毛茸茸的地毯，跟我家床边的那块地毯一样，应该都是宜家买的，只不过柠檬家的明显要干净多了。

不一会儿，她洗完澡穿着浴衣出来，头发湿答答的，用毛巾包住。她露出光洁的手臂和脖颈，光着脚踩在沙发前的地毯上面，看上去很舒服。

柠檬盘起腿坐在沙发上，从醒酒器里倒出了红酒，在高脚杯里摇晃。我也倒了一杯。

“给我讲阿丽斯的故事吧。你们怎么认识的？”

我于是讲完了阿丽斯的整个故事。

“奇怪你们怎么没在一起呢？”她问我。

“我只是想单纯地呵护一个人，而不是想占有她，这不是爱情。”

“好吧。”

她要听泊哥和大民的故事，讲完了之后，又要听Alex和Ludivine的故事。

“泊哥和莉姐，大民和叶子……唉……”

“Alex就这样死了……多好的人啊。”

尽管知道结局，还是免不了一阵感叹，我也感慨。

她想要我讲和氢气的故事。

“太过于沉重了，你知道我不想讲的……”我说。

“那就讲丁咛的故事，最后一个，最后一个嘛。”她扯着我的袖子撒娇说。我似乎看到了六年前在飞机上那个戴着淡黄色发带的女孩。

“讲完这个之后，就不讲了啊。已经夜里一点了。熬死我了。”

讲到故事结尾，已经是深夜，一瓶红酒已经被我们两人喝完。她裹着湿头发的毛巾早已经扔在一旁，浴衣露出一半白皙的肩膀，半湿的头发搭在她的胸口。

她的脸上似乎浮起一阵殷红的晚霞，我忍不住伸手帮她把额头前的头发整理在了耳朵后面。

她俯身过来，在迷醉的眼神中吻了我，我也激烈地吻了她。那一晚，她和我在沙发上度过。

我需要一个温暖来填补心中数不清的窟窿，她给了我温暖。

我早上醒来的时候，她哼着法国小调在厨房里做早餐，似乎昨晚什么事都没有发生过一样。

接下来两天，我们兑现了几年前在飞机上的约定。

“我带你到海边走一圈。从诺曼底海滩开始，可以看诺曼底公墓，还是蛮震撼的，在战争中死去的那么多人。诺曼底海滩、犹他海滩、宝剑海滩一路走下来，既能够回味二战的波澜壮阔，又能够惬意地享受大海，鹅卵石海滩，干净的环海岸小道，知道吗，干净到可以一直光着脚走，一直可以玩到圣米歇尔山，这地方可神奇了。最重要的是，海鲜大餐！大螃蟹、牡蛎、扇贝、大龙虾，我请你吃。”

虽然这些地方我前不久才开车路过，然而那时却没发现竟然是这样的一幅美景。

我们把车开到诺曼底，在那里的鹅卵石海滩边扔石头，把一颗一颗鹅卵石用力地扔到大海里去，扔得远远的，半天才“噗”的一声掉进水面。

“像这样！这样把包袱一个一个地扔掉！”她对着大海喊道。

用力太猛了，第二天我和她胳臂都酸得抬不起来。

我们在海边的极其不起眼的一家小饭馆里吃海鲜大餐，海鲜拼盘堆得像一座小山，配上老板推荐的当地的一种不知名的果酒。美味到让我浑身直起鸡皮疙瘩。

饭后，我们沿着海岸线的公路边一直走。她停下来跟我说：“你看我！”然后把鞋脱掉，光着脚在地上走。真的如她所说，地上一尘不染。

我于是也把鞋和袜子脱了，体会光着脚在海边公路上行走的感觉，脚底的皮肤接触到硬硬的柏油路面，不凉也不热，是一种全新的触感。也许新生婴儿的皮肤第一次接触世界的感觉就是这样的吧？

我好像第一次丢掉了保护自己的厚厚的躯壳，迎接了一个陌生的世界。感觉既忐忑，又兴奋。柠檬高兴地跑了起来，我随后追上，海风轻轻吹起她的秀发。

她在我的车里发现了那本《挪威的森林》。

“啊！你看了吗？”她问我。

“嗯，才看完不久。”

她翻开第一页，看到了丁咛的签名。

“哦……丁咛的书。”她好像明白了点。

“她曾说，让我看完之后告诉她，渡边更爱的是直子还是绿子。”我解释说。

“你有答案了吗？”

“更爱的，应该是直子吧……直子是渡边的精神世界的慰藉，渡边爱她爱得太深沉，已经成为习惯。”

“换作是你呢？你选谁？”

我陷入一阵思考，面前蓝色的大海在阳光下平静地深呼吸，海浪随着呼吸远远地涌到面前，哗……哗……

“我还是想选绿子吧，把直子埋藏在心里就好了。毕竟我是求生欲很强的人，我想要简简单单的幸福生活。绿子给我一种生机勃勃的绿色，就像她的名字一样。直子则背负了太多过去的包袱。”

“所以丁咛想对你说的，应该就是这些。”

我对于哑谜一直不在行，即便是这样，我也听懂了柠檬的意思。

旅行第二天的傍晚，我们在海岸线凸起的一角上，孤零零的一家渔民餐馆吃饭，门口的防波堤在海浪中沉默地伸向远方，指向缓缓下落的夕阳。

我开玩笑地说：“你看，你也在法国，我也在法国，我们怎么没在一起呢？”

“你要是早点来我这里，或者我去找你，也许我们就在一起了。六年了……可能这就是不爱吧。”

“嗯，有道理。有没有想过凑合着一起过？”我也不理解为什么我会不爱柠檬，她知性，美丽，温柔体贴。

“跟你吗？过了这么多年，没人要，只能凑合在一起过。与其要这种爱情，我宁可单身。”

“有性格。”我非常佩服地说。

“那我们这几天算什么？”我有自己的答案，但是也想听听她的看法。

“算是为了让这么多年的神交，不留下遗憾吧。”

“我觉得也是，另外也得感谢你为我疗伤。”我不无感激地说。

柠檬对我说：“好了，我兑现了带你游玩海边的承诺，你也该离开，回到你的生活里去了。”

“嗯嗯。”我点头说。

“另外，我们不用写信了，这么多年，也写够了，我想找个人结婚了。”

“那祝你幸福。一定要找个好男人。”我心里还是默默地有些不舍。

吃完了饭，顺风车的司机已经在门外等候，挺远的，她回去的时候应该会很晚了。

“到家了给我发个消息，报个平安啊。”她走到门口，我对她喊道。

“再见啦，也祝你幸福。”

她从门口消失不见。我去买单的时候，老板说单已经买过。

后来她通过MSN告诉我，她认识了一个很不错的法国男人，成熟稳重，准备结婚。我祝贺了她。这是我最后一次有她的消息。

2012年，MSN停止服务，我就再也没了她的任何消息。

第十八章　结局

每个故事都有一个结局。

这个世界上有的是时间，无数的人有无数的一生，人类消亡之后也会有其他代替人类的物种，会有他们的感情，时间无穷无尽。

但每个故事都有一个结局。

武汉东湖的一个夏末……

当我终于遇见了她，我的嘴吻上了她的嘴，我明白这里就是故事的结局。这一刻在永恒的时间长河里，让其他的时间黯然失色，即使拥有所有的永恒，也都无法找回。

我开车一路返回巴黎。卡昂的包袱已经没有了，我也不用再写信。我和柠檬谈了心，我也有了我想要的答案。

找不到什么其他可以拖延的借口，我终于决定了回国。决定了要面对氢气，面对丁咛，面对我想要的生活。

辞去了巴黎的工作，我慢慢地变卖了我的家当。那套用实习的工资，下血本买的音响，傻大黑粗，又笨又重，超级占地方却一直舍不得换掉，挂在网上之后，很快被别人买走。上个月刚换的洗衣机，这个夏天刚换的超薄LED电视，入手没玩多久的PS4游戏机，从宜家一件一件拖回来组装好的家具……

我的福特车，卖给了一个航空公司的工作人员，他因为经常出差来巴黎，需要用车。车基本上全新，公里数不算多，对买家来说，价格很划算。我回忆起是第一辆老福特车寿终正寝之后，丁咛陪我一起买的这辆新车。

满屋子杂七杂八的东西，饱含了很多感情和回忆。把它们挂在网上售卖时的照片，我都留在电脑的一个文件夹里，文件夹起名叫*Au-RevoirParis*（再见巴黎）。

在贝桑松和梅斯留下的为数不多的照片，也存在同一个文件夹里。当时的样子真青涩。泊哥、大民、小琳、建哥、俊男、小糖和燕子，我们曾一起在厨房做饭的照片，一起爬山、旅游的照片，一起参加学校组织的活动上的照片。

有一张我拿第一部在法国买的三菱牌手机拍的照片，照片里记录着泊哥、小琳、阿丽斯和我四个人青涩的笑容，也存在这个文件夹里。

一天去“水晶宫”吃饭的时候，老板娘谢太太跟我说，年纪大了，不想做了，想找个地方颐养天年，不想继续每天晚上看店了，已经找好了下家，会改成青岛小饭馆。

我感叹道，那风格就会不一样了。

“那么这些窗帘和桌布可能会不搭了。新店主会有他们的装修风格。”谢太太不舍地说。

我赶紧召集我的前同事和法国朋友们来“水晶宫”吃最后一顿。我们贪心地把菜点了个遍。老板娘把压箱底的好红酒免费请了我们。

没想到“水晶宫”比我还先离开，我还没打点好行李的时候，楼下已经悄悄地更换了门面。

有一天，我去办理回国前的银行业务的时候，居然撞见了一个熟人。我在前面排队，后面有人猛地拍了一下我的肩膀，我回头一看，是张熟悉的印度面孔。

“Bank！”我喊了出来。

在银行遇见了Bank，这简直就是命中注定。

原来他也在巴黎好久了，他邀请我去他家吃了晚饭，因为我的房间已经收拾得快空空荡荡了，招待不了他。他特地从电脑里面翻了半天，用音响放我曾拷贝给他的周杰伦的歌，《可爱女人》《龙卷风》……

Bank哥已经学会了做全套的法餐，而我仍然只会煮奶茶……谈到贝桑松，谈到厨房的火灾，我们有说有笑，聊到很晚。

有一次在中国城的超市门口，我又遇见了一个熟人。亚洲超市门口有一面墙，贴满了小广告，有招合租的，卖二手东西的，最主要的内容是大家心知肚明的提供上门“按摩”服务。

我从超市出来，看见一个长发飘飘的女生对墙上的小广告从上到下一直盯着看。想了想又觉得哪里有点不对劲。我试探性地喊了一声：

“Johnny？”

这位胡子拉碴的老哥回过头，还是那个熟悉的背影杀。“嘿！Ying，你说这上面的上门按摩，是真的按摩，还是那个什么……”

我说：“试试就知道了啊。”

我跟他站在超市门口聊了好久。

我给在法国的朋友们去了电话，小琳，俊男，燕子我们一起在巴黎聚了一次。纷纷都在后悔这几年聚得太少。小琳带着老公从尼斯赶过来，俊男的老婆大着肚子，燕子跟我们展示她的订婚戒指。听说我要回国，他们纷纷表示依依不舍。

“为什么突然要回国呢？”小琳问我。

“看够了风景。我想回去创业。”我找了一个理由。

在丁咛走了没多久之后，我就把我的房子从房东手里买了下来。既然现在要离开，我于是把房子托给中介公司打理，能卖就卖，不能卖就出租。

离开之前，跟法国的朋友们好好地买醉了几场。他们对我的离开也很惊讶，也很不舍。

经过了快一个月，所有的事情才算办妥。

最后一晚，我在空荡荡的房间里，懒散地靠在椅子上，腿搭在窗台上。看着窗外的夜色，月亮已经升起，在云间的缝隙中闪躲，夏末的空气中有一丝凉意，窗外的中国城霓虹闪烁。我脚下是收拾好的，陪我南征北战的大行李箱……兜兜转转似乎又回到了刚来法国的时候。

看着孤单的台灯，我不自觉地想写信。没记错的话，这是给氢气的第109封信：

氢气：

你一定听过周杰伦的《晴天》吧？

“故事的小黄花……从前有个人爱你很久，可偏偏风渐渐把距离吹得好远……”

你一定听过卢冠廷唱的《一生所爱》吧？

“从前现在过去了再不来……在世间难逃避命运……”

我爱了你太久，可能已经深入骨髓，成了习惯，即使已经过去了十年，仍然没有能够戒掉。我想，只能背负着这个事实活下去。

十年前我问你，你爱过我吗，你说，你说呢？当时我还年少懵懂。

十年之后，我懂了什么是爱情，也想明白了，你是爱过我的。其实一直再明显不过，只不过是我不懂。

我已经没有问题想问你了，我所纠结的问题，只有对你的愧疚，和对我自己的愧疚。我想向你道歉，向我的过去道歉。为我的年少莽撞道歉，耽误了你的青春，也浪费了你的情感。

我要为扔掉你所有的信件和物品而道歉，为删掉你的联系方式而道歉，为屏蔽跟你共同的朋友而道歉。这些幼稚的行为并没有让我忘记你，反而更让我放不下。

我遇见了一个女孩，深深地爱上了她，她帮我度过了这一切，在我最需要帮助的时候，将我从深渊里拉回，在我寻找你的答案的漫长旅程中，她给予了我温暖。

她长得很像你，跟你来自同一个学校，曾经一言一行无时无刻不让我想起你。

然而她是她，不是你。我曾经因为分不清真实和幻想而伤害了她，她也离开了我。我以为我能够承受与她分离的悲伤，但发现其实承受不了。

我想去找她，想重新拾起我的生活，简单的生活……下了班跟喜欢的人一起吃饭，看电影，逛街。

我想重新学会爱一个人，好好爱她，好好被爱。

我会把你永远地好好地藏在心底。

另外，我不再做那个梦了。你是爱过我的，并非幻想，知道这个答案之后，我便不再做那个梦了。

爱过你的，

英

武汉夏末的东湖，如展开的巨幅画卷一样美丽。我又一次漫步在湖边的林荫道上，希望邂逅我想见到的人。

一切发生得那么自然，湖边的画卷中站着一个女孩，很熟悉，长得像氢气，也像丁咛。

这一次，我看见了她，她也看见了我……

（全文终，谨以此文纪念逝去的青春）